Romanze mit dem Schotten

Romancing the Scot

Familie Pennington

May McGoldrick

with

Jan Coffey

Book Duo Creative

Urheberrecht

Danke, dass Sie sich für *Romanze mit dem Schotten* entschieden haben. Falls Ihnen dieses Buch gefallen hat, bitten wir Sie, es weiterzuempfehlen, indem Sie eine Rezension hinterlassen oder sich mit den Autoren in Verbindung setzen.

Umschlag von Dar Albert, WickedSmartDesigns.com

ENJOY!

Nikoo & Jim

Für Donna Boyko,

Eine gute Freundin, ein Fan auf Lebenszeit, und eine mitfühlende Seele

Kapitel Eins

Für den Vogel, der sich bemüht zu fliegen, findet der Herr einen niedrigen Ast.

Wie oft war Grace diese Worte in den achtundzwanzig Jahren ihres Lebens wieder eingefallen? Sie mußten wahr sein. Wie hätte sie sonst leben können, ohne eine Mutter oder ein festes Zuhause, ohne Geschwister, Tanten, Onkel oder Cousins? Sie hatte niemals eine eigene richtige Familie gehabt, abgesehen von diesem Vater, der einst groß und stark, wie eine Eiche war. Und jetzt verdorrte sogar er vor ihren Augen.

"Verdammtes Bein."

Grace hielt mit dem Verbinden der Wunde inne und sah zu Daniel Ware auf. Seine blauen irischen Augen waren glasig vor Schmerz. Zwei Jahre waren vergangen, seit er bei Waterloo schwer verwundet worden war, als er sein Regiment von Dragonern gegen die Engländer geführt hatte. Viele unschuldige Menschen hatten dort ihr Leben gelassen. Er hatte überlebt, wie Zehntausende andere auch. Aber das Bein des Obersts war nie richtig behandelt worden, und seine Wunde hatte weiter geeitert. Lange Zeit hatte er dagegen angekämpft - und sie ignoriert -, doch auf der Rückreise aus Amerika hatte die Infektion erneut begonnen, sich auszubreiten. Das Knie und der gesamte Unterschenkel waren nun aufgedunsen und verfärbt.

"Wo ist unsere verdammte Kutsche? Wir müssen weiter nach Brüssel. Ich habe keine Lust, hier zu verweilen."

"Die Kutsche kommt mit den Koffern vom Schiff", versicherte sie ihm und gab dem Diener ein Zeichen, ihrem Vater eine weitere Dosis Laudanum zu geben.

"Das dauert verdammt lange." Der Oberst versuchte aufzustehen, sank aber in seinen Stuhl zurück.

"Vater, du musst stillsitzen und mich zuende machen lassen." Grace verband das Bein schnellstens.

Die Reise von Amerika durch raue See und häufige Regenböen war gelinde gesagt zermürbend gewesen. Ihre Kabine - eine von nur zwanzig auf dem Schiff - bot weitaus mehr Komfort als die Zwischendeckskabine, in der die ärmeren Reisenden in der Dunkelheit und der Feuchtigkeit zusammengekauert waren. Aber ihr Vater hatte trotzdem sehr gelitten. Er war nur einmal in der Lage gewesen, ihr Zimmer zu verlassen, und wurde von zwei Dienern in seinem Stuhl an Deck getragen. Grace kümmerte sich um ihn, wenn er wach war, aber wenn er schlief, war sie auf das Deck geflüchtet. Dort fand sie selbst bei schlechtem Wetter Erholung und gelegentlich ein Gespräch mit anderen Reisenden.

"Diese Medizin ist zu schwach", beschwerte sich der Oberst. "Ich brauche mehr."

Grace schüttelte den Kopf und wies den Diener an, die Flasche wegzustellen.

"Du weißt, dass das Laudanum einige Minuten braucht, um zu wirken. Ich habe dir zwei Teelöffel gegeben, und mehr kannst du nicht nehmen.

"Ich will es haben, bei Gott!", schnauzte er.

"Das werden Sie nicht", antwortete sie. "Zweifeln Sie nicht an mir, Vater. Sie müssen dem Ganzen Zeit geben, um zu wirken.

Bevor sie das Gebräu aus Opium und Alkohol in Philadelphia selbst zubereitete, hatte Grace alle medizinischen Abhandlungen gelesen, die sie in die Finger bekam. Sie besaß die einzigartige Fähigkeit, sich an jedes Wort zu erinnern, das sie las; sie konnte die Dosierungen wortwörtlich zitieren. Sie wusste, wie stark die Medizin war und wie man sie anwendet. Und sie hatte genug Flaschen in den Koffer gepackt, um bis nach Brüssel zu kommen.

"Denken Sie an etwas anderes", sagte sie sanfter.

Grace wusste, dass er abgesehen von seiner Gesundheit viel zu tun hatte. Obwohl Daniel Ware nicht darüber sprach, überbrachte er eine Nachricht von Joseph Bonaparte an seine Frau Julie in Brüssel. Seit der

Kaiser auf St. Helena inhaftiert war, lebte sein Bruder, der ehemalige König von Neapel und Spanien, als Graf von Survilliers in Amerika. Ständig gingen Nachrichten zwischen denjenigen hin und her, die der Familie Bonaparte noch die Treue hielten.

Er blickte sie grimmig an. "Und wo ist die verfluchte Kutsche?"

Sie lächelte ihm zu. "Das ist mein mutiger Vater."

Die Ärzte in Philadelphia hatten keine Hoffnung auf Besserung gemacht. Sie sagten ihr, dass sein Bein sofort nach Waterloo hätte amputiert werden müssen. Das war das Einzige, was sein Leben hätte retten können. Der harte und starrköpfige Colonel hatte es damals nicht zugelassen. Und jetzt wussten sie beide, dass es zu spät war.

Sie hatten noch einen halben Tag Kutschfahrt vor sich, um Brüssel zu erreichen, und Grace wusste, dass es für ihn die Hölle sein würde. Sie zog den Strumpf über die Bandage. Sie berührte die Stirn ihres Vaters. Seine Haut war feucht und heiß, und sein Puls war zu schnell. Das Fieber war seit Tagen immer schlimmer geworden. Sie hatte seine Entscheidung, sofort nach der Ankunft im Hafen weiterzureisen, in Frage gestellt, aber er war hartnäckig geblieben. Sie fürchtete um ihn, wenn er versuchte, diese letzte Etappe der Reise zu bewältigen.

Eine Faust ballte sich um ihr Herz, aber Grace blinzelte hartnäckig die Tränen zurück. Sie wollte ihn nicht verlieren. Sie konnte sich ihr Leben ohne ihn nicht vorstellen. Aber sie konnte im Moment nicht an sich selbst denken. Sie musste für ihn stark sein.

Eine unsichere Hand streckte sich aus und er berührte eine Strähne ihres Haares. "Selbst in diesen schmuddeligen Räumen leuchtet dein Haar wie Gold", sagte er sanft. "Du siehst deiner Mutter inzwischen so ähnlich."

Es war so viele Jahre her, dass Janet Macpherson gestorben war. Grace hatte keine Erinnerung mehr an sie. Aber seit in den vergangenen Monaten die Wunde immer mehr an der Lebenskraft ihres Vaters zehrte, sprach er immer öfter von ihr.

"Sind alle unsere Sachen vom Schiff gebracht worden?" murmelte er, als das Laudanum zu wirken begann. Sie war froh darüber. Es hatte keinen Sinn, ihn unnötig leiden zu lassen.

"Ich habe mich darum gekümmert."

"Natürlich", sagte der Oberst. "Du hast alles so gut im Griff. Du wärest ein guter Offizier geworden."

Bevor sie aufbrachen, hatte sie jede Etappe der Reise organisiert - vom Packen der sechs Kisten über das Anheuern der Bootsführer in Bordentown für die Fahrt flussabwärts nach Philadelphia bis hin zum Einrichten der Kabine für die Schiffspassage.

"Hast Du meine Wegbeschreibung?", knurrte er mit tiefer Stimme. "Portugal-Code."

"Sie kennen mich, Vater. Ihre Befehle sind in meinem Gedächtnis gespeichert."

Unter der Wirkung des Laudanums wanderten seine Gedanken wieder zurück zu seinen Kampftagen auf der Halbinsel. Sie war eine seiner Untergebenen, und er bestand darauf, dass sie die Befehle kannte.

Grace küsste seine Hand und nickte dem Diener zu, der darauf wartete, ihrem Vater in seine Stiefel zu helfen.

Über dem Lärm, der durch die offenen Fenster von draußen kam, hörte sie die Räder einer Kutsche herankommen. Sie warf einen Blick auf die beiden Diener, die bereitstanden, - den Stuhl des Obersts auf die Straße herunterzutragen.

Als sie zum Fenster ging und hinaussah, entdeckte sie das Fahrzeug, das sie gemietet hatte.

"Irgendetwas stimmt nicht."

„Verdammt", fluchte sie leise. Oben auf dem Wagen war kein Gepäck verstaut worden. Sie blickte auf den Fahrer hinunter. Es war definitiv derselbe Mann, mit dem sie den Transport vereinbart hatte. Sie hatte ihn angewiesen, sich um ihre Kisten zu kümmern, als sie vom Schiff entladen wurden, aber er hatte sie nicht mitgebracht.

"Wartet hier. Bringen Sie ihn noch nicht runter", sagte sie zu dem Diener, bevor sie die Hand ihres Vaters berührte. "Ich bin gleich wieder da."

Grace stürmte den dunklen, gewundenen Flur entlang. Dies war unakzeptabel. Sie wollte jetzt eigentlich schon auf dem Weg nach Brüssel sein, während das Laudanum die Reise für ihren Vater erleichterte.

Sie stieg die ramponierte Hintertreppe zu der stinkenden, mit Müll übersäten Gasse hinunter, die an der Seite des Gasthauses entlangführte. Sobald sie das Gebäude verließ, ließ eine Bande von Straßenkindern ihre Spielschlacht um eine Barrikade aus zerbrochenen Kisten hinter sich und rannte auf sie zu.

"Hallo, Jungs", rief sie und holte tief Luft, um ihr aufsteigendes Temperament zu beruhigen.

Es spielte keine Rolle, ob sie in Antwerpen oder Neapel oder Madrid oder Paris oder Philadelphia war; diese zerlumpten Kinder der Straße gab es überall. Sie zog eine Handvoll Münzen aus ihrer Tasche und verteilte sie, während sie schnell dem Eingang des Gasthauses zustrebte.

Die Jungen folgten ihr wie ein Bienenschwarm bis zum Ende der Gasse und bedankten sich ausgiebig bei ihr. Als sie die Kutsche erreichte und einen Blick hineinwarf, kletterte der Kutscher von seiner Sitzstange herunter und trat zu ihr.

"Was ist mit unseren Koffern passiert? Ich habe Dir gesagt, Du sollst sie vom Schiff mitbringen."

"Aber mir wurde gesagt, dass sie mit der anderen Kutsche kommen sollten."

"Ich habe keine andere Kutsche gemietet." Grace spürte das Blut in ihren Schläfen pulsieren. Sie brauchten diese Komplikation nicht. Jetzt mussten sie zur Anlegestelle zurückkehren und ihre Habseligkeiten ausfindig machen. "Wer hat Dir so etwas erzählt?"

"Der andere Gentleman." Der Kutscher verzog das Gesicht. "Sie meinen, er gehörte nicht zu Ihrer Gruppe, Mylady? Er sagte, er reise mit Ihnen. Er schien Sie zu kennen. Seine Diener haben das Gepäck genommen."

"Ich habe Dir klare Anweisungen gegeben. Anstatt sie zu befolgen, hast Du unsere Koffer einem Fremden gegeben."

"Es tut mir so leid, Mylady." Er blickte hilflos zurück zu den Docks.

Grace ging schnell ihre Möglichkeiten durch. Sie würde einen ihrer Bediensteten zum Pier vorausschicken. Vielleicht hatte dieser "andere Herr" inzwischen eingesehen, dass er einen Fehler gemacht hatte, und die Koffer zurückgegeben. Sie warf einen Blick zu den Fenstern des Gasthauses hinauf, wissend, dass das zu viel zu hoffen war.

"Warte hier", befahl sie.

Grace ging die Gasse hinunter und nahm die Hintertreppe. Ihre Gedanken rasten, als sie den schummrigen Flur entlangeilte. Als sie in der Nähe ihrer Zimmer um die Ecke eilte, rutschte sie auf etwas Nassem aus und wäre beinahe gestürzt. Sie hielt sich an der Wand fest. Der Kammerdiener ihres Vaters lag regungslos zu ihren Füßen, sein Blut bildete eine Lache.

Die Galle stieg ihr in die Kehle. Das Entsetzen blockierte ihre Knie. Sie starrte fassungslos und fröstelnd, unfähig zu begreifen, was geschehen war.

Von drinnen hörte sie den gedämpften Klang von Männerstimmen. Die Angst um ihren Vater schob sich wie eine Klinge zwischen ihre

Rippen und durchbohrte ihr Herz. Grace zwang sich, an dem Diener vorbeizugehen und sah in das Zimmer.

Sie waren unter falschem Namen unterwegs gewesen, dennoch wartete hier in Antwerpen schließlich Ärger auf sie.

Männer durchsuchten den Raum. Stühle waren umgeworfen worden. Einer der Diener lag quer über den Tisch gestreckt, der andere war gegen die Wand gerollt. Sie starrte fassungslos auf den Körper ihres Vaters, der direkt vor ihr in seinem Stuhl hing und dessen blaue Augen sie leblos anstarrten.

Der Raum kippte und begann sich zu drehen. Sie konnte ihren Blick nicht vom Zentrum des Strudels lösen. Er war tot. Ihr Vater war tot. Sie hatten ihn umgebracht. Aber das konnte nicht sein. Sie hatte erst vor wenigen Augenblicken mit ihm gesprochen, seine Hand berührt, seine Wunden versorgt. In ihr kämpfte das Verleugnen mit der Wahrheit. Zorn tobte in ihrem Kopf. Ein heftiges und dringendes Verlangen, diese Schurken anzugreifen und aufzuschlitzen, durchströmte sie, selbst als ihr die Gefahr bewusst wurde. Sie war machtlos gegen diese Mörder, und Frustration schürte ihre Wut.

Der knappe Befehl eines Mannes unterbrach den Moment. "Holt sie."

Sie hatten sie entdeckt. Grace drehte sich um und rannte den Flur hinunter. Sie hetzte die Treppe hinunter, stolperte unten und stürzte auf die Gasse hinaus. Sie waren ihr auf den Fersen, ihre Schritte trampelten schwer auf den Stufen.

Sofort waren die kämpfenden Straßenjungen bei ihr und zogen sie hoch.

"Versteckt mich", rief sie den mit großen Augen blickenden Jungen zu.

Ohne ein weiteres Wort ergriffen sie ihre Hände und begannen zu laufen. Sie rannten durch ein Gewirr von Gassen und Werften, zwischen grauen Steinhäusern und verrottenden Holzbaracken. Grace war wie ein gestohlenes Schmuckstück in den Händen von Experten. Sie konnte ihre Verfolger hinter sich hören, die schrien und fluchten, weil die Jungen ihnen bei jeder Gelegenheit Hindernisse in den Weg warfen.

Die Jungen zogen sie und hielten sie auf Trab, während sie über klapprige Holzbrücken und in den Schatten unter niedrigen Bögen sprangen. Bald begann sie zu ermüden. Sie fühlte sich so hilflos wie ein Waldtier, das blindlings vor einem wütenden Feuer davonläuft. Dennoch kämpften sie sich voran, und ihre junge Mannschaft rief ihr zu, ermutigte sie. Stinkende, mit Müll gefüllte Gassen wurden zu Korridoren in die Freiheit, wenn sie sich nur dazu bringen konnte, schneller zu laufen.

Rauch von Kochfeuern, verfallenen Häusern und die Rückseiten von Geschäften, die sie von allen Seiten bedrängten, bildeten einen wässrigen Bildteppich aus verschwommenen Farben, Formen und Gerüchen. Irgendwo am Rande ihrer Gedanken fragte sich Grace, wie ihr pochendes Herz noch funktionieren konnte. Die heiße, gezackte Klinge des Verlusts hatte sich in ihrer Brust festgesetzt. Tränen liefen über ihr Gesicht. Tränen um ihren Vater und um die anderen Männer, die tot um ihn herum lagen.

Aber sie drängte weiter und kämpfte mit ihren ritterlichen Helfern mitzuhalten.

Als sie einer bröckelnden Mauer entlang eines schmalen Kanals folgten, wurden die Rufe hinter ihnen lauter. Die Mörder waren schon fast bei ihnen.

"Hier entlang."

Sie eilte mit ihnen eine schleimige Treppe hinauf in eine sonnenlose Gasse. Sie überquerten eine mit Kopfstein gepflasterte Straße und gelangten auf einen langen, von Gebäuden gesäumten Pier. Während die anderen Jungen weiterliefen, um ihre Verfolger abzulenken, zog einer sie in den niedrigen Seiteneingang eines Lagerhauses.

Grace sah sich um. Der Ort war mit Fässern und Kisten aller Größen gefüllt. An den Wänden waren Bretter gestapelt, und am hinteren Ende des scheunenartigen Gebäudes brannte ein rauchiges Feuer. Vor zwei großen offenen Türen stand eine laute und ausgelassene Gruppe von Männern und rauchte. Hinter ihnen am Kai festgemacht konnte sie ein Schiff ausmachen.

Der Junge deutete auf eine große offene Kiste auf einer Karre. "Versteckt Euch hier drin, bis sie weg sind."

Er zog eine Plane beiseite, die einen großen Korb verdeckte. Ohne zu zögern, kletterte sie hinein und kauerte nieder.

"Ich komme zurück", murmelte er, deckte sie zu und schob den Deckel der Kiste zurück an seinen Platz.

"Danke", flüsterte sie in dem schwachen Licht.

Ihre Erleichterung war nur von kurzer Dauer. Laufende Schritte passierten ihr Versteck. Rufe und Antworten. Zwei Männer blieben neben ihrer Kiste stehen. Die Stimmen waren gedämpft.

"Sucht überall", sagte der Anführer auf Englisch. "Wir dürfen sie nicht entkommen lassen."

Grace hielt den Atem an und betete, dass der Junge entkommen war.

Andere Stimmen erreichten sie. Sie hoffte, dass es die Arbeiter waren, die ins Lagerhaus zurückkamen.

Fast sofort begannen die Geräusche von Hämmern und Sägen. Wagenräder rollten schwer über den Steinboden. In der Ferne ertönten ein Krachen und Flüche. Ein Schrei kam von irgendwo über ihr, und ein anderer antwortete.

Der Karren wackelte, als jemand auf ihn kletterte.

Aus Angst, entdeckt zu werden, unterdrückte Grace ihren Hilferuf. Die Mörder könnten immer noch in der Nähe sein.

"Verriegelt die Kiste."

Für einen Moment wurde sie von der Erschütterung des Hammers, der den Deckel der Kiste vernagelte, überwältigt. Dann ergriff sie die Realität ihrer Situation. Sie dachte, im Laderaum eines Schiffes auf See zu sterben, musste ein weitaus schlimmeres Schicksal sein, als hier im Freien um ihr Leben zu kämpfen. Panisch kämpfte sie darum, die Plane zurückzuschieben.

"Wartet. Ich bin hier. Wartet!"

Kapitel Zwei

Baronsford
The Borders, Schottland
Fünf Tage später

"MEIN EIGENTUM MUSS GESCHÜTZT WERDEN, Greysteil, dafür beschäftige ich meinen Landvogt und meinen Wildhüter."

Hugh Pennington, Viscount Greysteil, Lordrichter des Kommissionsgerichts in Edinburgh, starrte schweigend auf die Reihe der hölzernen Spielklötze auf seinem Schreibtisch und versuchte, seine Fassung zu bewahren. Der stämmige, oft anmaßende Earl of Nithsdale machte ihm die Aufgabe nicht gerade leichter.

Hugh versuchte nur selten, Rechtsstreitigkeiten auf seinem Familiensitz Baronsford zu schlichten, aber heute war eine Ausnahme. Er konnte nicht zulassen, dass ein offensichtliches Unrecht vierzehn Tage lang verschleppt wurde, bevor ein untergeordnetes Gericht die Gelegenheit hatte, den Fall zu prüfen. Der Gedanke, einen unschuldigen Mann noch einen Tag länger im örtlichen Gefängnis sitzen zu lassen, war zu viel für ihn.

Der Earl of Nithsdale, frisch aus London eingetroffen, war auf Hughs Einladung hin sofort nach Baronsford gekommen und hatte dann, dem Schreibtisch gegenübersitzend, die nächsten zehn Minuten mit all den

Lügenmärchen gefüllt, die ihm seine Leute aufgetischt hatten. Genau wie er es vor Gericht getan hätte, hörte Hugh pflichtbewusst zu.

In den ummauerten Gärten vor den hohen Fenstern seines Arbeitszimmers fiel ein sporadischer Regen auf die späten Frühlingsblumen. Am Ende der Gärten, wo die Wiesen zum See hinabfielen, hatte sich ein Nebel gebildet, der die Bäume der Obstgärten und den dahinter liegenden Wildpark teilweise verschleierte.

"Welche Botschaft würde ich an meine Arbeiter und andere senden, wenn ich sie jetzt nicht unterstütze?" fragte Nithsdale.

Hugh wandte seinen Blick auf den Earl. "Es läuft auf Folgendes hinaus. Wegen der Handlungen Eures Wildhüters seid Ihr dafür verantwortlich, dass ein Mann elf Tage lang zu Unrecht inhaftiert wurde."

"I . . . ich ... verantwortlich?", stammelte der Graf.

"Mr. Darby schlief unter einem Baum neben der Straße, als Ihre Arbeiter ihn angriffen und zum Landvogt brachten."

"Mir wurde gesagt, dass er ein unbefugter Eindringling ist."

"Man hatte ihm ein Zimmer im Gasthaus deines eigenen Dorfes verweigert."

"Das hat niemend jemals erwähnt", antwortete der Graf, und sein Tonfall spiegelte seine Überraschung wider. "Mir wurde gesagt, dass er wilderte."

"Laut Darby hatte er außer etwas kaltem Brot, das er bei sich trug, nichts gegessen. Es gibt keinen Hinweis auf einen gewilderten Vogel, Fisch oder Hirsch."

"Die meiste Zeit des Jahres bin ich in London. Sie verstehen, dass ich das Wort meines Wildhüters über das eines Landstreichers stellen muss."

"Darby ist kein Landstreicher", sagte Hugh kurz. "Er war nur in der Gegend, weil Ihr Nachbar Lennox ihm eine Stelle angeboten hat. In diesem Augenblick trägt er in seiner Tasche ein Anstellungsschreiben."

"Ich weiß nichts von einem Brief." Die Verlegenheit des Grafen zeigte sich in seinem geröteten Gesicht.

"Darby hat den Brief dem Landvogt gezeigt, während Ihr Wildhüter noch im Zimmer war."

Nithsdale stand auf und ging zu einem Fenster, und Hugh wartete. Der Earl konnte manchmal ein aufgeblasener Arsch sein, aber er war kein Schurke.

"Dieser verdammte Wildhüter hat das schon einmal gemacht", sagte er schließlich und kehrte zu seinem Stuhl zurück. "Schwerfällig und selten offen, wenn es um die Details geht."

"Was wollen Sie dagegen tun?" fragte Hugh.

Nithsdale breitete seine Hände zum Zeichen der Versöhnung aus. "Ihr wisst, wie schwer es ist, gute Arbeiter zu finden. Der Mann ist nicht von höchstem Kaliber, das gebe ich zu, aber er diente in meinem Regiment auf der Halbinsel. Dort hat er die Hälfte seiner Zehen durch den Frost verloren."

"Wir haben alle Probleme mit der Verfügbarkeit von Arbeitskräften." Hugh nahm seinen Stift zur Hand und schrieb Anweisungen an den Landvogt. "Wir werden die Situation folgendermaßen lösen. Darby wird sofort freigelassen. Und du wirst ihn mit einem Monatslohn des Wildhüters entschädigen."

"Der wird wütend sein."

Hughs kritischer Blick ließ den Earl seine Antwort überdenken.

"Das ist wohl fair", brummte der Mann.

"Und im Gegenzug werde ich Ihren Wildhüter nicht wegen Körperverletzung und Freiheitsberaubung verhaften lassen. Ich überlasse es Ihnen, wie Sie mit Ihrem Mann umgehen wollen."

Nithsdale wollte etwas sagen, hielt aber inne. Eine Entscheidung war gefallen, und niemand in dieser Region - ungeachtet seiner gesellschaftlichen Stellung, seiner Bildung, seines Einflusses oder seiner Freundschaft mit der Familie - würde Viscount Greysteils Rechtssprechung anfechten.

"Nicht gerade der Empfang, den ich bei meiner Rückkehr aus London erwartet habe", sagte der Graf ironisch und stand auf.

"Vielleicht wird ein ruhiger Angeltag unten am Tweed alles wieder gut machen."

"Das ist eine großartige Idee, Greysteil. Angeln wäre genau das Richtige, um dieses Geschäft *und* den lästigen Trubel in London hinter sich zu lassen. Wollen Sie mich begleiten?"

"Danke, nein." Hugh stand auf und begleitete seinen Nachbarn zur Tür. "Ich muss für ein paar Tage nach Edinburgh zurückkehren."

Er öffnete die Tür, doch bevor Nithsdale hinausgehen konnte, erschien eine dunkelhaarige Frau.

"Lady Josephine." Nithsdale wich zurück, als Jo das Arbeitszimmer betrat.

"M'lord. Ich habe gehört, dass Ihr und Lady Nithsdale aus London zurückgekehrt seid. Ich hoffe, Ihr habt die Vergnügungen der Saison genossen."

"Um ehrlich zu sein, bin ich froh, wieder zurück in Schottland zu sein. Aber es ist immer eine Herausforderung, meine Frau aus dem gesellschaftlichen Trubel herauszuholen. Sie würde bis zum bitteren Ende bleiben, wie Sie wissen."

"Nun, ich werde sie aufsuchen, und ich bin sicher, dass ich alles darüber erfahren werde."

"Das werden Sie in der Tat." Der Earl warf Hugh einen Blick zu. "Ich habe jedoch unten am Tweed eine sehr wichtige Angelegenheit zu erledigen. Ich wünsche Ihnen beiden einen guten Tag."

Mit einer Verbeugung ging der Earl hinaus, und Hugh kehrte an seinen Schreibtisch zurück. "Ich bin gleich bei dir, Jo."

Während er den Brief für Darbys Freilassung versiegelte, ging seine Schwester zum Fenster und schaute in den Regen hinaus. Hugh ging zu einer Seitentür, rief einen seiner Angestellten und übergab ihm den Auftrag mit genauen Anweisungen.

"Das war alles nur, weil Mr. Darby afrikanischer Abstammung ist, nicht wahr?"

"Leider stand trotz des Gesetzes Bigotterie im Mittelpunkt dieses Falles".

Hugh setzte sich zu ihr ans Fenster. Lange bevor er mit dem Gedanken gespielt hatte, Richter zu werden, lange vor seiner Zeit in Eton und Oxford und den Jahren vor seinem Dienst als Kavallerieoffizier während der Franzosenkriege, waren seine persönlichen Werte in Bezug auf die Rechte der Menschen bei ihm und seinen vier Pennington-Geschwistern fest verankert gewesen. Wenn er sich nicht für Menschen anderer Rassen einsetzte, wer sollte es dann tun?

"Und wie ich sehe, haben Sie immer noch Ihre Spione in den örtlichen Gefängnissen", fuhr Jo fort, wobei ihre dunklen Augen vor Stolz tanzten. "Sie sorgen dafür, dass die Justiz nicht unterwandert wird."

"Nun, jedenfalls nicht mit Füßen getreten. Und nicht nur die örtlichen Gefängnisse."

"Wer hat Ihnen von Mr. Darbys Missgeschick erzählt?"

Hugh schüttelte den Kopf. Er gab die Quellen seiner Informationen nie preis, nicht einmal gegenüber seiner Familie. Er bemerkte, dass der Regen auf Jo's Kleid tropfte und wechselte das Thema.

"Zwei Tage zurück aus Hertfordshire und du bist schon unruhig? Du warst bei dem Wetter spazieren, was?"

"Kein Spaziergang. Ich musste eine bestimmte Lieferung überwachen, die gerade eingetroffen ist. Ich wollte sicherstellen, dass sie in die alte Kutschenscheune geliefert und nicht in den Ballsaal getragen wird."

Hugh ging auf die Tür zu. "Na endlich. Ich war verrückt vor Sorge, dass es verloren gehen könnte."

"Ich bin froh, dass du zugibst, dass hier Wahnsinn im Spiel ist." Jo beeilte sich, mit ihm Schritt zu halten. "Du verstehst doch, dass ich mit einem Dutzend Anweisungen hierher geschickt wurde, um dieses verrückte Hobby von dir zu stoppen."

"Das ist kein Wahnsinn und auch kein Hobby", erinnerte Hugh seine Schwester. "Ballonfahren ist ein Sport. Eine Leidenschaft. Es ist die Zukunft."

"Ich glaube, die Bewohner von Bedlam verwenden die gleiche Terminologie für ihre Interessen". Sie legte ihm eine Hand auf den Arm, als sie weitergingen. "Sie müssen zugeben, dass Ihr neuester 'Sport' ein gewisses Risiko birgt."

"Das haben Sie auch gesagt, als ich mit dem Boxen angefangen habe."

"Stimmt, aber das hier ist schlimmer", behauptete sie. "Nach jedem Kampf Ihr blutverschmiertes und ramponiertes Gesicht zu betrachten und sich zu fragen, wie lange es dauern würde, bis Sie nach so vielen Schlägen mit nackten Fäusten auf den Kopf wieder zu sich kommen, ist nicht ganz dasselbe wie die Planung Ihrer Beerdigung."

"Sie sind nur ein Jahr älter. Das macht Sie nicht zu meinem Aufpasser."

"Hüterin, Schwester ... nennen Sie es, wie Sie wollen", sagte sie leise, als sie die Tür zum Hof erreichten. "Ich wünschte, Sie würden mit Ihrem Todeswunsch aufhören. Ich will Sie nicht verlieren."

"Das Fliegen erinnert mich daran, dass ich lebe, Jo." Er drückte die Hand seiner Schwester. "Aber Ihnen zuliebe verspreche ich, auf meine Sicherheit zu achten. Und warte, bis Sie diesen Korb sehen. Er wurde von einem der besten Handwerker Antwerpens gebaut."

Sie blickte finster drein, als Hugh von einem der Lakaien einen Regenschirm entgegennahm und ihn Jo in die Hand drückte.

"Wenn Ihnen etwas zustößt", brummte sie, "werden mich unsere Eltern zur Rechenschaft ziehen, das ist sicher."

In ihren dunklen Augen spiegelte sich ihr Unbehagen über die Art und Weise, wie er seine Freizeit verbrachte. Er konnte nicht lügen, nicht gegenüber Jo. Er würde ihr gegenüber nicht leugnen, dass er die Gefahr willkommen hieß. Er begrüßte das Todesrisiko. Und sie beide kannten den Grund dafür. Acht Jahre waren vergangen und er trauerte immer noch. Von allen seinen Geschwistern verstand sie am besten, was er durchgemacht hatte. Seine Vergangenheit und den Schmerz, der mit dem Verlust derer einherging, die er liebte.

Aber Hugh hatte keine wirkliche Todessehnsucht, trotz der gefährlichen Zeitvertreibe, die er genoss. Beim Kämpfen verlor er sich in der Geschwindigkeit und Körperlichkeit des Sports. Das Fliegen bot eine andere Art von Nervenkitzel. Wenn er in den Himmel aufstieg, konnte er die Hektik des Alltags hinter sich lassen. Es war ein Gefühl wie kein anderes. Und weit über der Erde wurde er an seine eigene Unbedeutsamkeit angesichts der majestätischen Pracht der Natur erinnert.

"Ich gebe Ihnen einen Brief, in dem ich Sie von jeder Verantwortung entbinde, bevor ich wieder in die Luft gehe. Oder Sie kommen mit mir fliegen."

"Ich glaube nicht", erwiderte sie. "Wenn der Mensch zum Fliegen bestimmt wäre ..."

Die beiden gingen an den formalen Gärten vorbei und stiegen über graue Steinstufen zu den Ställen und Kutschenscheunen hinunter. Sie folgten dem Kiesweg vorbei an den Zwingern, und erreichten das Gebäude, das er jetzt als Werkstatt nutzte.

Vor drei Jahren war er mit allem, was er besaß, hierher umgezogen, aber langsam glaubte er, einen größeren Raum für seine Ausrüstung bauen zu müssen. Der Ziegelboden war fast voll mit Kisten mit gefaltetem Seidenstoff, Fässern mit Leinöl und größeren Fässern mit Schwefelsäure und Metallfüllungen. Von den Deckenbalken hingen Seil- und Netzrollen und der Seidenballon selbst.

In einer Ecke stand ein schwer beschädigter Korb auf Holzblöcken, das Opfer einer unsanften Landung an einem böigen Tag im vergangenen Herbst. Hugh war eine halbe Meile über Feld, Mauer und Hecke geschleift worden. Bis auf ein paar Kratzer und blaue Flecken hatte er das Abenteuer unbeschadet überstanden. Aber dem Korb war es nicht so gut ergangen. Er war irreparabel zerbrochen und diente Jo und ihren Eltern leider als besorgniserregende Erinnerung. Hugh sagte sich, dass er ihn entfernen lassen musste.

Nachdem er die Transportkiste auf Beschädigungen untersucht und keine bemerkt hatte, holte er eine eiserne Brechstange von einer Werkbank. Jo stand in der Tür und beäugte die Kiste skeptisch aus sicherer Entfernung.

"Kommen Sie näher. Er wird nicht beißen."

"Auf keinen Fall. Vom Geruch her könnte man meinen, Sie importieren Leichen. Haben Sie auch die Wiederauferstehung zum Hobby gemacht?"

Er klopfte liebevoll auf die Kiste. "Dieses süße Ding hat in den Eingeweiden eines Schiffes aus Antwerpen gestanden. Weißt du, wie der Laderaum eines Schiffes riecht?"

"Nein, eigentlich nicht." Sie hielt sich ein Taschentuch vor die Nase und rückte näher heran. "Aber ich glaube, Sie haben Recht mit dem Hinweis auf 'Eingeweide'."

Hugh zog den ersten Nagel heraus. "Nun, treten Sie zurück, da Sie so zimperlich geworden sind. Obwohl ich mich an eine jüngere Version von Ihnen erinnere, die den Rest von uns durch Moore und Sümpfe geführt hat, die nicht besser rochen."

"Aber natürlich! Aber wenn *ich* mich recht erinnere, hatten wir Frösche und Schildkröten und gelegentlich einen Drachen, der gejagt werden musste", antwortete sie lächelnd. "Nun gut. Öffnen Sie es und lassen Sie uns Ihren Schatz sehen."

Es dauerte nur einen Moment, bis er den Deckel abgenommen hatte. Er warf ihn zur Seite, zog die Plane zurück, die den Korb bedeckte, und starrte dann neugierig auf die dunkelgrünen Lumpen, die am Boden gebündelt waren.

Als er sich hineinbeugte, verflog Hughs Enthusiasmus, als ihm eine schreckliche Erkenntnis kam. Dies war kein Haufen alter Kleidung. Ein Schopf blonden Haares. Ein Schuh. Eine Hand. Der Körper einer toten Frau lag zusammengerollt in der Gondel.

"Verdammter Mist."

"Was ist los?" Sofort war Jo an seiner Seite. "Großer Gott!"

Hugh kletterte hinein und hockte sich neben die Leiche. Er nahm ihre Hand. Sie fühlte sich kalt an. Sein Herz sank. Die Kiste war von Antwerpen aus verschifft worden. So viele Tage ohne Wasser, ohne Essen, in der Kälte und Feuchtigkeit des Schiffsladeraums gefangen zu sein. Er hatte keine Ahnung, wer diese Frau war oder wie sie hierher gekommen war.

Der Gedanke kam ihm in den Sinn. Vielleicht war es keine unabsichtliche Tat. Vielleicht war sie ermordet und ihre Leiche in die Kiste geworfen worden.

Verärgerung und Beunruhigung machten sich in ihm breit, als er die verfilzten goldenen Haarsträhnen beiseite schob. Sie war jung. Er hob ihr Kinn an. Der Körper hatte nichts von der Leichenstarre an sich. Er starrte auf ihre Lippen. Vielleicht bildete er es sich ein, aber sie schienen sich bewegt zu haben.

"Hell ..." Das Flüstern war nur das Rascheln von Blättern in einer Brise.

Die Finger zuckten und erwachten zum Leben und griffen nach seiner Hand.

"Sie ist nicht tot", rief er Jo erleichtert zu. "Schicken Sie nach dem Arzt. Ich bringe sie ins Haus."

Seine Schwester rannte hinaus und rief um Hilfe, und er hob die Frau hoch. Sie stieß ein leises Stöhnen aus. Ihre Gliedmaßen waren seit vielen Tagen in der gleichen verkrampften Position fixiert. Hugh stützte sie über die Seite der Gondel.

"Bleiben Sie bei mir", ermutigte er sie. "Sprechen Sie mit mir."

Er hielt die Frau fest, kletterte aus dem Korb, hob sie vorsichtig heraus und wiegte sie in seinen Armen. Sie wog so gut wie nichts.

Als sie in den Regen hinausgingen, befürchtete er, dass sie sterben würde. Die Anstrengung, die sie beim Atmen hatte, zeigte sich in ihrem Gesicht. Er hatte das auf dem Schlachtfeld gesehen. Die letzte Anstrengung vor dem Tod.

Als er den Weg hinaufging, stolperte er und bemerkte nicht, dass die Röcke der Frau über den Boden schleiften. Er taumelte, fing sich aber wieder, bevor sie zu Boden fielen. Ihr Kopf lehnte an seiner Brust, ihr Gesicht war grau und maskenhaft. Sie schien zu entschlüpfen. Es wäre eine Schande, dass sie die Überfahrt überlebt hatte, um jetzt zu sterben.

Eine Dolchspitze des Zorns durchbohrte Hughs Gehirn, als er sich an einen anderen trostlosen Tag erinnerte, an dem er zwei andere Leichen, in Leichentücher gehüllt, aus einer Holzkiste gehoben hatte.

"Sprechen Sie mit mir", befahl er. "Sagen Sie etwas."

Als er den Hügel zum Haus hinaufstieg, zuckte ein Blitz über den Himmel über Baronsford. Donner erschütterte den Boden, der Himmel öffnete sich und ließ heftige Regengüsse auf sie niederprasseln.

Seine Frau. Sein Sohn. Hugh war nicht für sie da gewesen. Sie starben als er und die britische Armee von den Franzosen durch Spanien gejagt wurden. Er hatte versucht, die Leben seiner Männer zu retten, ohne zu wissen, dass die, die ihm am wichtigsten waren, litten.

"Sie haben hast eine schreckliche Tortur überlebt. Geben Sie mir die Chance, Sie zu retten."

Die Frau bewegte sich schwach in Hughs Armen, und ihr Kopf kippte nach hinten. Er beobachtete, wie sich ihre Lippen öffneten und die Nässe des fallenden Regens willkommen hießen.

"Wir sind fast da."

"Hell...", murmelte sie.

Er schaute ihr ins Gesicht und sah, dass sie sich anstrengte, die Augen zu öffnen.

"Ja, heller als in dieser Kiste", sagte er, ermutigt durch ihre Bemühungen. Jede Bewegung, und sei sie noch so klein, gab ihm Hoffnung. "Und Sie sind schon weiß Gott wie lange da drin."

Ihre Atemzüge waren flach, und das Keuchen war nicht ermutigend. Trotzdem versuchte sie zu sprechen.

"Oh Mutter, adieu für immer ..."

Ein Windstoß fegte von Westen heran, und die Regentropfen wurden zu stechenden Stacheln in seinem Gesicht.

Adieu für immer. Die Worte lösten eine weitere Erinnerung aus. Der Wind in Corunna wehte ihnen ins Gesicht, als die französischen Infanteriekolonnen das Feuer eröffneten. So viele junge Männer, die ihren Mann standen, hatten nie die Chance, zu ihren Müttern, Frauen und Kindern zurückzukehren.

"Ich liege jetzt auf dem Sterbebett ..."

Ihr Murmeln erhob sich wie ein Gebet. Wann hatte er vergessen, wie man betet? War es auf dem kalten, harten Marsch nach dem Pattsituation bei Astorga? Wie viele Tage hatte er Gebete zum Himmel geschickt, nur damit der grausame Himmel über ihm seinem Flehen ein taubes Ohr schenkte?

Ein Husten grollte tief in ihrer Brust, und der Himmel folgte ihm. Donner rollte über die Felder und hüllte sie ein.

"Wenn ich gelebt hätte... wäre ich mutig gewesen..."

Die hochmütigen Worte der unerprobten Jugend. Und was für so viele folgte, war der Tod. Sie starben beim ersten Angriff, bevor sie ihren Mut zeigen konnten.

Eine starke Windböe beutelte sie mit Regen, und Hugh hielt kurz inne und drehte sich um, um sie mit seinem Körper zu schützen.

"Dass Sie jetzt noch leben, ist ein Wunder. Sie sind eine hartnäckige Frau", flüsterte er. "Und Beharrlichkeit erfordert Mut."

Ein Blitz und ein sofortiger Donnerschlag schreckten Hugh auf.

"Ich lasse meinen jugendlichen Kopf hängen..."

Er nahm den stetigen Aufstieg zum Haus wieder auf. Sie waren völlig durchnässt.

"Unsere Knochen verfaulen ..."

Sie redete vom Krieg. Dieser verfluchte Krieg. Überall auf dem Kontinent lagen die Knochen auf Feldern und Friedhöfen. Jeder Mann, jede

Frau und jedes Kind von Moskau bis Lissabon war von ihm betroffen. Jeder.

"Trauerweiden wachsen über uns..."

Bei Waterloo hatte ein Weidenhain gestanden. Die zuvor so anmutigen Bäume waren durch ein preußisches Kanonenfeuer zu Splittern zerschmettert worden. Er erinnerte sich an die Schreie der sterbenden Soldaten inmitten der Trümmer.

"Ganz in der Nähe ..."

"Was ist hier in der Nähe?", fragte er und richtete seine Aufmerksamkeit auf ihre schwachen Worte. Vielleicht wollte sie ihm sagen, wer sie war oder wie sie in die Falle geraten war.

"Das anschwellende Meer ..."

"Ja, sie haben das Meer überquert", ermutigte er sie. Er trat in eine mit schlammigem Wasser gefüllte Furche, aber er behielt sein Gleichgewicht. "Erzählen Sie mir mehr. Sprechen Sie mit mir."

"Eines Morgens ..."

"Eines Morgens? Erzählen Sie mir, was passiert ist."

Er hörte einen Tumult am Fuße des Hügels hinter sich, drehte sich um, und sah einen seiner Stallknechte in halsbrecherischem Tempo in Richtung Dorf reiten. Endlich.

"Im Monat Juni . . ."

"Es ist noch Mai, aber der Juni kommt", sagte er. Er würde alles sagen, damit sie weiterspricht. Solange sie redete, war sie am Leben.

"Während gefiederte Singvögel trällern ..."

Ihre Augen blieben geschlossen, aber Hugh erkannte, was sie getan hatte. Sie hatte lange vergrabene Erinnerungen ausgegraben. Er sprach selten über den Krieg. Er versuchte, nicht einmal daran zu denken, aber die Albträume blieben.

Er kämpfte damit, in der Gegenwart zu bleiben und sich auf sie zu konzentrieren. Er musste sich einen Reim darauf machen, was sie sagte.

"Was wollen Sie mir damit sagen?"

"Ihre bezaubernden Lieder " Sie war entschlossen, weiterzumachen, auch wenn ihr das Atmen schwer fiel.

Ihre Stimme versiegte zu einem Husten tief in ihrer Brust. Als es nachließ, blinzelten blaue Augen zu ihm auf. Er blickte zurück auf das vom Regen verdunkelte Haar, auf die hohen Wangenknochen und die gerade Nase.

"Was ist das? Was wollen Sie damit sagen?"

"Hell...".

Ein weiterer Blitz zuckte in Richtung des Flusses und er blickte auf das Haus, das vor ihm aufragte. Sie hatten fast den Ostflügel erreicht. Ein Lakai, der um eine Biegung erschien, rannte mit einem Regenschirm auf sie zu.

"Wir müssen Sie in ein Bett legen. Meine Schwester wird Ihnen die Pflege..."

"Der schöne Rosenstrauß, O."

Das Verständnis kam zusammen mit dem darauf folgenden Donnerschlag.

"Verflucht, wenn das nicht wie ein Gedicht klingt. Du kannst nicht einmal atmen, Mädchen, aber du sagst ein Gedicht auf."

Ihr Kinn hob sich leicht. Die Augen versuchten erneut, sich auf sein Gesicht zu konzentrieren. Sie bemühte sich, etwas zu flüstern. Er konnte die Worte nicht verstehen. Als er den Kopf schüttelte, wiederholte sie sie.

"Eine Ballade", flüsterte sie.

"Oh. Ich bitte um Entschuldigung. Eine Ballade."

Ihre Augen hatten sich wieder geschlossen. Hatte sie ihn wirklich gerade korrigiert?

Ein halbes Dutzend Lakaien und Dienstmädchen warteten an einer Servicetür auf sie. Seine Schwester drängte sich an ihnen vorbei.

"Ich habe sie. Macht Platz", befahl Hugh und segelte durch den Eingang.

"Gehen Sie direkt die Treppe hoch", sagte Jo.

Mrs. Henson, die Wirtschafterin, erschien oben. "Wir haben das erste Schlafgemach geöffnet, Mylord."

Diener wuselten um sie herum, während andere vorausliefen.

Die Frau hustete - ein furchtbar schmerzhaftes Geräusch - und schnappte nach Luft. Ihn durchfuhr die Angst, dass er recht gehabt hatte. Sie hatte ihre ganze Kraft darauf verwendet, eine verflixte Ballade zu rezitieren.

Ein Lakai hielt eine Tür auf. Als Hugh sie durch das Wohnzimmer in ein dahinter liegendes Schlafzimmer trug, zogen Bedienstete die Decken zurück. Er legte sie auf das Bett.

Als Jo ihr Gesicht sanft trocken tupfte, hustete die junge Frau erneut, versuchte zu atmen, und ihre Lippen bewegten sich.

"Der Rest der Ballade?", fragte er. Er brachte sein Ohr nahe an ihre Lippen. Ein schwacher Ton erklang.

"Wo .. bin ich?"

Hugh wich zurück und sah in die blauen Augen, die versuchten, ihn zu fokussieren.

"Schottland", sagte er. "Sie sind in Sicherheit."

Sie hob eine Hand, bewegte sich steif und versuchte, sich aufzurichten. Aber ihre Glieder hatten nicht die Kraft dazu, und ihr Kopf sank zurück auf das Kissen.

Die Augen fielen zu, aber sie begann wieder zu flüstern.

Er starrte auf ihre Lippen und kam näher.

"Schicken Sie mich zurück."

Kapitel Drei

Grace hatte keine Ahnung, wie lange sie schon im Nebel umherirrte. Sie wusste nicht, was vor ihr lag. Hohe Bäume ragten über ihr auf und schlossen alles Licht aus. Verworrenes Gestrüpp zerrte an ihren gefesselten Füßen. Raubtieraugen starrten sie aus den Schatten an. Zu erschöpft, um sich darum zu sorgen, sank sie auf den Boden. Der Geruch von Erde und Kiefern erfüllte ihre Sinne.

Verwirrung machte sich in ihr breit. Ihr Magen krampfte sich zusammen, als sich die grüne Welt um sie herum zu drehen begann. Stimmen hallten aus der Ferne wider. Um sie herum löste sich der Wald auf und verschwand wie eine bemalte Leinwand. Sie befand sich nicht in einem Wald, sondern in einem Schlafgemach. Die Worte wurden deutlich.

"Ihre Lungen sind in Mitleidenschaft gezogen worden, Mylord. Aber nach dem, was Sie mir sagen, ist das nur zu erwarten."

Grace schaute den Mann an, der neben ihr auf dem Bett saß. Eine dicke Brille saß in einem Bett aus buschigen weißen Brauen auf einer roten, pockennarbigen Nase. Das rötliche Gesicht trug die tief eingegrabenen Linien fortgeschrittener Jahre.

Sie versuchte, Luft zu holen, aber es gelang ihr nicht. Warum haben sie den Stein, der auf ihrer Brust lag, nicht weggenommen?

Sie lag im Sterben. Sie war in diesem Korb eingesperrt gewesen. Lebendig versiegelt in diesem Grab aus Weidengeflecht und Holz. Abgesenkt in das Grab eines Schiffsladeraums. Ihre Schreie waren unbeantwortet geblieben, bis sie schließlich keinen Willen mehr hatte, zu schreien, keine Kraft mehr, gegen die Gefühle der Verzweiflung und der Angst anzukämpfen. Die Luken waren versiegelt, die Dunkelheit war vollkommen, und die Zeit verlor jede Bedeutung. Wie viele Tage oder Wochen sie in diesem Korb gelegen hatte, wusste sie nicht. Durst und Hunger zerrten eine Zeit lang an ihrem Inneren, aber auch diese Leiden verschwanden, nur um von einem vagen Wunsch nach dem Ende ersetzt zu werden.

Aber diese stille Erlösung war noch weit entfernt, und die schmerzhaften Gedanken an ihren geliebten Vater kehrten immer wieder. Um den Wahnsinn zu bekämpfen, von dem sie sicher war, dass er kommen würde, beschwor ihr Geist schließlich eine andere Welt herauf. Buchseiten erhellten die Dunkelheit. Zeilen von Gedichten und Balladen erschienen vor ihren Augen. Alles, was sie je gelesen hatte, kam ihr jetzt wieder in den Sinn.

Ihr Vater nannte es ihr "Talent". Grace merkte sich alles: Namen, Gesichter, Zahlen und mehr. Ihre Freunde sahen es als Unterhaltung an. Sie testeten sie und lachten, wenn sie Kapitel aus Büchern rezitierte, die sie nur einmal gelesen hatte. Sie konnte die Position jeder Karte benennen, nachdem sie das Kartenspiel nur einen Moment lang aufgedeckt hatte. Einige, die von ihrem Talent wussten, bezeichneten sie als Sonderling. Ein französischer Gelehrter hatte einmal darauf bestanden, sie zu studieren. Aber ihr Vater wollte es nicht zulassen, und sie war dankbar für seine Intervention.

Auf dem Schiff, eingeschlossen in dem, was sie für ihren Sarg hielt, hatte Grace begonnen, die in ihrem Gedächtnis gespeicherten Worte laut zu rezitieren. Eine Zeile nach der anderen, ein Gedicht nach dem anderen, eine irische Ballade und eine französische, ein Lehrbuch und ein Roman - jedes erinnerte sie daran, dass sie noch am Leben war.

Doch ihre Stimme war mit der Zeit leiser geworden, bis nur noch das Rauschen des Meeres, das Knarren des Holzes und das Schwappen des Wassers unter ihr zu hören war. Schließlich verschwanden auch diese Geräusche, und Stille beherrschte die Dunkelheit.

"Ich wäre sehr nachlässig, wenn ich optimistisch wäre", sagte der alte Mann. Sein Gesicht entfernte sich aus ihrem Blickfeld. "Ich kann sie bluten lassen, Mylord, aber ich weiß nicht, was ihr das nützen wird."

Kein Blut. Grace hatte in Antwerpen zu viel davon gesehen. Die schwärzende Lache um den Diener. Der tiefrote Fleck auf der Brust ihres Vaters. Während sie in der Kiste eingesperrt gewesen war, waren ihre

Gedanken zu diesen Momenten zurückgekehrt. Ob sie wach war oder schlief machte keinen Unterschied. Sie sah immer wieder die Toten. Selbst jetzt brannten Graces Augen, aber sie bezweifelte, dass sie noch eine Träne vergießen konnte.

"Nein", antwortete ein anderer Mann. "Keinen Aderlass. Sie ist nicht stark genug."

Sie hatte diese Stimme schon einmal gehört. Derselbe tiefe und befehlende Ton. Der Mann, der sie aus dem Weidengrab gehoben und durch den Regen getragen hatte. Sie hatte ihm eine irische Ballade vorgesungen und ihn mit ihren Worten verwirrt.

Sicher, hatte er selbstbewusst gesagt und sie ins Bett gelegt.

Wenn er nur wüsste, wie falsch er lag.

Grace versuchte, sich auf den großen, dunkelhaarigen Fleck in der Ferne zu konzentrieren. Breite, in einen schwarzen Mantel gehüllte Schultern dominierten die Wand dahinter. Sie konnte seine Gesichtszüge kaum erkennen, aber sie hörte die Sorge in seinem Tonfall.

Sie versuchte, wieder zu atmen und hatte Mühe. Husten quälte ihren Körper, und ein stechender Schmerz durchzuckte ihre Brust. Wo war der Tod jetzt? Wo war ihre Erlösung? Hatte sie nicht genug gelitten?

Als die Krämpfe ein wenig nachließen, hob jemand ihren Kopf vom Kissen und löffelte ihr eine bittere Medizin zwischen die Lippen. Grace verschluckte sich daran, und ihr Körper reagierte heftig. Sie schnappte vergeblich nach Luft, und dann wurde der Raum wieder schwarz um sie herum.

Hugh hatte genug vom Tod gesehen. Er wollte ihn nicht noch einmal erleben.

Der Anblick dieser Frau, die nach Luft rang, rief wieder die quälenden Erinnerungen an seine Lieben wach, die so weit weg von zu Hause starben. Sie hatte Zeilen aus einer Ballade gemurmelt. Er kannte das Werk nicht, aber es klang wie der Abschiedsgruß eines Soldaten, der auf dem Schlachtfeld starb.

Oh Mutter, adieu für immer ...
Ich liege jetzt auf meinem Sterbebett ...
Wenn ich gelebt hätte, wäre ich mutig gewesen...
Ich lasse mein jugendliches Haupt sinken...
Unsere Knochen verfaulen...

Trauerweiden wachsen über uns...

Hugh kämpfte zum tausendsten Mal damit, seine bittere Wut auf den französischen Tyrannen und seinen blutigen Krieg zu unterdrücken.

Er starrte die Frau an und fragte sich, wer sie jetzt vermisste. Wie die Mutter in dem Gedicht, die auf sie wartete , Seelenqualen darüber erlitt, was aus ihr geworden war, und nicht wusste, ob sie lebte oder tot war?

Hugh hatte nicht einmal gewusst, dass seine Frau und sein Sohn litten, bis es zu spät war. Amelia hatte ihr kostbares Kind über das Meer nach Spanien gebracht, ohne ihm eine Nachricht zukommen zu lassen. Während Hugh und seine leichte Kavallerie sich durch Spanien kämpften, wartete sie in Vigo auf ihn. Während er und seine Männer die Flanke der britischen Armee auf diesem schrecklichen Rückzug durch Schnee und eisigen Regen schützten, starben Amelia und der dreijährige Junge am Lagerfieber, von Schmerzen geplagt, nach Luft ringend und verzweifelt um ihr Leben kämpfend. Aber es half nichts. Sie starben in dem Küstendorf in der Nähe von Corunna, ohne jemanden, der sich um sie kümmerte, ohne Familie, die sie tröstete, im Elend dieses gottverlassenen Ortes, abgeschnitten von Hilfe und von der Pest befallen.

Und er war nicht da, als sie ihn brauchten.

Hugh verfluchte die Franzosen erneut, wie er es schon eine Million Mal getan hatte. Später, auf den Schlachtfeldern Frankreichs und Belgiens, hatte er sie dafür bluten lassen, selbst als sie seine Kameraden um ihn herum niedermachten. So oft hatte er sich in das dickste Schlachtgetümmel gestürzt, ohne sich darum zu kümmern, ob er überlebte oder starb. Wie oft hatte er sich gewünscht, er *wäre* gestorben?

Die Frau sank in einen unruhigen Schlaf, wenn es das war, was es war. Wenn sie jetzt starb, wollte er es nicht sehen.

Hugh schritt aus dem Zimmer und blieb stehen. Als er den Flur auf die seit langem ungenutzten Räume dieses Flügels hinunterblickte, spürte er den Schmerz, der ihn mit derselben Heftigkeit durchströmte wie an dem Tag, als er vom Tod seiner Frau und seines Sohnes erfahren hatte. Dieser Teil des Ostflügels war einst ein Ort der Freude für ihn gewesen. Jetzt nicht mehr. Er kam immer noch hierher, trotz der Schmerzen, die es ihm bereitete. Er musste es tun. Es war alles, was ihm von ihnen geblieben war.

Er blickte zurück zur Tür, wo die Frau lag und mühsam nach Luft rang. Sie war eine Kämpferin, das war sicher. Aber er konnte sich nicht erklären, wie sie in diese verfluchte Kiste gekommen war.

Er stieg die Treppe hinunter und ging auf den Hof hinaus. Es regnete immer noch leicht, doch die Blitze und das Donnergrollen hatten sich schon längst nach Osten verzogen.

Er folgte der Auffahrt hinunter, vorbei an den Ställen, bis zur Kutschenscheune und ging hinein.

Hugh starrte auf die offene Kiste und versuchte zu schätzen wie lange sie darin gefangen gewesen sein musste. Der Korb war aus Antwerpen verschifft worden. Jemand hatte die Kiste zugenagelt. Wie war es möglich, dass sie unbemerkt bleiben würde, es sei denn, sie hatte sich absichtlich darin versteckt? Sie könnte betäubt oder bewusstlos gemacht und in dem Korb versteckt worden sein. Wenn das der Fall war, hatte man sie absichtlich dort drin gelassen, um zu sterben. Oder vielleicht hatte es jemand anderes versäumt, die Lieferung abzufangen und sie herausgelassen, bevor sie Antwerpen verlassen hatte. Die Möglichkeiten waren zahlreich, aber keine von ihnen machte es ihm einfacher.

Hugh untersuchte die Kiste. Ihm fiel nichts Ungewöhnliches daran auf. Als er in die Ballongondel blickte, dachte er an die Qualen, die das Eingesperrtsein in einen solchen Raum mit sich brachte. Es war ein Wunder, dass sie überhaupt überlebt hatte.

Am Boden des Korbes fiel ihm etwas ins Auge. Mehrere Münzen. Er kletterte hinein, hob sie auf und hielt sie gegen das Licht.

Amerikanische Münzen.

Kapitel Vier

SEIT ÜBER VIER Jahrzehnten lag die Leitung von Baronsford in den fähigen Händen von Walter Truscott. Truscott, ein Cousin von Hughs Vater, war weithin als der Grund dafür anerkannt, dass das Anwesen der Penningtons in dieser Ecke Schottlands als Vorbild für Sorgfalt und Leistung diente.

Hugh wurde über alles auf dem Laufenden gehalten, aber sein Amt in der Justiz hielt ihn auf Trab. So überwachte Truscott die Arbeit des Verwalters und der Betriebsleiter und traf alle betrieblichen Entscheidungen, unabhängig davon, ob sie den Hof oder die Pächter betrafen. Ohne seine Genehmigung wurde kein Haus gebaut und keine Mühle repariert. Kein Vieh wurde gekauft oder verkauft und kein Feld wurde ohne sein Wissen gepflügt. Kein Knecht wurde ohne seine endgültige Zustimmung eingestellt oder entlassen.

Es war Truscotts Vorschlag gewesen, Darby eine Stelle anzubieten, nachdem er zu Unrecht im örtlichen Gefängnis gesessen hatte. Nach Absprache mit dem Verwalter von Lennox hatte Walter dem Schmied am Morgen nach seiner Entlassung eine Stelle in Baronsford angeboten.

Als Hugh nach zwei Tagen in Edinburgh nach Baronsford zurückkehrte, stellte er fest, dass Darby auf das Angebot eingegangen war. Truscott stand an einer Stalltür und wies mit einer Geste auf die nahe gelegene Schmiede.

"Er ist ein harter Arbeiter, intelligent und fähig in seinem Beruf", sagte Truscott ihm. "Er wird eine Bereicherung für uns sein."

"Du rätst nie falsch, Walter." Hugh übergab sein Pferd an einen der Pferdepfleger. "Wie soll er leben?"

"Erledigt."

Die Franzosenkriege und die Abwanderung vieler Arbeiter in Städte wie Edinburgh in den letzten zwei Jahrzehnten hatten die Zahl der Bauern, die in der Umgebung von Baronsford arbeiteten und Landwirtschaft betrieben, sowie die Bevölkerung von Melrose Village schrumpfen lassen. Immer mehr irische Landstreicher tauchten in der Gegend auf, aber viele Cottages standen leer.

"Er hat auch um ein paar Minuten Ihrer Zeit gebeten", sagte Truscott. "Er sagt, es sei wichtig, dass er mit Ihnen spricht. Ich dachte, es wäre weniger einschüchternd für ihn, wenn Sie das, was er zu sagen hat, hier draußen hören und nicht in Ihrem Arbeitszimmer."

Hugh konnte es kaum erwarten, mit Jo über ihre geheimnisvolle Patientin zu sprechen. Er nahm an, dass sie noch am Leben war. Er hatte keine gegenteilige Nachricht erhalten, während er in Edinburgh war.

Ein paar Augenblicke würden keinen Unterschied machen. Er ließ Truscott zurück und schritt zu den offenen Türen der Schmiede. Der hochgewachsene Mann arbeitete zusammen mit einem rußverschmierten Gehilfen.

"Sie wollten mit mir sprechen, Mr. Darby?"

Als er ihn sah, hängte der Schmied seine Lederschürze auf und kam heraus. Hugh winkte in Richtung der Zwinger und sie gingen hinüber zu dem niedrigen Gebäude. Was auch immer er zu sagen hatte, der Mann konnte dabei auch etwas Privatsphäre haben. Ein Dutzend kleiner Hunde kam mit wedelnden Schwänzen über das eingezäunte Gelände.

"Zuerst möchte ich mich bei Ihnen bedanken, mein Herr." Der Schmied nahm seine Mütze ab und umklammerte sie mit beiden Händen. "Ich weiß, dass ich ohne Sie immer noch in diesem Gefängnis verrotten würde."

"Sie brauchen mir nicht zu danken. Ich denke, dass wir das Gesetz in dieser Region anständig durchsetzen. Aber was Ihnen passiert ist, war falsch."

"Das ist mein Leben, Mylord. Ich bin im East End von London geboren und aufgewachsen. Ein hartes Pflaster", fügte er hinzu. "Als ich für diesen Job in den Norden kam, hoffte ich auf eine Veränderung."

"Ich kann Ihnen versichern, dass Sie in Baronsford fair behandelt und Ihrem Wert entsprechend bezahlt werden. Mr. Truscott ist ein fairer Mann."

"Das erkenne ich allerdings auch schon."

Die Mütze drehte sich weiter in seinen großen Fäusten. Hugh hatte genug Jahre auf der Richterbank verbracht, um zu wissen, wann ein Mann den Mut fasste, mehr zu sagen. Er lehnte sich über den Zaun und streichelte die Hunde.

"Ich bin dankbar für Eure Großzügigkeit, Mylord. Seit meiner gestrigen Ankunft habe ich von allen nur Freundlichkeit erfahren. Aber ..." Er hielt inne, sein Blick suchte den Boden zwischen ihnen ab. "Ich möchte Euch keinen Ärger machen. Sie waren freundlich zu mir, also möchte ich auch ehrlich zu Ihnen sein. Ihr Nachbar, der mich anstellen sollte, wusste nicht alles über die Sache. Ich bin weder ein Mörder noch ein Dieb, aber es gibt Leute, die auf mich herabsehen..."

"Ich weiß, dass Sie schon einmal in London verhaftet wurden, Mr. Darby", sagte Hugh und sah ihn an. "Nach den Unruhen in Spa Fields im vergangenen Dezember verbrachten Sie sechsundzwanzig Tage im Gefängnis, bevor Sie wieder freigelassen wurden. Es wurde keine Anklage gegen Sie erhoben."

Die Unruhen im vergangenen Dezember waren der Höhepunkt eines Jahrzehnts der Unzufriedenheit über hohe Preise und Steuern nach den Franzosenkriegen gewesen. Und die Ärmsten Londons waren nicht die einzigen, die auf die Straße gingen und demonstrierten. Zur Überraschung vieler schlossen sich auch zahlreiche Aristokraten dem so genannten "Pöbel" an.

"Sie wissen das, und trotzdem haben Sie sich mit mir eingelassen?"

"Gegen die Regierung zu protestieren ist ein altehrwürdiges Recht". Die Gesetze, die das Parlament seit diesen Unruhen erlassen hat, wollte er nicht erwähnen.

Der Schmied hörte auf, seine Mütze zu missbrauchen und atmete erleichtert aus.

"Wir brauchen hier Handwerker", sagte Hugh und wechselte das Thema. "Und Mr. Truscott hat mir erzählt, dass Sie ein fähiger Schmied sind."

"Ich arbeite hart, Mylord."

Ein anderer Mann stand nun vor ihm. Einer, der frei von den Schatten der Vergangenheit war.

"Ausgezeichnet. Ich könnte sogar Ihre Hilfe bei einem bestimmten Projekt gebrauchen, wenn Sie dazu bereit sind."

"Ich helfe gerne, Mylord."

"Gut. Ich werde mit Mr. Truscott absprechen, wann er mir Ihre Dienste zur Verfügung stellen kann."

Hugh brauchte einen Schlosser, der ihm bei seinen Ballonfahrten half, und er hatte keinen Zweifel, dass Truscott genau das im Sinn hatte, als er Darby einstellte.

Als Hugh das Haus wenige Augenblicke später erreichte, wartete Jo auf ihn. Ihre rasche Begrüßung und ihr besorgter Gesichtsausdruck zeigten, dass sie sofort seine Aufmerksamkeit brauchte.

"Bibliothek?", fragte er.

"Die Bibliothek im Erdgeschoss wird ausreichen." Sie wandte sich an einen der Lakaien, die in der Nähe standen. "Bitten Sie Mrs. Henson, seiner Lordschaft etwas Tee zu bringen."

Ohne auf ihn zu warten, ging sie in diese Richtung. Hugh legte seinen Hut und Mantel ab und folgte ihr.

Sie ging auf dem Fußboden hin und her, als er eintrat. Jo hatte im Allgemeinen ein ruhiges Temperament. Sie war eine natürliche Friedensstifterin, geduldig im Umgang mit den lästigen, alltäglichen Meinungsverschiedenheiten. Nur wenn es um die Familie ging, kamen ihre Gefühle zum Vorschein. Wenn es nötig war, wurde sie zu einer Löwin, die das Rudel beschützte.

"Du hinterläßt eine Spur im Teppich, Jo." Er schloss die Tür hinter sich. "Warum?"

Sie blieb stehen und sah ihn an. "Es geht um unseren Gast."

"Was ist mit ihr? Ist sie gestorben?"

"Nein, sie ist noch am Leben, obwohl sie immer wieder das Bewusstsein verliert. Dr. Namby war am Mittag hier. Er sagt immer noch, es bestehe wenig Hoffnung, dass sie überlebt. Er macht sich auch Sorgen wegen einer Ansteckung, weil sie so lange den giftigen Dämpfen im Laderaum des Schiffes ausgesetzt war."

"Ist es das, was Sie beunruhigt hat?"

Sie schüttelte den Kopf. "Ich bin bei ihr, seit wir sie ins Haus gebracht haben. Anna war die einzige Dienerin, die mir geholfen hat. Wir haben uns um sie gekümmert, und nach drei Tagen geht es uns beiden gut."

Da er wusste, dass seine Schwester nicht aufhören würde, auf und ab zu laufen, bis sie sagte, was sie beschäftigte, setzte sich Hugh auf ein Sofa.

"Konntest du etwas über sie herausfinden, während du in Edinburgh warst?"

"Ich bin zum Schiffahrtsbüro in Leith gegangen und habe ein paar diskrete Fragen über die Abfertigung der Kiste gestellt", sagte er ihr. "Niemand ahnte, dass es überhaupt ein Problem gab. Also habe ich meinen Angestellten Aston MacKay nach Antwerpen geschickt, um alles über eine vermisste Amerikanerin herauszufinden. Wir sollten innerhalb der nächsten vierzehn Tage von ihm hören. Bis dahin hoffe ich immer noch, dass unser Gast erwacht und uns selbst erzählt, wie sie in dieser Kiste gelandet ist. In der Zwischenzeit möchte ich keine weitere Aufmerksamkeit auf sie ziehen , während sie sich erholt."

Als Richter, der mit den Schattenseiten der menschlichen Natur vertraut war, wusste Hugh um die hässlichen Übertreibungen und Unwahrheiten, die sich verbreiten könnten, wenn ihre Situation öffentlich gemacht würde. Sie war krank und hatte keine Möglichkeit, sich zu schützen.

"Haben Sie Dr. Namby gebeten, ihre Situation geheim zu halten?"

"Das habe ich. Und er stimmt mir zu. Man sollte ihr unnötige Aufregung ersparen." Jo nahm ihre Bewegung wieder auf. "Sie hat im Schlaf geredet."

Hugh lächelte über ihren poetischen Vortrag und ihr Beharren darauf, dass es sich um eine Ballade handelte. "Hat sie etwas Nützliches enthüllt?"

"Ihre Art zu sprechen ist ziemlich kultiviert. Und ich habe sie nicht nur auf Englisch, sondern auch auf Deutsch, Spanisch und Französisch murmeln oder rufen hören. Es scheint, dass sie diese kompetent Sprachen beherrscht. Und sie rezitiert gerne Gedichte."

Er selbst war ein ständiger Leser, nicht so sehr von Gedichten und Romanen, sondern von juristischen Fachzeitschriften und allem, was mit Geschichte und Wissenschaft zu tun hatte. Er schätzte Frauen, die lasen, und es schien, dass diese es auch tat.

"Sie ist also sehr gebildet", kommentierte Hugh.

"Und wohlgeboren, denke ich. Die Qualität ihrer Reisekleidung sagt viel über ihren Stand aus." Jo sah ihn wieder an. "Aber das ist noch nicht alles, was ich erfahren habe."

Die Dienerin, die den Tee brachte, unterbrach ihr Gespräch. Nachdem sie sie fortgeschickt hatte, schenkte Jo Hugh eine Tasse ein und setzte sich neben ihn.

"Was noch?", fragte er.

Sie legte ein Samttäschchen zwischen die beiden auf das Sofa.

"Was ist das?"

"Das könnte der Grund sein, warum jemand böse auf sie war."

"Wenn jemand sie in diese Kiste genagelt hat, war er mehr als nur böse. Sie haben versucht, sie zu töten. Was ist da drin und wo hast du es gefunden?"

"Der Beutel war in die gepolsterte Taille ihres Kleides eingenäht. Wir haben ihn gefunden, als Mrs. Henson das Kleidungsstück zum Waschen mitnahm."

Jo schüttelte einen großen undurchsichtigen Stein in ihre Handfläche.

Ein Diamant. Ungeschliffen. Der größte, den er je gesehen hatte. Wer trägt so etwas Wertvolles mit sich herum? dachte Hugh.

Er stellte die Teetasse ab. "Lassen Sie mich mal sehen."

"Haben Sie jemals einen Edelstein dieser Größe gesehen?"

"Schwer", kommentierte er.

Er stand auf, ging zum Fenster und hielt ihn in das Nachmittagslicht.

"Glauben Sie, dass es ein Diamant ist?", fragte sie.

Hugh legte den Stein an das Fenster und ritzte ein kleines X in das Glas. Der Zustand, in dem sie gefunden wurde, musste direkt damit zusammenhängen. Er hatte über Verbrechen geurteilt, die wegen winziger Beträge begangen wurden.

"Ja, es ist ein Diamant. Und ich würde schätzen, dass er ein Vermögen wert ist."

"Das dachte ich mir schon", sagte sie. " Er war in diesen Beutel eingenäht und in so vielen Schichten des Stoffes versteckt, dass niemand, der das Kleid ansah, wissen konnte, dass er dort versteckt war."

"Sie haben den Beutel geöffnet?", fragte er in einem schärferen Ton als beabsichtigt.

Jo errötete. "Vielleicht hätte ich das nicht tun sollen. Aber ich hatte gehofft, es würde uns etwas über unseren Gast verraten."

"Ich würde sagen, das tut es."

Ihr Gast sprach mehrere Sprachen. Die Münzen wiesen auf eine Verbindung zu Amerika hin. Und jetzt dieser wertvolle Diamant. Alles Teile eines Puzzles. Sie könnte ein Opfer oder eine Diebin sein, oder eine amerikanische Erbin wie diese Caton-Schwestern. Er würde sich jedoch mit seinem Urteil zurückhalten und keine voreiligen Schlüsse ziehen, solange er nicht alle Fakten kannte.

Hugh ging zurück zu seiner Schwester und legte ihr den Diamanten in die Hand. "Sie sollten ihn ihr zeigen, sobald sie erwacht ist. Wenn er mir gehören würde, wäre ich sehr besorgt darüber."

"Und Sie denken, das könnte der Grund sein, warum sie in der Kiste eingesperrt wurde?" fragte Jo. "Vielleicht war jemand hinter dem Edelstein her. Aber ist er ihrer? Oder gehört er jemandem anderen?"

"Das werden wir erst wissen, wenn sie wieder zu sich kommt. Bewahren Sie ihn vorerst sicher auf." Hugh hatte genauso viele Fragen wie seine Schwester. "Alles, was wir tun können, ist warten. Sie ist die Einzige, die uns Antworten geben kann."

Kapitel Fünf

Heißer Schweiß rann ihr in kochenden Rinnsalen von der Stirn. Hitze stieg in Wellen aus ihrem Inneren auf und durchbohrte ihre Haut mit dem scharfen Schmerz von tausend Nadeln. Ihr Rücken, ihre Kopfhaut und ihre Brust brannten. Jeder Zentimeter ihrer Haut schmerzte. Sie kämpfte darum, kühlere Luft in ihre Lungen zu bekommen. Ein Gewicht hielt sie nieder und machte das Atmen unmöglich. Sie war gefesselt, ihre Arme und Füße waren unter einem dicken Leichentuch gefangen. Sie trat und stieß mit all ihrer schwindenden Kraft dagegen, bis es nachgab.

Sie rollte sich ab und landete in der Dunkelheit mit einem dumpfen Aufprall auf ihren Händen und Knien.

Sie befand sich an einem seltsamen Ort. Ihre Finger tasteten zaghaft über die hölzerne Oberfläche. Panik drängte sie dazu, aufzustehen und zu fliehen, aber ihre Glieder waren zu schwach, um den Anweisungen zu folgen.

Schließlich gelang es Grace mit großer Anstrengung, sich aufzurichten. Sie klammerte sich an einen Bettpfosten, versuchte zu atmen und sah sich verwirrt um. Ihre Brust war schwer und schmerzte fürchterlich, aber sie traute sich nicht zu husten, weil sie Angst hatte, ein Geräusch zu machen.

Wo war sie?

In den tiefen Schatten in den Ecken des Raumes regten sich formlose Gefahren und erwachten zum Leben. Unfähig, sich zu bewegen, sah sie zu, wie sie sich durch die Dunkelheit schoben und sich wie ein lebendiger Nebel bedrohlich über den glänzenden Holzboden bewegten. Sie schlangen sich um ihre Beine und zerrten an dem leuchtend weißen Nachthemd, das sie bedeckte.

Die Hitze strahlte weiterhin von ihrem Körper ab, und Wellen des Schreckens durchfluteten und lähmten sie.

An einem offenen Fenster bewegte sich etwas, und Grace starrte auf eine hünenhafte Gestalt. Es dauerte einen Moment, bis sie die Gestalt erkannte. Es war eine Frau, die auf einem Stuhl saß und eine Steppdecke um sich gezogen hatte. Das Mondlicht ließ ihre Gesichtszüge dunkel und ihre Augen eingefallen und schwarz erscheinen. Die Bettdecke hob und senkte sich rhythmisch; sie schlief.

Grace hatte sie noch nie gesehen. Sie war noch nie in diesem Raum gewesen. War sie eine Gefangene?

Ihr Vater. Sie musste zu ihm gelangen. Er brauchte sie.

Ihre Beine schwankten, als sie sich auf den Weg zur Tür machte. Sie fand sie leicht angelehnt, zog sie auf und schlüpfte hindurch. Keine Kerze oder Lampe spendete Licht in dem breiten Flur, aber ein Fenster im Treppenhaus lockte sie an.

Dies war nicht das Gasthaus, in dem sie nach ... nach ... wann war das? Und wo? Bruchstückhafte Bilder einer Schiffskabine schossen ihr durch den Kopf. Zerlumpte Jungen, die sich um sie drängten. Ein endloser, übel riechender Graben, der zwischen verfallenen Gebäuden verlief.

Aber wo war ihr Vater? Der Verband an seinem Bein musste gewechselt werden. Wer kümmerte sich um sein Abendessen?

Ihr Verstand war nicht in der Lage, einen Gedanken zu Ende zu führen. Mit beiden Händen hielt sie sich am Geländer fest und stieg langsam die Treppe hinunter. Ein keuchendes Geräusch ließ sie erstarren, bis sie erkannte, dass es ihr eigenes röchelndes Atmen war.

Die Hitze von vor ein paar Augenblicken verwandelte sich plötzlich in ein Frösteln. Sie folgte der Wendeltreppe nach unten, strich sich das lose Haar aus dem Gesicht und zog das Nachthemd enger an ihre feuchte Haut. Licht aus einem größeren Fenster strömte über den schwarz-weiß karierten Boden unter ihr. Alles war still. Sie schlotterte heftig, aber sie zwang sich weiterzumachen. Ihr Vater hatte sicher Schmerzen. Er brauchte sie.

Sie ging eine weitere Stufe hinunter, und das Licht wurde plötzlich hell, während alles um sie herum kippte.

Grace stöhnte auf, als sie ihre Augen öffnete. Der Boden war kühl und glatt unter ihrer Wange. Sie lag am unteren Ende der Treppe. Sie tastete herum, klammerte sich an den Treppenpfosten und zog sich aufrecht. Die Dunkelheit wirbelte um sie herum, und sie hielt sich fest, bis ihre Augen sich schärften. Gegenüber des Fußbodens sah sie eine Linie gelben Lichts am Fuße einer Doppeltür.

Vater.

Die Türen waren etwa eine Meile entfernt, aber sie musste zu ihm gelangen.

Sie zwang sich, auf den Beinen zu bleiben, und ging langsam über den Boden, wobei sie die schwarzen und weißen Blöcke zählte. Sie schaute nach vorne. Noch dreißig Schritte. Zehn. Fünf. Sie griff nach der Türklinke, stieß sie auf und taumelte hinein.

Der Raum wurde von einer einzigen Lampe auf der anderen Seite des Raumes beleuchtet. Ein dunkelhaariger Mann starrte sie von einem Schreibtisch aus an, mit einem Ausdruck des Erstaunens im Gesicht. Sonst war niemand im Raum.

"Du bist wach."

Aber war sie es? fragte sich Hugh und versuchte, seine Stimme ruhig zu halten, während er aufstand.

Sie war ein Gespenst, dünn und geisterhaft. Wilde blonde Locken fielen ihr in Wellen bis zur Taille. Nackte Füße lugten unter dem bauschigen Nachthemd hervor. Große Augen beherrschten die klassische Symmetrie ihres Gesichts. Sie blinzelte und blickte ihn an, aber es schien, als könne sie sich nicht konzentrieren. Sie zitterte heftig, ihr Zähneklappern war von der anderen Seite zu hören.

"Wo ist ... wo ist mein ...?"

Hugh vermutete, dass sie nach Jo oder Anna suchte.

"Oben", sagte er und kam um seinen Schreibtisch herum. Er deutete auf einen Stuhl in der Nähe. "Setzen Sie sich doch, und ich rufe nach meiner Schwester."

Sie schüttelte den Kopf und wandte sich zum Gehen, sah sich aber mit der Bücherwand konfrontiert. Sie hielt inne, ihre Finger fuhren kurz über die Lederrücken.

"Ich habe diese nicht gelesen."

Das war für Hugh keine Überraschung. Er bezweifelte, dass die Bände mit den Kommentaren zum englischen Recht eine interessante Lektüre für sie sein würden. Aber es hatte keinen Sinn, das zu erwähnen, denn sie schwankte und er fing sie auf, als sie zu fallen begann. Er legte einen Arm um ihre Taille, um sie zu beruhigen.

"Lassen Sie mich los." Sie wehrte sich schwach. "Ich muss ihn finden."

"Wen müssen Sie finden?", fragte er.

Sie brannte vor Fieber. Er konnte es durch das dicke Nachthemd hindurch spüren. Aus dieser Nähe sah er das Zittern ihrer Lippen, die roten Flecken auf ihren Wangen. Das Fieber schien sie von innen heraus zu verbrennen. Saphirblaue Augen hatten Mühe, sich zu konzentrieren, als sie zu ihm aufsah.

"Wo ist er?", fragte sie, und ihre Stimme klang nun panisch.

"Sagen Sie mir seinen Namen, vielleicht kann ich Ihnen helfen."

"Seine Medizin. Die Wunde. Ich muss mich darum kümmern."

Sie stieß ihn, um sich zu befreien, und er ließ sie los. Er dachte an den Edelstein den Jo ihm gezeigt hatte. Sie würde nicht allein reisen und einen Schatz von der Größe dieses Diamanten mit sich führen. Es musste einen Begleiter geben. Einen Ehemann, Vater, Bruder ... oder einen Freier.

Sie ging ein paar Schritte weg und blieb dann stehen. Sie schaute über ihre Schulter und streckte eine Hand nach ihm aus.

"Das Zimmer... es dreht sich."

Hugh griff erneut nach ihr, und dieses Mal fiel sie in seine Arme und klammerte sich an sein Hemd. Ihr Gesicht drückte gegen seine Brust, und er atmete den Duft von Rosen und Lavendel ein.

Als ihre weichen Locken sein Kinn berührten, wurden seine Sinne von Erinnerungen erhellt. Seine Frau, die Art, wie sie in den schwierigen Tagen vor seiner Rückkehr zu seinem Regiment auf der Halbinsel darauf bestand, ständig umarmt zu werden. Das Gefühl und der Geruch ihres Haares. Der salzige Geschmack der Tränen, die er ihr von der Wange küsste. Das waren ihre letzten gemeinsamen Momente.

Er hatte sich seitdem so oft gefragt, ob Amelia wusste, dass das Ende nahte. Wenn ja, muss sie sich vorgestellt haben, dass es *sein* Tod sein würde und nicht ihr eigener. Nicht der ihres Sohnes. Er erinnerte sich auch an seine Ungeduld. Er konnte ihre Panik, ihren Kummer nicht verstehen.

Wenn er nur in der Zeit zurückgehen könnte.

"Blackstone".

Er hatte keine Ahnung, wovon sie sprach. Sie musste jemanden mit dem Namen Blackstone kennen. Vielleicht war es der Name ihres Begleiters.

"Ist das Ihr Familienname?"

"William Curry", sagte sie und drückte sich weit genug von seiner Brust weg, um ihm in die Augen zu sehen.

Die Erkenntnis dämmerte. Sie sprach von einem Band, den sie gerade in seinem Regal gesehen hatte. Er wollte lächeln. Fieberhaft, verwirrt, auf der Suche nach jemandem, den sie verloren hatte, verfolgten ihre Gedanken zwei Wege. Sie hatte dasselbe getan, als er sie zum Haus getragen hatte.

"Sie können es gerne lesen", sagte Hugh zu ihr. "Aber zuerst sollte ich Sie wieder ins Bett bringen. Ich werde Jo holen."

Sie schaute sich um, ihr Körper verkrampfte sich, und wieder einmal wurde ihr bewusst, dass sie sich an einem fremden Ort befand.

"Nein", protestierte sie. "Ich muss gehen. Ihn finden. Er schafft es nicht."

"Es geht Ihnen nicht gut", sagte er leise, stützte sie und führte sie aus seinem Arbeitszimmer. "Sie sind nicht in der Lage, irgendwohin zu gehen."

Dr. Namby würde am Vormittag zurück sein, aber Hugh befürchtete, dass es dann zu spät sein könnte. Das Fieber könnte sie umbringen. Jo würde wissen, was zu tun war. Und er würde sofort jemanden ins Dorf schicken.

"Wo bin ich?"

Gleich am ersten Tag hatte sie die gleiche Frage gestellt. "Sie sind in Schottland. Baronsford."

Er half ihr, ein paar Schritte zu machen.

"Zwei Bände", sagte sie. *"Über Bußgelder und Rückerstattungen"*.

Sie bezog sich wieder auf die Bücher in seinem Regal. Er war kein Experte, wenn es um seelische Leiden ging, aber er hatte gesehen, wie sich verwirrte Soldaten in ihre eigenen Welten zurückzogen und sich an das klammerten, was sie trösten konnte.

"Haben Sie sie gelesen?", fragte sie.

Hugh lächelte. Wenn sie sich nicht wie ein heißer Schürhaken in seinen Händen anfühlen würde, hätte er geschworen, dass sie seine Qualifikationen testen wollte.

"Ich weiß es nicht. Vielleicht habe ich das."

Sie hob ihr Gesicht nahe an das seine. "Wer *sind* Sie?"

"Wer bin ich? Warum kann ich mich nicht daran erinnern, diese Bücher gelesen zu haben? Oder wer bin ich, wie in: Wer steht jetzt neben Ihnen?"

"Beantworten Sie bitte die Frage."

In ihrem Tonfall lag ein Selbstvertrauen, das über ihren derzeitigen Zustand hinausging. Sie war es gewohnt, Antworten zu bekommen.

"Hugh Pennington", sagte er. "Und wie ist Ihr Name?"

"Grace", flüsterte sie.

Nach sieben Tagen in Baronsford erfuhren sie endlich ihren Namen.

In Anbetracht all der Gefahren, die sie überlebt hatte, passte der Name zu ihr. "Wie lautet Ihr Familienname, Grace?"

Ihr Gesicht nahm einen vorsichtigen Ausdruck an, als sie auf die dunkle Treppe vor ihr blickte. Hugh spürte, wie sich ihre schmalen Schultern anspannten, und sie versteifte sich nicht bereit, einen weiteren Schritt zu wagen.

"Ich kann nicht hinauf gehen. Sie sind hinter mir her. Diese Männer."

"Wer ist hinter Ihnen her?"

"Sie werden mich umbringen." Sie drängte sich an ihn und ergriff sein Hemd.

Das war das Fieber, das aus ihr sprach. Sie wusste nicht, wo sie war. In einem Moment sprach sie noch über die Bücher in seinem Regal, im nächsten wurden ihre Albträume lebendig.

"Du bist Sie sind hier sicher", versicherte er ihr. "Ich werde nicht zulassen, dass Ihnen jemand etwas antut."

"Oben. Sie warten. Ich höre sie. Sie wollen mich umbringen." Sie schaute auf, ihre Augen waren groß. "Lauf. Wir müssen hier weg."

Der plötzliche Ausbruch von Kraft war überraschend. Sie riss sich mit einem Ruck los und wich von der Treppe zurück.

Dieses Mal war er nicht schnell genug. Sie fiel hart auf den Boden.

Hugh hockte sich neben sie. Sie zuckte vor Schmerz zusammen. Er strich ihr die Haarsträhnen aus dem Gesicht. Das Nachthemd war hochgerutscht. Als er es nach unten schob, strichen seine Finger über die Wölbung ihrer Knöchel. Schritte hallten im Flur wider, und ein junger Lakai erschien mit einer Kerze in der Hand.

"Ich habe Stimmen gehört, Mylord. Braucht Ihr...?"

"Sagen Sie Mr. Simons, er soll einen Reiter ins Dorf schicken, der Dr. Namby holt", befahl er, als der Junge näherkam. "Jetzt."

Als der Diener davonlief, hob Hugh Grace in seine Arme und stieg die Treppe hinauf. Sie glühte und zitterte zugleich. Sie schmiegte sich an seine Brust.

"*Beyne's Institutionen des Strafrechts*".

"Ich weiß. Viertes Regal", sagte er und zog sie näher an sich heran. "Sie würden es gerne lesen."

Finger bewegten sich in den Ausschnitt seines Hemdes und drückten gegen seine warme Haut. "Murray von Glendoch."

"Ja. *Acts and Laws of Parliament.* Eine weitere fesselnde Lektüre", antwortete er und versuchte, die Liebkosung ihrer Hand auf seiner Brust zu ignorieren.

Ihre Worte wurden zu unzusammenhängendem Gemurmel. Nach dem, was er erschließen konnte, las sie eine Seite aus einer medizinischen Zeitschrift vor.

Vielleicht war sie mit einem Arzt unterwegs. Vielleicht war er tot oder verletzt. Sie war auf der Flucht vor jemandem. Aber vor wem? Und wer war sie?

Er kannte ihren Vornamen. Sie war in Antwerpen gewesen und er hatte einige amerikanische Münzen in der Kiste gefunden. Und sie hatte ein gutes Gedächtnis und ein Interesse am Lesen. Aber alles, was sie wussten, war, dass sie im Besitz eines wertvollen Diamanten war.

Licht erschien im oberen Flur. Anna kam ihm am oberen Ende der Treppe entgegen und führte Hugh zurück in das Schlafgemach.

"Es tut mir leid, Mylord." Sie hielt eine Kerze hoch. "Ich muss eingenickt sein. Als ich die Augen öffnete, war sie weg."

Hugh trug Grace herein.

"Es ist nichts passiert", sagte er. "Lass eine Kerze stehen. Geh und wecke Lady Jo."

Die Frau tat wie ihr geheißen und eilte davon. Flackernde Schatten tanzten an den Wänden. Er legte Grace sanft auf das Bett und zog ihr die Decke bis zum Kinn. Tränen glitzerten auf ihren Wangen.

Er setzte sich neben sie und berührte ihre Stirn. Zu heiß. Er fragte sich, ob sie sie verlieren würden, nachdem sie eine Woche lang versucht hatten, sie wieder gesund zu pflegen. Vielleicht hätte er einen Arzt aus Edinburgh mitbringen sollen.

"Blut."

"Ruhig, Mädchen. Das ist alles nur ein Albtraum." Er mochte es so viel lieber, wenn sie die Titel in seinem Bücherregal aufzählte oder ein Gedicht rezitierte.

"Ich kann ihn nicht allein lassen. Er braucht mich. Ich muss zurückgehen." Ein tränenreiches Schluchzen verwandelte sich in einen quälenden Husten.

Er blickte auf die Tür und fühlte sich hilflos. Um gegen den Drang zu fliehen anzugehen, hob er ihren Kopf an und bot ihr einen Schluck aus der Tasse auf dem Nachttisch an.

Sie schluckte einen Mundvoll und konnte wieder atmen. Er wischte die Tropfen weg, die sie auf ihr Kinn getröpfelt hatte. Einen kurzen Moment lang starrte er auf ihre spröden Lippen und die langen dunklen Wimpern, die ihre hohen Wangenknochen umspielten.

Hugh wollte sich zurückziehen, aber sie hielt seine Hand fest. Sie rollte zu ihm hin und hielt sie an ihre Wange.

"Verstecken Sie mich."

"Ich habe es Ihnen gesagt. Sie sind hier sicher", sagte er. "Niemand wird Ihnen etwas tun. Ich werde es nicht zulassen."

Die Falten auf ihrer Stirn vertieften sich. Sie hörte ihn nicht. Welche Dämonen sie auch immer verfolgt hatten, sie waren zurück. Sie rieb ihre Wange an seiner Handfläche, und das, was er im Treppenhaus zu ignorieren versucht hatte, kam wieder hoch. Ein unerwarteter Schmerz der Erkenntnis durchzuckte ihn.

In den acht Jahren seit Amelias Tod war Hugh kein Heiliger gewesen. Als Witwer galt er als Freiwild für die Heiratswilligen. Familien setzten ihre Töchter auf ihn an, weil sie dachten, er würde wieder heiraten. Sie irrten sich. Doch er war kein Mönch; er war ein Mann, und er wusste, wo er Frauen finden konnte, wenn die dunkelsten Momente kamen. Aber jenseits des Vergessens, das der Sex bot, blieben seine Erinnerungen und Schuldgefühle. Er hatte sich sogar gelegentlich eine Mätresse gehalten. Aber keine dieser Frauen hatte Baronsford je von innen gesehen. Dieses Haus gehörte seiner Familie. Hier wohnten seine Erinnerungen an Amelia und ihren Sohn. Hier trauerte er.

Aber jetzt, als er ihre Wange an seiner Hand spürte und sich an die Wärme ihres Körpers durch das Nachthemd hindurch erinnerte, fühlte Hugh, wie sein Körper auf eine Weise reagierte, die ihn überraschte.

"Ich hätte ihn nicht verlassen dürfen."

Er sollte sich nicht fragen, ob sie verheiratet war. Es spielte keine Rolle, sagte er sich.

Ihre Augen waren geschlossen, aber ihr Griff blieb fest. Frische Tränen tropften auf seine Hand.

"Bringen Sie mich zurück zu ihm", flehte sie.

"Zu wem soll ich Sie zurückbringen?", fragte er.

"An meinen Vater. Helfen Sie mir, ihn zu finden."

Als er Schritte hörte, blickte Hugh auf. Jo eilte mit Anna auf den Fersen herein. Er löste seine Hand aus Graces Griff und stand auf.

"Sie verbrennt. Ich habe schon nach Namby geschickt."

Er zog sich aus dem Zimmer zurück, während seine Schwester das

Kommando übernahm und Anna anordnete, weitere Trockentücher und einen frischen Krug Wasser zu holen.

Als er die Treppe hinunterstieg, runzelte Hugh die Stirn und stellte fest, dass er sich tatsächlich gefreut hatte, als sie von einem Vater und nicht von einem Ehemann sprach.

Kapitel Sechs

Zum ersten Mal war Grace' Kopf klar. Ihre Sinne waren scharf. Der Nebel, in dem sie herumgewandert war, war verschwunden. Die Unschärfe der vergangenen Tage und Nächte wich zurück. Das Nachthemd, das man ihr angezogen hatte, klebte an ihrer Haut, aber sie schob die Decke nicht zurück.

Mit geschlossenen Augen lauschte sie den beiden Frauen, die sich im Schlafgemach bewegten.

"Wenigstens hat sie heute Morgen kein Fieber", flüsterte Jo.

"Sie sieht schon viel besser aus, Mylady", antwortete das Dienstmädchen mit sanfter Stimme. "Aber sie hat noch einen langen Weg vor sich, würde ich sagen."

Eine Tasse klapperte. Eine Decke wurde aufgeschüttelt. Schritte knarrten auf dem Boden.

"Wir müssen sie stärken. Anna, sag der Köchin, sie soll heute etwas anderes als Brühe für Grace hochschicken. Vielleicht etwas Brot und Marmelade."

Sie kannten ihren Namen. Sie hatte gehört, wie Jo ihn ihr zur Aufmunterung zugeflüstert hatte, wenn sie ihr Medikamente oder Wasser in den Hals schob. Sie muss es ihnen selbst gesagt haben. Sie machte sich Sorgen, wie viel sie noch verraten hatte.

Grace konzentrierte sich auf alles, was sie über ihre Gastgeber wusste. Sie war in Schottland, in einem Ort namens Baronsford. Aus Gesprächsfetzen schloss sie, dass das Anwesen etwa einen Tagesritt von Edinburgh entfernt sein musste. Der Familienname war Pennington. Ein englischer Name. Das allein reichte aus, sie verschwiegen zu halten. Ein Rascheln von Röcken. Ein Fenster auf der anderen Seite des Raumes öffnete sich. Eine warme Morgenbrise wehte wie eine Liebkosung über sie hinweg und trug den Duft des Frühsommers mit sich. Grace konnte nicht länger so tun, als ob sie schliefe. Aber zuerst musste sie sich entscheiden, wie viel sie über sich selbst und die Geschehnisse sagen wollte. Es war gut möglich, dass ihr Leben davon abhing.

Sie konnte ihnen nicht sagen, dass sie die Tochter eines irischen Colonels war, der auf der Seite der Franzosen gegen die Engländer gekämpft hatte. Oder dass der Vater ihrer Mutter Macpherson of Benmore war, ein schottischer Jakobit, der nach Frankreich geflohen war, um nicht gehängt zu werden. In ihrem Stammbaum gab es viele Verräter der englischen Krone. Das Land der Macphersons und ihr Reichtum waren vor langer Zeit vom König beschlagnahmt worden. Darüber hinaus wusste sie nichts über ihre Familie, falls es überhaupt noch eine gab. Sie hatte nie einen Fuß in England oder Schottland gesetzt.

Sie hatte allen Grund zu befürchten, was die Penningtons tun würden, wenn sie irgendetwas hiervon erfahren würden. Könnte sie für die so genannten Verbrechen ihrer Familie eingesperrt werden? Man könnte sie für eine Spionin halten, die versucht hat, in einer Transportkiste ins Land zu gelangen.

Hier sind Sie sicher.

Seine Worte waren ihr zugeworfen worden, als sie in einem Meer von Albträumen ertrunken war. In den Momenten, in denen sie Tag und Nacht nicht unterscheiden konnte, in denen sie nicht wusste, ob sie seit einem Tag oder einem Monat hier war, waren seine Worte zu ihr zurückgekehrt und hatten ihren aufgewühlten Geist beruhigt.

In jener Nacht, als sie auf der Suche nach ihrem Vater umherirrte, hatte Hugh Pennington versucht, ihre Ängste zu lindern. *Hier sind Sie sicher.*

Sicher, wiederholte sie in Gedanken, obwohl sie wusste, dass sie sich darauf nicht verlassen konnte.

Ein schwerer Tritt betrat das Schlafgemach, und Grace erkannte die Stimme des Mannes, den sie als Dr. Namby bezeichnet hatten.

"Sie hat letzte Nacht durchgeschlafen", sagte Jo, nachdem sie ihn begrüßt hatte. "Zum ersten Mal. Kein Husten, keine Unruhe. Und heute Morgen scheint das Fieber gesunken zu sein."

Als die kühlen Finger des Arztes ihre Stirn berührten, konnte Grace sich nicht länger hinter dem vorgetäuschten Schlaf verstecken. Sie öffnete ihre Augen.

Die buschigen weißen Augenbrauen zuckten über seiner dicken Brille, und ein Grinsen vertiefte die Falten in seinem Gesicht.

"Es *geht* Ihnen besser, nicht wahr?", fragte er und hob ihr Handgelenk an, um ihren Puls zu prüfen.

Jo gesellte sich zu dem Arzt an das Bett. Dunkle Ringe unter ihren Augen zeugten von der Wachsamkeit, die sie an den Tag gelegt hatte. In den kurzen Momenten, in denen sie wach und relativ klar war, hatte Grace die Gelegenheit genutzt, sie zu studieren. Mit ihren hohen runden Wangenknochen, den schokoladenbraunen Augen und dem glänzenden schwarzen Haar war Jo eine attraktive Frau. Aber die Anspannung der Falten um ihren Mund und in ihren Augenwinkeln deuteten auf ein Leben hin, das nicht frei von Schmerz war.

Sie war die Schwester von Hugh. Sie trug keine Ringe. Eine unverheiratete Frau?

Eine Frau ganz nach ihrem Geschmack. Sie könnten auch fast im gleichen Alter sein. Graces Priorität im Leben war immer ihr Vater gewesen, sie hatte nie eine Zukunft für sich selbst geplant. Andererseits könnte sie auch eine Witwe sein. Die Kriege hatten in ganz Europa viele hervorgebracht. Wie auch immer, sie fragte sich, für wen Jo jetzt sorgte. Vielleicht ihr Bruder.

"Ich nehme alles zurück, was ich gesagt habe", sagte der Arzt. "Es sieht so aus, als *würde* Ihr Patient überleben."

Jo legte ihre Hand auf die von Grace und drückte sie sanft. Dieser einfache Beweis von Zuneigung löste eine Welle von Gefühlen aus. Sie war dankbar für das, was man für sie getan hatte. Sie hasste die Tatsache, dass sie nun jemanden anlügen musste, der so freundlich und aufmerksam gewesen war.

Der Arzt und ihre Gastgeberin setzten Grace vorsichtig auf. Er klopfte ihr auf die Brust und legte ein Ohr daran, um ihre Atmung zu hören. "Das Keuchen ist noch vorhanden, aber sie ist jung. Das sollte mit der Zeit abklingen."

Als er fertig war, stützte Jo sie mit der Kissen ab. Anna kam mit einem Tablett herein, und das runde Gesicht der alten Frau strahlte beim Anblick der wachen Grace.

Der Arzt ging quer durch den Raum zu einem Tisch, auf dem ein

Sortiment von Flaschen stand, und Jo übernahm seinen Platz an ihrem Bett.

"Es freut mich unendlich, dass es Ihnen besser geht", sagte sie. "Obwohl Sie schon seit zehn Tagen hier sind, hatten wir noch keine Gelegenheit, uns vorzustellen. Mein Name ist Jo, und das ist unser Hausmädchen Anna und Dr. Namby. Obwohl Sie sich vielleicht nicht erinnern, haben Sie bereits meinen Bruder Hugh, Viscount Greysteil, kennengelernt. Wir haben uns alle große Sorgen um Sie gemacht."

Zehn Tage? Grace schaute in die Gesichter, die sie trotz ihrer Krankheit kennengelernt hatte. Es fehlte der Mann, der sie aus der Kiste gerettet und dann wieder hierhergetragen hatte, als sie durch das Haus irrte. Hugh Pennington. Viscount Greysteil.

"Sie sollten ein oder zwei Tage lang nur sehr wenig essen", ordnete der Arzt an und betrachtete das Tablett. "Wir wollen sichergehen, dass Sie das Essen bei sich behalten können."

"Danke", flüsterte Grace und begegnete Jo's Blick.

Warme Hände legten sich auf ihre eigenen.

"Es gab in den letzten Tagen ein paar Momente, in denen ich wenig Hoffnung hatte, dass Sie bei uns bleiben", sagte Jo.

"Sie nicht, Mylady", sagte der Arzt und kam mit einer dunkelbraunen Flasche und einem Löffel zurück. "Sie haben nie die Hoffnung verloren."

Dr. Namby schüttete die Flüssigkeit auf einen Löffel und hinüber. "Aufmachen."

Grace zog eine angewiderte Grimasse und schluckte den bitteren Sirup hinunter. Jo setzte sich auf die Bettkante und gab Anna ein Zeichen, das Tablett zu bringen.

"Wir fangen heute Morgen mit ein wenig Tee und Brot an, Grace."

Das war der Moment. Es würden mit Sicherheit Fragen folgen. Sie musste ihre Antworten so formulieren, dass sie möglichst wenig Verdacht erregten. Ihre einzige Möglichkeit, sich in Sicherheit zu bringen, bestand darin, nach Brüssel zu gelangen, wohin sie und ihr Vater zuvor gehen wollten. Aber sie musste erst wieder zu Kräften kommen.

"Grace?", antwortete sie schließlich. "Ist das mein Name?"

Jo wandte den Kopf ab und suchte nach dem Arzt. Namby war bereits auf dem Weg zum Krankenbett. Ein Blick ging zwischen ihnen hin und her.

"Erlaubt mir, Mylady."

Jo stand auf, lehnte aber über seine Schulter. Grace hasste sich selbst dafür, dass sie sich so verhielt, nach allem, was sie für sie getan hatten. Aber sie hatte keine andere Wahl.

"Wie heissen Sie, meine Liebe?", fragte der alte Mann geduldig.

Grace starrte ihn ein paar Atemzüge lang an, bevor sie einen Blick auf Jo warf. Anna stand mit weit aufgerissenen Augen am Fußende des Bettes.

Schließlich wandte sie ihre Aufmerksamkeit wieder dem Arzt zu. "Ich weiß es nicht. Aber Sie haben mich Grace genannt. Ist das mein Name?"

Es herrschte eine drückende Stille, das einzige Geräusch war der Wind, der an den Vorhängen zerrte, und das Zwitschern eines Vogels irgendwo draußen.

"Sagen Sie uns, woran *Sie* sich erinnern", beharrte Namby. "Irgendetwas? An irgendeine Person? Können Sie uns vielleicht sagen, wo Sie wohnen?"

Sie starrte in die gespannten Gesichter, dankbar, dass niemand ihre Gedanken lesen konnte. Aber allein sein forschender Blick war einschüchternd. Ihre Kehle schnürte sich zusammen, als sie darüber nachdachte, ob sie lügen sollte. Es würde sicherlich noch schlimmer für sie werden, wenn man sie entdeckte.

"Nichts. Ich erinnere mich an nichts. Aber sagen Sie mir. Ist mein Name Grace? Was mache ich hier? Helfen Sie mir."

Jo setzte sich auf den Rand des Bettes und sprach leise. "Wie gesagt, Sie sind seit zehn Tagen hier, aber vor drei Nächten hat Sie mein Bruder unten umher gehend gefunden. Sie haben ihm gesagt, Ihr Name sei Grace. Sie hatten Angst, dass jemand hinter Ihnen her ist."

Die Männer, die sie in Antwerpen verfolgt hatten, waren ihr in ihre Fieberträume gefolgt. In diesen Albträumen war ihr Vater noch am Leben, brauchte sie noch. Sie erinnerte sich vage daran, wie sie in den Raum stolperte, in dem Hugh Pennington hinter einem Schreibtisch saß. Grace konnte sich nicht erinnern, was sie gesagt hatte oder wie viel sie zugegeben hatte.

"Wenn ein Mensch mit Fieber kämpft", sagte der Arzt, "reagiert der Verstand auf eine Weise, die wir nicht verstehen."

Erinnern Sie sich daran, dass Sie auf einem Schiff waren?" Jo ergriff ihre Hand. "Sie sind in einer Kiste hier angekommen. Sie kam aus Antwerpen. Können Sie sich daran erinnern?"

"Ich erinnere mich an ... Dunkelheit." Grace fröstelte. Sie zog ihre Hand weg und zog die Decke bis zu ihrem Kinn hoch. "Ich konnte nicht herauskommen. Ich habe geschrien, aber niemand hat mich gehört. Es war, als wäre ich in einem Sarg gefangen. Kein Licht, keine Luft. Nichts als der feuchte, schreckliche Geruch des Todes."

Die Emotionen überwältigten sie. Sie schauspielerte nicht. Es fiel ihr schwer zu atmen. Sie hatte diesen Horror erlebt. Die Angst war real. Sie hatte um den Tod gebetet.

"Ganz ruhig." Der Arzt gab Jo ein Zeichen, ihr etwas zu trinken zu geben. "Wir müssen es langsam angehen. Geben Sie ihr Zeit. Nach allem, was sie durchgemacht hat, sollten wir nicht überrascht sein."

Eine Tasse wurde an ihre Lippen gehoben. Grace nahm einen Schluck und war dankbar dafür. In ihrem ganzen Leben hatte sie noch nie so getan, als wäre sie etwas anderes als das, was sie war. Sie konnte es nicht tun.

Sie musste verschwinden. Sie musste zu den Menschen, die sie in Brüssel kannte, gelangen. Aber wie?

Nachdem sie zum See hinuntergeritten waren, um den alten Damm zu inspizieren, kehrten Hugh und Truscott zum Haus zurück und übergaben ihre Pferde den Pferdepflegern an der Eingangstür.

"Wir wissen also, was getan werden muss", sagte Hugh. "Der Damm muss vor den Herbstregen repariert werden. Wenn er bricht, wird das Hochwasser flussabwärts die Mühle und den Müller mit sich reißen."

"Wir können im Moment keine Männer von den Farmen abziehen, um die Arbeit zu erledigen", sagte Truscott. "Wir haben keine zusätzlichen Arbeitskräfte."

Hugh blickte vorbei an den Rindern und Schafen, die auf den Wiesen weideten, auf die Felder, die sich in der Ferne erstreckten. Die Bauern hatten gerade mit der Heuernte begonnen und mussten sie beenden, wenn die Gersten- und Haferernten planmäßig stattfinden sollten. Wenn sie jetzt in Verzug gerieten, würden die Landwirte einen mageren Winter vor sich haben.

"Wir müssen von außen einstellen", schlug Truscott vor. "In letzter Zeit sind einige irische Arbeiter auf der Suche nach Arbeit zu uns gekommen."

"Ist es in unserem Interesse, Männer zu beschäftigen, deren Nutzen wir nicht kennen? Was ist mit den Dörfern?"

"Arbeitskräfte sind im Moment überall knapp", antwortete Truscott. "Die Iren sind durchreisend, aber sie sind im Augenblick verfügbar.

Es musste etwas gegen die schwindende Bevölkerung unternommen werden, dachte Hugh. Wenn es nicht die wachsende Zahl der Manufakturen war, die die Menschen in die Städte zog, dann war es die Landbevölkerung, die Schottland nach den verflixten Flurbereinigungen verließ. Die Schotten gingen und die Iren kamen.

"Lassen Sie mich darüber nachdenken", sagte er und wandte sich der Haustür zu.

Die Frage der Iren in Schottland bereitete vielen Menschen zunehmend Sorgen. In der Gegend um Glasgow, wo die meisten von ihnen von Bord gingen und Arbeit suchten, hatten die Probleme mit den örtlichen Behörden die Öffentlichkeit und auch die Anklagebank in seinem Gerichtssaal erreicht.

Als Hugh die große Eingangshalle von Baronsford betrat, hielt er inne und reichte dem Lakaien seine Handschuhe und seinen Hut. Wenigstens hier herrschte reges Treiben. Mrs. Hensons Hausangestellte wuselten emsig zwischen den Salons und dem großen Ballsaal hin und her. Die Vorbereitungen für den jährlichen Ball im nächsten Monat hatten begonnen.

Die winzige Haushälterin entdeckte ihn und eilte herbei. Mit ihrem verkniffenen Gesicht, ihrem rötlichen Haar und ihrer ständigen nervösen Energie hatte Mrs. Henson ihn immer an den Fichtenkreuzschnabel erinnert, den Jo als Kind verletzt im Garten gefunden hatte. Sie hatte den roten Vogel wieder gesund gepflegt, und das Tier hatte ein langes Leben gelebt, in Jos Zimmer zwischen Bettgestell, Stuhl und Schrank hin und her flatternd. Er konnte ihn jetzt sehen, wie er den Arm seiner Schwester entlang hüpfte.

"M'lord, Lady Jo hat gerade nach Ihnen gesucht."

"Danke, Mrs. Henson. Haben Sie eine Idee, wo ich sie finden könnte?"

"Unten in der Bibliothek mit Dr. Namby. Ich glaube, er hoffte, mit Ihnen sprechen zu können, bevor er geht."

"Hat sich unser Gast irgendwie verändert?" fragte Hugh,

"Ich weiß, dass sie aufgewacht ist", sagte die Haushälterin. "Wenn ich fragen darf, nachdem Sie sich mit Dr. Namby beraten haben, könnte Ihre Lordschaft vielleicht Neuigkeiten über die junge Dame mitteilen. Das Personal ist etwas besorgt, muss ich sagen."

Hugh verstand die Besorgnis. Zahlreiche Mitglieder des Haushalts, die hier arbeiteten, waren in zweiter oder dritter Generation im Dienst der Familie, und Fremde im Haus warfen immer Fragen auf. Für einige war der berüchtigte Unfall, bei dem Hughs Vater vor Jahrzehnten fast ums Leben gekommen wäre, noch in frischer Erinnerung. Dies waren Leute, denen Baronsford am Herzen lag. Sie waren an seinem Wohlergehen interessiert.

"Ich werde sehen, was der Arzt zu sagen hat", sagte er. "Und ich werde alle Informationen weitergeben, die ich kann."

Auf dem Weg in die Bibliothek stellte Hugh fest, dass er sehr erleichtert war, als er hörte, dass Grace aufgewacht war. Er fühlte sich für sie verantwortlich. Sie war in einer Kiste angekommen, die an ihn adressiert war, und sie war ein Gast unter seinem Dach. Dennoch hatte er versucht, die Welle des Beschützertums zu vergessen, das er in der Nacht empfunden hatte, als sie sich ängstlich an ihn klammerte. Und das andere Gefühl an der unteren Grenze des Bewusstseins, an das er sich nicht so gerne erinnerte, Es war ungewöhnlich, aber sie hatte bereits einen Eindruck bei ihm hinterlassen. Er fragte sich, ob es an ihrem eigentümlichen Interesse an seinen Gesetzesbüchern lag oder daran, dass sie eine Ballade über den Tod rezitierte. Oder daran, dass, wenn er sie hielt, ihre Nähe dunkle Erinnerungen weckte und alte Wunden aufriss.

Hugh schlängelte sich durch die Flure und erreichte die Bibliothek. Die Tür war offen, und er trat ein, ohne anzuklopfen. Er hatte diesen Raum immer als einen der gemütlichsten in Baronsford empfunden, aber jetzt fühlte es sich nicht so an. Jo ging auf und ab, und der Doktor saß auf der Kante eines Stuhls und starrte auf seine Taschenuhr. Die Anspannung war mit Händen zu greifen. Namby stand sofort auf, als Hugh eintrat.

"Ich bin so froh, dass Sie gekommen sind", sagte Jo und strahlte. "Dr. Namby hat noch andere Patienten zu behandeln. Ich habe versucht, ihn zu überreden, zu bleiben und etwas zu Mittag zu essen."

"Und noch einmal, ich danke Ihnen, aber ich kann nicht." Der Arzt wandte sich an Hugh. "Ich habe nur einige Augenblicke, bevor ich gehen muss, Mylord, aber ich bin geblieben, um mit Ihnen zu sprechen."

"Und ich bin jetzt hier", antwortete Hugh. "Was ist los?"

"Zunächst einmal bin ich froh, dass das Fieber der jungen Frau gesunken ist und keine unmittelbare Gefahr mehr für sie besteht. Sie ist wach, aber extrem schwach. Ihre Jugend wird sich jedoch zu ihren Gunsten auswirken. Ich vermute, dass sie mit der Zeit wieder gesund werden wird."

Hugh erinnerte sich an den schlaffen und bewusstlosen Körper, den er aus der Kiste gezogen hatte. Sie war kaum noch am Leben gewesen. Und nachdem er sie in der vergangenen Nacht zurück ins Bett getragen hatte, glaubte er immer noch nicht, dass sie es schaffen würde. Er dachte, das Fieber würde sie dahinraffen.

"Und ihr Gedächtnis?" fragte Jo.

"Was ist damit?" fragte Hugh und sah von seiner Schwester zu dem Arzt. Von dem Moment an, als er hereingekommen war, hatte er gewusst, dass sie etwas bedrückte.

"Es scheint, dass Ihr Gast Erinnerungen an seine Vergangenheit verdrängt", sagte Namby.

"Woran erinnert sie sich?" fragte Hugh.

"Überhaupt nichts. Wir haben ihr ein paar einfache Fragen zu ihrer Vergangenheit gestellt, aber sie scheint sich an nichts zu erinnern, was vor ihrer Zeit in der Kiste passiert ist."

"Sie weiß nicht einmal ihren Namen oder ihre Familie", fügte Jo hinzu. "Sie weiß weder, woher sie kommt, noch wohin sie geht. Sie kann sich nicht einmal an das Wenige erinnern, das sie dir erzählt hat, als sie in dein Arbeitszimmer kam."

"Nichts über die Suche nach einem Vater?" fragte Hugh.

Jo schüttelte den Kopf.

"Ich bin wohl kaum ein Experte für Geisteskrankheiten", sagte Namby und sah Hugh fest an. "Aber ich habe kürzlich darüber gelesen. Es kommt gelegentlich bei Soldaten vor, Mylord."

"Grace ist sicherlich kein Soldat, aber sie hat eine harte Zeit hinter sich", verteidigt Jo ihren Gast.

Der Arzt stimmte zu. "In der Tat. Gedächtnisverlust ist manchmal die Folge eines plötzlichen Schocks oder eines Schlags auf den Kopf", erklärte er. "Ein anderes Mal kann er während oder nach einer längeren Leidenszeit auftreten. Wenn man in diesem Fall noch das Delirium hinzunimmt, das das tagelange Fieber begleitete, wundert es mich nicht, dass es in der Folge zu einer Störung des Geistes gekommen ist."

Das Bedürfnis zu vergessen. Hugh hatte es selbst gesehen. Männer, deren Verstand das Grauen, das sie im Kampf erlebt hatten, verdrängte. Sie waren die Glücklichen.

"Wird sie sich davon erholen?", fragte er.

"Vielleicht. Mit der Zeit." Der Arzt blickte auf die Uhr, die an einer Wand stand. "Aber es kann sehr wohl ein langsamer Prozess sein. Man muss sie mit Geduld behandeln und sie sanft dazu bringen, sich zu erinnern. Es ist durchaus möglich, dass sie beginnt, sich an wichtige Details ihres Lebens zu erinnern - an ihre Familie zum Beispiel - und auch daran, wie sie hierhergekommen ist. Wann das Geschehen wird, ist eine ganz andere Frage."

Als Hugh dem Arzt zuhörte, wartete er ungeduldiger denn je darauf, von dem Schreiber zu hören, den er nach Antwerpen geschickt hatte. Er hoffte, MacKay würde etwas finden, das Graces Zustand erklären würde. Vielleicht, so dachte er, würde ihr Gedächtnis schneller zurückkehren, wenn sie wieder mit ihren Verwandten zusammenkäme.

"Ich kann dafür sorgen, dass sie in mein Haus im Dorf gebracht wird", bot der Arzt an. "Wie Sie wissen, ist meine Frau immer auf der Suche nach einem 'Projekt' wie sie es nennt. Ihre junge Frau wäre dort gut aufgehoben. Und meine beiden Lehrlinge werden ihr sicher gerne bei ihrer Genesung helfen."

"Danke, Sir, aber nein. Wir können sie hierbehalten", versicherte Jo. Ihr Blick flog zu Hugh. "Natürlich, das heißt, wenn Sie nichts dagegen haben."

Was er fühlte, spielte keine Rolle, erinnerte er sich. Obwohl er der Herr von Baronsford war, gehörte das Haus in seinen Augen der Familie. Dies war der Ort, an den sie zurückkehrten, um zu feiern, zu trauern, zu heilen und sich zu versammeln. Der Tumult der Erinnerungen, den Grace' Anwesenheit in ihm auslöste, durfte nicht im Vordergrund stehen. Er sah Jo an, die Person, die am meisten betroffen sein würde.

"Wenn Sie das wollen."

"Danke. Das tue ich", sagte Jo und wandte sich an den Arzt. "Wir behalten sie hier in Baronsford, bis sie wieder zu Kräften gekommen ist."

"Sehr gut", sagte Namby. "Dann melde ich mich in ein paar Tagen wieder, es sei denn, Sie brauchen mich schon früher."

Bevor er durch das Haus in sein Arbeitszimmer ging, hörte Hugh zu, wie der Arzt Jo Anweisungen gab, was sie tun und worauf sie achten sollte, während sie sich um Grace kümmerte.

Namby hatte die "Projekte" seiner Frau erwähnt. Jo brauchte sie auch. Da sie ihre Zeit zwischen Baronsford, Melbury Hall in Hertfordshire und dem Stadthaus in London aufteilte, widmete sie sich ganz der Familie. Aber ihr ganzes Erwachsenenleben lang hatte sie sich mit Dingen beschäftigt, die sie für wichtig hielt, besonders seit dem Debakel ihrer geplatzten Verlobung vor fünfzehn Jahren. Die Wohltätigkeitsorganisation Tower House, die sie zusammen mit Walters Frau leitete, war ein Beispiel dafür.

Vielleicht wäre es auch für Jo gut, wenn Grace in Baronsford bliebe, egal wie lange sie zur Erholung brauchte.

In seinem Arbeitszimmer fand Hugh den geordneten Stapel von Papieren auf seinem Schreibtisch vor, der auf ihn wartete. Sein Sekretär war ein guter Mann, wenn es darum ging, den Dingen, die seine Aufmerksamkeit erforderten, Priorität einzuräumen. Die Einladungen für den bevorstehenden Jahresball mussten diese Woche verschickt werden, und die Gästeliste lag ganz oben auf dem Stapel.

Als er die Liste in die Hand nahm, unterdrückte Hugh seinen Verdruss, obwohl er wusste, wie wichtig der Ball für die Familie und die Gemeinde war. Dennoch runzelte er die Stirn über das sanfte Beharren seiner Mutter, dass sein Name als Gastgeber auf der Einladung stehen sollte und nicht der des Grafen und der Gräfin. Er verstand ihre Beweggründe. Seit er aus dem Krieg zurückgekehrt war, hatte sie sich bemüht, ihn einzubinden und ihm das Gefühl zu geben, ein Teil von Baronsford zu sein.

Er seufzte resigniert. Der Ball war eine Familientradition, und er würde wieder einmal tun, was er tun musste. Er rief nach seinem Angestellten.

Der Sekretär erschien mit seiner Brille in der Hand. "Ja, Mylord?"

"Die Liste ist in Ordnung. Schicken Sie die Einladungen heraus."

Als er das Papier abgeben wollte, erregte ein Name auf der Liste seine Aufmerksamkeit.

Melfort.

Er hielt inne, ein Aufblitzen der Wut erhitzte sein Gesicht.

"Warte." Er stach mit dem Finger auf die Liste. "Warum ist dieser Name dabei?"

Der junge Mann starrte verwirrt auf das Papier. "Es tut mir leid, Mylord. Sir John Melfort hat kürzlich Highfield Hall gekauft. Er und Lady Melfort halten sich zurzeit dort auf. Ich nahm an, dass Sie sie mit einbeziehen wollten."

"Ihre Vermutung war falsch", sagte Hugh scharf. Er zügelte sein Temperament erkennend, dass sein Sekretär keine Ahnung von der vergangenen Geschichte zwischen den Penningtons und den Melforts hatte. „Nehmen Sie sie von der Liste."

"Natürlich. Unverzüglich." Der junge Mann nahm die Liste an sich, begierig darauf, aus dem Zimmer zu entkommen.

Hugh rief ihm zu, als er die Tür erreichte. "Warten Sie. Hat meine Schwester die Gästeliste gesehen?"

"Nein, Mylord. Lady Jo war zu beschäftigt. Sie hat darum gebeten, dass Sie die Einladungen genehmigen."

"Gut. So soll es auch bleiben. Und erwähnen Sie ihr gegenüber nichts davon."

Jo hatte Melforts Bruder Wynne seit fünfzehn Jahren nicht mehr gesehen, und das Letzte, was Hugh wollte, war, sie mit dem Aufreißen alter Wunden zu verletzen.

Nein, die Melforts wurden nicht nach Baronsford eingeladen. Nicht diesen Monat. Niemals.

Kapitel Sieben

"Wenn ich das Moseskind wäre, das in einem Korb den Fluss hinunterschwimmt, gäbe es keinen besseren Ort als diesen, um an Land zu gehen. Es gibt Schlimmeres für ein Mädchen, als ihr Kind an unserer Tür zu hinterlassen."

Anna schüttelte ein Handtuch auf und hielt es ihr hin. Grace stieg aus der Wanne, die für sie im Schlafgemach vor dem Kamin aufgestellt worden war, und das Dienstmädchen legte ihr das Tuch um die Schultern.

"Wenn ich eine klatschsüchtige Frau wäre, könnte ich Ihnen einige Geschichten erzählen", fuhr Anna fort. "Aber ich will nur sagen, wenn jemand in Schwierigkeiten ist und Hilfe braucht, dann ist Baronsford der richtige Ort für ihn. Ich erinnere mich an dieses eine Mal, vor etwa zehn Jahren ..."

Grace brauchte sie nicht mit Fragen zu ermuntern. Die pummelige und leutselige Frau redete gern. Annas Eltern waren beide hier im Dienst gewesen, und es war klar, dass Baronsford für sie das Paradies auf Erden war. Sie und ihre Familie seien immer gut behandelt worden, "wie jeder, der zu diesem Ort gehört", und sie sang stolz das Lob der Familie.

Zwischen den Krügen mit warmem Wasser, die ihr über den Kopf gegossen wurden, hatte Grace die Geschichte aller fünf Pennington-Geschwister erfahren. Sie erfuhr auch von dem Grafen und seiner Frau, Lord und Lady Aytoun, die die meiste Zeit des Jahres auf ihrem Landsitz in Hertfordshire und in ihrem Stadthaus in London verbrachten. Obwohl sie beide Häuser noch nie gesehen hatte, war sich Anna sicher, dass es die "prächtigsten Häuser diesseits des Hadrianswalls" waren.

Die beunruhigendste Nachricht war jedoch die fröhliche Enthüllung des Dienstmädchens, dass der älteste Sohn der "angesehenste Richter in Schottland" sei.

Ein *Richter*. Grace zitterte und verfluchte ihr Glück. Viscount Greysteil - der Mann, der sich einfach als Hugh Pennington vorgestellt hatte - war nicht nur ein Adliger des englischen Königreichs, sondern auch Lordrichter des Kommissariats in Edinburgh.

Malchance! Warum musste sie von allen Kisten in diesem Lagerhaus ausgerechnet in diejenige klettern, die an einen britischen Richter geschickt wurde?

"Geachtet und gefürchtet ist er. Und es wird viel über ihn gesprochen und auch geschrieben", krähte Anna. "Die Mutter seiner Lordschaft, Lady Aytoun, bewahrt in der oberen Bibliothek ein Folioalbum auf, das vollgestopft ist mit Schriften über seine Rechtsgeschäfte. Es ist prall gefüllt."

Grace fragte sich ob eine Tochter hier in Schottland für den Verrat ihres Vaters oder Großvaters bestraft werden würde? Als irischer Patriot hat Daniel Ware nie akzeptiert, dass er ein Untertan des englischen Königs war, und sie würde seinen Namen bis zu ihrem Grab verteidigen.

Aber darüber wollte sie jetzt nicht nachdenken. Sie hatte Antwerpen und die Überfahrt nach Großbritannien überlebt. Niemand beschuldigte sie wegen irgendetwas. Sie hatten auch keinen Grund dazu. Sie hatte nichts Falsches gemacht.

"Das Feuer ist warm und es ist ein schöner Tag draußen, aber Sie werden sicher wieder krank, wenn Sie so herumstehen." Anna wickelte zwei weitere Handtücher um sie herum.

Dr. Namby war recht fortschrittlich, was die Vorteile von heißem und kaltem Wasser bei der Behandlung von Fieber anging, und Grace wurde regelmäßig mit Schwämmen gewaschen, mit nach Rosen und Lavendel duftendem Wasser getränkt waren, während sie in ihrem Krankenbett lag. Dennoch hatte sie um dieses Bad gebeten. Sie musste hinein tauchen, in der Hoffnung, den Geruch des Schiffes auszulöschen, der ihre Sinne weiterhin erfüllte. Sie zitterte wieder, wenn auch nicht vor Kälte, zog die Handtücher fester um sich und setzte sich auf einen geraden Stuhl. Sie fragte sich, ob sie sich jemals wirklich von dem Albtraum erholen würde, den sie durchlebt hatte.

"Das Beste daran, Mistress", fuhr Anna fröhlich fort, während sie Graces Haar trocken tupfte, "ist, dass Sie in etwa zwei Wochen die Gelegenheit haben werden, den Rest der Penningtons kennenzulernen. Da alle älter werden und ihren eigenen Weg gehen, sind der Sommerball Ende Juni und die Weihnachtszusammenkunft die einzigen Gelegenheiten, bei denen wir sicher sein können, dass die gesamte Familie in Baronsford zusammenkommt."

In vierzehn Tagen? Grace betete zu Gott, dass sie dann nicht immer noch in Baronsford war. Sie wollte nicht einen Tag länger als nötig hierbleiben. Es war eine Sache, dass Jo, Anna und der Arzt ihr glaubten, aber sie konnte sich nicht vorstellen, die gesamte Familie Pennington zu täuschen.

"Welcher Tag ist heute, Anna?"

"Ich vergesse immer wieder, dass Sie sich an nichts erinnern, Herrin", sagte das Dienstmädchen sanft, drehte sich zu ihr um und sah sie an. "Heute ist Samstag, der vierundzwanzigste Mai. Nächsten Monat ist es genau zwei Jahre her, dass dieser kleine französische Tyrann gestürzt wurde."

Sie fragte sich, wie freundlich diese Frau sein würde, wenn sie wüsste, dass Grace erst vor zwei Monaten das Haus von Joseph Bonaparte, dem Bruder des "kleinen" Tyrannen, verlassen hatte.

24. Mai. Grace und ihr Vater sollten bis Mitte Mai in der Villa von Königin Julie außerhalb von Brüssel ankommen. Sie waren unter falschen Namen gereist, aber ihr Vater hatte die Korrespondenz von Joseph an seine Frau mit sich geführt. Jemand kannte inzwischen ihre wahren Identitäten.

Die blutige Szene, vor der sie in Antwerpen geflohen war, tauchte vor ihrem inneren Auge auf. Der Schrecken war noch so frisch wie damals. Die Frage, was mit den Leichen dieser guten Männer geschehen war und ob sie ein würdiges Begräbnis erhalten hatten, quälte sie. So sehr sie auch einen Brief nach Brüssel schicken und Königin Julie davon berichten wollte, sie wusste, dass er abgefangen werden würde, bevor er dieses Haus verließ. Selbst wenn sie einen Weg finden würde, eine solche Nachricht sicher zu versenden, hätte sie keine Möglichkeit, dafür zu bezahlen.

Ein Gedanke kam ihr in den Sinn. Als sie noch in Antwerpen war, hatte sie ein wenig Geld in der Tasche ihres Kleides. Sie hatte ein paar Münzen an ihre ritterlichen Straßenjungen verschenkt, aber sie hatte noch etwas übrig, als sie in die Kiste kletterte. Doch selbst wenn sie den Rest finden würde, bezweifelte sie, dass es reichen würde, um einen Brief nach Brüssel zu schicken.

"Ich glaube, Sie haben Ihr Bett zu früh verlassen."

Grace blinzelte. Jo beobachtete sie. Sie war zu sehr in ihre Gedanken vertieft gewesen, um sie hereinkommen zu hören.

"Überhaupt nicht", antwortete sie. "Es geht mir schon viel besser."

Grace stand auf, um ihre Gastgeberin zu begrüßen, aber der Raum kippte. Anna und Jo fingen sie an den Armen auf, als sie gerade zu Boden wollte.

"Ein weiterer Tag Bettruhe wäre klug, denke ich", schlug Jo vor.

"Danke, aber ich könnte es nicht ertragen", protestierte Grace. "Ich muss aufstehen und mich bewegen. Um frische Luft zu schnappen."

Sie musste gehen, stärker werden und sich darauf vorbereiten, diesen Ort zu verlassen.

"Dann lass uns gleich ins Wohnzimmer gehen", schlug Jo vor und winkte Anna, sie weiter anzuziehen. "Dort sind die Fenster offen, und es weht eine schöne warme Brise herein.

Die Unterwäsche und das hübsche Kleid aus blassblauem Musselin hingen an ihr herunter, aber Grace war froh, dass sie das Nachthemd abgelegt hatte.

"Es tut mir leid, dass dein Reisekleid ruiniert ist", erklärte Jo. "Diese Kleider gehören meiner jüngsten Schwester, Millie. Sie ist Ihnen am nächsten von der Größe her."

"Ich bin dankbar, dass ich wieder ein Kleid tragen kann."

Jo nahm ihren Arm und führte sie in den angrenzenden Raum.

"Du bist dünner als Millie, aber ich werde die Schneiderin heute Nachmittag kommen lassen. Wir werden das hier ändern, damit es dir passt, und sie kann die Maße für ein paar weitere Kleider nehmen."

"Das hier reicht völlig aus. Mehr brauche ich wirklich nicht", antwortete Grace. "Ich möchte die Freundlichkeit Ihrer Familie nicht missbrauchen. Sie haben schon so viel für mich getan."

"Blödsinn. Das ist unsere Art und Weise."

In dem geräumigen Wohnzimmer bedeckte ein feiner Perserteppich den Boden. Mehrere gepolsterte Stühle waren geschmackvoll um den Kamin herum angeordnet worden. Ein Schreibtisch war so aufgestellt, dass er das Licht eines Fensters nutzte. Die Wände waren mit bunten Tapeten geschmückt, auf denen Reihen von Blättern und Blumen abgebildet waren, und auf dem Kaminsims standen zarte, bemalte Figuren.

Grace atmete den Duft von gemähtem Gras ein, der durch das Fenster drang. Sie konnte gar nicht genug davon bekommen. Nach all den Tagen in der Kiste war dies der Himmel. Der Hustenanfall kam ohne jede

Vorwarnung. Sie setzte sich auf eine gepolsterte Bank und nahm dankbar einen Becher an, den Anna ihr brachte. XXX

Grace nippte an dem Getränk. Kühler, schwacher Tee mit einem Hauch von Honig. Er beruhigte ihre Kehle, und der Husten ließ nach. Sehnsüchtig blickte sie auf den blauen Himmel außerhalb des hohen Fensters.

"Sie sollten sich nicht zu schnell erschöpfen", mahnte Jo sanft.

"Ich sehne mich danach, rauszukommen."

Grace fühlte sich stärker, stand auf und ging zu dem offenen Fenster. Darunter erstreckte sich ein ummauerter Garten - ein ansprechendes Muster aus grünen Wegen, Obstbäumen und gepflegten Blumenbeeten, die in Rot, Violett und Gelb leuchteten. In der Ferne erstreckte sich eine weite Wiese, die in einen Wald überging. Ein Fluss schimmerte durch. Baronsford war idyllisch, das ist sicher.

In der Ferne tauchte ein Reiter auf, der über die Wiese galoppierte. Er ritt direkt auf das Haus zu und blieb an der Gartenmauer unter ihrem Fenster stehen. Als der Mann von seinem glänzenden schwarzen Hengst abstieg, blieb Grace' Blick auf seinem breiten Rücken haften. Die Diener kamen herbeigeeilt, und ihre unmittelbare Reaktion sagte ihr, dass es sich um Viscount Greysteil handeln musste.

Er war viel größer als der schlaksige Pferdepfleger, der ihm die Zügel abnahm. Irgendetwas an seinem Körperbau, am Sitz seiner schwarzen Jacke, ließ ihn größer erscheinen als die meisten Männer. Die braunen Hosen umhüllten seine kräftigen Beine, und seine Reitstiefel glänzten im Sonnenlicht. Er nahm seinen Hut ab und fuhr sich mit der Hand durch längliches Haar, das die Farbe der Nacht hatte.

Ihre vage Erinnerung an ihn bereitete sie nicht auf den Anblick vor, als er sich umdrehte. Hohe, feste Wangenknochen. Ein starker, gemeißelter Kiefer. Intensität und Zuversicht waren in jede Linie seines Gesichts geschrieben, in seinen Schritt, als er auf das Haus zuging. Er war ein gefährlich gutaussehender Mann.

Da er sich beobachtet fühlte, richtete er seinen Blick nach oben zum Fenster. Er blieb stehen, und sie war überwältigt von der plötzlichen Hitze, die sie durchströmte. Einen Moment lang war sie von seinem Blick erstarrt. Dann kam sie zur Besinnung und wich vom Fenster zurück.

Seine Schwester stand am nicht angezündeten Kamin. Grace setzte sich wieder auf die gepolsterte Bank.

"Ich kann mir nicht vorstellen, dass Sie ein Mensch sind, der es gewohnt ist, krank zu sein", sagte Jo und nahm den Platz neben ihr ein.

Das war sie nicht. Grace hatte nie Zeit, um krank zu sein, vor allem nicht in den letzten Jahren. Ihr zunehmend gebrechlicher Vater verließ sich auf sie, wo immer sie hingingen. Sie war nicht nur die Tochter und Krankenschwester von Colonel Ware, sondern auch seine Sekretärin, die seine Reisen organisierte, seine Termine koordinierte und seine Korrespondenz erledigte. Kurzum, sie tat, was getan werden musste. Sie konnte es sich nie leisten, krank zu sein.

"Können Sie sich daran erinnern, jemals krank gewesen zu sein?"

Jo versuchte offensichtlich, ihr eine Antwort auf die Zeit vor ihrer Reise von Antwerpen zu entlocken, und Grace wusste, dass sie ständig auf die Probe gestellt werden würde, solange sie hierblieb. Sie schüttelte den Kopf.

"Ich fühle keine Veränderung in meiner Erinnerung. Ich weiß immer noch nicht, wer ich bin oder was ich hier mache. Ich habe Anna nur nach dem Datum gefragt, bevor Sie hereingekommen sind. Ich habe keine Ahnung, warum ich hier bin."

Das war zum Teil die Wahrheit. Sie wusste wirklich nicht, warum sie in Antwerpen mit solch grausamer Gewalt angegriffen worden waren.

"Dr. Namby hat vorgeschlagen, dass Ihr Gedächtnis stimuliert werden könne, wenn Sie etwas aus Ihrre Vergangenheit sähen."

Jo ging ins Schlafgemach und kam einen Moment später mit Graces dunkelgrünem Reisekleid zurück.

„Dies trugen Sie, als Sie ankamen." Sie legte das Kleid auf die Bank. "Der Rock und das Mieder sind ruiniert, aber ich wollte, dass Sie es sehen."

Als sie zur Kutsche am Hafengasthof hinunterlief, hatte Grace weder den passenden Pelisse-Umhang noch den Hut, die Handschuhe oder die Handtasche mitgenommen. Sie dachte, sie würde sofort in ihre Zimmer zurückkehren, um sich für die letzte Etappe ihrer Reise vorzubereiten. Sie fuhr mit den Fingern über den zerrissenen, fleckigen Saum des Rocks.

"Ich weiß es nicht. Das scheint wie jedes andere Kleid zu sein."

"Aber ein schönes", korrigierte Jo. "Sehen Sie sich die Qualität des Taftes an. Die hohe, gepolsterte Taille und die Stickereien. Es muss viele Stunden gedauert haben, bis es fertig war.

Es war in der Tat ein schönes Reisekleid. Dieses Kleidungsstück und die Kleidung, die in den verlorenen Koffern verpackt war, hatten viel gekostet. Aber auf ihren Reisen durch die europäischen Höfe war es erforderlich, dass Grace sich so kleidete, verhielt und sprach, wie es die Etikette verlangte.

"Es tut mir leid. Ich wünschte, ich könnte mich erinnern."

Enttäuschung zeichnete sich auf Jo's Gesicht ab, als sie das Kleid nahm und es über die Lehne eines Stuhls legte.

"Es gibt noch mehr, was ich Ihnen zeigen möchte." Jo nahm eine perlenbesetzte Handtasche vom Tisch, kehrte zur Bank zurück und setzte sich. Sie hielt ihr mehrere Münzen hin.

"Mein Bruder hat diese hier auf dem Boden der Gondel gefunden."

Grace starrte auf die amerikanischen Münzen. Kupferpfennige und ein paar halbe Dimes. Sie nahm sie aus Jo's Hand und tat so, als würde sie sie studieren.

"Sie sind amerikanisch. Vielleicht war ich dort", sagte sie und versuchte, hoffnungsvoll zu klingen. "Aber vielleicht gehören sie auch jemandem anderen und sind irgendwie in die Kiste gefallen."

Der Versuch, mit diesem Geld einen Brief nach Brüssel zu schicken, wäre sinnlos. Wie viele Leute hier würden amerikanische Münzen für ein Geschäft nehmen? Ihr Geheimnis würde sofort aufgedeckt werden. Nein, diese Münzen waren für sie wertlos. Sie schüttelte den Kopf und gab sie zurück.

"Ich wünschte, ich könnte mich erinnern."

"Wir müssen daran glauben, dass es passieren wird." Jo tätschelte ihr sanft die Hand. "Ich werde Anna das Kleid wegbringen lassen, wenn du es nicht mehr brauchst."

"Ich glaube, es taugt nur noch für Lumpen. Es ist viel zu sehr ruiniert, als dass es jemand tragen könnte."

"Dann sei damit einverstanden, dass die Näherin kommt", befahl Jo gutmütig. "Mein Bruder besteht darauf, dass du eine Auswahl an Kleidern hast, solange du bei uns bist.

Hugh Pennington. Grace zuckte zusammen bei dem Gedanken, Zeit in seiner Gesellschaft verbringen zu müssen, jetzt, da sie seinen Beruf kannte. Sie versuchte, ihn sich nicht als den wilden, gutaussehenden Mann vorzustellen, den sie gerade draußen gesehen hatte.

"Aber da ist noch mehr", sagte Jo. "Die geheime Tasche, die wir in dem Kleid gefunden haben."

"Eine Geheimtasche?" Es war ihr Kleid, und Grace wusste, dass es nichts Ungewöhnliches an sich hatte. Sicherlich gab es keine Geheimtasche.

"Wir haben eine Tasche gefunden, die in den Hüftbund eingenäht ist."

Grace hatte mit der Näherin zusammengearbeitet. Sie hatte den Entwurf selbst beaufsichtigt, den Stoff und die Verzierungen ausgesucht und die Accessoires bestellt. Es gab nichts an diesem Kleid, das sie nicht kannte.

Neugierig beobachtete sie, wie Jo ein schwarzes Samttäschchen aus dem Riticul nahm. So etwas hatte sie noch nie gesehen.

Jo holte ein großes Schmuckstück aus dem Samtbeutel.

"Das haben wir gefunden."

Grace starrte ungläubig auf einen riesigen Diamanten, den Jo in ihre Handfläche legte.

Das Verstehen löste einen Stich der Seelenqual aus, und sie kämpfte mit den Tränen. Sie hatte diesen Stein noch nie gesehen, aber sie konnte erahnen, was er war. Und jetzt wusste sie, warum ihr Vater getötet worden war. Das war es, wonach diese Männer gesucht hatten.

Sie hatten ein Stück von Bonapartes Schatz bei sich. Dieser Diamant musste aus dem riesigen Schatz stammen, den Joseph Bonaparte mit nach Amerika genommen hatte. Ihr Vater sollte ihn von Joseph an seine Frau Julie in Brüssel überbringen.

Während Napoleon auf der Insel St. Helena eingesperrt war, waren Schatzsucher auf der Suche nach Bonapartes Gold und Juwelen, während die treuen Anhänger des Kaisers sich organisierten, um ihn wieder zu befreien. Eine dieser Gruppierungen war für die Ermordung von Daniel Ware verantwortlich. Warum hatte ihr Vater ihr nicht gesagt, was sie heimlich transportierten? Es machte keinen Sinn, dass er ihr das verheimlichte, wo er ihr doch so viel mehr anvertraut hatte.

Grace dachte, wie anders sie ihre Reise hätte planen können, wenn sie es gewusst hätte. Sie wären mit mehr Männern unterwegs gewesen, um diesen Schatz zu schützen. Sie wäre viel vorsichtiger gewesen. Und dieses Kleid. Sie hätte nur vorgeschlagen, es als Lumpen zu entsorgen; der Diamant wäre für immer verloren gewesen.

Kalter Schweiß brach ihr auf dem Rücken aus. Vielleicht wäre das das Beste gewesen. In Anbetracht all dessen, was sie verloren hatte, wünschte sie, der Edelstein wäre nie entdeckt worden.

Als sie merkte, dass sie beobachtet wurde, atmete Grace frustriert aus. „Den habe ich noch nie gesehen. Ich kann Ihnen gar nicht sagen, wie verblüfft ich bin."

"Keinerlei Erinnerung daran?"

Sie starrte ihn an und schüttelte den Kopf. "Wenn er in dem Kleid war, dann muss er wohl mir gehören. Aber ich kann mich nicht daran erinnern, dass ich ihn hatte."

Grace drückte Jo den Diamanten zurück in die Hand.

"Kannst du ihn für mich aufbewahren?"

Die Falten um Jos Mund wurden weicher. Ihr Blick wurde ruhiger und ihr Gesicht zeigte ihr Erstaunen über das Vertrauen, das Grace in sie setzte.

"Wir können es in der Eisentruhe meines Bruders einschließen. Dort war es, seit wir es gefunden haben."

"Danke", sagte sie.

Jo steckte den Diamanten in das Samttäschchen und legte es zurück in ihre Handtasche.

Grace stand auf und ging zum offenen Fenster. Der Vicomte und sein Pferd waren verschwunden, und sie blickte hinaus auf die dunklen Wolken, die sich am Horizont zusammenzogen.

Alles hatte sich verändert. Vor der Entdeckung dieses Diamanten war sie einfach die Tochter eines sogenannten Verräters gewesen. Jetzt war sie eine Verschwörerin. Indem sie diesen Edelstein bei sich trug, war sie zu einer Agentin im Dienste Napoleons und seiner Familie geworden, und es gab keine Möglichkeit, diese Leute jemals vom Gegenteil zu überzeugen.

Kapitel Acht

HUGH LEHNTE sich zurück und wischte sich mit dem Handrücken den Schweiß aus dem Gesicht. Er machte Fortschritte in der Kutschenscheune, aber die Nachmittagssonne kam zu schnell über den Himmel.

"Was denkst du?", fragte er die grau gestreifte Katze, die ihn von ihrem Sitzplatz auf einem Fass neben der Tür aus beobachtete.

Hugh atmete tief durch und stürzte sich wieder in seine Arbeit. Truscott hatte versprochen, ihm Darby an zwei Nachmittagen pro Woche zur Verfügung zu stellen, und morgen sollte ihr erster gemeinsamer Tag sein. Hugh wollte, dass alles in Ordnung war, damit sie mit der Arbeit beginnen konnten.

Trotz seiner Bemühungen war die Scheune nur zur Hälfte leergeräumt. Was übrig blieb, war immer noch ein chaotisches Gewirr von Fässern, Seilen, Netzen und Flaschenzügen. Einige Dinge würde er nicht entfernen. Die unbrauchbare Fallschirmvorrichtung, die an der Rückwand hing. Die alte, seidene Ballonhülle die an den Dachsparren hing. Die lange Kiste mit der neuen Hülle gefirnisst und bereit zum Aufblasen. Die neue Gondel.

Hugh zerrte eine Seilrolle aus einer Ecke, die eine Staubwolke aufwirbelte und eine Handvoll Mäuse in alle Richtungen scheuchte. Er warf einen verächtlichen Blick auf die Katze, die sich ihre Pfoten leckte und die Situation ignorierte.

Nachdem er die Ärmel seines Hemdes etwas höher gekrempelt hatte, bürstete Hugh den Staub von seiner Hose und holte eine Rolle Netzmaterial hervor. Er war immer am glücklichsten, wenn er mit körperlicher Arbeit beschäftigt war. Truscott und Simons sahen ihn immer wieder misstrauisch an, wenn er ihre Angebote ablehnte, ihm einen Jungen aus den Ställen oder der Küche zu schicken, der ihm beim Umräumen helfen sollte. Und es ging um mehr als nur die körperliche Anstrengung. Hugh konnte am besten denken, wenn er aktiv war.

Sicherlich ging ihm viel durch den Kopf. Fälle und Urteile. Er war gerade dabei, über einen Fall zu entscheiden, bei dem es um die Legitimität zweier Töchter und ihr Recht auf das Erbe eines Gleichaltrigen ging. Und dann war da noch der bevorstehende Fall einer tauben Mutter, die angeklagt war, ihren eigenen Säugling im Clyde ertränkt zu haben. Der Fall dümpelte seit fast einem halben Jahr in den unteren Instanzen. Hugh würde in der Herbstsitzung in seinem Gerichtssaal Argumente dazu hören.

Neben seiner Arbeit in der Justiz musste er auch über die Reparatur des Staudamms entscheiden. Truscott brauchte eine Antwort auf die Frage, ob er irische Landstreicher Vagabunden anheuern sollte. Nicht, dass sie eine Wahl gehabt hätten. Der Damm musste repariert werden, bevor die Regenfälle im Herbst den Druck auf ihn erhöhten.

Und auch die bevorstehende Ankunft seiner Familie beanspruchte seine Aufmerksamkeit. Der Haushalt hatte hart gearbeitet, um sich auf sie vorzubereiten, aber er wollte, dass alles für ihren Aufenthalt perfekt war.

Unweigerlich tauchte dasjenige Bild vor seinem geistigen Auge auf, an das er versucht hatte, nicht zu denken. Grace, die vom oberen Stockwerk des Ostflügels auf ihn herabschaute, als er gestern zum Haus hinaufgeritten war. Der Moment hatte ihn aufgeschreckt. Unfähig, den Blick abzuwenden, stand Hugh regungslos wie ein Schuljunge da und starrte auf die losen goldenen Locken, die auf ihre Schultern fielen. Er wusste, dass die Augen, die ihn ansahen, saphirblau waren. Ihre Lippen faszinierten ihn, und ihre Stimme hatte einen tiefen Reichtum, der ihn wie Seide umfloss. Und dann waren da noch die Dinge, die sie sagte. Selbst im fiebrigen Zustand faszinierte sie ihn.

Als sie aus seinem Blickfeld verschwand und er wieder vernünftig denken konnte, war er froh, dass es ihr gut genug ging, um am Fenster zu stehen. Ihr Körper erholte sich, auch wenn ihr Geist es nicht tat. Jo erzählte ihm hinterher, dass Grace beim Anblick des Kleides, der Münzen und des Edelsteins überhaupt nicht reagiert hatte. Und ihr Gast hatte ihren Vater mit keinem Wort mehr erwähnt.

Grace erinnerte sich vielleicht nicht an ihn, aber Hugh stellte sich vor, dass ein sehr verzweifelter Mann in diesem Moment die Hafenkneipen und Lagerhäuser von Antwerpen durchkämmte.

"Ich glaube nicht, dass Sie für eine Vorstellung vorzeigbar genug sind."

Als er Jo's Stimme hörte, drehte sich Hugh um. Grace mit ihr in der Tür stehen zu sehen, löste die gleiche unerwartete Welle der Freude aus wie gestern.

Sie war einige Zentimeter größer als seine Schwester und dünn genug, um bei einer leichten Brise davon zu schweben. Eine Strohhaube verbarg kaum die geflochtenen, hochgesteckten blonden Locken. Sie trug eine dunkelblaue Spencerjacke über einem weißen Kleid, und er versuchte, das Bild von ihr, im Nachthemd in seinem Arbeitszimmer stehend, aus seinem Kopf zu verbannen. Das helle Sonnenlicht hinter ihr strahlte,was eine genaue Betrachtung ihres Gesichts erschwerte.

"Vielleicht sollten wir zu einem späteren Zeitpunkt wiederkommen", brach Jo das Schweigen.

"Vorstellung?", wiederholte er und behielt Grace im Auge. "Der Zeit-punkt ist so gut wie jeder andere. Geben Sie mir einen Moment."

Hugh krempelte seine Ärmel herunter und holte seinen Mantel von einem Aufhänger. Sie beobachtete jede seiner Bewegungen.

Eine Vorstellung war unnötig, aber Jo ging der Form halber der Reihe nach vor. Sie versuchte nicht, ihre schwesterliche Bewunderung zu verber-gen, und trug seinen Titel, seine militärischen Auszeichnungen und seine Position im Kommissariat vor wie ein Marktschreier in einem reisenden Beiprogramm. Er hatte schon fast erwartet, dass sie "bärtige Dame" in ihre Liste der Lobhymnen aufnehmen würde.

Irgendwann im Laufe der langwierigen Einführung bemerkte Hugh, wie der Blick seines Gastes an ihm vorbei zum Inhalt der Kutschen-scheune glitt. Offensichtlich war sie nicht ebenso beeindruckt wie Jo von seinen Qualifikationen.

"Miss Grace", sagte er, als seine Schwester geendet hatte.

"Lord Greysteil."

Er verbeugte sich, und als sie einen Knicks machte, bemerkte er, wie sie erötete.

"Da wir Ihren Nachnamen nicht kennen, hoffe ich, dass es nicht unan-gemessen ist, Sie mit 'Miss Grace' anzusprechen."

"Das ist in Ordnung, Mylord."

"Ich freue mich, dass Sie wieder auf den Beinen sind. Ich nehme an, es geht Ihnen besser."

"In der Tat. Alle waren so aufmerksam und freundlich. Ich konnte nicht anders, als gesund zu werden."

Als er sie jetzt sah, bemerkte er nicht nur, dass es ihr besser ging. Ihr Blick war direkt, ihr Auftreten beherrscht und selbstbewusst. Ihr Gesicht hatte eine ernste Miene; sie lächelte nicht ohne Grund. Obwohl Hugh wusste, dass viele Frauen es als Waffe einsetzten, um eine neue Bekanntschaft zu bezaubern, war Grace keine von ihnen.

"Und wie ich sehe, geht es Ihnen so gut, dass meine Schwester Sie auf einen Spaziergang mitnehmen kann."

"Grace hat darauf bestanden, an die frische Luft zu gehen", erklärte Jo. "Ich dachte, wir könnten in Richtung der Klippen gehen, die den Fluss überblicken. Wir wollen nicht zu weit gehen und sie überanstrengen."

Hugh blickte auf das Chaos um ihn herum. Es würde immer noch warten, wenn er sich ihnen anschloss.

"Aber bevor wir anfangen", fuhr Jo fort, "würdest du so freundlich sein, Grace für ein paar Augenblicke zu unterhalten, während ich mit einem der Stallknechte über die Pferde für morgen spreche?"

"Reiten Sie?", fragte er Grace.

"Ihre Schwester hat den Ausflug vorgeschlagen. Wir werden es morgen herausfinden", antwortete sie. "Und ich verspreche, vorsichtig zu sein. Ich will keine gebrochenen Knochen, die meinen Zustand verschlimmern oder meinen Aufenthalt in Baronsford verlängern könnten."

"Ich werde die Stallburschen bitten, das sanfteste Reittier für sie auszusuchen", versicherte Jo ihm und ließ die beiden allein.

Hugh trat durch die weit geöffnete Tür in die Sonne hinaus. So nah war sie nicht ganz so mutig, ihn offen einzuschätzen. Sie blickte weiter in die Scheune. Eine Strähne goldener Locken hatte sich aus der Mütze gelöst und baumelte nun über ihre Lippen. Als sie die Hand hob, um sie zurückzustreichen, bemerkte er den schmucklosen Ringfinger.

"Sie sind zu schwach, um mit uns im Speisesaal zu sitzen, aber stark genug, um zum Fluss zu gehen", zog er sie auf. Gestern Abend hatte sie ein Tablett mit in ihr Zimmer genommen. "Ich hoffe, es ist nicht die Gesellschaft, die Sie fernhält."

"Ich bitte um Entschuldigung, Mylord. Ich habe mein Krankenbett erst vor zwei Tagen verlassen." Sie drehte ihm ihr Angesicht zu. "Ich hoffe,

Ihr seid nicht beleidigt. Ich glaube nicht, dass ich sehr gute Gesellschaft gewesen wäre."

Wie bemerkenswert er die Farbe ihrer Augen früher auch fand, um so mehr schätzte er sie heute. Zarte goldene Ringe umgaben die blauen Iris.

"Kaum beleidigt. Obwohl ich mir nicht vorstellen kann, dass Sie alles andere als die beste Gesellschaft sind", sagte er. "Sie sehen, wir haben nicht allzu oft das Vergnügen, einen so geheimnisvollen Gast hier in Baronsford zu haben."

"Verzeiht mir, Mylord, aber da ich mich nicht an meine Vergangenheit erinnern kann, fände ich es schwierig, in fremder Gesellschaft untersucht und beurteilt zu werden. Schließlich kann ich nichts Substanzielles vorweisen, mit dem ich mich verteidigen könnte."

Immer, wenn Jo in Baronsford war, gehörte das Abendessen zu einer Reihe von gesellschaftlichen Besuchen und Verabredungen. Gestern Abend war es nur die Familie gewesen, aber sie mussten entscheiden, wie sie Grace' Identität und ihre Anwesenheit hier erklären würden. Ihre Zurückhaltung war verständlich. Als Richter verstand er die Belastung, die diejenigen empfanden, die aussagen mußten. Sie litt unter ihrem Gedächtnisverlust und darunter, unter Fremden zu sein. Dennoch neigte er dazu, sie zu necken, in der Hoffnung, die Schale des Unbehagens zu mildern.

"Sie gehen davon aus, dass die Leute das Schlimmste denken, ohne Ihren Namen oder Hintergrund zu kennen.

"Besser der Teufel, den du kennst, als der Teufel, den du nicht kennst", sagte sie und blickte in die Richtung, in die Jo gegangen war. "Ich glaube, das ist die allgemeine Haltung in England?"

"Dann ist es ja gut, dass wir in Schottland sind", sagte er leichthin. "Aber Sie haben recht. Ist das nicht die menschliche Natur, egal, wo man lebt?"

"Sie haben mich im Nachteil, denn ich kann meine persönlichen Erfahrungen kaum in die Argumentation einbringen."

"Stimmt, aber Ihr Kommentar deutet darauf hin, dass Sie keine Engländerin sind."

"Sehen Sie? Selbst in diesem Fall kann ich mich nicht verteidigen." Sie richtete ihre Aufmerksamkeit wieder auf die Kutschenscheune.

Hugh erkannte die Tiefe ihres Unbehagens und suchte nach einem Thema, das sie von ihrem aktuellen Dilemma ablenken würde. Sie traf die Wahl für ihn.

"Lady Jo hat mir erzählt, dass Sie die Münzen gefunden haben."

"Ja, das habe ich. Am ersten Tag. Sie lagen auf dem Boden des Korbes."

Hugh fragte sich wieder, ob sie eine Amerikanerin sein könnte. Er hatte Verwandte, die in Boston lebten. Pierce, sein Onkel, und seine Frau Portia lebten dort mit ihren Kindern. Jetzt, da der Krieg mit den ehemaligen Kolonien hinter ihnen lag, konnten er und Jo Grace vielleicht als Bekannte seiner amerikanischen Verwandten vorstellen.

"Diese Münzen könnten ein Hinweis darauf sein, woher Sie kommen."

"Vielleicht. Ich kann es nur nicht sagen."

Er dachte zurück an den Tag ihrer Ankunft. "Als ich Sie zum Haus trug, murmelten Sie Zeilen aus einer Ballade. Erinnern Sie sich daran?"

"Ich nehme an, ich muss gerne lesen. Ich erinnere mich, wie ich meine eigene Stimme in der Kiste hörte, die Gedichtzeilen rezitierte. Aus welchen Werken sie stammen und wann ich auf sie gestoßen bin ..." Sie zuckte mit den Schultern.

Hugh unterdrückte ein Lächeln, als er an ihr fieberhaftes Verlangen dachte, im Arbeitszimmer seine juristischen Fachzeitschriften zu lesen. "Wir haben hier in Baronsford zwei gut ausgestattete Bibliotheken. Sie können sie gerne benutzen, wenn Sie möchten."

"Danke, Mylord. Das ist sehr freundlich von Ihnen." Graces Aufmerksamkeit richtete sich auf die Gondel, in der sie angekommen war. "Ist sie das?"

"Möchten Sie sie näher ansehen?"

"Bitte", sagte sie und folgte ihm in die Scheune.

"Wir haben den Korb komplett ausgeräumt. Abgesehen von den Münzen gab es nichts, was darauf hinwies, woher Sie kommen könnten, außer aus Antwerpen."

Langsam umrundete sie den Korb und spähte hinein.

"Das muss sich anfühlen, als würde man einen alten Freund treffen."

"In der Tat weiß ich jetzt, wie sich Lazarus gefühlt haben mag, als er an seiner Grabhöhle vorbeikam." Sie zitterte. "Oder wie sich ein ehemaliger Gefangener fühlt, wenn er seine Zelle sieht."

Fünf Tage, dachte er. Gefangen. Isoliert in fast völliger Dunkelheit, ihre Umgebung nur durch Berührung kennend. Nicht wissend, ob sie jemals das Tageslicht wieder sehen würde.

Er deutete auf die offenen Türen. "Vielleicht sollten wir gehen. Ich will Sie nicht quälen."

"Ihr seid zu freundlich, mein Herr, aber ich habe darum gebeten, es zu sehen", sagte Grace leise. Mit einem Blick zurück in den Korb fügte sie hinzu: "Und jetzt geht es mir gut."

Als Hugh sie beobachtete, fragte er sich, ob sie nach etwas suchte, das ihre vergessene Vergangenheit zurückbringen könnte. Er bewegte sich an ihre Seite.

"Jo sagte mir, dass Sie sich nur an die Zeit in der Gondel erinnern. Und selbst diese Erinnerungen sind vereinzelt und begrenzt."

"In jeder Hinsicht eingeschränkt".

Es war nicht seine Einbildung, dass sie blasser wurde. "Ich setze Sie unter Druck."

"Was mir davonbleibt, gefangen zu sein, ist meine Antwort auf etwas, was ich für den sicheren Tod hielt", fuhr sie fort. "Ich nehme an, der Wunsch nach dem Ende, das Beten, dass jeder Atemzug der letzte sein möge, ist ein zu starkes Gefühl, um es zu vergessen."

"Es tut mir leid, dass eine Methode meines Berufes der Grund für Ihre Qual war."

"Ich kann mich zwar nicht an die Vergangenheit erinnern, aber ich bin mir sicher, dass weder Sie noch dieser Korb für irgendetwas davon verantwortlich sein können."

Langsam drehte sie sich um und schaute sich die anderen Ausrüstungsgegenstände an.

"Sind Sie ein Ballonfahrer?"

"Schuldig. Wie Sie sehen können, ist das Fliegen meine Leidenschaft", sagte Hugh ihr.

Vorbei an Fässern und Stapeln von Netzen hielt sie inne und betrachtete die verknoteten Seile, die wie Schlingen von den Dachsparren baumelten.

"Und dieser Ballon ist das Einzige, was Sie hoch in der Luft hält?", sagte sie und deutete auf die schlaffe Seide.

"Das nennt man die Hülle. Aber ja, die Hülle und das Gas, das sie füllen wird."

"Man sagt, es ist nur ein schmaler Grat zwischen Tapferkeit und Wahnsinn."

"Das hat mir meine Schwester erzählt", antwortete er lächelnd.

"Der Mensch ist seit dem Garten Eden an die Erde gebunden".

"Das ist wahr. Der Mensch ist seit kaum mehr als dreißig Jahren in der Luft. Aber wir lernen jeden Tag mehr und mehr über das Fliegen. In unserer modernen Zeit sind Dädalus und Ikarus keine Fabelwesen mehr; Menschen begeben sich heute in die Lüfte und duellieren sich mit den Sternen."

"Und natürlich gibt es keine bessere Art zu sterben." Grace sah ihn mit einem Hauch von Lächeln an.

Ihre Bemerkung überraschte ihn. Hugh konnte sich nicht zurückhalten. Er lachte laut auf.

Er folgte ihr zu einer Werkbank, wo sie einen kleinen Flaschenzug in die Hand nahm. Als sie das Rad drehte, fiel sein Blick auf die zarte Kurve ihres Ohrs, den sanften Schatten, der ihren Hals umspielte, das weiße Band ihrer Haube, das leicht auf der Wölbung ihrer Brust lag.

"Ich beneide Sie", gab sie zu. "Wie ist es denn, die Welt von diesem Aussichtspunkt zu sehen?"

Er war von ihrem Interesse entzückt.

"Wenn man hoch oben ist, sieht man nur die Schönheit. Die Felder und Wälder sind wie ein Flickenteppich von Cotter. Man sieht ein riesiges Muster geometrischer Formen, die mit Fransen eingefasst sind und sich bis zum Horizont erstrecken. Myriaden von Grün- und goldenen Brauntönen grüßen das Auge.

"Das klingt sehr schön."

Er blickte ihr wieder in die Augen. Diesen Blauton hatte er nur am Morgenhimmel über den Eildon Hills gesehen.

"Haben Sie jemals Angst?"

"Nur ein Narr spürt keine Angst, wenn sie gerechtfertigt ist. Es ist leichtsinnig, das Risiko eines drohenden Todes zu ignorieren. Gleichzeitig ist das Leben in Angst eine Art von Tod. Sie muss besiegt werden", sagte er ihr. "Wir können nicht aufhören, das Leben in vollen Zügen zu genießen, nur weil der Tod irgendwo in der Zukunft auf uns wartet.

Hugh hielt inne und merkte, dass er sowohl mit sich selbst als auch mit ihr sprach.

"Wenn es nicht jetzt ist", murmelte sie, "so wird es doch kommen."

"Die Bereitschaft ist alles."

Sie hat *Hamlet* zitiert. Er war beeindruckt. Hugh sah, wie ihr Blick zurück zur Gondel wanderte.

"Sie haben sich der Angst in diesem Korb gestellt", sagte er. "Kommen Sie mit mir hoch. Kommen Sie mit auf meinen nächsten Flug."

Er war schockiert über den Klang seiner eigenen Einladung.

Grace schlang ihre Arme um sich. Sie dachte darüber nach, und es ermutigte ihn, dass sie nicht sofort ablehnte.

"Ist das Ihr Ernst?"

"Es ist. Aber ich sollte Ihnen sagen, dass dies das erste Mal ist, dass ich eine Frau eingeladen habe, mit mir in die Höhe zu gehen."

"Ich habe keine Erinnerung an die Vergangenheit", sagte sie und ließ ihren Blick über den Inhalt der Scheune schweifen. "Aber ich glaube, ich würde mich daran erinnern, jemals so etwas Leichtsinniges getan zu haben."

"Dann müssen Sie kommen. Was gibt es Besseres, als eine schreckliche Erinnerung durch eine berauschende zu ersetzen."

"Sie sind ein Meister der Überredungskunst." Sie lachte. Es war das erste Mal, dass er sie lachen hörte. Hugh beschloss, dass er noch nie ein entzückenderes Geräusch gehört hatte.

Sie blickte zu ihm auf, ihre Augen blitzten vor Interesse. "Wann haben Sie vor, wieder zu fliegen?"

"Ich hoffe, dass ich diese neue Ausrüstung in etwa zwei Wochen in die Luft bringen kann."

Der Klang von Jo's Stimme erreichte sie.

"Dann akzeptiere ich."

Es dauerte einen Moment, bis ihre Worte verinnerlicht waren.

"Wahrhaftig? Sie wollen allein mit mir in den Korb steigen? Hoch in die Luft?"

"Ich habe bereits gesagt, dass es eine gute Art zu sterben ist." Ihr Gesicht war gefasst, aber der Anflug eines Lächelns war wieder da. "Wenn Sie bereit sind, wieder zu fliegen, und wenn ich dann noch hier in Baronsford bin, werde ich es tun."

Hugh sah zu, wie Grace den Korb noch einmal berührte, als sie sich auf den Weg nach draußen machten.

Ihre Worte hallten in seinem Kopf nach. *Wenn ich dann noch hier bin.* Er hatte gedacht, dass die Dauer ihres Aufenthalts davon abhängen würde, wie lange es dauerte, bis sie sich erinnerte. Oder so lange, wie es dauerte, bis sein Angestellter aus Antwerpen mit Informationen über ihre Identität zurückkam. Jetzt, als er ihr in die Nachmittagssonne folgte, kam ihm zum ersten Mal der Gedanke, dass sein Mann mit einem Familienmitglied zurückkehren könnte, das sie abholen würde.

"Werden Sie heute Abend mit uns essen?", fragte er.

"Ich fürchte nicht, Mylord", sagte Grace. "Ich sehe schon, ich muss mich ausruhen und meine Kräfte sammeln."

Er war enttäuscht, dass sie sich nicht zu ihnen gesellen würde.

Jo wartete hinter den Geräten, die um die offenen Türen herum verstreut waren. "Es ist alles für morgen arrangiert. Ich habe eine schöne Stute ausgesucht. Sie werden ungefährdet sein."

Hugh beschloss, dass es am besten wäre, die Ballonfahrt nicht zu erwähnen. "Was haben Sie für morgen vorgesehen?"

"Ich dachte, wir reiten nach dem Frühstück runter zum See im Wildpark."

"Ich schließe mich Ihnen an."

Graces Handschuhe rutschten ihr aus der Hand. Hugh hob sie auf und wartete, bis sie seinen Blick erwiderte, bevor er sie ihr zurückgab.

Die Wärme in ihrem Blick bestätigte seine spontane Laune.

"Bis morgen also", sagte er mit einer Verbeugung.

Kapitel Neun

"VERFLIXT UND ZUGENÄHT", murmelte Grace unter ihrem Atem.

Ein englischer Adliger. Ein Kavallerieoffizier, der für seine Taten im Krieg gegen Napoleon ausgezeichnet worden war. Ein Richter am Hohen Gericht, um Himmels willen. Wie viele Punkte brauchte sie gegen ihn?

Grace zog den Schal fester um sich und blieb vor einer weiteren Treppe stehen. Sie glaubte nicht, dass sie hier schon einmal vorbeigekommen war, aber sie konnte sich nicht sicher sein. Aus dem Erdgeschoss drangen Essensgeräusche nach oben. Vorhin hatte sie Leute in Kutschen ankommen hören. Familie, Freunde, Nachbarn? Das ging sie nichts an.

Sie spähte eine lange Galerie hinunter, in etwas, von dem sie ziemlich sicher war, dass es sich um den Westflügel handeln musste. Sie beschloss, es zu riskieren. Grace warf einen Blick über das Geländer, umklammerte das Buch, das sie in ihrem Wohnzimmer gefunden hatte, fester an ihre Brust und eilte den Flur hinunter. Mit etwas Glück würde sie die Bibliothek finden, bevor es dunkel wurde.

Ein Punkt gegen ihn oder hundert keine Rolle zu spielen. Jedes Wort und jeder Blick, den sie ausgetauscht hatten, kam ihr immer wieder in den Sinn, und Grace konnte die Kolibris nicht beruhigen, die in ihrem Bauch ihr Unwesen trieben.

"Was ist los mit dir?", murmelte sie. "Du bist kein Kind."

Draußen vor der Kutschenscheune hatte sie mit Jo gestanden, während der Peer arbeitete, ohne sein Publikum zu bemerken. Mantel zur Seite geworfen. Die Ärmel seines Hemdes über die muskulösen Unterarme hochgekrempelt. Schweiß inmitten der Schmutzflecke in seinem Gesicht glitzernd. Sein dunkles, ungekämmtes Haar vervollständigte den Anblick.

Sie konnte nicht anders, als die Muskeln zu bewundern, die sich unter dem Hemd spannten, als er die Ausrüstung anhob. Selbst jetzt noch wurde ihr bei der Erinnerung an seine langen, kräftigen Beine und die Hose, die sich über seinem kräftigen Gesäss spannte, warm.

Und später, im Gespräch mit ihm, zog er sie in seinen Bann. Er ließ sie seine Leidenschaft spüren. Sie hatte sogar eingewilligt, mit ihm in die Luft zu gehen. Sie hatte eindeutig den Verstand verloren.

In ihrem Leben hatte sie eine Menge Soldaten und Höflinge kennengelernt. Hochrangige Politiker, Männer mit Reichtum und Ansehen. Keiner hatte je genug geboten, um sie dazu zu verleiten, die Seite ihres Vaters zu verlassen. Öfter als sie zählen konnte, hatte sie die romantischen Verlockungen der Männer zurückgewiesen. Die *Herzensangelegenheit* war der beliebteste Zeitvertreib unter Höflingen, sowohl unter Männern als auch unter Frauen, obwohl *das Herz* oft ganz aus der *Angelegenheit* herausgelassen wurde. Sie hatte sogar mehrere ernsthafte Heiratsanträge abgelehnt. Seltsam, dass sie sich jetzt, im reifen Alter von achtundzwanzig Jahren, in einem völligen Fremden verliebte.

Sie kannte den Grund. Niemals - ganz gleich, wie schneidig, gutaussehend oder mächtig der Freier auch sein mochte - hatte sie den Funken gespürt, den dieser Mann in ihr entzündete.

Sie hatte gehört, wie andere Frauen bei Hofe von Begehren in den intimsten Begriffen sprachen. Die Erregung, die einen allein bei seinem Anblick durchströmte. Das Kribbeln, das über die Oberfläche deiner Haut lief. Die flüssige Hitze, die sich tief in deinem Bauch sammelte, wenn er dir ins Ohr flüsterte. Die erotischen Fantasien, die dich in den unpassendsten Momenten erfüllten. Als sie weiterging, fragte sie sich, wie es wohl wäre, mit ihm zu schlafen. Mit ihren Händen über seine muskulösen Schultern und seinen Rücken zu streichen. Sein ganzes Gewicht auf sich zu spüren.

Sie blieb wie angewurzelt stehen. Der Abschied von Baronsford konnte nicht schnell genug gehen. Hugh Pennington war zu gefährlich für erotische Gedanken.

Grace würde wenn nötig betteln oder ein Pferd stehlen, um diesen Ort hinter sich zu lassen. Sie würde zu Fuß gehen, wenn es sein müsste. Sie würde ihn dazu bringen, sein Versprechen zu halten, sie in die Luft zu bringen. Napoleon benutzte Ballons, um die Schlachtfelder zu beobachten. Von hoch oben würde sie sehen können, wie sie Baronsford am besten entkommen konnte.

Grace ging zügig durch die Galerie und versuchte, sich nicht von den Gemälden an den Wänden ablenken zu lassen. Baronsford war so großartig wie viele der großen europäischen Paläste, in denen sie gelebt hatte. Und genauso kompliziert sich darin zu bewegen. Sie versuchte, sich nicht mit dem Unterschied zwischen Familien wie den Penningtons, in denen die Geschichte früherer Generationen das Leben bestimmte, und jemandem wie sie selbst auseinanderzusetzen. Ihre Familiengeschichte war so gut wie ausgelöscht worden.

Und es waren die Engländer, die ihre Familie ausgelöscht haben wollten.

Wo war die verflixte Bibliothek?

Am Ende der Galerie folgte Grace einer Reihe von Gängen, die kurze Treppen hinauf und hinunter führten und sie nirgendwo hinzuführen schienen.

Sie war verloren, aber nicht nur an diesem Abend. Welcher Weg lag nun vor ihr, da ihr Vater nicht mehr da war? Sie hatte niemanden mehr. Und wenn es ihr jemals gelingen sollte, Brüssel zu erreichen, würde niemand auf sie warten.

Colonel Ware hatte Napoleon und seiner Familie treu gedient. Er war ihnen viele Jahre lang und in vielen Funktionen von Nutzen gewesen. Ihr Vater war ein hervorragender Kavallerieoffizier, wenn der Krieg es erforderte. Seit dem Sturz des Kaisers hatte er sich als geschickter Unterhändler zwischen Joseph Bonaparte und Präsident Madison erwiesen.

Aber Grace diente ihnen nicht als Arbeitskraft.

Als sie an offenen Türen vorbeikam, dachte sie schon, dass sie vielleicht gar nicht im Westflügel war.

Hugh hatte ihr angeboten, die Bibliotheken zu benutzen, und vor dem Abendessen erklärte Jo den Unterschied zwischen der oberen und der unteren Bibliothek. Die obere war viel kleiner, aber sie war eine der Lieblingsbibliotheken ihrer Mutter. Grace verriet Jo nicht, was sie von Anna über den Folianten der Gräfin mit Zeitungsausschnitten über Viscount Greysteil erfahren hatte.

Es war kein belangloser Zeitvertreib, den Grace im Sinn hatte. Eine Strategie ihres Vaters vor dem Kampf war es, so viel wie möglich über seinen Gegner zu erfahren. Genau das hatte sie auch vor. Die Höflichkeit verlangte, dass sie aufhörte, sich zu weigern, und ihnen zu den Mahlzeiten im Speisesaal anschloss. Aber morgen würde Hugh sie auf ihrem Ritt begleiten. Wenn die Geschwister zusammenarbeiteten, würde Grace im Zentrum einer Inquisition stehen.

Und jede Frage, unabhängig davon, wer sie stellte, wurde immer mehr zu einer Herausforderung. Grace wünschte, sie wüsste mehr über den Verlust des Gedächtnisses. Sie musste entscheiden, inwieweit sie dieses gefährliche Spiel mitspielen sollte. Ihre Identität. Ihre Ausbildung. Ihre Fähigkeit, Musik zu machen. Oder Sprachen zu sprechen. Oder sich an die Bücher zu erinnern, die sie gelesen hatte. Beständigkeit würde der Schlüssel zu ihrem Überleben sein, aber sie wurde mit jeder Stunde panischer.

In der Kutschenscheune hatte Hugh sie gefragt, ob sie sich an die Ballade erinnerte, die sie vorgetragen hatte. Es war ein Segen, dass er den Rest nicht kannte, denn es war eine tragische Ballade, die sie die irischen Soldaten in Napoleons Lager hatte singen hören.

Sie könnte entlarvt worden sein, bevor sie überhaupt wieder zu Verstand gekommen wäre.

Heute sah Grace, wie leicht es war, den Vicomte mit einem Thema abzulenken, das ihn interessierte. Heute Abend musste sie mehr über den Mann erfahren, damit sie ihm mehr Fragen stellen, ihn in Gespräche verwickeln und den Schwerpunkt jeder Diskussion auf ihn richten konnte.

Tief in Gedanken versunken, bog Grace um eine Ecke und stieß fast mit einer zierlichen Frau zusammen, die eine Kerze trug. Es war die Haushälterin.

"Ich bitte um Entschuldigung, Herrin."

"Nein, es war meine Schuld, Mrs. Henson", antwortete Grace. Jo hatte sie an diesem Morgen einander vorgestellt. "Ich habe mich auf den Weg gemacht, um die obere Bibliothek zu finden, und habe mich dabei völlig verlaufen."

"Es ist nicht schwer, sich in diesem Flügel zu verlaufen. Folgen Sie mir, ich zeige Ihnen den Weg gerne."

Grace folgte den energischen Schritten der Frau und erinnerte sich an Jo's Bemerkungen über den Einsatz der Haushälterin. Vom Morgengrauen bis zur Abenddämmerung machte sie keine Pause.

"Fandet Ihr das Tablett, das man Euch auf Euer Zimmer geschickt hat, unzureichend, Herrin?"

"Nein, im Gegenteil, es war köstlich. Bitte richten Sie dem Koch mein Kompliment aus."

"Aber Sie haben nur ein wenig von der Suppe gekostet." Mrs. Hensons verkniffenes Gesicht verzog sich leicht und sie sah Grace aus dem Augenwinkel an. "Den Rest haben Sie nicht angerührt."

Ein weiterer Beweis dafür, dass sie genau beobachtet wurde.

"Ich fand die Suppe himmlisch. Der Geschmack von Mandeln und Sahne war exquisit", sagte sie. "Ich hätte am liebsten alles aufgegessen, aber ich befolge immer noch die Anweisungen von Dr. Namby, dass man langsam anfangen muss. Um ehrlich zu sein, bin ich etwas ängstlich, zu viel auf einmal zu essen.

"Pah!" Mrs. Henson wedelte mit einer Hand in der Luft. "Trotz all seiner Allüren ist unser Doktor nur ein Landei. Er hat seine Arbeit getan, und Sie sind mit ihm fertig. Jetzt überlassen Sie es uns, Ihnen wieder etwas Fleisch auf die Knochen zu geben, Herrin."

"Ich werde morgen mehr essen", bot Grace an. "Ich verspreche es dir."

"Ich werde es der Köchin sagen. Sie wird sich freuen."

Die Haushälterin öffnete eine Tür, und Grace stand auf der Schwelle eines großen, in Dunkelheit getauchten Raumes.

"Da seine Lordschaft die große Bibliothek im ersten Stock bevorzugt, lüften wir diese nicht oft, es sei denn, Lady Aytoun ist zu Besuch. Aber das Feuer ist vorbereitet. Ich zünde es für Sie an."

"Glauben Sie, die Gräfin hat etwas dagegen, dass ich dieses Zimmer benutze?" fragte Grace. "Wenn es ein Problem ist, kann ich..."

"Denken Sie nicht weiter darüber nach, Herrin", sagte die Haushälterin und unterbrach ihren Protest. "Ihre Ladyschaft wird nichts dagegen haben, überhaupt nicht. Ich bin mir sogar sicher, dass sie sich freuen würde, wenn jemand anderes die Bibliothek benutzen würde. Das liegt in ihrer Natur. Großherzig und gütig, das ist sie."

Das Wesen der Mutter war eindeutig an die nächste Generation weitergegeben worden, dachte Grace. Jo und Hugh waren beide sehr liebenswürdig gewesen.

"Ich werde das Zimmer im Handumdrehen für Sie fertig haben."

Frau Henson zündete das Feuer an und huschte dann in der Bibliothek umher, zündete Kerzen an und zog die Vorhänge zu. Der Himmel hinter den Fenstern war eine Palette von Farben des Sonnenuntergangs.

Jede Wand war vom Boden bis zur Decke mit Büchern bedeckt. Ein Schreibtisch stand in der Nähe des Fensters, und bequeme Stühle und Sofas waren in den Ecken verstreut. Der Teppich war zwar elegant, wies aber die angenehmen Abnutzungserscheinungen des häufigen Gebrauchs auf. Auf dem Kaminsims standen bemalte Fächer und Porzellanfiguren, und in einer Ecke neben einer anderen Tür tickte eine große Uhr.

Grace' Blick wurde von einem Kinderschaukelstuhl angezogen, der einem geleichener Schaukelstuhl für Erwachsene stand. Auf einem niedrigen Hocker in der Nähe war eine Sammlung von Holzklötzen aufgestapelt worden. Zwischen den Stühlen stand ein abgedeckter Korb, und sie ahnte, dass er wahrscheinlich weiteres Kinderspielzeug enthielt.

Dieser Raum war nicht die typische große Bibliothek eines großen Schlosses, die beeindrucken sollte. Es war ein Ort der Gemütlichkeit. Grace verstand, warum die Gräfin ihn benutzte, wenn sie hier war.

Die Haushälterin fuhr mit einem Finger über den Tisch und prüfte ihn diskret auf Staub. Das Ergebnis schien die Inspektion zu bestehen.

"Sehr wohl, Herrin. Darf ich ein kleines Tablett für Sie hochschicken? Vielleicht einen Happen warmes Abendessen, um Ihnen über die Runden zu helfen?"

"Nein. Danke." Grace lächelte. "Aber ich verspreche, dass ich morgen besser essen werde. Du wirst schon sehen."

Zufrieden machte sie sich auf den Weg zur Tür. "Sie können die Klingel benutzen, wenn Sie etwas brauchen."

"Ich habe eine Frage, Mrs. Henson. Gibt es ein Kind in Baronsford?", fragte sie und deutete auf die Blöcke und den kleinen Stuhl.

Die Haushälterin runzelte die Stirn. "Ja. Nun, das war einmal. Aber jetzt nicht mehr. Eine große Tragödie für uns alle."

Bevor Grace das Thema weiterverfolgen konnte, eilte die Haushälterin aus dem Zimmer.

Acht Personen haben heute Abend mit ihnen gegessen. Ihr Nachbar Squire Lennox, Walter und Violet Truscott, der Pfarrer und seine Frau sowie drei Mitglieder des Gemeinderats von Melrose. So verliefen die Abendessen in Baronsford immer, wenn Jo hier war. Sie lud alle und jeden ein, der mit der Familie in Verbindung stand. Niemand wurde übergangen oder vergessen, und niemand wurde mehr als einmal in vierzehn Tagen eingeladen. Das kam Hugh sehr gelegen. Wenn seine Schwester nicht da war, hatte er selten Besuch zum Abendessen und noch seltener nahm er Einladungen zum Essen an. Truscott und Violet waren natürlich eine Ausnahme.

Das heutige Abendessen hätte nicht anders sein sollen als alle anderen Abende, und doch war es *ganz* anders. Die Gäste hatten sich am Tisch angeregt unterhalten. Die Frauen hatten sich für kurze Zeit in den Salon zurückgezogen. Die Gespräche drehten sich um Politik, Wirtschaft und das jüngste Unglück in der Mine von Leadhills. Und die ganze Zeit über hatten sich Hughs Gedanken um Grace gedreht.

Als er in seinem Arbeitszimmer saß, nachdem die Gäste gegangen waren, wurde ihm klar, dass es nicht nur heute Abend war. Nicht, dass er ihr vorher keine Aufmerksamkeit geschenkt hätte, aber heute Nachmittag hatte ihn ihre Schönheit überrascht. Natürlich genoss er ihren Witz und ihre Gespräche, aber da war noch etwas anderes - der Hauch ihres Lächelns, der Bogen ihrer Augenbraue, die anmutige Leichtigkeit, mit der sie sich bewegte. Und ihre Augen, klar und blau wie ein Saphirhimmel. Kein Wunder, dass er nicht aufhören konnte, an sie zu denken.

Und er hatte ihr angeboten, mit ihr Ballon fahren zu gehen.

Hugh konnte nicht umhin, sich zu fragen, ob sie ihn wirklich auf seinem nächsten Flug begleiten würde. Vielleicht hatte sie nur aus Höflichkeit ja gesagt. Vielleicht hatte sie nie erwartet, dass sie an ihr Versprechen gehalten würde. Niemand in seiner Familie und niemand, der ihm nahe genug stand, um als Freund bezeichnet zu werden, hatte jemals zugestimmt, ihn zu begleiten.

Schließlich gab Hugh seine Bemühungen auf, irgendeine Arbeit zu erledigen, nahm eine Kerze und machte sich auf den Weg zum Westflügel. Eine gute Nachtruhe würde ihm helfen, einen klaren Kopf zu bekommen.

Es war nicht zu leugnen, er war von ihr fasziniert, fühlte sich zu ihr hingezogen. Das Geheimnis, woher sie kam oder was aus ihr werden sollte, war nicht mehr die Quelle dieser Anziehung. Sie sprachen über das Ballonfahren, aber seine Gedanken waren jetzt bei einem anderen Sport gelandet. Einem, bei dem es um ein Bett und Haut und ihre langen Beine ging ... und um ein paar luxuriöse Stunden Vergnügen zu geben und zu erhalten.

Er zog an seinem Halstuch und spürte, wie der Schrittbereich seiner Hose enger wurde.

Wären sie sich unter anderen Umständen begegnet, irgendwo anders als in Baronsford, wäre Grace genau die Art von Frau, mit der er gerne eine Affäre gehabt hätte.

Einige Augenblicke später schritt Hugh die Galerie im Westflügel entlang und hielt vor einem Porträt inne, das er schon tausendmal betrachtet hatte. Er hielt seine Kerze hoch und blickte in die Augen von Amelia und seinem Sohn.

Als hätte jemand einen Eimer kaltes Wasser über ihn ausgegossen, kehrte die Klarheit zurück. Er war in Baronsford. Er konnte nicht. Er sollte nicht. Schuldgefühle verstärkten diesen Gedanken.

Nein, er konnte morgen nicht mit ihnen reiten gehen. Das war unmöglich. Selbst wenn Jo dabei wäre, würde die Zeit mit Grace nur Begehrlichkeiten wecken, die er nicht zulassen sollte.

Er wandte sich ab, ging zum Ende der Galerie und machte sich auf den Weg durch die gewundenen Gänge zu seinem Zimmer. Er fasste einen Entschluss. Er würde Jo morgen früh Bescheid geben, dass er sich ihnen nicht anschließen würde.

Das Geräusch eines Aufpralls, das aus einem der Zimmer am Ende des Flurs kam, ließ Hugh verstummen.

Kapitel Zehn

DER BAND mit den goldenen Lettern war höher, als sie ihn erreichen konnte. Während sie die Bibliotheksleiter an einer Wand entlangrollte, die mit bunt gebundenen Ausgaben von Ovid und Horaz, Burney und Scott, Pope und Burns gefüllt war, atmete Grace den beruhigenden Geruch von Leder und Papier ein. Sie kletterte bis zur dritten Stufe, und das gesuchte Buch steckte unter ihrem Arm, als sie nach unten blickte. Sofort kippte der Boden wie verrückt, und Farbflecken tanzten vor ihren Augen.

"Oh nein", murmelte sie und griff nach dem Seitengitter der Leiter. Sie verfehlte es.

Das Buch fiel mit einem Knall zu Boden, während sie nach allem griff, was in Reichweite war. Ihr Körper wirbelte herum wie ein loser Fensterladen im Wind. Mit dem Rücken stieß sie gegen die Regale, und ihre klammernden Finger fanden die Spitzen einer Reihe von Bänden, die sofort die Flucht ergriffen.

Mit einem spitzen Schrei folgte Grace.

Sie stürzte zwischen herabfallenden Büchern zu Boden und schlug mit dem Kopf auf das Bein eines Tisches in der Nähe. Wie ein Schwarm verwundeter Vögel lagen die Bücher um sie herum und unter ihr verstreut. Eine besonders scharfe Ecke stach ihr in die Rippen.

Ihr Ellbogen hatte die harte Landung am meisten abbekommen, und ihre Haut brannte von dem Teppich. Stöhnend rollte sie sich auf den Rücken und starrte zu dem leeren Regal hoch.

"Nicht gut. Ganz und gar nicht gut."

Sie musste diese Bände wieder in die Regale bringen. Und das bedeutete, dass sie wieder auf diese Leiter steigen musste. Die Höhe war noch niemals ein Problem gewesen. Die Schwindelgefühle mussten daher rühren, dass sie sich noch nicht vollständig erholt hatte. Mrs. Henson hatte recht; sie musste sich zwingen, mehr zu essen.

Als Grace das Geräusch eiliger Schritte hörte, hatte sie nicht mehr genug Zeit, um ihre Würde zu retten. Die Stimme von Vicomte Greysteil ertönte in der Tür.

"Großer Gott! Was ist denn mit Ihnen passiert? Sind Sie verletzt?"

Als sie sich in eine sitzende Position zwang, fiel der Gegenstand ihrer stundenlangen Studien neben ihr auf ein Knie. Er trug immer noch seine Abendgarderobe. Aber die Krawatte war halb offen, und in seinem Haar waren Spuren seiner Finger zu sehen.

Sie beugte ihren Arm und spürte, wie ihr Herz raste, aber das kam nicht von dem Sturz. Er fasste ihren Ellbogen und strich mit dem Daumen sanft darüber. Ein Hitzeschock lief ihren Arm hinauf und in ihren Bauch.

"Sie sind verletzt."

Seine Stimme war heiserer, als sie es bereits gewohnt war. Grace folgte der Richtung seines Blicks. Ihre Brüste quollen aus dem tiefen Ausschnitt ihres Kleides, eines der vier, die die Näherin heute Nachmittag in ihr Zimmer geliefert hatte.

Sie spürte, wie sie errötete, rückte das Kleidungsstück zurecht und warf einen Blick auf den Schal, der auf der Lehne eines Stuhls lag.

"Ich werde Dr. Namby holen lassen."

"Nein, bitte lassen Sie niemanden rufen", versicherte sie ihm. "Es geht mir gleich wieder gut. Ich habe es heute einfach übertrieben."

Sie hatte aufgehört zu zählen, wie viele Stunden ihr Kopf in dem Folianten mit den Zeitungsausschnitten vergraben war. Sie hätte vorher Mrs. Hensons Angebot eines Abendbrottabletts annehmen sollen.

Grace versuchte nicht sofort aufzustehen. Der Raum schwankte noch immer leicht, der Teppich und die Möbel rollten wie in der Brandung eines Schiffes auf See. Sie tastete in ihrem Haar herum und fand eine kleine Beule, die sich dort erhob, wo ihr Kopf auf den Tisch aufgeschlagen war. Sie schloss die Augen und blinzelte ein paar Mal, um ihre Sicht zu schärfen.

Er stand auf. "Ich schicke sofort nach Namby."

"Ich habe keine nennenswerten Verletzungen. Bitte, mir geht es gut", rief sie ihm nach. "Ich versichere Euch, Mylord, ich brauche keinen Arzt."

Er hielt inne und drehte sich um.

"Dr. Namby sagte, dass dies zu erwarten sei und dass meine Genesung ein wenig Zeit in Anspruch nehmen würde. Er ermutigte mich, geduldig zu sein", fuhr sie fort. Sie hatte einen der weichen Glacépantoffeln verloren. "Natürlich habe ich nicht auf ihn gehört. Ich hätte nicht auf die Leiter klettern sollen."

"Sind Sie sicher?", fragte er, als er zu ihr zurückkam. Sein Gesicht zeigte seine Skepsis. "Sie scheinen verletzt zu sein."

Sie suchte nach einer anmutigen Möglichkeit, auf die Beine zu kommen. Die Bücher um sie herum würden ein Problem darstellen.

"Im Moment hat meine Würde mehr Schaden genommen als mein Körper."

Hugh zog etwas unter einem zeltartigen Shakespeare-Band hervor und kniete zu ihren Füßen. Ihr Pantoffel.

"Danke. Den habe ich gesucht."

Sie fummelte mit dem Pantoffel herum und spürte seinen Blick auf sich. Allein sein Blick war wie eine langsame Liebkosung, er folgte den Bewegungen ihrer Finger, fixierte die Stelle, an der ihr Rock hochgerutscht war und einen Hauch von Strumpf zeigte. Es gelang ihr, den Schuh anzuziehen.

Sie traute sich nicht, in sein Gesicht zu schauen, als er aufstand. Er streckte eine Hand aus, um ihr beim Aufstehen zu helfen, und Grace konnte das Angebot nicht ignorieren. Seine Hand war warm, sein Griff fest. Mit einer sanften Bewegung war sie auf den Beinen.

"Wie geht es Ihnen jetzt?"

Er ließ sie nicht gleich wieder los. Seine Finger berührten leicht ihre Taille, wie ein Tänzer beim Walzer. Sie redete sich ein, er wolle sie davor bewahren, wieder zu fallen. XXX

Aber wenn das alles war, was er beabsichtigte, ging Grace' geschärfte Aufmerkamkeit in eine andere Richtung. Sie starrte auf den gelockerten Ausschnitt seines Hemdes. Der Duft von Leder und Madeira füllte ihren Kopf. In vielen Kreisen galt sie als große Frau, aber er überragte sie. Und bis jetzt waren ihr angesichts der Größe eines Menschen noch nie die Knie weich geworden. Aber Hugh Pennington war nicht *irgendein* Mensch.

Sie sah ihm in die Augen und stellte fest, dass er auf ihre Lippen starrte.

"Ich bin völlig ... Ich bin vollkommen ..." Ihre Stimme gehörte einer Fremden. "Danke, Mylord."

Grace wollte vor der Versuchung zurückweichen, doch ihr Absatz stieß gegen ein Buch. Sie drehte sich schnell um, holte tief Luft und zwang sich, wieder zur Vernunft zu kommen.

Die Bände, die um sie herum verstreut waren, rückten ins Blickfeld. Es waren mehr heruntergefallen, als ihr bewusst gewesen war. Wertvolle Bücher lagen aufgeschlagen, ihre Seiten geknickt und in Unordnung. Sie hatte hier Schaden angerichtet.

"Ich bitte um Entschuldigung", platzte sie heraus. "Es war unbedacht von mir, nach den Regalen zu greifen, während ich fiel. Ich übernehme die volle Verantwortung dafür, diesen Raum in Ordnung zu bringen. Ich werde jedes einzelne Regal inspizieren."

"Sie werden nichts dergleichen tun", unterbrach er sie. "Es sind nur Bücher, und Sie haben keinen Schaden angerichtet."

Während er ihr half, sich aus der Mitte des Durcheinanders zu bewegen, ruhte seine Hand auf ihrem Rücken.

"Aber", sagte er und führte sie zu einer Bank in der Nähe, "ich erlaube Ihnen, hier zu sitzen und mir Gesellschaft zu leisten, während ich die Bücher wieder in die Regale einräume."

Ohne ihren Schal waren Graces Arme unbedeckt, und sie strichen gegen seine Jacke. Sie war zu nah an ihm dran.

"Ich bin ein ständiges Ärgernis für Sie", beharrte sie und drehte sich zu ihm um. "Bitte, Mylord. Ihr *müsst* mir erlauben, dieses Chaos, das ich verursacht habe, in Ordnung zu bringen."

Er schien sie abzuschätzen. Seine Augen wanderten langsam über ihr Gesicht. Ihre taten das Gleiche, und so nah war er nicht perfekt. Er hatte einen schwachen. Seine Nase war nicht ganz gerade, und eine Unebenheit auf dem Nasenrücken deutete darauf hin, dass sie mindestens einmal gebrochen und gerichtet worden war. Über einer Augenbraue sah man die Spuren einer genähten Narbe. Dies war kein sanfter englischer Aristokrat. Er war ein kampferprobter Mann des Krieges, und sein Gesicht spiegelte dies wider.

Und sie fand ihn mit jedem männlichen Leberfleck und jeder Narbe anziehender. Kurzum, wenn sie noch etwas Atem in ihrem Körper hätte, hätte Hugh Pennington ihn ihr gestohlen.

Ihr Blick traf auf den seinen, und der Hunger, den sie in seinen grauen Augen sah, machte ihr das gefährliche Spiel klar, das sie begonnen hatte.

"Setzen Sie sich"

Grace zögerte und erstarrte, als sein Daumen über ihre Unterlippe strich.

"Ich glaube, Sie müssen sich setzen."

Sie ließ sich auf die Bank fallen.

"Viel besser", sagte er.

Er entfernte sich von ihr, aber ihr Herzschlag fand nur langsam wieder einen normalen Rhythmus. Während sie darum kämpfte, den Anschein von Ruhe wiederzuerlangen, starrte sie quer durch den Raum - auf die Stühle, die Tische, die sterbende Glut im Kamin und die Dunkelheit, die die Landschaft vor den Fenstern überzogen hatte. Sie starrte auf alles, was nicht von Bedeutung war, um zu verhindern, dass sich ihre Augen auf die Person richteten, die ihre Aufmerksamkeit schon beherrschte, bevor sie den Raum überhaupt betreten hatte.

Grace hatte so oft gehört, wie ihr Vater seine Schützlinge darüber belehrte, wie wichtig es ist, genug zu wissen, aber nicht zu viel. Entdecke seine Schwächen, aber entwickle keine Kameradschaft.

Sie war in diese Bibliothek gekommen, um genug zu lernen, um das Gespräch zu steuern, wenn sie morgens ausreiten wollten. Stattdessen war sie in den Stunden, die sie damit verbracht hatte, Ausschnitte aus veröffentlichten Prozessakten und Kopien offizieller Gerichtsverhandlungen zu studieren, zu einer Bewunderin geworden. Sie respektierte, wie er seinen Gerichtssaal führte. Sie fühlte sich durch seine Prinzipien und sein Bemühen um eine ehrliche Rechtsprechung ermutigt. Als sie diese Seiten las, fiel es ihr leicht, ihn als Streiter für die Machtlosen dieser Welt zu sehen.

Aber all das Verblasste im Vergleich zu ihren Gefühlen, als Hugh Pennington ihre Lippe liebkoste. Das Risiko einer Kameradschaft war hier kein Thema.

"Konnten Sie in dieser Bibliothek etwas Interessantes finden?"

"Ja. Sehr viel. Ich danke Ihnen." Sie blickte ihren Gastgeber an, der sich reckte, um ein paar Bände in ein hohes Regal zu stellen.

Seine Schultern waren unglaublich breit, und dennoch passte ihm seine Abendgarderobe tadellos. Sie studierte jedes Detail und beobachtete, wie er ein weiteres Buch vom Boden aufhob. Er schlug es auf und tat so, als wäre er interessiert, aber Grace wusste, dass er jede ihrer Bewegungen verfolgte.

Und er hatte ihre Lippe berührt, dachte sie und erlebte den Moment noch einmal. *Ihre Lippe.*

Sie war seinem Charme verfallen. Aber da wäre nur eine Person, die darunter leiden würde, wenn sie eine Beziehung eingehen würden.

Langsam schob er das Buch an seinen Platz im Regal und hob ein anderes auf, das zum Teil unter einem Stuhl versteckt war.

"Und was haben Sie gefunden, um Ihre Zeit zu vertreiben?"

Sie zwang sich, sich daran zu erinnern, warum sie hierher gekommen war.

"Ich habe viel Zeit damit verbracht, die Blättersammlung zu lesen, die Lady Aytoun aufbewahrt hat."

"Meine Mutter?" Er stellte das Buch in das Regal und drehte sich um, um sie anzusehen.

Grace deutete auf das große Album, das auf einem Tisch in der Nähe lag.

"Dieses Sammelsurium von Ausschnitten über die Familie? Bei all der Literatur, die Sie umgibt?"

Bescheidenheit und Zuversicht. Mit Ausnahme einiger Jahrzehnte alter Verweise auf Lord Aytouns Arbeit und seine politischen Positionen, insbesondere in lokalen Fragen, bezogen sich die meisten Ausschnitte der Sammlung auf Hugh Penningtons militärische Erfolge und die Fälle, die er vor Gericht verhandelt hatte.

"Da bin ich anderer Meinung", sagte sie ihm. "Ich fand die Artikel mehr als informativ. Sie vermittelten mir ein tiefes Verständnis von Baronsford und seinem Herrn."

Er strich mit einem Finger über den Rücken eines anderen Buches, und Grace stellte sich vor, wie seine Hand über *ihren* Rücken glitt.

"Ein tiefes Verständnis?", fragte er lächelnd. "Ein Blick auf ein paar Zeitungsausschnitte ist die Grundlage für eine Meinungsbildung? Ich wäre ein bisschen nervös zu hören, wie Sie sich entschieden haben."

Ein paar Zeitungsausschnitte? Wenn er nur wüsste, dass sie jeden Artikel und jede Aufzeichnung wortwörtlich wiedergeben konnte.

"Sie . . und Ihre Familie haben sich in der Vergangenheit immer für eine gerechte Sache eingesetzt. Nach dem, was ich gelesen habe, hat Ihr Vater einen großen Einfluss auf die endgültige Ziehung der Grenzen gehabt. Sie setzen diese Tradition fort."

Er winkte ihr mit dem Buch zu. "Wenn ich etwas getan habe, das Ihre Anerkennung verdient, dann ist es auf die Prinzipien zurückzuführen, die mir meine Eltern eingeimpft haben."

Grace ging es genauso. Sie war durch ihren Vater zu der Person geworden, die sie war.

"Die Führung eines guten Elternteils garantiert nicht das gleiche Ergebnis bei einem Sohn oder einer Tochter", antwortete sie. "Es ist Ihr Verdienst, My Lord, dass Sie zum Beispiel ein so vehementer Verteidiger der Mietrechte wurden.

"Sie müssen tief in diesem Folianten gegraben haben, um Beweise dafür zu finden."

"Ganz im Gegenteil. Die Beweise für Ihre Großzügigkeit sind zahlreich", argumentierte sie. "Sie haben sich nicht nur auf die Seite der Pächter gegen die Grundbesitzer gestellt, sondern auch die Arbeit der Abolitionisten hier in Schottland unterstützt."

Auch wenn das Gesetz die Sklaverei an diesen Küsten abschaffte und den Sklavenhandel in den Kolonien beendete, existierten diese Übel noch immer.

"Es gab mehrere Artikel über einen Fall, der Ihnen im vergangenen Jahr vorgelegt wurde."

"Die Zeitungen benutzten gerne den Begriff ‚Farce des Dreieckhandels' und 'Dreieckshandelstravestie', aber eine Schlagzeile sagt nicht viel aus."

"Der Fall betraf einen reichen Herrn aus Glasgow und seine Freunde." Sie wollte ihn wissen lassen, dass ihre Meinung über ihn nicht nur auf ein oder zwei Schlagzeilen beruhte. "Ihre Schiffe tauschten zwischen Schottland, Afrika und den Westindischen Inseln materielle Güter gegen Menschen als Fracht."

Sie fuhr fort, Namen von Kapitänen, Schiffen, Ladungsarten, Einschiffungsdaten und sogar Schreckensgeschichten über die gefürchtete Mittelpassage zu nennen. Zum Schluss zitierte sie Teile seines endgültigen Urteils. Dieser spezielle Fall war für sie vielleicht der entscheidende Punkt wie sie den Charakter von Hugh Pennington beurteilte.

"Sie haben ein beeindruckendes Gedächtnis, Miss Grace." Seine Augen waren auf sie gerichtet, das Buch in seiner Hand vergessen. "Ungewöhnlich, würde man meinen, für jemanden, der sich an nichts aus seiner Vergangenheit erinnern kann."

Die Worte begannen wie ein Kompliment, endeten aber mit einer Andeutung von Vorwürfen. Das Blut wich aus ihrem Gesicht. Sie hatte den Staatsanwalt in dem Mann geweckt. Sie hatte einen Fehler gemacht. Sie hatte zu viel gesagt. Indem sie den Inhalt der Artikel erzählte, hatte sie etwas von ihrem eigenen Wissen über das Thema mit einfließen lassen. Genau davor hatte sie Angst - zu viel zu sagen, ihm ein Fenster zu öffnen, um die Person zu sehen, die sich dahinter versteckt.

"Ich wüsste nicht, ob das ungewöhnlich ist oder nicht", antwortete sie.

Er nahm zwei weitere Bände in die Hand und stellte sie ins Regal. Sie war erleichtert, dass er das Thema nicht weiterverfolgte.

"Nach welchem Buch haben Sie gegriffen, bevor Sie von der Leiter gefallen sind?"

Bevor die literarische Lawine losbrach, war Grace von dem vertrauten Namen auf dem Buchrücken angezogen worden. James Macpherson, ein entfernter Verwandter ihrer Mutter. Vor einiger Zeit hatte sie eine deutsche Ausgabe seines Werkes gelesen, und sie wusste, dass Goethe dieselbe Übersetzung in den *Jungen Werther* aufgenommen hatte. Aber sie hatte es noch nie auf Englisch gesehen.

Sie beschloss, dass dies nicht schaden konnte, sagte es ihm und zeigte auf den letzten Band, der auf dem Teppich lag.

Er nahm ihn in die Hand und blätterte ihn durch, wobei sich sein Gesicht verfinsterte. "Ich bin überrascht, dass wir das Buch noch hier haben."

"Warum?"

"Ich halte nicht viel von James Macpherson", sagte er rundweg. "Tatsächlich würde ich Ihnen nicht empfehlen, überhaupt Zeit mit der Arbeit dieses Herrn zu verschwenden.

Macphersons Werk hatte internationalen Erfolg. Grace dachte nicht weiter darüber nach, bevor sie antwortete. "Sind Sie ein Experte für den Autor?"

Hugh Penningtons Kopf hob sich schnell, ein grimmiger Blick verhärtete seine Züge.

"Ich weiß mehr, als mir lieb ist, über den Mann und das erbärmliche Geschäft, das er mit der Verwaltung seiner Ländereien gemacht hat."

"Ist Macpherson nicht schon seit einiger Zeit tot?"

"Zwei Jahrzehnte, würde ich sagen", sagte er kurz. "Und seine ehemaligen Pächter aus Phoiness, Etterish und Invernahaven betteln immer noch auf den Straßen von Edinburgh, weil er so hartherzig war, seine Bauern für die Schafe rauszuwerfen."

Grace hoffte, dass er ein sehr entfernter Verwandter war.

"Und obendrein ist der Nachlass dieses Mannes immer noch ein Problem für die Gerichte, weil er mindestens vier Bastarde hinterlassen hat und keinen klaren Erben, der ihm folgen könnte. Und wissen Sie, wer darunter leidet?"

"Wer?"

"Die armen Leute, die auf seinem Land zurückgeblieben sind und versuchen, ihren Lebensunterhalt zu bestreiten, wenn niemand mehr da ist, der den Besitz verwaltet." Er ließ das Buch heftig zuschnappen. "James Macpherson war ein unverantwortlicher Schurke. Sie sollten sich nicht mit ihm abgeben."

"Ich kann Ihre Kritik an seiner Person verstehen, aber haben Sie seine Werke gelesen?"

"In der Tat, das habe ich. Die sogenannte Ossian-Dichtung. Der Mann behauptete, es sei das Werk eines alten irischen Dichters, des Sohnes von Finn selbst, und dass er es einfach übersetzt habe."

Grace ermahnte sich, still zu sein. Sie konnte sich nicht von ihrem Temperament überwältigen lassen.

"Das Ganze ist erfunden", fuhr er fort. "Macpherson bildete sich ein, der Meister der gälischen Geschichte und Mythologie zu sein, aber der Mann war ein Lügner. Ein kompletter Betrüger."

Grace' Rückgrat versteifte sich. Es war ihr egal, ob James Macpherson die Gedichte selbst geschrieben hatte. Sein Werk brachte der irischen Sprache positive Aufmerksamkeit. Außerdem mochte sie es nicht, wenn ihr *irgendjemand* sagte, was sie lesen sollte und was nicht.

"Sie lassen es so klingen, als würden Sie die Iren gegen das verteidigen, was Sie als 'Betrug' bezeichnen, obwohl Sie in Wahrheit ein Vorurteil gegen sie haben."

"Vorurteil?", sagte er, entsetzt über ihre Anschuldigung. "Würden Sie mir das bitte erklären?"

Grace konnte nicht glauben, dass sie diese Worte ausgesprochen hatte. Sie wusste, dass sie die Grenze überschritten hatte, als er sie so anschaute. Sie war nicht glücklich über die Aussicht, sich aus diesem Kampf zurückzuziehen, aber wie viel sollte sie sagen? Die Konsequenzen könnten schrecklich sein, wenn er sie aus Baronsford wegschicken würde.

"Jetzt, wo Sie mir den Schlag versetzt haben, sollten Sie nicht gleich zurückrudern. Ich würde gerne wissen, was Sie zu sagen haben."

Ihre Finger waren in ihrem Schoß verknotet. Sie zwang sich, ihre Zunge im Zaum zu halten.

"Sie können sich nicht an Ihre Vergangenheit erinnern, aber Sie zögern nicht, Klatsch und Tratsch weiterzugeben..."

"Ich beschäftige mich nicht mit Klatsch und Tratsch, Mylord", sagte sie scharf, ohne sich zurückhalten zu können. "Innerhalb der ersten zwei Monate Ihrer Amtszeit haben Sie Ihre offensichtliche Voreingenommenheit gegenüber den Iren bewiesen, indem Sie sie strafrechtlich verfolgten, während andere, die in dasselbe Verbrechen verwickelt waren, ungestraft davonkamen."

Die Schleusen hatten sich geöffnet, und das Wasser brach durch und stürzte kopfüber auf die Wasserfälle zu. Aber sie war Halb-Irin, und diese Schlacht war ihre Sache. Sie zählte ein halbes Dutzend Fälle auf. In einigen ging es um kleinere Verbrechen. In einem Fall war ein Schotte frei-gekommen. In einem anderen hatte ein Ire wochenlang im Gefängnis gesessen, bis der Fall verhandelt wurde.

"Sie kennen die Fakten nicht", argumentierte er. "Gerechtigkeit wird nicht über Nacht geschaffen.

"Nennen Sie es 'über Nacht', wochenlang im Gefängnis zu sitzen, ohne die *Möglichkeit* eines Prozesses wegen des bloßen Verdachts eines Bagatell-delikts?", fragte sie. "Und wer wird in dieser Zeit ihre Familien ernähren?"

Grace' Kopf pochte, und ihr Gesicht brannte unter der Wucht ihrer Überzeugung.

"Haben Sie sich jemals gefragt, wer diese Iren sind? Haben Sie sich schon einmal Gedanken darüber gemacht, in welch verzweifelter Lage sie leben? In jedem einzelnen Fall verteidigen sie sich damit, dass sie keine Arbeit finden, selbst wenn sie bereit sind, für einen Hungerlohn zu arbei-ten. Vielleicht sind die Ungerechtigkeiten, denen sie ausgesetzt sind, darauf zurückzuführen, dass sie katholisch sind. Glauben Sie wirklich, dass Sie jeden Angeklagten, der vor Ihnen steht, gleich behandeln, unabhängig davon, woher er kommt?"

Sie wusste, dass sie zu hart war, aber sie wollte jetzt nicht nachgeben. Sie hatte die Beweise gesehen, die sich unter all seine guten Taten gemischt hatten.

Der Vicomte stand wie eine Statue da und sagte nichts.

"Es ist kein Wunder", schloss sie, "dass die Iren ein Sprichwort haben: *Der Name eines Iren ist genug, um ihn zu hängen.*"

"Und das steht in den Akten?" Sein Ton war leise, aber gefährlich. Er legte das Macpherson-Buch neben sich auf den Tisch. "Nun, Sie haben schon genug gesagt."

Grace' Brust tat weh, und sie fühlte sich nicht wohl. Irgendwann während ihrer Tirade hatte sie vergessen zu atmen.

"Bitte sagen Sie meiner Schwester, dass sie morgen früh nicht auf mich warten soll. Ich werde euch nicht begleiten."

Als er aus der Bibliothek stolzierte, ließ sich Grace auf der Bank nieder und vergrub ihr Gesicht in ihren Händen.

Kapitel Elf

GLAUBEN SIE WIRKLICH, dass Sie alle Angeklagten gleich behandeln?

Hugh verbrachte einen Großteil der Nacht damit, wegen Graces messerscharfer Worte zu bluten.

Seine erste Reaktion war Leugnen. Sie kannte ihn nicht. Sie war eine Fremde. Sie war keine Anwältin. Sie war ein Gast in seinem Haus. Sie verdankte ihm und seiner Familie ihr Leben. Was sollte sie dazu bewegen, ihn so heftig anzugreifen? Während er in seiner Suite auf und ab ging, grübelte er über ihre Anschuldigungen nach.

Während sich seine Wut zu legen begann, dachte er weiter über Graces Beweggründe nach. Sie hatte gezögert, bis er sie geködert hatte, und es lag nichts Unredliches in der Aufrichtigkeit ihrer Worte. In Anbetracht ihrer verwundbaren Position in Baronsford musste er annehmen, dass ihre Bemerkungen objektiv waren und auf dem beruhten, was sie gelesen hatte.

Als die Uhr auf seinem Kaminsims Mitternacht schlug, schmerzte ihn die Möglichkeit, dass sie Recht hatte, am meisten.

Er fragte sich, ob er tatsächlich unbewusst bestimmte Dinge übersehen hatte, die sich auf die Art und Weise auswirkten, wie er Recht sprach. Ob sein Mitgefühl nicht auch den Zustrom mittelloser Ausländer erfasste, die verzweifelt nach einem Ort zum Leben, Arbeiten und Aufziehen ihrer Familien suchten. War er nur für die Not der unterdrückten Menschen empfänglich, über die er in seiner Jugend belehrt worden war? Es schmerzte ihn zutiefst, dass sein Sinn für Fairness nicht über die Afrikaner in England und den Kolonien und die Schotten, die durch die Landbesetzungen vertrieben wurden, hinausging.

Im Gespräch mit Grace hatte er sich seiner Prinzipien gerühmt und seinen Eltern Anerkennung gezollt. Aber sie waren nicht die Einzigen, die ihn geprägt haben. Ohenewaa, die afrikanische Heilerin, die bei ihnen lebte, hatte in seiner Kindheit eine weitere wichtige Grundlage geschaffen. Ohenewaa, die Hughs Mutter auf einer Auktion gekauft hatte, um sie frei zu setzen, verbrachte ihre letzten Jahre damit, die nächste Generation der Penningtons auf subtile Weise über Recht und Unrecht in der Welt aufzuklären. In Melbury Hall in Hertfordshire war er unter ehemaligen Sklaven der Zuckerplantage aufgewachsen - Jonah, dem alten Moses, Amina und den anderen. Hugh hatte den nur zehn Jahre älteren Israel vergöttert und ihn dabei beobachtet, wie er trotz seiner Erziehung durch einen Grafen verbissen um seinen Platz in der Gesellschaft kämpfte.

Wenn es um die Übel der schottischen Landrodungen ging, hatte Hugh seine Schwester Jo als tägliche lebende Erinnerung an die bösartigen Folgen der Gier der Großgrundbesitzer. Sie hatte überlebt, aber ihre leibliche Mutter nicht.

Er starrte auf den abnehmenden Mond am westlichen Himmel und dachte über die Möglichkeit nach, die Grace ihn zu erwägen zwang.

Er erinnerte sich daran, wie er Truscott verboten hatte, die irischen Landarbeiter einzustellen. Welchen Grund hatte er genannt? Er kannte sie nicht. Und in seinem Gerichtssaal dachte er an die taubstumme Frau, die seit sechs Monaten auf ihren Prozess wartete. Jetzt erinnerte er sich; sie war in Dublin geboren. Sie saß in diesem Gefängnis, während die Richter sich stritten über ... was?

Er hatte sich vergewissert, dass Darby aus der Obhut des örtlichen Landvogts entlassen worden war. Und doch saßen viele Iren ohne Grund hinter Gittern, nur weil ihre Anhörung hinausgezögert worden war.

Hugh wusste, dass er das Justizsystem nicht ändern konnte. Diese Räder drehten sich nur sehr langsam. Aber das Schreckgespenst, das Grace heraufbeschworen hatte, war, wie viel Ungerechtigkeit er selbst zu verantworten hatte.

Die Morgendämmerung war noch weit entfernt, als er in sein Arbeitszimmer hinunterging. Im Büro seines Anwaltsgehilfen fand er auf Kane Bransons Schreibtisch das letzte Ermittlungsprotokoll und die Gefängnisregister. Die Seiten enthielten die Fälle, die in den unteren Instanzen verhandelt wurden. Auf den Namen jeder Person folgten der Geburtsort, der Beruf, das Alter, die Größe und die Religion. Als er die angeblichen Straftaten las, sah er genau, wovon Grace sprach. In den meisten Fällen handelte es sich um einen Iren, und viele dieser Männer hätten mit einer minimalen Verwarnung davonkommen müssen. Schlimmer noch, viele der Vergehen waren das Verbrechen des armen Mannes, Diebstahl für Lebensmittel.

In den meisten Fällen würden diese Fälle nicht vor sein Gericht kommen, aber Hugh begann, sich Notizen zu machen und Branson zu instruieren, was getan werden musste, um die Gefangenen entweder freizulassen oder die Anhörungen zu beschleunigen.

Als er mit der Liste fertig war, stand er auf und streckte sich. Er wusste, dass er noch nicht fertig war. Die taubstumme Frau. Der Mordfall würde in diesem Herbst endlich vor das Hohe Gericht kommen. Er kramte die Akte hervor, die man ihm in Baronsford zugeschickt hatte.

Die Frau, Jean Campbell aus Dublin, wurde beschuldigt, am 19. November letzten Jahres ihr dreijähriges Kind von der Saltmarket Bridge in den Fluss Clyde geworfen zu haben. Es hatten sich Zeugen gemeldet, die das Verbrechen beobachtet hatten, und sie wurde verhaftet, da gegen sie stichhaltige Beweise vorlagen.

Hugh blätterte durch das gesamte Material, das er hatte. Es war sehr wenig dabei. Keine Aussage der Angeklagten. Aus den Notizen ging hervor, dass Mrs. Campbell weder lesen noch schreiben konnte. Sie konnte weder hören noch sprechen. Soweit er sehen konnte, wurde kein weiterer Versuch unternommen, mit ihr zu kommunizieren.

Er erinnerte sich an das Problem, das die ausweglose Situation verursacht hatte. Wenn sie nicht verhandlungsfähig war, würde sie zu lebenslanger Haft in einer psychiatrischen Anstalt verurteilt. Ein Schicksal, das nach Hughs Meinung schlimmer als der Tod war. Aber sollte Jean Campbell verhandlungsfähig sein, hatte sie keine Verteidigung. Sie würde am Ende hängen. Aber sie Monat für Monat wegen juristischer Querelen wegzusperren, brachte ihren Fall auch nicht voran.

Hugh begann mit einer neuen Liste für seinen Anwaltsgehilfen. Er brauchte Informationen. Aufzeichnungen von Zeugenaussagen gegen sie. Einen Bericht, der Auskunft darüber gab, wo sie in Glasgow lebte. Die Namen ihrer Nachbarn und Familienangehörigen. Wo *waren* ihre anderen Kinder?

Er dachte über das eigentliche Problem nach: ihre Unfähigkeit zu kommunizieren. Wie konnten ihre Familie und ihre Nachbarn mit ihr kommunizieren? Als er mit seinen Anweisungen fertig war, hatte er genug, um Kane Branson in Edinburgh ein paar Tage lang zu beschäftigen. Der junge Mann war in der Ausbildung zum Rechtsanwalt. Er war idealistisch und eifrig und teilte Hughs Leidenschaft, diejenigen zu verteidigen, die sich nicht selbst verteidigen konnten. Er würde das gut machen.

Schließlich schrieb Hugh eine Nachricht an Walter Truscott wegen des Damms. Er sollte einstellen, wen immer er brauchte, auch kräftige irische Arbeiter.

Er legte seinen Stift weg, lehnte sich in seinem Stuhl zurück und sah, dass die Kerzen zu Stümpfen heruntergebrannt waren. Ohne sein Zutun und ohne dass er es bemerkt hatte, war die Sonne bereits aufgegangen und schien draußen. Er fühlte sich gut. Der verstörende Beginn der Nacht hatte sich in eine produktive Nacht verwandelt.

Erledigt, dachte er. Aber jetzt brauchte er Bewegung. Etwas, das seinen Puls in Einklang mit der Geschwindigkeit seiner Gedanken brachte. Er ließ die Anweisungen auf Bransons Schreibtisch liegen und kam zurück in sein Arbeitszimmer, wo Jo klopfte und eintrat.

"Das ist sogar für Sie zu früh", sagte sie und warf einen Blick auf den zerzausten Zustand seiner Abendgarderobe. "Oh, ich verstehe. Sie sind letzte Nacht nicht ins Bett gegangen."

"Ich musste erst ein paar Unrechte wiedergutmachen."

"Nun, ich werde Sie nicht schikanieren, weil Sie zu hart arbeiten, wenn Sie mir einen Gefallen tun. Obwohl ich nur ungern frage, wenn man bedenkt, dass Sie nicht geschlafen haben."

"Denken Sie nicht weiter darüber nach." Jo bat selten um einen Gefallen. "Was brauchen Sie?"

"Du und ich wollten nach dem Frühstück mit Grace einen Ausritt durch den Wildpark machen."

Hugh sagte nichts. Grace hatte seine Schwester heute Morgen offensichtlich nicht gesehen, um ihr von seiner Planänderung zu berichten.

"Sie haben den Eindruck erweckt, dass Sie *wirklich* gehen wollen", sagte Jo, als sie seinen Widerwillen erkannte. "Und ich glaube, das wäre gut für sie. Sie scheint viel glücklicher zu sein, wenn sie draußen ist. Gestern fand ich, dass sie sich allein durch einen Spaziergang um das Zehnfache verbessert hat."

Gestern Abend hatte er vergessen, dass sie nur wenige Tage zuvor dem Tode geweiht gewesen war. Das Bild von ihr, wie sie auf dem Teppich lag, die Bücher um sie herum ausgebreitet, tauchte in seinem Kopf auf. Sobald er wusste, dass sie nicht verletzt war, stürzte er sich kopfüber in den Genuss ihres Charmes, ihrer Schönheit. Ihr Kleid war im Vergleich zu den

Abendkleidern vieler Frauen alles andere als gewagt, aber an Grace wurde es zum Maßstab für Sinnlichkeit. Ihre nackten Arme, der tiefe Ausschnitt, der ihm einen großzügigen Blick auf ihre perfekten Brüste gewährte. Er schaute in ihr Gesicht und bewunderte die perfekte Symmetrie. Nach wie vor faszinierten ihn ihre Augen und Lippen.

Hugh hatte in der Vergangenheit genug Liaisons gehabt, um zu erkennen, wann eine Frau an ihm interessiert war. Grace zeigte ihm alle Anzeichen. Nur war er derjenige, der von seiner Vergangenheit besessen war. Er wusste, was richtig und falsch war. Egal, welche Versuchung einer von beiden verspürte, er musste verantwortungsbewusst handeln.

Und er hatte es getan, obwohl sie ihn körperlich ansprach. Aber dann hatte er gesehen, wie stark ihr Verstand war. Es war erstaunlich, dass jemand so viel aus einer einzigen Lektüre lernen konnte, und die unverblümte Kraft ihrer Argumente zog ihn in ihren Bann.

"Bitte sagen Sie mir, dass ich sie nicht enttäuschen und den Ausflug verschieben muss."

Hugh richtete seine Aufmerksamkeit wieder auf seine Schwester. "Was machen *Sie* heute Morgen?"

"Gerade kam eine Nachricht von Lady Nithsdale. Sie hat vor, mir heute Morgen einen Besuch abzustatten."

"Tja, die Welt muss ihre Umlaufbahn ändern, wenn Lady *Nithsdale* zu Besuch kommt."

"Sie wissen, dass das stimmt", sagte Jo und lächelte. "Sie bringt ihre Freundin und Hausbesucherin, Mrs. Douglas, mit. Erinnern Sie sich nicht, dass sie uns letzte Woche davon erzählt hat?"

Hugh erinnerte sich nicht. Er schenkte dem endlosen Geschwätz dieser Frau über gesellschaftliche Verpflichtungen ebenso wenig Beachtung wie den ausschweifenden Prahlereien ihres Mannes über seine sportlichen Fähigkeiten. Er duldete die beiden nur, weil sie Nachbarn waren.

"Wenn es sich nur um einen sozialen handeln würde, wäre ich nicht beunruhigt darüber.

"Warum kommt sie?"

"Ihre Notiz lässt mich glauben, dass sie von Grace weiß."

"Wie kann das sein?"

"Sie könnte es von Dr. Nambys Frau gehört haben. Sie und Lady Nithsdale sind Vertraute."

Zu viele Menschen kamen durch Baronsford. Nur wenige Dinge blieben geheim, und die Nachricht von Grace war zu außergewöhnlich, als dass man erwarten konnte, dass sie jemand für sich behalten würde.

"Ich muss sie empfangen. Und ich will Grace nicht hier haben."

"Es macht keinen Sinn, sie ungeschützt in eine Schlangengrube zu werfen", stimmte er zu.

Sie wies auf die Tür. "Das heißt, Sie haben kaum genug Zeit, sich umzuziehen und zu frühstücken, bevor Sie unseren bezaubernden Gast draußen treffen."

"Sie gehen davon aus, dass ich mitkomme."

"Ich habe gesehen, wie Sie Grace gestern angeschaut haben." Jo's Augen funkelten mit einem Hauch von Schalk. "Sie gehen auf jeden Fall."

"Nur als Gefallen für Sie."

Hugh wusste, dass seine Schwester die Lüge durchschaute, als sie ihn ansah.

"Aber Sie sollten bedenken, dass jeden Tag ein Ehemann in Baronsford auftauchen könnte, um sie zu holen."

Nicht aus Angst, den Schutz der Familie Pennington zu verlieren, wälzte sich Grace die meiste Zeit der Nacht unruhig in ihrem Bett. Es war wegen ihrer Unvorsichtigkeit, etwas zu sagen, obwohl sie kaum provoziert worden war.

Sie hätte die Meinung des Vicomtes über James Macpherson unwidersprochen stehen lassen können. Der Schriftsteller war tot und begraben; er brauchte keinen Schutz. Sie hätte sich nicht verärgern lassen dürfen. Wer war sie, dass sie ihn über das Recht in diesem Land belehren konnte? Sie war ein zufälliger Eindringling im Leben dieser Leute. Ein ehemaliges Mitglied des französischen Kaiserhofs. Ein Feind. Wie Hugh Pennington das Gesetz vertrat, ob gerecht oder nicht, sollte ihr völlig gleichgültig sein. Sie hatte ihm die Anerkennung gegeben, die er verdiente, aber sie hatte kein Recht, so kritisch zu sein.

Die scharfkantigen Zähne der Schuld zerrten weiter an ihr. In Anbetracht all des Guten, das er tat und weiterhin tun würde, waren die Vorwürfe, die sie ihm machte, ungerecht. Sie war kleinlich gewesen, als sie ihn angegriffen hatte. Ihre leidenschaftliche Natur war wieder einmal mit ihr durchgegangen. Bei all dem Guten, das sie von ihrem Vater geerbt hatte, war sie auch mit seinem Temperament verflucht worden.

Als sie die Stufen zur Tür hinunterstieg, dachte sie an den Diamanten, der in Baronsfords Eisentruhe lag. Der Edelstein hatte Gewalt und Leid an ihre Tür gebracht. Sie hatte auch keine Verwendung für ihn. Sie konnte ihn nicht einmal benutzen, um sich eine Ausreise aus Schottland zu sichern, ohne zu viel Aufmerksamkeit auf sich zu lenken.

Sie wäre zufrieden, wenn sie ihn nie wieder sehen müsste. Joseph Bonaparte hatte in Amerika ein Vermögen an Juwelen wie diesem. Indem sie den Diamanten in ihr Kleid genäht hatten, hatten sie Grace angelogen und sie benutzt. Viel schlimmer war, dass ihr Vater deswegen tot war. Es machte ihr nichts aus, dass der Diamant ein Geschenk von Joseph an seine Frau war. Sollte sie jemals das Glück haben, nach Brüssel zu kommen, würde sie den Bonapartes sagen, dass er zusammen mit ihrem Kleid zurückgelassen worden war. Verloren. Für immer verschwunden.

Als sie nach draußen trat, atmete sie die frische Morgenluft ein und schob ihre Sorgen beiseite. Grace hätte nichts lieber getan, als heute von Baronsford wegzugehen, aber sie musste abwarten und dass sie den Kontinent erreichen konnte. Dieser Ritt würde ihr einen besseren Überblick über die Landschaft verschaffen, und das würde ihr helfen, zu gegebener Zeit zu entkommen.

Sie war zu früh für ihren Ausritt mit Jo, also ging sie um die Ecke des Hauses und eine leichte Steigung hinauf zu den Gärten, die in der Morgensonne glitzerten.

Während Grace auf den grünen Wegen zwischen den Blumenbeeten entlang ging und atmete sie den Duft von Thymian und Pfingstrosen ein. In einem großen Beet öffneten sich gerade die Rosenknospen von Dutzenden von Pflanzen, und in der Mitte glänzte eine Sonnenuhr. Zwei Gärtner gruben in einer entfernten Ecke, wo Schnittblumen in allen Farben blühten. In einer geschützten Ecke entdeckte sie einen Abschnitt mit Azaleen, deren Blüten in Rot und Rosa leuchteten.

Langsam verfolgte sie ihre Schritte zurück. Sie war mit Jo um neun bei den Ställen verabredet, und sie war noch zu früh dran. Als sie den Weg hinunterging, kam sie an der Kutschenscheune vorbei und erinnerte sich an den Korb darin. Sie war am Leben, sagte sie sich. Sie hatte überlebt. Jetzt war es an der Zeit, ihre Zukunft selbst in die Hand zu nehmen.

Grace dachte über den Vicomte nach und fragte sich, ob er seiner Schwester gesagt hatte, dass er nicht mit ihnen reiten würde. Sie errötete bei dem Gedanken, dass er Jo vielleicht schon von der Lektion erzählt hatte, die er von der undankbaren Frau erhalten hatte, die sie dem Tod entrissen hatten.

Auf dem Hof gegenüber den Ställen beschlug ein Hufschmied ein großes irisches Zugpferd. Es war ein wunderschönes, kastanienfarbenes Pferd mit weißer Blesse und Halbschuhen. Der Schmied trat um das Tier herum und lächelte ihr zu, woraufhin sie zurücklächelte. Das musste der neue Mann sein, von dem Anna ihr erzählt hatte.

Während sie ihm bei der Arbeit zusah, kam ein Pferdepfleger aus dem Stall, der eine kleine Schimmelstute führte. Sie tauschte mit dem Mann ein paar Höflichkeiten aus und ging auf die hübsche Stute zu. Das Pferd wandte Grace den Kopf zu und spitzte aufmerksam die Ohren.

"Sie ist ein faules altes Mädchen, Herrin", sagte der Pferdepfleger. "Aber sie mag die Bewegung, und sie ist freundlich genug zu einem Körper, der das Reiten nicht gewohnt ist."

Grace streckte ihre Handfläche aus und wartete, bis die Stute sich streckte, um daran zu riechen. Pferde und Reiten waren für sie nichts Neues. Als einzige Tochter eines Kavallerieoffiziers hatte sie das Reiten schon in jungen Jahren gelernt und war eine gute Reiterin. Sie warf einen misstrauischen Blick auf den Damensattel des Pferdes. Todesfallen, wie Daniel Ware sie zu nennen pflegte. Er würde ihr nie erlauben, in einem zu reiten. Sie ritt immer im Quersattel.

Für heute machte es keinen Unterschied für Grace. Dies war ihre erste Gelegenheit, sich weiter vom Schloss zu entfernen. Sie hoffte, Jo davon überzeugen zu können, sie nicht zum See mitzunehmen und stattdessen vielleicht nach Melrose Village zu reiten.

„Wollen Sie ihr eine Leckerei geben?"

Sie nahm ein Apfelstück von dem Pferdepfleger entgegen. Die Stute nahm es aus ihrer Hand und richtete ihre sanften braunen Augen auf Grace. Sie flüsterte ihr etwas Süßes zu und schmiegte ihre Wange an den Hals des Pferdes. Sie hatte diesen Geruch vermisst. Das Band, das zwischen Pferd und Mensch bestand, war einzigartig. Ihre Finger kämmten durch die raue Mähne. Sie hatte ihr ganzes Leben lang Pferde zum Reiten gehabt, aber nie ein eigenes. Sie zogen immer weiter zu einem anderen Palast oder Heerlager, und wenn sie sich von einem Pferd trennen musste, das ihr ans Herz gewachsen war, hatte sie ein Stück ihres Herzens zurückgelassen.

"Ich denke, Ihr seid ein Naturtalent, Herrin. Ihr müsst eine Reiterin sein." Die Stimme des Reitknechts riss Grace aus ihrem Tagtraum. "Aber ich denke, sie könnte zu zahm für Euch sein."

Bevor sie antworten konnte, führte ein anderer Pferdepfleger einen majestätischen schwarzen Hengst auf den Hof.

"Wenn ihr wollt, bringe ich sie zurück und bringe Euch ein anderes, geeigneteres Pferd. Ihr wollt sicher mit dem Hengst seiner Lordschaft mithalten."

Sie trat einen Schritt zurück. "Das muss ein Irrtum sein. Ich reite mit..."

"Gute Idee, Junge", kam die tiefe Stimme hinter ihr. "Wechsle das Pferd der Herrin und sei dabei klug."

"Sofort, Mylord."

Der Klang von Hughs Stimme entfachte eine Flamme der Verlegenheit tief in ihr. Grace sah zu, wie der Stallknecht die Stute wegführte, und starrte nur noch auf den unruhigen Hengst. Sie hatte den Vicomte dabei beobachtet, wie er das Tier von der Wiese herauf ritt, als sie das erste Mal wieder aus dem Fenster schauen konnte.

Er war ihr zu nahegekommen. Die scharfen Worte, die sie gestern Abend gesagt hatte, der kalte Blick, den er ihr zugeworfen hatte, als er aus der Bibliothek kam, lasteten schwer auf ihr.

"M'lord", sagte sie, drehte sich um und knickste.

"Miss Grace." Er lüftete seinen breitkrempigen Hut und verbeugte sich.

In ihrem Bauch bildete sich schnell ein Knoten, aber Grace zwang sich, in sein Gesicht zu schauen.

Seine Augen waren müde, aber sie zeigten nichts von der Verstimmung, die sie gestern Abend gesehen hatte.

Sie betrachteten sich einen langen, nachdenklichen Moment lang schweigend. Sie fühlte sich unbehaglich, als er ihre graue Reitkutte und ihren Federhut begutachtete. All das war ein Geschenk der Penningtons. Und Grace trug sie am Morgen, nachdem sie den Herrn des Hauses beleidigt hatte.

"Ich habe Lady Jo erwartet."

"Meine Schwester lässt sich entschuldigen. Sie hatte in letzter Minute Besuch bekommen. Sie hat mich gebeten, Ihnen ihre Entschuldigung zu übermitteln. Ich bin in Vertretung für sie hier."

Sie schaute in die Richtung, in der der Stallbursche verschwunden war.

"Ich möchte Ihnen keine Unannehmlichkeiten bereiten, Mylord. Ich werde einen Spaziergang zum Fluss machen. Ich kenne den Weg jetzt. Ihr müsst Euch nicht bemühen."

"Das ist kein Problem."

"Nein, wir brauchen nicht zu gehen. Es gibt doch keinen Grund, dass wir reiten gehen ..."

"Wir werden gehen. Es ist abgemacht", sagte er und blickte auf das Pferd, das aus den Ställen geführt wurde.

Die ganze Situation war, gelinde gesagt, peinlich. Sie konnte ihm jedoch nicht absagen, ohne eine weitere Beleidigung auszusprechen. Und sie wollte wirklich gehen. Die Entschuldigung, die sie in der Nacht geübt hatte, rollte ihr von der Zunge. "Dann muss ich, bevor wir losreiten, meine Worte zurückziehen..."

"Nicht jetzt", befahl er. "Wir werden später Zeit haben, das zu besprechen."

Kapitel Zwölf

Laut bis hin zum Bombastischen. Aufdringlich und intolerant. Und nicht zuletzt eine äußerst geschickte Klatschtante.

Jo's Besucherin war noch nie auf ein Thema gestoßen, zu dem sie nicht eine Meinung hatte. Lady Nithsdale war eine Frau, die mit einer Inbrunst, um die sie der hingebungsvollste religiöse Eiferer beneiden würde, glaubte, dass es ihre himmlisch verordnete Pflicht sei, sich in jedermanns Angelegenheiten einzumischen, so tief wie es ihr möglich war. Und wenn es ihr dabei gelang, einen Ruf zu ruinieren oder etwas von Wert zu zerstören, umso besser.

Jo freute sich nicht auf diesen Besuch, aber sie würde versuchen, ihn mit stoischer Höflichkeit zu ertragen, wie immer.

Lady Nithsdale betrachtete sich selbst als Londonerin und verließ die Stadt nur, wenn die eleganten Leute die Clubs, Salons, Theater und Vergnügungsgärten verlassen hatten. Die einzige Ausnahme, die sie machte, war ein Monat in Bath und eine Reise in die Borders im Mai und Juni. Niemals hätte sie sich träumen lassen, den Ball in Baronsford zu verpassen. Unter den Gästen befanden sich viele aus der Elite der Hauptstadt, und sie konnte sich unter ihnen bewegen, als wäre sie selbst die Gastgeberin der Festlichkeiten.

Jo verbrachte nur sehr wenig Zeit in London und teilte den Rest des Jahres zwischen Schottland und Hertfordshire auf. Glücklicherweise gab es nur einen kurzen Zeitraum, in dem beide hier waren. Und das war ein

Segen. Jo sah es als ihre Aufgabe an, die Beziehungen zwischen Baronsford und den umliegenden Nachbarn aufrechtzuerhalten, und sie war in diesem Bemühen seit Jahren einigermaßen erfolgreich gewesen. Und mit den meisten ihrer Gäste genoss sie die ruhigen Annehmlichkeiten von Abendessen auf dem Lande und morgendlichen Besuchsstunden.

Lady Nithsdale jedoch war eine Herausforderung. Und Jo befürchtete, dass es heute noch viel schlimmer werden würde als sonst.

Die Besucher kamen früher als erwartet und warteten im Salon. Als sie die Wendeltreppe hinunterstieg, hielt Jo inne und atmete tief durch, um die Anspannung in ihren Schultern zu lösen.

Lady Nithsdale zu empfangen war schon schlimm genug, aber sie brachte auch noch ihren Hausgast mit. So sehr Jo auch versuchte, ihre Kommunikationsangst zu überwinden, es fiel ihr nie leicht, neue Leute kennenzulernen. Sie kannte Mrs. Mariah Douglas nur vom Hörensagen. Als Witwe eines ehemaligen Kabinettsministers reiste die Frau von Salon zu Salon, als Kommentatorin von Stil und Mode, als Schiedsrichterin der Haute Couture, als Hutmacherin von höchstem Rang, deren Finger aber nie von der Banalität einer Werkstatt beschmutzt werden würden. Nach dem, was Jo gehört hatte, bewegte sie sich vor allem in der dünnen Luft, die der Prinzregent und sein königliches Gefolge bewohnten, und die Herzoginnen, Marquise und Gräfinnen unter ihren Fittichen würden *niemals* einen Kleidungsstil ohne ihre ausdrückliche Zustimmung auswählen. Warum sie während der Saison in Schottland war, war ein Rätsel.

Dennoch fiel Jo wenig ein, was sie dieser Frau sagen konnte. Sie interessierte sich nicht besonders für die neuesten Modetrends. Sie machte sich nicht die Mühe, ihre Garderobe mit jedem Ticken der Modeuhr zu aktualisieren. Abgesehen von den Bällen in Baronsford im Juni und zu Weihnachten besuchte Jo selten Partys oder Versammlungen. Ihre Begeisterung für solche Anlässe war schon vor langer Zeit erloschen. In dieser Zeit hatte sie sich auch damit abgefunden, dass das Leben, das sie jetzt führte, wenig Platz für Frauen wie Mariah Douglas bot.

Das laute Lachen von Lady Nithsdale ließ Jo innehalten und sich an das polierte Geländer klammern. Manche Dinge konnte man nie vergessen. Sie hatte es Hugh nie erzählt. Sie hatte es nie ihren Eltern oder einem ihrer anderen Geschwister erzählt. Vor fünfzehn Jahren war Lady Nithsdale eine der führenden Stimmen im Chor der Klatschtanten gewesen, die dazu beitrugen, ihr Glück zu zerstören. Die Raserei von Gerüchten und

Unwahrheiten, die die Salons ihrer Bekannten verseuchte, war direkt dafür verantwortlich gewesen, dass Wynne Melfort sein Angebot zurückzog und ihrer Verlobung ein abruptes Ende setzte.

Jo presste Ihre Zähne zusammen und ging nach unten. Sie konnte ihr Leben nicht ändern. Sie konnte Zuschauer und Klatschbasen nicht für die Ungewissheit ihrer Herkunft verantwortlich machen. Es stimmte, dass sie bei ihrer Geburt adoptiert worden war, und sie wuchs umgeben von der Liebe und dem Reichtum der Familie Pennington auf. Zum Zeitpunkt ihrer Verlobung hatten ihre Eltern sie mit einer beträchtlichen Mitgift ausgestattet. Aber trotz allem, was Jo zu bieten hatte, war sie für die Melforts immer noch nicht gut genug, sobald die Lawine der Mutmaßungen und widerwärtigen Anspielungen losbrach.

Als sie den Raum betrat, wurde ihre Absicht, eine kühle Förmlichkeit zu wahren, sofort zunichte gemacht. Lady Nithsdale sprang mit einer Beweglichkeit von ihrem Stuhl auf, die ihr Alter und ihr Gewicht Lügen strafte. Als Zeichen der Vertrautheit drückte sie Jo einen Kuss auf jede Wange. Für die Welt waren sie eindeutig die engsten Freunde.

"Hier bist du, Liebste. Der Engel der Einfühlsamkeit. Die gütigste aller Seelen." Sie zog Jo zu dem kleinen Tisch und den Stühlen, als würde sie einen Gast willkommen heißen. "Ich möchte dir meine liebste Freundin vorstellen, Mrs. Mariah Douglas."

Vom Hut über das Gehkleid bis hin zu den Accessoires war Mrs. Douglas ein tadelloses Aushängeschild für ihr Talent. Aber die gewölbten Augenbrauen der Frau und der Schatten eines Lächelns um die rosig geschminkten Lippen trafen Jo wie ein Schlag in den Magen. Lady Nithsdale hatte Jo zweifellos ausführlich über ihre persönliche Geschichte aufgeklärt, denn jetzt wurde sie begutachtet, als wäre sie ein Straßenköter, der an einer Küchentür bettelt.

"Lady Josephine ist eine Botin der Barmherzigkeit, wie es auch Lady Aytoun vor ihr war. Ich war ja gerade erst verheiratet, kaum mehr als ein Mädchen, aber ich erinnere mich, wie ihre Lady Schaft Dich in den Ballsaal trug, eingewickelt in eine schlammige Decke." Sie hielt inne und genoss die Erinnerung. "Aber wie ich Ihnen schon sagte, Mrs. Douglas, ist diese liebe junge Frau hier eine ungewöhnlich großzügige Wohltäterin der glorreichen Hilfe, die wir hier in den Grenzgebieten diesen unglücklichen gefallenen Frauen zukommen lassen. Ich habe Ihnen das Turmhaus gezeigt ..."

Jo ging unter dem Vorwand weg, nach dem Tee zu läuten, obwohl sie ihn bereits bestellt hatte. Sie konnte sich das alles nicht anhören. Sie wollte nicht auf die Arbeit eingehen, die jahrelang weitgehend von Violet Truscott geschultert worden war. Jo selbst hatte nie um Unterstützung durch die Nithsdales oder andere Personen gebeten. Lord und Lady Aytoun trugen weiterhin die Kosten.

Gleichzeitig ärgerte sich Jo über die Anspielung, die sich hinter Lady Nithsdales Worten verbarg. Wie oft musste sie noch die Geschichte ihres eigenen Eintritts in Baronsford hören? Und ihr war weder die Erwähnung der *gefallenen Frauen* noch der selbstgefällige Blick entgangen, den die beiden Besucher austauschten. Sie fragte sich, wann die Leute nach all den Jahren müde werden würden, auf ihre leibliche Mutter anzuspielen. Niemals, vermutete sie wütend. Das Gefühl der moralischen Überlegenheit war zu befriedigend.

Sie schluckte ihre Gefühle hinunter und kehrte zu den Gästen zurück.

"Aber was deine Überraschung angeht", fuhr Lady Nithsdale fort. "Ich kann nicht glauben, dass Du mir eine so erstaunliche Neuigkeit verheimlicht hast. Wir waren doch genau in der Woche, in der die Kiste ankam, zum Abendessen hier, und weder Sie noch seine Lordschaft haben etwas davon erwähnt."

Jo beschloss, dass sie es ihnen nicht leicht machen würde. Sie wandte sich an Mrs. Douglas. "Sind Sie das erste Mal in den Borders, Ma'am?"

"Nein, nein, nein!" rief Lady Nithsdale und hielt ihre Freundin davon ab, zu antworten. "Erzähl uns von der *Frau* in der Kiste."

"Verzeihen Sie, Lady Nithsdale, aber ich habe Ihren Gast gerade erst kennengelernt", wandte Jo ein und richtete ihre Aufmerksamkeit wieder auf Mrs. Douglas. "Wenn Sie meine Neugier entschuldigen, ich finde es überraschend, eine Dame mit Ihren berühmten Talenten auf dem Land zu sehen, und das auf dem Höhepunkt der Saison. Wie wird London ohne Sie zurechtkommen?"

Mrs. Douglas tauschte einen Blick mit ihrer Freundin aus und wandte dann ihren kühlen Blick wieder Jo zu. "In der Stadt *ist* viel los, Mylady, wie Sie wissen, aber wir brauchen alle eine Auszeit davon."

"Sie wird immer mit Angeboten überhäuft", warf Lady Nithsdale ein. "Wenn sie nicht in Brighton bei der Party Seiner Königlichen Hoheit ist, ist sie in ... nun ja, sie ist an den allerbesten Orten! Ich habe sie seit Jahren angefleht, uns hier in den Borders zu besuchen. Sie konnte nie einen Termin finden. Ist es nicht so, meine Liebe? Aber kannst du dir vorstellen, wie erfreut ich war, als ich letzte Woche ihren Brief erhielt, in dem sie uns mitteilte, dass sie kommen würde?"

Die Gräfin klopfte ihrer Freundin auf die Hand, offensichtlich zufrieden darüber, dass sie wieder das Gespräch übernommen hatte.

"Ich erinnere mich, dass du es beim Abendessen erwähnt hast", sagte Jo.

"Ja, das habe ich. Nun denn, das wäre geklärt. Lasst uns über Deinen unerwarteten Hausgast sprechen."

Jo warf einen Blick auf die offene Salontür und hoffte, dass der Tee bald kommen würde.

"Ich weiß, dass Du Dich fragst, wie es kommt, dass ich so viel weiß.

Jo hob eine Augenbraue. Mehr brauchte sie nicht zu sagen. Lady Nithsdales Unfähigkeit, etwas zurückzuhalten, war allgemein bekannt.

"Der Diener von Frau Namby erzählte seiner Schwester, dass der Arzt mitten in der Nacht gerufen worden war. Das Mädchen erzählte es ihrer Cousine. Ihre Cousine ist eine der Helferinnen meiner Köchin." Ihre Stimme wurde mit jedem weiteren Schritt lauter. "Eine fast leblose Frau kommt mit einer für den Vicomte bestimmten Lieferung in Baronsford an. Stellen Sie sich das vor!"

Jo wusste nicht, welche der beiden Frauen ihr im Moment mehr unter die Haut ging, Lady Nithsdale mit ihrer geschwätzigen Neugierde oder Mrs. Douglas mit ihrem unbeirrbaren Blick. Letztere hatte ihren Blick nicht ein einziges Mal von Jos Gesicht abgewandt. Zuerst hatte sie gewusst, dass die Frau sie abschätzte. Jetzt war es, als würde sie versuchen, ihre Gedanken zu lesen, wie die alte Frau in der Zigeunertruppe, die jedes Jahr durch Hertfordshire zog.

"Warum habe ich als *Letzte* von dieser aufregenden Neuigkeit erfahren?" jammerte Lady Nithsdale.

Die kombinierte Wirkung der beiden Frauen strapazierte Jo's Geduld. "Wenn die Lieferung in Nithsdale Hall angekommen wäre, Mylady, dann wärt Ihr die Erste gewesen."

"Das reicht nicht. Ich bin nicht zufrieden." Die Gräfin drohte mit dem Finger. "Wer ist sie?"

"Sie scheinen mehr zu wissen als ich."

"Ich weiß viel zu wenig. Ich weiß, dass ihr Vorname Grace ist und dass sie sich an nichts anderes erinnern kann. Und sie war krank, aber sie erholt sich. Du kannst deinen Freunden doch sicher mehr erzählen."

Zu spät, aber Jo erkannte nun die Weisheit in Hughs Vorschlag, dass sie einen Arzt aus Edinburgh hätten kommen lassen sollen. Nicht so sehr wegen der besseren medizinischen Versorgung, sondern um Klatsch und Tratsch zu vermeiden. Dr. Namby war ein freundlicher Mann, aber das, was er wusste, war eindeutig an seine Frau weitergegeben worden. Und nun lag es dieser Frau auf der Zunge. Um Graces willen war Jo erleichtert, dass der gute Doktor nichts von dem Diamanten wusste, den man in ihrem Kleid gefunden hatte. Sie wollte sich nicht ausmalen, was für ein Fest die beiden aus dieser Information machen würden.

"Hat sich ihr Zustand seit dem letzten Besuch von Dr. Namby verändert? Was hat sie Dir über ihre Herkunft erzählt? Ihre Familie?" Die Gerüchteküche hatte sich in ein Verhör verwandelt.

Gerade als Jo dem fast überwältigenden Wunsch nachgeben wollte, der Frau zu sagen, sie solle sich um ihre eigenen Angelegenheiten kümmern, kam der Tee.

"Lady Nithsdale", sagte sie, senkte die Stimme und machte eine bedeutungsvolle Geste in Richtung der Dienerschaft. "Seien Sie bitte so freundlich, dieses Gespräch zu beenden."

Während ein Diener und ein Hausmädchen Tabletts mit Brioche, Butter und Marmelade brachten, stand Jo auf und bereitete den Tee zu. Während sie aßen, plauderte Lady Nithsdale über die Oper und die Theaterstücke, die sie in London besucht hatte, und Mrs. Douglas nippte schweigend am Tee und antwortete nur gelegentlich, wenn sie dazu aufgefordert wurde. Aber Jo wusste, dass sich das Gespräch in dem Moment wenden würde, in dem die Teller abgeräumt waren.

Sie hatte recht. Kaum hatten die Bediensteten den Raum verlassen, lenkte Lady Nithsdale - die keinen weiteren Moment warten konnte - das Thema wieder auf Grace.

"Endlich. Wie ich bereits sagte, könnte Mrs. Douglas Ihnen eine hervorragende Hilfe sein, wenn es um..."

"Möchten Sie noch etwas Tee, Mylady?" unterbrach Jo sie und hielt ihr die Kanne hin.

"Nein, danke. Wo war ich? Oh, ja. Sie könnte das ganze Geheimnis dieser Fremden für Sie lösen."

Jo's Blick wurde unkontrolliert von dem schweigenden Gast angezogen. Ihr Gesicht war eine Maske. Der immer gleiche Anflug eines Lächelns zeichnete sich auf den Zügen der Frau ab.

"Noch etwas Tee für Sie, Ma'am?"

"Danke. Nein."

"Mrs. Douglas reist ausgedehnt durch den Kontinent", fuhr die Gräfin fort. "Sie kennt jeden, der etwas auf sich hält. Sie hat mir selbst gesagt, dass sie mehrere Freunde hat, die sie in Antwerpen besucht. Wenn Ihr

Gast dort von Bedeutung ist, wird mein Freund sie sicher wiedererkennen."

"Und werden Sie für den Ball hier sein? Oder werden Sie von den Damen in Brighton zu dringend gebraucht?"

Mrs. Douglas' kühler Gesichtsausdruck änderte sich nicht, aber bevor sie antworten konnte, schob Lady Nithsdale ihre Teetasse und Untertasse von sich weg.

"Wirklich, Lady Josephine. Du musst uns erlauben, diese junge Frau zu treffen, bevor wir gehen."

"Oh, Sie müssen gehen?" Jo erhob sich vom Tisch und lächelte so lieblich, wie es ihr möglich war. "Aber natürlich, Sie haben so viele Besuche zu machen, da bin ich sicher. Oh, sieh nur, wie spät es ist."

"Nein, ich habe nicht gemeint, dass wir..."

"Natürlich haben Sie das nicht. Sie sind zu nett, um Ihren Besuch zu abzukürzen, aber ich bin sicher, dass sich unsere anderen Nachbarn vernachlässigt fühlen würden, wenn Sie ihnen die Gesellschaft von Mrs. Douglas vorenthalten würden. Ich würde mich nicht wohl dabei fühlen, Sie beide für mich allein zu haben. Meine Damen?"

Als Lady Nithsdale sich zögernd von ihrem Platz erhob, warf Jo einen Blick auf den anderen Gast, der sie mit demselben unergründlichen Blick musterte.

"Aber was Ihren Gast angeht ..." Lady Nithsdale war verstimmt.

"Nein, Mylady. Ich will Sie keinen Moment länger aufhalten. Das heben wir uns für einen anderen Besuch auf, nicht wahr?" Jo geleitete sie zur Tür. "Und wenn Sie das nächste Mal vorbeikommen, können wir uns den Garten ansehen. Die Azaleen sind dieses Jahr wunderschön."

Kapitel Dreizehn

Das Unglück war schon in vollem Gange, bevor sie überhaupt die Ställe verlassen hatten.

Hugh und die beiden Pferdepfleger erteilten ihr Anweisungen. Der Wallach, den sie nun reiten sollte, war jünger und energischer und brauchte eine starke Hand, um stillzustehen, während Grace auf seinen Rücken geholfen wurde. Sie wurde fast umgeworfen, bevor sie überhaupt gesessen hatte.

Die Situation verbesserte sich nicht, als sie losritten. Grace wusste aus Erfahrung, dass alle Pferde, selbst die fügsamsten, versuchen, ihre Unabhängigkeit zu zeigen, wenn sie von einem Fremden geritten werden. Sie hatte keine Gelegenheit gehabt, sich mit dem neuen Pferd anzufreunden. Man hatte ihr eine Gerte gegeben, um das Fehlen eines Beines auf der anderen Seite auszugleichen, aber das war nutzlos. Der Wallach brach ständig aus und musste immer wieder eingehalten werden. So wie sie saß, konnte sie ihre Hände nicht senken. Und ohne den Gebrauch ihres rechten Beins - das unbequem um das Sattelhorn gewickelt war - verlor sie ein unschätzbares Werkzeug zur Kontrolle des Tieres. Alles, was man ihr übers Reiten beigebracht hatte, war umsonst. Sie hätte genauso gut auf dem Buckel eines Kamels sitzen können.

Offensichtlich, so dachte sie, hatte sie denjenigen, die diese gefährlich unbeholfene Art des Reitens beherrschten, nie genug Respekt gezollt. Die wenigen Male, die ihr angeboten worden waren, es zu versuchen, hatte

Grace nie angenommen. Ihr Vater hatte es nicht erlaubt. Und als Perfektionistin mochte sie nie das Gefühl, "weniger fähig" zu sein, wenn sie etwas Neues lernte.

Als ihre Pferde an einem Zwinger und mehreren Scheunen vorbeikamen, lehnte sich Grace nach rechts, um das Gleichgewicht zu halten, aber ihr Bein schlief schnell ein. Das war kein Reiten. Es machte keinen Spaß. Dieser Sattel war offensichtlich dafür konstruiert worden, Frauen zu quälen.

Sie ritt gerne rittlings. Das hatte sie schon immer. Mit dem Wind im Gesicht über eine Wiese oder einen Feldweg zu rasen, durch die Luft über eine Mauer oder einen Graben zu segeln, sich wie eine Einheit mit dem mächtigen Tier zwischen den Beinen zu bewegen, war ein unvergleichliches Vergnügen. Ohne Rücksicht auf die Mode hatte sie dabei oft Männerhosen getragen. Heute hatte sie keine Wahl bei der Wahl ihrer Kleidung, aber sie hätte nicht gedacht, dass es so schlimm werden würde.

Trotz allem würde ihr Stolz es ihr nicht erlauben, schwach zu erscheinen. Sie würde sich nicht beklagen. Sie würde Herrin der Lage sein. Als sie die Gebäude hinter sich ließen und Hugh seinem massigen Ross befahl, "weiter zu traben", trieb sie ihr Pferd in einen Galopp, um gekonnt zu wirken. Sie fiel fast ein halbes Dutzend Mal vom Pferd, bevor sie den Wallach zum Trab verlangsamte, und Grace schauderte bei dem Gedanken, wie lächerlich sie ausgesehen haben musste, als sie wie ein betrunkener Husar vor ihm taumelte und schwankte.

Es hatte keinen Sinn, vorzuschlagen, dass sie ins Dorf und nicht an den See gehen sollten. Was auch immer sie gewollt hatte, ihr Plan änderte sich, als Hugh anstelle seiner Schwester auftauchte.

Zum Glück hatten die Qualen für ihre Beine und ihren Hintern bald ein Ende. Nach einem kurzen Ritt durch einen scheinbar uralten Eichen- und Tannenwald erreichten sie eine Lichtung mit Wiesengras, das mit gelben, weißen und violetten Wildblumen übersät war. Hinter einer Reihe von Kiefern erspähte sie einen Blick auf einen schmalen See.

Sie war sehr erleichtert, als er sein Pferd zügelte und ihr vorschlug, abzusteigen und ein Stück zu gehen, bevor sie den Rückweg antraten.

Grace beobachtete den sanften Abstieg ihres Gefährten und blickte auf das Ding hinunter, an dem sie sich festhielt. Sie hatte keine Ahnung, wie zum Teufel sie da runterkommen sollte.

Hugh verließ seinen Hengst und kam auf sie zu. "Das wird einfacher sein als das Aufsitzen."

"Das heißt nicht viel."

Ihre Würde verlangte von ihr, dass sie es einfach machen sollte. Sie war schon tausende Male von Pferden abgesprungen, gesattelt oder ohne Sattel. Sie konnte das schaffen. Aber sie merkte schnell, dass sie an einem Bein und einer Pobacke scheiterte, die jedes Gefühl verloren hatten.

"Wenn Sie Ihre Röcke zusammenziehen und Ihr Knie loslassen, helfe ich Ihnen gerne."

Er stand ganz nah, die Hände ausgestreckt, bereit zu helfen.

"Ich schaffe das schon", sagte sie schärfer, als sie beabsichtigt hatte. Sie wollte ohne fremde Hilfe absteigen, aber der Wallach wurde unruhig. Das Sammeln der voluminösen Röcke in ihrer Hand erwies sich als ernsthaftes Hindernis, als sie versuchte, ihr Bein vom Sattelhorn zu befreien.

"Bevor du das tust, musst du erst deinen Fuß aus dem Steigbügel und der Schlaufe lösen."

Die Röcke fingen an, sie zu frustrieren. Ohne Rücksicht auf Anstand, zog sie sie bis zu ihrem Knie hoch und trat ihren Fuß aus dem Steigbügel.

"*Jetzt* schwingen Sie Ihr rechtes Bein übers Sattelhorn."

Ihr Bein wollte nicht mitspielen.

Hugh wartete, als sie einen letzten Versuch unternahm, es allein zu schaffen. Schließlich griff er nach oben und umfasste ihre. Er hob sie aus dem Sattel und ließ sie sanft auf den Boden sinken.

Ihr rechtes Bein, das wie ein abgebrochener Weidenzweig baumelte, brach unter ihr zusammen, als er sie absetzte. Als sie versuchte, auf dem anderen Bein das Gleichgewicht zu halten, stieß der unruhige Wallach, der von seinem Reiter befreit war, gegen sie, und sie fiel gegen Hugh.

Grace' Lippen drückten auf die weiche Wolle. Ihre Arme lagen um ihn und umklammerten seinen Reitmantel. Sie roch die frische Luft und den Mann, und ihr Geist befreite sich von allen Beschwerden. Ihr Körper füllte sich mit einem Gefühl, das so alt war wie die Weiblichkeit. Die Zeit stand still. Sie strich mit der Wange über seine Schulter und genoss den Augenblick, in dem sie sich einen Traum ausmalte, der niemals sein konnte. Das kribbelnde Gefühl in ihrem Bein hinderte sie daran, sich von ihm zu lösen. Er hat sich nicht beschwert.

Als sie sich in der Lage fühlte, ihr Gewicht zu verlagern, wollte sie zurückweichen, doch der leichte Druck seiner Hand auf ihrem Rücken ließ Grace innehalten.

Ihr Blick wanderte langsam an dem kräftigen Kinn entlang zu seinen Lippen. Sie wollte, dass er sie küsste. Sie schaute auf und war erleichtert, ein ähnliches Bedürfnis in den Tiefen seiner grauen Augen zu sehen. Er starrte auf ihre Lippen.

Seine Finger zeichneten sanft die Linie ihres Kiefers nach, und ein köstliches Zittern durchfuhr sie.

„Gehen Sie weg, dann küsse ich Sie nicht.“

Seine Stimme war tief und lud sie zum Spielen ein. Aber die Entscheidung lag bei ihr. Er überließ es ihr, wie letzte Nacht. Sie konnte weggehen ... und für den Rest ihres Lebens bedauern, diesen Moment nicht erlebt zu haben.

Grace stellte sich auf die Zehenspitzen und strich mit ihren Lippen ganz sanft über seine.

Sie spürte, wie sich jeder Muskel in seinem Körper versteifte. Ermutigt schaute sie ihm in die Augen und drückte ihm federleichte Küsse auf die Lippen.

Sein Mund fiel auf ihren, hart und schnell, und als sich ihre Lippen vor Verwunderung und Entzücken öffneten, stieß er seine Zunge tief in ihren Mund. Er küsste sie hungrig und hemmungslos und löschte jede Erinnerung an die keuschen Küsse ihrer Jugend aus. Ihr Körper reagierte auf das Spiel ihrer Lippen. Ein Verlangen, wie sie es noch nie erlebt hatte, brach in ihr aus und raste wie Feuer durch ihre Adern. Sie wollte mehr.

Grace geriet in Atemnot. Ihr Herz klopfte hart wie das Hämmern von Kanonen. Hughs Kuss löste sie auf, brachte sie zum Schmelzen. Sie war wie Lehm in seiner Umarmung, ihr Mund gab seinem Mund nach, ihr Körper schmiegte sich an seinen Körper. Sie richtete sich auf, und ihre Arme legten sich um seinen Hals. Sie spürte sein lustvolles Stöhnen eher, als dass sie es hörte, als sich ihre Brüste gegen seine Brust pressten.

Schnell. Denken. Falsch. In ihr tobte ein Kampf. *Jetzt. Verlangen. Richtig.*

Sie wollte, dass das Feuer der Leidenschaft diesen Moment beherrschte, aber das konnte nicht sein. Es war falsch. Hugh kannte nicht die Wahrheit über sie, und mit dem, was sie begonnen hatte, fügte sie ihrem Unrecht noch etwas hinzu. Es musste jetzt aufhören.

Grace zwang ihre zitternden Finger zwischen ihre Körper und drückte gegen seine Brust. Er beendete den Kuss sofort und wich zurück.

Ihre Beine drohten unter ihr nachzugeben. Alles um sie herum war wie verschwommene Farben. Ihre Lippen kribbelten vor Vergnügen.

"Ich hätte dich nicht küssen sollen", flüsterte sie schließlich.

"Nein, ich war es", sagte er, wobei sein Blick ihren Körper auch aus zwei Schritten Entfernung noch in Flammen setzte. "Aber ich bereue es nicht, und ich glaube, du tust es auch nicht."

Grace wandte sich dem See zu und presste ihre Hände auf ihre fiebrigen Wangen. Niemals hatte sie sich so ein brennendes, explosives

Verlangen nach jemandem vorstellen können. Noch nie hatte sie einen solchen Moment eingeleitet, und als sie in seinen Armen lag, hätte sie ihm weit mehr als diesen Kuss gegeben. Sie schloss die Augen, als eine Welle der Beschämung sie erfasste, und suchte in ihrem Kopf nach einer Möglichkeit, diesen plötzlichen Irrtum zu rechtfertigen.

Hugh entfernte sich und führte die Pferde zu einem niedrigen Strauch, wo sie auf der Wiese grasen konnten. Sie beobachtete, wie er die Pferde sicherte und dann auf das glitzernde Wasser des Sees starrte. Er hatte für einen Moment die Kontrolle verloren, und sie war überrascht, dass sie ihm das angetan hatte. Von widersprüchlichen Wünschen hin- und hergerissen, zwang sie sich, stehen zu bleiben und nicht zu ihm zu gehen und sich erneut in seine Arme zu werfen.

Als er sich schließlich umdrehte und zu ihr zurückkam, war er der kontrollierte und ernste Gastgeber, den sie kannte.

"Die Leute finden den Weg am Rande des Sees sehr malerisch. Wenn Du nicht zu müde bist, möchtest Du Dir vielleicht die Beine vertreten.

Grace bedauerte den Verlust des Mannes, der sie so leidenschaftlich geküsst hatte, aber sie war dankbar für den Gentleman, der sich einen Anschein von Vernunft bewahrt hatte. Sie war ein wirbelnder Derwisch aus Widersprüchen, sich wie verrückt drehend und rätselnd, wer sie plötzlich geworden war.

Die Antworten, die sie suchte, waren nicht leicht zu finden, zumindest nicht jetzt, wo das Objekt ihrer Begierde neben ihr stand.

Hugh wies ihnen den Weg, und als sie durch die Bäume zum Wasser hinuntergingen, zwang sich Grace, sich auf ihre Umgebung zu konzentrieren. Wenn sie redete, würde sie nicht darüber nachdenken, was sie getan hatte. Sie wollte etwas finden, das jedes Gespräch von ihrem dreisten Verhalten ablenkte.

Als sie auf einen breiten Grasstreifen am Ufer des Sees stießen, fiel ihr Blick auf den grünen Wald, der sich am gegenüberliegenden Ufer erhob. Der Ort war ruhig, geschützt und friedlich.

"Das ist wunderschön. Ich hätte nicht erwartet, dass die Wälder so voller Blumen sind." Sie zeigte auf eine Decke aus Waldhyazinthen, die sich um sie herum ausbreitete.

Er sah sie an, als würde er sie zum ersten Mal sehen.

"Es ist eine gute Jahreszeit dafür, denke ich." Er deutete auf den Weg, der am Wasser entlangführte. "Wir können hier entlang gehen, wenn du willst."

Ihre Stimmen klangen angespannt, beide bemühten sich, von der Begegnung unbeeindruckt zu bleiben.

"Viscount Greysteil. Ist das ein schottischer Name?"

"Das ist es. Wir sind es. Der Titel meiner Großmutter väterlicherseits."

"Bist du hier aufgewachsen?", fragte sie.

"Ja, wir haben sehr viel Zeit in Baronsford verbracht. Natürlich bin ich zur Schule gegangen, aber wir sind trotzdem in den Sommerferien zurückgekommen. Mein Vater hatte seine Pflichten im Parlament, aber die Vergnügungen der Saison haben meinen Eltern nie gefallen."

Sie erinnerte sich daran, wie er ihnen seine Qualitäten wie Fairness und Toleranz anrechnete. Wie wunderbar, dass ein Mann in seinem Alter mit solcher Bewunderung an seine Eltern dachte. Sie fragte sich, ob jemals der Tag kommen würde, an dem sie ihren Vater offen für das loben könnte, was er ihr gegeben hatte.

"Ich denke, dass dieses ein schöner Ort für ein Kind gewesen wäre."

"Tatsächlich war diese Stelle ein Lieblingsplatz von uns. Alle meine Geschwister und Cousins schwammen als Kinder genau hier.

Grace stellte sich Kinder vor, die im Gras spielten, das zum Kiesstrand hinunterlief. Eine nahe gelegene Baumgruppe ragte über das klare Wasser hinaus, und vor ihrem geistigen Auge sonnten sie sich auf dem großen flachen Felsen einige Meter vor der Küste.

"Haben Sie noch Familie in der Nähe?", fragte sie.

Er drehte sich um und zeigte durch einige Bäume nach oben. "In dieser Richtung sind die Ställe von Greenbrae Hall leicht zu Fuß zu erreichen. Dort leben mein jüngster Onkel David und seine Frau Gwyneth mit ihrer Familie für einen Teil des Jahres." Er wies in eine andere Richtung. "Wenn wir noch ein Stück weitergehen, kannst Du über den Wipfeln dieser Eichen ein steinernes Turmhaus erblicken. Als junger Mann begann Walter Truscott, das Haus für sich selbst zu restaurieren."

"Walter Truscott?", fragte sie.

"Er ist der Cousin ersten Grades meines Vaters und war schon vor meiner Geburt der Verwalter von Baronsfords Anwesen. Ohne ihn wäre ich verloren. Das Turmhaus beherbergt jetzt ein Wohltätigkeitsprojekt, an dem meine Schwester und Violet Truscott beteiligt sind, aber du kannst Jo danach fragen."

Für Grace war es ein Traum, an einem Ort verwurzelt zu sein und einen Teil ihres Wohnortes zu nutzen, um anderen zu helfen. Sie würde Jo danach fragen. Von allen wohlhabenden und angesehenen Frauen, die

Grace in ihrem Leben getroffen hatte, erinnerte sie sich an keine, die die Qualitäten von Hughs Schwester verkörperte.

Sie erreichten eine Abzweigung des Weges, und er zeigte auf die Stelle, an der er in den Wald einbog. "Dieser Weg führt dorthin zurück, wo wir die Pferde zurückgelassen haben."

Sie gingen schweigend weiter, während sie darum kämpfte, weitere Fragen zu finden. Sie musste immer wieder an ihren Kuss denken, und je mehr Zeit verging, desto schwerer fiel es ihr, seine Anwesenheit zu ignorieren.

Sie war erleichtert, als sie aus der Schlucht auf die Lichtung traten. Nicht weit vor ihnen waren die Pferde zu sehen.

Hugh brach das Schweigen. "Ich fürchte, unser Ritt war nicht das, was Du Dir erhofft hattest."

Wenn er nur wüsste, dass es weit mehr war, als sie je erwartet hatte.

"Draußen zu sein war das, was ich brauchte", sagte sie. "Ich glaube, dies ist der Himmel auf Erden. Die Heiterkeit des Wassers und der Bäume, die es umgeben. Der Geruch all dieser Wildblumen".

Sein Blick schweifte über die Felder vor ihnen. Nach ein paar Atemzügen der Stille stellte sie sich vor, wie er versuchte, die Szenerie genauso zu genießen wie sie. Die Pause war nur von kurzer Dauer, und seine grauen Augen fanden wieder die ihren.

"Ich habe an den Sattel gedacht. Ich wage die Vermutung, dass Du in dem Leben, an das Du Dich nicht erinnern kannst, zwar Pferde geritten hast, aber nicht im Damensattel."

Seine Scharfsinnigkeit war lobenswert. „Du könntest Recht haben."

"Glaubst Du, es lag an der Passform des Sattels?"

Grace war eine mehr als fähige Reiterin. Die Verärgerung über ihre Unfähigkeit, sich anzupassen, nagte an ihr, denn sie hatte keine Probleme, in einem regulären Sattel zu reiten. Es lag nicht an der Passform des Sattels, sondern an seiner verflixten Konstruktion.

"Ich konnte nicht ohne Hilfe aufsteigen oder absteigen. Und ich konnte nicht aufhören, daran zu denken, wie hilflos ich sein würde, wenn mein Pferd sich aufbäumt oder ausschlägt."

"Das wäre eine Komplikation."

"Genau. Und was ist mit Springen? Oder Galoppieren?" Ihr Ton war scharf. Sie versuchte, ihn zu mildern. "Dieses barbarische Gerät wird von der Mode beherrscht. Es ignoriert die Sicherheit des Reiters."

Sie war überrascht, als er lächelte, und ihr verräterischer Verstand erinnerte sich an ihren Kuss.

"Männer beklagen sich oft über die Vitalität einer Frau, aber bei Dir ist sie charmant."

Er verstand es, sie zu überrumpeln und sie vergessen zu lassen, was sie sagen wollte. Eine warme Röte breitete sich in ihrem Hals und auf ihren Wangen aus. Grace starrte auf die Spitzen ihrer Stiefel, die unter dem Kleid hervorlugten. Vitalität. Impuls. Begierde. Sie alle entsprangen diesem Ort der Leidenschaft in ihr.

"Du bist wie ein Araber", fuhr er fort. „Vitalität und Intelligenz vereint in einer Kreatur von großer Schönheit."

"Ich fasse das als Kompliment auf, da Du ja ein Reiter bist."

Araber. Sie wusste sehr viel über diese Rasse. Sie hatte gesehen, wie ihr Vater geholfen hatte, Napoleons großes Schlachtross Marengo zu trainieren. Ein weiteres Gespräch, das sie nicht mit ihm zu führen wagte.

Während sie gingen, traute Grace sich nicht, ihn anzusehen, aus Angst, sie würde ihn zwingen, sie wieder in seine Arme zu nehmen. Und wo würde sie dann sein?

"Das *ist* ein Kompliment."

Sie konnte sich von seinem Charme nicht ablenken lassen. Sie schuldete ihm immer noch eine Entschuldigung. Sie hatte seinen Charakter angegriffen. Als Anna das Frühstückstablett hereinbrachte, erzählte sie Grace die Geschichte von Baronsfords neuem Schmied, dem Mann, den sie später bei ihrem Gang durch die Ställe gesehen hatte. Der Vicomte hatte dafür gesorgt, dass eine Ungerechtigkeit korrigiert wurde. Die Geschichte fachte ihre Schuldgefühle nur noch mehr an.

"Ich muss Dich um Verzeihung bitten, Mylord", sagte sie. "Ich habe mich in der Bibliothek danebenbenommen. Meine Manieren, die Heftigkeit meiner Ausdrücke ... die Erinnerung daran beschämt mich selbst jetzt noch. Ich hatte kein Recht, Dich zu kritisieren, der Du mir nichts als Freundlichkeit entgegengebracht hast. Und ich habe meine Meinung geäußert, weil ich wusste, dass Du so viel Gutes getan hast. Für mich offenbart die Gleichsetzung der Notlage einer Gruppe mit der einer anderen, die seit Generationen versklavt ist, die Arglosigkeit und Ignoranz meines Charakters., Diese Vitalität, von der Du gerade sprachst, hat mich betrogen. Ich habe meine Meinung geäussert, als ich es nicht hätte tun sollen. Ich war kritisch, als ich Dich hätte loben sollen."

Er griff nach ihrem Ellbogen, damit sie stehen blieb. "Du hast die Wahrheit gesagt. Und du hast meine Aufmerksamkeit auf einen blinden Fleck gelenkt, von dem ich gar nicht wusste, dass ich ihn habe."

"Ich habe aufgrund einer Handvoll Artikel eine voreilige Schlussfolgerung gezogen."

"Als ich Gelegenheit hatte, über Deine Worte nachzudenken, stellte ich fest, dass Du Recht hattest. Ich bin nicht Richter geworden, um meinen sozialen oder politischen Status zu verbessern. Mein Ziel war es immer, meine Urteile gerecht und unparteiisch zu fällen. Und es beunruhigt mich zu sehen, wo ich versagt habe."

Derselbe Mann, der sie vor wenigen Augenblicken noch so leidenschaftlich in seine Arme genommen hatte, stand nun ohne einen Funken Arroganz oder Eitelkeit vor ihr. Sie hätte von Hugh Pennington nicht mehr beeindruckt sein können.

"Aber Du hast nicht versagt. Ich glaube, meine Enttäuschung und meine Frustration richteten sich eigentlich gegen das Gesetz und die Gesellschaft und nicht speziell gegen Dich."

Alle Einwanderer hatten es auf die eine oder andere Weise schwer. Grace und ihr Vater waren da keine Ausnahme. Sie war die Tochter eines irischen Vaters und einer schottischen Mutter, die ihr Leben auf der Verliererseite der Kriege gegen die englische Krone verbracht hatten. Daniel Ware, hatte seine Tage auf den Schlachtfeldern hinter sich, und sorgte sich um die Sicherheit der Zukunft seiner einzigen Tochter. Sie wünschte sich, sie könnte ihre eigenen Erfahrungen jetzt mit Hugh teilen. Angst vor Außenseitern gab es überall, wo sie je gelebt hatte, auch in Amerika, was angesichts der Tatsache, dass es eine neu besiedelte Nation von Außenseitern war, ein Kuriosum war. Aber sie konnte es ihm nicht sagen.

"Ich danke Dir, dass Du Deine Meinung geäussert hast, aber ich möchte die Meinungsverschiedenheit von gestern Abend hinter uns lassen."

Grace war dankbar für seine Herzlichkeit. Sie hätte sich nichts Besseres wünschen können.

"Hättest Du etwas dagegen, wenn wir mit den Pferden zu Fuß zurückgingen?", fragte er, als sie die Tiere erreichten.

"Das wäre schön." Sie betrachtete den Sattel mit übertriebener Verachtung.

Eine große Last wurde von ihren Schultern genommen. Der Geruch der Tannen erfüllte ihre Sinne, als sie weitergingen.

"Ich bin jedoch immer noch verblüfft über die Aufnahmefähigkeit Deines Verstandes", sagte er und unterbrach ihre Gedanken. "Die Genauigkeit Deines Gedächtnisses. Die Fähigkeit, Texte fehlerfrei zu rezitieren. Daten. Referenzen. Wie kannst Du Dir das alles so genau merken?"

Zur Abwechslung konnte sie mal ehrlich sein. "Es scheint, dass das, was ich lese, sich so in meinem Gedächtnis verankert, wie ich es auf der Seite sehe."

Sie traten aus dem Schatten des Waldes heraus und gingen auf die offenen Wiesen hinaus. In der Ferne erhoben sich die Türme und Türmchen von Baronsford massiv gegen den azurblauen Himmel.

"Ich werde nie vergessen, dass Deine ersten Worte das Aufsagen von Gedichtzeilen waren." Sie bogen in die kleine Strasse ein.

"War das nicht eine Ballade?", stichelte sie.

Als sie zu ihm hinüberschaute, sah sie, wie sich seine Miene verdüsterte. Seine Augen waren auf eine offene Kutsche gerichtet, die sich ihnen näherte. Er zog ihre Pferde an den Rand der Gasse.

"Ich entschuldige mich im Voraus für diese Störung."

Bevor Grace etwas erwidern konnte, ertönte die schrille Stimme einer Frau, die der Kutsche befahl, anzuhalten.

"Lord Greysteil", kreischte eine kräftige ältere Frau vor Freude. "Ich kann Ihnen gar nicht sagen, wie sehr ich mich freue, Sie hier zu finden!"

Er riss sich den Hut vom Kopf und fuhr sich mit den Fingern durch die Haare. Seine Verärgerung war offensichtlich.

"Wir haben gerade Baronsford verlassen, nachdem wir einen *schönen* Besuch bei Ihrer Schwester hatten. Und nun finden wir Sie hier! Wir waren ganz unglücklich bei dem Gedanken, dass wir Sie und Ihren ... ach, Ihren *reizenden* Gast nicht sehen würden. Würden Sie so freundlich sein, uns die junge Dame vorzustellen?"

Grace blickte vom Gesicht der Sprecherin zu ihrem Begleiter. Plötzlich überkam sie eine Welle der Übelkeit. Sie kannte diese Frau. Vor sechs Jahren, an dem Tag, an dem Napoleons Sohn in der Kathedrale von Notre Dame getauft wurde, waren Würdenträger aus dem ganzen Kontinent nach Paris gereist, darunter auch eine kleine Delegation aus England,.

Und nun saß Mrs. Mariah Douglas, ein Mitglied dieser Gruppe, in dieser Kutsche, eine Welt entfernt, und ihr scharfer Blick war unablässig auf Graces Gesicht gerichtet.

Kapitel Vierzehn

Ertrunken im Fluss Tweed. Zerstückelt und als Fischköder verwendet. Aus einem Ballon in tausend Fuß Höhe geschleudert. Wie eine Gans erschossen. Hugh konnte sich leicht hundert weitere Möglichkeiten vorstellen, den Earl of Nithsdale für das Verhalten seiner Frau zu bestrafen, aber keine davon erschien ihm im Moment als schmerzhaft genug.

Die Frau war ein Ärgernis. Eine einfache Vorstellung reichte nicht aus. Sie stürzte sich sofort auf zwei Dutzend Fragen, bevor sie eine Atempause einlegen konnte. Lady Nithsdale war nicht nur ein Ärgernis. Sie war eine absolute Plage.

Irgendwo in dieser Bibliothek, so dachte er, hatte er einen Band über die Foltermethoden von Torquemada.

Wenn er jetzt die Blässe auf Graces Gesicht betrachtete, rückte die Erinnerung an ihren Kuss in den Schatten. Ihr Zustand beunruhigte ihn, und er erinnerte sich an die Worte, die sie in der Kutschenscheune zu ihm gesagt hatte. *Ich würde es schwierig finden, in fremder Gesellschaft untersucht und beurteilt zu werden.* Er nahm es ihr nicht übel. Das Verhalten der Gräfin war unverzeihlich. Die Angeklagten in seinem Gerichtssaal wurden mit mehr Respekt behandelt.

"Das reicht, Lady Nithsdale", sagte er in einem Ton, der die Frau zumindest für einen Moment verstummen ließ. "Genießt die Fahrt, meine Damen. Ich wünsche Ihnen einen schönen Tag."

Er gab dem Kutscher ein Zeichen, weiterzufahren.

"Warten Sie!" Die Gräfin fand ihre Stimme wieder, bevor die Kutsche losfuhr. "Mylord, wir haben den Grund unseres Besuchs, das Angebot, das wir Eurer Schwester gemacht haben, noch nicht erwähnt."

Sie wartete, bis niemand mehr ein Wort sagte, und wandte sich an ihren Begleiter.

"Mrs. Douglas, das ist Ihre Chance, das größte Rätsel der Borders seit einem Jahrzehnt zu lösen. Können Sie uns sagen, ob Sie auf Ihren ausgedehnten Reisen jemals den Weg dieser jungen Frau gekreuzt haben?"

Lady Nithsdales Begleiter beugte sich vor und musterte sie wie eine Katze, die ihre Beute beäugt. Das war zu viel. Hugh war im Namen von Grace aufgebracht.

"Das ist mehr als genug", befahl er scharf. "Wir wollen Miss Grace helfen, wieder zu Kräften zu kommen, und sie nicht noch mehr aufregen."

"Nun?", kreischte die ältere Frau, die sich diesen Moment nicht nehmen lassen wollte. "Kennen Sie sie?"

"Verzeiht mir, Mylord. Ich habe auf meinen Reisen sehr viele Menschen getroffen. Ich kann mich nicht erinnern, ob mir diese junge Dame jemals vorgestellt wurde."

"Nun gut. Das wäre geklärt." Hugh warf dem Fahrer einen warnenden Blick zu. "Fahren Sie los, Mann. Ich werde es nicht noch einmal sagen. Guten Tag, meine Damen."

Grace stand stockstill und verfolgte mit ihren blauen Augen wachsam die Abfahrt der Kutsche. Ihre zitternde Hand griff an ihre Stirn und schob eine Lockensträhne weg, die ihr seitlich ins Gesicht baumelte.

Gedanken an ihren Kuss drängten sich wieder in seinen Kopf. Der süße Geschmack ihrer Lippen, als sie sie gegen die seinen gestreift und ihm die Erlaubnis erteilt hatte. Er hatte den Verstand verloren. Das Spiel ihrer Zungen, der Druck ihres Körpers, das Drängen, alles zu nehmen, was sie ihm bot, war nicht seine Art. Er konnte sich nicht erinnern, dass er sich jemals nur durch einen Kuss in diese ungewissen Höhen der Leidenschaft katapultiert gefühlt hatte. Sein Blick erfasste das Heben und Senken ihrer Brüste unter dem grauen Mantel, und er wusste, dass er in Schwierigkeiten steckte.

Die Worte seiner Schwester kamen ihm wieder in den Sinn. Was wäre, *wenn* es einen Ehemann gäbe? Grace trug keinen Ring, aber welche Garantie bot das? Was, wenn sie verlobt war? Oder wenn sie einfach mit jemandem zusammen war, an den sie sich nicht erinnerte.

Und worauf hatte es Hugh abgesehen? Eine Affäre.

Bis ihr Gedächtnis zurückkehrte, war Hugh derjenige, der im Besitz der Vergangenheit war. Er war derjenige, der mehr Kontrolle über die Gegenwart ausüben musste.

Die Kutsche verschwand aus dem Blickfeld, und als Grace ihren saphirblauen Blick wieder auf ihn richtete, war er ein verlorener Mann.

"Ich bin bereit, zurückzugehen."

Als sie die Pferde weiterführten, war er erleichtert zu sehen, dass die Farbe in ihr Gesicht zurückkehrte.

"Lady Nithsdales Unhöflichkeit ist legendär, fürchte ich. Sie macht alle anderen für jeden Fehltritt verantwortlich und benimmt sich dabei auch noch abscheulich. Ihr Besuch in Baronsford war der Grund, warum Jo nicht mit Dir reiten konnte. Meine Schwester wollte Dir dieses Treffen ersparen. Sie müssen den Umweg zurück nach Nithsdale Hall genommen haben. Es war unglücklich, dass sie uns begegnet sind."

"Ich bin Lady Jo dankbar, aber Begegnungen wie diese sind unvermeidlich. Ich kann mich nicht ewig in meinem Zimmer verstecken. Und sie haben nichts wirklich Unangemessenes gefragt, so erstaunlich die Wucht ihrer Ausführungen auch war. Meine Verlegenheit rührte daher, dass ich nicht in der Lage war, Antworten zu geben, die sie zufriedenstellten."

"Du bist viel zu freundlich. Lady Nithsdale war unhöflich und würdelos. Und es war nachlässig von mir, Dich einem der unerträglichsten Verhaltensweisen auszusetzen, das die Borders zu bieten haben."

"Eine lebhafte Erinnerung daran, dass ich planen muss, meinen Aufenthalt in Baronsford zu beenden", sagte sie. "Ich habe keine Angst vor dem, was Deine Nachbarin mir persönlich antun kann, aber es ist nicht fair, Dich und Deine Schwester zur Zielscheibe einer solchen Aufmerksamkeit werden zu lassen. Ich habe das Gefühl, dass, was auch immer Lady Nithsdale von mir denkt, ihre Meinung weit verbreitet werden wird.

Die Worte versetzten ihm einen Stich. Sie sprach bereits davon zu gehen. Aber was konnte er schon erwarten? Nur weil sie in einer an ihn adressierten Kiste geliefert worden war, war Grace noch lange kein Geschenk, das er behalten konnte.

"Ohne jegliche Erinnerung an Deine Vergangenheit kannst Du nicht wissen, wem Du vertrauen kannst. Wo würdest Du hingehen?"

"Das einzige Wertvolle, das ich besitze, ist ein Diamant, den ich nicht kenne. Ich verstehe Deine Besorgnis. Du denkst, jemand könnte mich ausnutzen, wenn er erfährt, dass ich einen Stein von Wert bei mir habe. Aus diesem Grund bitte ich Dich, ihn vorerst als Sicherheit für ein Darlehen zu behalten, das für die Überfahrt nach Antwerpen ausreicht."

"Antwerpen?", fragte er scharf.

"Du hast mir gesagt, dass die Lieferung von dort stammt. Wenn ich dorthin gehe, habe ich eine bessere Chance, Freunde oder Familie zu finden. Vielleicht erinnere ich mich an das, was ich mich gezwungen habe zu vergessen."

"Das ist unmöglich. Du bist nicht gesund genug. Es ist erst vier Tage her, dass Dein Fieber gebrochen ist. Du kannst Dich nicht so früh den Gefahren und Strapazen einer Reise aussetzen." Er konnte sie nicht gehen lassen. Noch nicht. "Und wer würde sich um Dich kümmern, wenn Du dort angekommen bist? Was würde geschehen, wenn Du wieder krank würdest?"

Ihr Blick schweifte über sein Gesicht und verweilte unbewusst auf seinem Mund. Hugh fragte sich, ob er sie zu dieser überstürzten Entscheidung getrieben hatte, indem er sie küsste. Er wollte sie, und sie hatte seine Leidenschaft erwidert. Aber vielleicht hatte er sie auch erschreckt.

"Baronsford ist gut gerüstet, um mit Klatsch und Tratsch umzugehen", fuhr er fort. "Es hat schon viele Skandale überstanden. Einen größeren Skandal könntest Du unmöglich in seine Mauern bringen."

Sie schüttelte missbilligend den Kopf. " Du bist wieder einmal zu freundlich. Aber ich kann Deine Gastfreundschaft nicht missbrauchen."

"Ich werde nicht zulassen, dass Du so schnell abreist. Und Jo auch nicht. Wir hören auf, darüber zu reden."

"Wir reden nicht mehr darüber, bis wann?"

Grace selbst war ein glitzernder Diamant inmitten der grauen Kieselsteine seiner langweiligen Existenz. Aber das war keine Entschuldigung dafür, sie hier zu behalten. Kein Grund zu glauben, er könne ihr Leben diktieren.

Trotzdem sollte sie bleiben, bis sein Schreiber aus Antwerpen zurückkehrte, dachte Hugh. Er hatte einen einzigen Brief von MacKay erhalten, der per Express zurückgeschickt worden war, wie er es angeordnet hatte. Niemand in Antwerpen suchte nach einer vermissten Amerikanerin. Er sollte sich mit Beamten der britischen Botschaft im keine halbe Tagesreise entfernten Brüssel treffen, die sich mit ihm in Verbindung gesetzt und um ein Treffen gebeten hatten. In der Annahme, dass nichts dabei herauskommt, bat der Mann Hugh um Anweisungen.

"Vierzehn Tage. Wir können in vierzehn Tagen noch einmal darüber sprechen. Einverstanden?"

Er wünschte, er könnte ihre Gedanken lesen, während sie geradeaus starrte. Er konnte sie nicht zum Bleiben zwingen. Ihre Handrücken berührten sich, als sie gingen. Er sah nach unten und erwartete, dass Grace ihre zurückzog. Aber sie tat es nicht. Ihr Blick hob sich zu seinem Gesicht. Das war keine Entscheidung, die sie leichtfertig traf. Es war nicht seine Einbildung. Sie war hin- und hergerissen. Er sah eine Wehmut in ihren Augen, eine Sehnsucht, die sich mit seiner eigenen deckte.

"Eine Woche. Ich muss gehen, sobald es mir möglich ist. Wir besprechen das in einer Woche noch einmal. Und wenn es mir dann gut genug geht, bist du einverstanden, mir genug für die Überfahrt nach Antwerpen zu leihen?"

"Na gut." Zu Anfang hatte er nichts. Nun hatten sie eine Woche Zeit. Und wenn es nach ihm ginge, würden sie noch weitere Tage dranhängen, bis sie eine eindeutige Antwort darauf hätten, wer sie war und wohin sie gehen würde.

Bevor einer der beiden noch etwas sagen konnte, wurde Graces Aufmerksamkeit durch das Geräusch von jungen Stimmen hinter ihnen geweckt. Als er sich umdrehte, sah er fast ein Dutzend Kinder unterschiedlichen Alters, von einem Dienstmädchen verfolgt über das Feld rennen.

Grace winkte zurück, als ein paar kleine Mädchen ihnen einen Gruß zuriefen.

"Wer sind sie? Woher kommen sie?"

Er deutete auf das Turmhaus, das nur teilweise durch die Bäume zu sehen war. "Dort leben sie. Sie sind auf dem Weg zum See, nehme ich an. Unterhalb der Stelle, an der wir spazieren gingen, gibt es einen besonders üblen Sumpf, in dem es mehr Frösche gibt, als man zählen kann."

"Die wohnen alle da oben?"

"Alle." Er zählte sie. "Ich glaube, die beiden Jüngsten fehlen."

Sie lächelte, drehte sich um und sah zu, wie sie einer nach dem anderen in den Bäumen verschwanden.

"Sie können nicht alle Geschwister sein. Sie sehen vom Alter her zu ähnlich aus."

"Meine Schwester kann Dir all Deine Fragen beantworten. Das ist das Turmhaus, von dem ich Dir erzählt habe. Es ist das Projekt von Jo und Violet."

Sie lächelte immer noch, als sie zu ihm aufsah.

"Und das", sagte er und gestikulierte in Richtung der sich entfernenden Kinder. "Das ist das Beste der Borders."

Kapitel Fünfzehn

Könnte sie vielleicht eine Woche durchhalten?

Von ihrem Fenster aus beobachtete Grace abwesend drei Arbeiter, die die tiefgrünen Buchsbaumhecken an einer der Gartenmauern schnitten. Während Anna hinter ihr durch den Raum eilte, versuchte Grace sich einzureden, dass Mrs. Douglas sie nicht erkannt hatte. Sie erinnerte sich an die Frau, aber es gab kaum einen Grund, warum sich Lady Nithsdales Gast an eine Begegnung mit ihr erinnern sollte. Immerhin waren sechs Jahre vergangen. Tausende von Menschen hatten an der Zeremonie und den anschließenden Empfängen teilgenommen. Hunderte von Vorstellungen waren gemacht worden. Bei all dem Trara und der Opulenz des Tages hoffte sie, dass ihr Gesicht nicht aus der Menge herausstach. Die Möglichkeit war so gering.

Die Taufe war nach der Krönung das denkwürdigste Ereignis in diesem Jahrzehnt gewesen. Grace erinnerte sich noch an die Zeremonie, als wäre es gestern gewesen.

Paris. Die Prozession der Kutschen fuhr vom Tuilerienpalast zur Kathedrale Notre Dame, entlang der Straßen, die von der kaiserlichen Garde und den Truppen der Garnison gesäumt waren. Die Menge rief und applaudierte jeder vorbeifahrenden Kutsche, und selbst jetzt noch durchfuhr Grace ein Schauer bei der Erinnerung daran. Die Kalesche , in der sie fuhr, war dem Königspaar um drei Wagen voraus, denn ihr war die große

Ehre zuteil geworden, sich den *dames du palais* im Gefolge der Damen anzuschließen, die Schleppe der Königin trugen, eine Auszeichnung, die sie der Tapferkeit und den Verdiensten ihres Vaters verdankte. Als der Kaiser mit seiner Frau und seinem kleinen Sohn in Sichtweite der Menge kam, war der Jubel und die Rufe "*Vive le Roi de Rome*" so laut, dass man sie in Calais hätte hören können.

Die Zeremonie in der Kathedrale war von den Stimmen der Chöre erfüllt, und der Kardinal selbst sang das *Veni Creator.* Und als Napoleon der Kaiserin das Kind abnahm und es zweimal in die Höhe hielt, erhoben die in der alten Kirche versammelten Menschen ihre Stimmen zu einem gemeinsamen Lobgesang.

Der Tag blieb ihr wie ein Traum in Erinnerung. Grace erinnerte sich, dass sie sich wie ein ätherischer Geist fühlte, der auserwählt wurde, einen Tag in einem Märchen zu verbringen. Das Schauspiel, der Jubel, die große Bedeutung des Ereignisses, zu dessen Teilnahme sie auserwählt worden war, war fast nicht zu fassen. Sie hatte das Gefühl, inmitten der goldenen Götter des Olymps zu schweben.

Nach der Zeremonie in der Kathedrale, als der Kaiser und sein Gefolge zu den Feierlichkeiten ins Hôtel de Ville zurückkehrten, wurde sie so vielen Gästen und Diplomaten vorgestellt, darunter auch mehreren Mitgliedern des englischen Aufgebots. Da die offiziellen diplomatischen Beziehungen zwischen den beiden Ländern abgebrochen worden waren, waren nur sehr wenige Engländer anwesend. Leider war Mrs. Douglas mit ihrem Mann, einem hochrangigen Mitglied des Parlaments, anwesend. Was Grace von der Vorstellung am lebhaftesten in Erinnerung blieb, war die eisige Reaktion des Paares auf ihren Vater. Grace konnte die Reaktion der Engländer auf den stolzen irischen Soldaten, einen abtrünnigen Untertan, der vom französischen Kaiser für seine Verdienste im Kampf gegen die Briten in Spanien und Portugal geehrt worden war, fast körperlich spüren. Daniel Ware musste zwangsläufig ihre Aufmerksamkeit und ihren Unmut auf sich ziehen.

Ein Schauer durchlief sie. Die Chance, dass sich die beiden nach so vielen Jahren gegenüberstanden, war so winzig, und doch war es geschehen. Mrs. Douglas hatte sich seit ihrer Bekanntschaft nicht sehr verändert. Grace war älter; vielleicht hatten die Jahre einen Unterschied gemacht. Die scharfen Augen der Frau waren nicht von ihrem Gesicht gewichen. Heute schien Mrs. Douglas sie nicht erkannt zu haben, aber es bestand immer noch die Gefahr, dass die Erinnerung an jenen Tag in Paris zurückkehrte, wenn sie Gelegenheit hatte, darüber nachzudenken.

Grace versuchte, ihre Panik zu unterdrücken, als sie sich ein Tageskleid anzog, bevor Anna wegging. Es blieb ihr nichts anderes übrig, als zu warten. Sie hatte kein Geld, Baronsford zu verlassen, es sei denn, der Vicomte stimmte zu, ihre Vereinbarung zu ändern. Er war enttäuscht gewesen, als sie angedeutet hatte, dass es für sie an der Zeit sei zu gehen. Sein Bedauern war nur ein Bruchteil der Traurigkeit, die sie in ihrem Herzen spürte. Sie hatte sich so schnell zu ihm hingezogen gefühlt.

Als sie ins Wohnzimmer trat, ging sie zu den offenen Fenstern und hob ihr Gesicht in die sanfte Brise. Selbst jetzt brannte sie bei der Erinnerung an ihren Kuss. Der Druck seines Mundes öffnete sie. Sein Geschmack, das Gefühl, wie sich sein harter Körper an ihren presste, ließ sie nach mehr verlangen. Noch nie hatte sie sich so lebendig gefühlt wie in diesen wenigen Augenblicken in seinen Armen.

Und dann Smalltalk. Ablenkung. Sie hatte ihr Bestes gegeben, sich von den Auswirkungen ihrer leidenschaftlichen Begegnung zu erholen. Sie wollte diesen Kuss wiederholen. Sie sehnte sich nach seiner Berührung. Sie wollte ihn. Doch nach der zufälligen Begegnung mit den Nachbarsfrauen verwandelte sich die heiße Leidenschaft jener Momente in ein Frösteln, das sie nicht abschütteln konnte. Während des Rests ihres Weges zurück nach Baronsford hatte wenig gesagt.

Die quälende Frage ließ sie nicht los. Was würde passieren, wenn Mrs. Douglas sich erinnerte?

Als eine Glocke irgendwo im Haus 12 Uhr läutete, lenkten Geräusche auf dem Weg unter ihrem Fenster Graces Aufmerksamkeit auf sich. Arbeiter kamen vorbei und tauschten Grüße mit den Gärtnern aus. Einer der vorbeigehenden Männer war der Schmied Darby. Er war mit zwei Helfern auf dem Weg zu den Ställen und schob eine beschädigte Pflugschar auf einer Schubkarre. Hugh hatte bei ihrem Abschied vorhin gesagt, dass er sich heute Nachmittag mit dem Schmied treffen würde, um seine Ballonvorbereitungen zu treffen.

Hugh hatte dafür gesorgt, dass Darby freigelassen wurde, nachdem er zu Unrecht inhaftiert worden war Selbst als hoch angesehener Lordrichter und Herr von Baronsford hatte er die Berechtigung ihres Vorwurfs bezüglich des Gesetzes ungezwungen akzeptiert. Hugh Pennington war nicht der Mann, für den sie ihn ursprünglich gehalten hatte.

Und Grace war heute ein anderer Mensch als vor vier Tagen, als sie beschlossen hatte, Hugh and Jo anzulügen. Sie wusste jetzt, was für Menschen sie waren. Sie verstand ihr Mitgefühl. Sie sah die gutherzige Großzügigkeit, die ihre Lebensweise ausmachte. Aber die Frage, die sich ihr jetzt stellte, war, ob sie ihnen genug vertraute, um die Wahrheit zu enthüllen. Sie stellte sich vor, wie sie ihnen alles erzählte. Was den Diamanten anging, so wusste sie ehrlich gesagt nicht, dass er in ihrem Kleid versteckt war. Aber *sollte* sie es tun?

Besser früher als später, dachte sie. So wie sie ihn jetzt kannte, war Grace sicher, dass Hugh kein Mann war, der sie für Umstände bestrafen würde, die nicht in ihrer Macht standen. Er würde eine Tochter nicht für die Entscheidungen ihres Vaters bestrafen.

Letztendlich lief es auf Folgendes hinaus. War sie mutig oder war sie feige? Konnte sie sich ihm stellen und gestehen? Oder sollte sie sich verstecken und warten und in einer Woche nach Antwerpen fliehen?

Ein leises Klopfen an der offenen Wohnzimmertür weckte sie, und sie drehte sich um und sah Jo hereinkommen. Zwei Diener folgten, jeder trug ein Tablett.

"Ich habe gehört, dass Sie in Ihren Zimmern zu Mittag essen, also habe ich beschlossen, mich Ihnen anzuschließen, wenn ich darf. Ich hoffe, es macht Ihnen nichts aus."

"Ich kann Ihnen gar nicht sagen, wie sehr ich mich freue", antwortete Grace, ging zu ihr hinüber und nahm ihre Hand.

Das war genau das, was sie brauchte, eine Gelegenheit für sie beide, Zeit miteinander zu verbringen. Vielleicht konnte sie den Mut aufbringen, Jo die Dinge zu sagen, die gesagt werden mussten.

Ein kleiner Tisch in der Nähe des Fensters war gedeckt, und die Teller und das Essen waren vorbereitet.

"Danke. Das ist alles. Wir können uns selbst bedienen." Jo war gnädig, aber die subtile Nervosität in ihrem Tonfall ließ Grace die schmalen Linien um ihren Mund genauer betrachten. "Ich läute, wenn das Geschirr zum Abräumen bereit ist."

Hughs Schwester saß auf einem Sofa, die Hände fest in ihrem Schoß verschränkt, als die Diener sie allein ließen. Angespannte Schultern, gerader Rücken und Augen, die ruhelos durch den Raum wanderten. Grace wusste, dass Jo nicht zum Essen gekommen war, sondern um zu reden.

"Bitte kommen Sie und setzen Sie sich zu mir zu mir." Sie klopfte auf den Sitz neben sich.

Grace ging zu ihr, bereit für alles, was sich daraus ergeben würde.

"Hugh hat mir erzählt, was heute passiert ist."

Der Kuss, den sie miteinander geteilt hatten, schoss ihr durch den

Kopf, aber Grace beruhigte sich. Er würde niemals einen so persönlichen Moment preisgeben.

"Es tut mir so leid", fuhr Jo fort. "Es tut mir leid, dass Sie Lady Nithsdales Unhöflichkeit ertragen mussten."

"Es ist ja nichts passiert", antwortete sie. Sie hoffte jedenfalls, dass kein Schaden entstehen würde.

Jo's dunkle Augen konzentrierten sich auf Grace's Gesicht. Hinter dem düsteren Tonfall verbarg sich eine Traurigkeit.

"Er erwähnte Ihre Aufregung. Er sagte mir, Sie wollen Baronsford verlassen. Das kann nicht sein. Ich werde es nicht zulassen. Ich will nicht, dass Sie gehen."

Aber die Zeit war gekommen. Grace musste die Wahrheit sagen und mit dieser unsäglichen Vortäuschung Schluss machen. Leider hatte sie keine Chance, denn Jo sprach weiter.

"Ich bin entsetzt über diese Frau und ihren Mangel an Anstand. Sie ist ein Gift. Ich bin zu der Überzeugung gelangt, dass sie nur zu dem Zweck lebt, Leben zu zerstören."

"Begegnungen wie die heutige sind unvermeidlich", sagte Grace leise und beschloss, dass sie sich mit ihrem Geständnis zurückhalten sollte. "Ich bin eine Fremde hier. Es war nur zu erwarten, dass die Neugierde früher oder später Nachbarn zu Ihrer Tür führen würde."

"Das ist mehr als nur müßige Neugierde. Lady Nithsdales Lebensaufgabe ist es, sich in die Angelegenheiten anderer einzumischen. Es ist heimtückisch, dass manche Frauen es als ihre Berufung ansehen, Unwahrheiten über andere zu verbreiten und deren Zukunft zu ruinieren."

Grace hatte nicht vor, Jo's Antwort zu widersprechen. Sie kannte andere Frauen, die ebenso waren, und Hughs Schwester verstand ihre Nachbarinnen sicherlich besser. Aber vielleicht war sie verärgert über die Gerüchte, die bald an den Tee- und Kartentischen der Gegend die Runde machen könnten. Grace stellte sich vor, wie schockierend es war, dass man sie mit dem Vicomte ohne Begleitung ausreiten sah. Sie war nur ein kurzer Gast in Baronsford. Sie kümmerte sich wenig um ihren eigenen Ruf.

Das Einzige, was Grace an der heutigen Begegnung persönlich beunruhigte, hatte nichts mit Lady Nithsdale zu tun, sondern mit ihrem Hausgast.

"Ich kann Ihnen gar nicht sagen, wie sehr ich diese Frau verabscheue."

Die harte Intensität in Jo's Stimme erschreckte Grace. Diese Worte waren nicht leichtfertig verwendet worden. Jo hatte die Hände in ihrem

Schoß gefaltet. Ihre dunklen Augen waren auf eine Reihe von Baumkronen vor dem Fenster gerichtet. Sie stellte sich vor, dass in den Gedanken ihrer Gefährtin ein anderer Kampf ausgetragen wurde. Die Wurzel dieser Gefühle gegenüber Lady Nithsdale musste schon lange vorher gepflanzt worden sein.

"Sie hat Ihnen in der Vergangenheit persönlich Unrecht getan, nicht wahr?"

Die Emotionen ließen sich nicht verbergen. Jo's Blick wurde trübe.

"Was ist los? Was hat sie Ihnen angetan?" Grace nahm die Hand ihrer Freundin. Plötzlich traten ihre eigenen Sorgen in den Hintergrund. Gefühle von Beschützerinstinkt durchströmten sie.

Jo's Finger waren eiskalt. Sie schüttelte einmal den Kopf und biss sich auf die Lippe. Die Vergangenheit holte sie ein wie ein schnell aufziehender Sturm. So oft in ihrem eigenen Leben hatte Grace niemanden, an den sie sich wenden konnte. Keinen Freund. Keinen Vertrauten. Sie hatte früh gelernt, dass sie die Aufmerksamkeit ihres Vaters nicht für das in Anspruch nehmen konnte, was er für weibliche Probleme hielt.

"Ich weiß, dass ich Ihr Vertrauen nicht verdient habe", sagte sie. "Und ich habe sicherlich nichts getan, um es zu verdienen. Aber Sie haben mir nur Freundlichkeit entgegengebracht. Sie haben sich selbstlos tagelang um mich gekümmert und mir diese zweite Chance im Leben gegeben. Es tut mir weh, Sie so zu sehen."

Tränen perlten auf Jos Gesicht.

"Es sind zu viele Jahre vergangen." Sie wischte die Tröpfchen weg. "Es ist nicht richtig, dass ich immer noch einen solchen Hass in meinem Herzen trage. Ich sollte es hinter mir lassen. Aber Hughs Wut auf Lady Nithsdale zu sehen, hat eine sehr alte Wunde aufgekratzt."

Es lag in der Natur von Grace, ihre Meinung zu sagen. Sie war nie gut darin, sich zurückzuhalten. Sie hatte deswegen Freunde verloren. Aber es gab keine Erleichterung, sein Temperament auszuleben, vor allem, wenn man sicher war, im Recht zu sein. Jo, das wusste sie jetzt, war das genaue Gegenteil. Sie hielt ihre Probleme in ihrem Inneren verborgen. Vielleicht auch ihren Herzschmerz.

"Wie viele Jahre ist das her?" fragte Grace, entschlossen, sie auszufragen.

Jo zögerte, bevor sie antwortete. "Fünfzehn Jahre."

"Du warst also noch ein Kleinkind, als das passiert ist."

Ein Anflug eines seltenen Lächelns zauberte ein Grübchen in ihr überraschtes Gesicht. "Ich bin jetzt eine reife Frau von sechsunddreißig Jahren."

Grace spottete. "Lasst uns nie erfahren, was das Alter ist. Lasst uns das Glück kennen, das die Zeit bringt, und nicht die Jahre zählen."

"Wen zitieren Sie?"

"Decimius Ausonius."

"Woher wissen Sie so viel?"

"Woher auch immer." Grace wollte im Moment nicht über sich selbst sprechen. Sie wollte Jo helfen, ihren Kummer loszuwerden. "Wer war er?"

"Warum nehmen Sie an, dass es hier um eine Romanze geht?" Die Tränen waren verschwunden.

"Sie waren einundzwanzig. Ihr Mann?"

"Ich habe nie geheiratet." Sie schüttelte den Kopf. "Aber zu der Zeit war ich verlobt. Mit einem Mann namens Wynne Melfort. Er war Leutnant in der Marine."

Als Grace bemerkte, dass sich der Ausdruck der Trauer wieder in Jos Augen schlich, fuhr sie fort. "Was ist mit Ihrer Verlobung schiefgelaufen?"

"Bevor ich mehr sage, sollten Sie wissen, dass ich nicht als Pennington geboren wurde. Ich wurde als Säugling von meinen Eltern adoptiert. Meine leibliche Mutter starb während der Geburt auf einer Straße in der Nähe von Baronsford. Sie war mit anderen Leuten unterwegs, die Opfer von Räumungen waren. Sie wurden mit dem wenigen, was sie tragen konnten, von jemandes Land vertrieben. Ich konnte nicht mehr darüber herausfinden, wer sie war oder woher sie kam. Ich weiß nicht, wer mich gezeugt hat."

Grace ergriff die Hand ihrer Freundin. Irgendwie kam diese Enthüllung für sie nicht sehr überraschend. Jo und Hugh sahen sich nicht ähnlich, und Anna hatte dies angedeutet, als sie von den Pennington-Geschwistern sprach. Es machte auch Sinn, wenn man bedenkt, dass Grace die Bemühungen von Lord Aytoun, die Räumungen zu stoppen, und die leidenschaftliche Abscheu seines Sohnes vor dieser Praxis verstand.

"Und das hat die Probleme verursacht? Die Wahrheit über Ihre Adoption wurde öffentlich gemacht?"

"Nein. Es war nie ein Geheimnis", sagte Jo ihr. "Wynne wusste davon. Seine Familie wurde informiert, und sie hatten keine Einwände. Ich nehme an, das lag zum Teil an der Höhe meiner Mitgift. Aber meine Familie hat sich nie bemüht, es zu verbergen. Meine Mutter brachte mich am Tag des Sommerballs hierher zurück. Alle haben es miterlebt. Lady Nithsdale war auch da."

"Haben Sie ihn geliebt?" fragte Grace sanft. "Hatten Sie Ihr Herz an diesen Marineoffizier verschenkt?"

"Es sind zu viele Jahre vergangen. Ich erinnere mich nicht mehr."

Grace erkannte die Lüge an der Art, wie Jo's Augen wieder feucht wurden, als sie ihr Gesicht wieder zum Fenster wandte.

"Was ist schiefgelaufen? Bitte sagen Sie es mir. Warum wurde Ihre Verlobung aufgelöst?" Grace hatte schon tausendmal gehört, dass nichts das Herz so sehr entlastet wie ein. Wenn sie diesen Rat nur selbst befolgen könnte.

"Klatsch. Gerüchte. Unbegründete Geschichten, dass meine leibliche Mutter eine gewöhnliche Prostituierte war", sagte Jo, und der Schmerz stand in ihren Augen. "Ich weiß nicht, warum das Gerede darüber plötz-lich so populär wurde. Ich kenne die Quelle nicht. Aber plötzlich war es das Einzige, was die Meute interessierte. Sie lächelten, kicherten hinter ihren Fans und verbreiteten Unwahrheiten, als wären sie ein Evangelium."

Die üble Nachrede der Elite. Sie war eine grassierende Krankheit in den gesellschaftlichen Kreisen der Wohlhabenden überall, so schien es. Je mehr man hatte, desto mehr beneidete man andere. Falsche Freundschaf-ten, Verrat und die wahnsinnige Freude, einen vermeintlichen Rivalen zu Fall zu bringen. Das war der Stoff, aus dem das höfische Leben und die ihm nachempfundenen Gesellschaftsschichten waren. Sie war Lady Niths-dale nur ein einziges Mal begegnet, aber Grace wusste, dass diese Frau ein großes Vergnügen daran hatte, das, was sie wusste, weiterzugeben, ebenso wie das, was sie erfinden konnte.

"In jenem Sommer, als das Gezeter am schlimmsten war - zumindest bis zu diesem Zeitpunkt - schrieb mir Wynne, dass er unsere Verlobung auflösen müsse."

"Der Schurke", schnauzte Grace wütend. "Klein, schwach und Ihrer nicht würdig. Hat ihn jemand herausgefordert? Der Hund hätte erschossen werden müssen."

"Mein Vater wäre bereit gewesen, ihn herauszufordern, und er hätte es auch getan. Ich weiß es. Aber Hugh kam ihm zuvor. Er verfolgte Wynne nach Vauxhall Gardens und ohrfeigte ihn öffentlich. Beinahe hätten sie es dort ausgefochten, aber Wynnes Freunde gingen dazwischen. In unserem Haus am Hanover Square wurde bekannt, dass sie im Morgengrauen kämpfen würden. Ich konnte es nicht zulassen. Ich konnte den Gedanken nicht ertragen, mit dem Blut eines der beiden an meinen Händen und auf meinem Gewissen durchs Leben zu gehen." Jo kämpfte gegen die aufkommenden Tränen an. "Ich war wie eine Wahnsinnige. Ich flehte meine Eltern an, es zu verhindern. Ich schwor, dass ich mir das Leben nehmen würde, wenn Hugh etwas zustoßen würde."

"Haben sie ihn aufgehalten?"

Jos Augen wurden glasig, als sie die Erinnerung wieder durchlebte. "Meine Mutter hat es versucht, aber ohne Erfolg. Mein Vater bedauerte nur, dass Hugh dieses Duell an seiner Stelle bestritt. Ich bin die ganze Nacht auf und ab gegangen. Ich kann nicht beschreiben, wie sehr ich mich gequält habe."

Grace wusste, dass es das war, was Ehefrauen, Schwestern und Töchter in der Nacht vor jeder Schlacht durchmachten. Die schreckliche Angst um die Liebsten. Das kalte Grauen, das einem das Leben aus den Knochen saugt.

"Kurz nach Sonnenaufgang erhielten wir die Nachricht. Sie hatten im Hyde Park gekämpft. Hughs Schuss durchschlug Wynnes rechte Schulter. Ich weiß, dass mein Bruder ihn hätte töten können. Er kann aus vollem Galopp ein Ziel genau treffen. Für mich hat er sich entschieden, ihn nicht zu töten. Trotzdem wurde Wynne schwer blutend abtransportiert, und sie befürchteten, dass er den Tag nicht überleben würde. Aber er hat überlebt."

Der edle, liebende Bruder, dachte Grace. Er würde nicht töten, wenn Zorn und Ehre es verlangten, sondern seinen Feind leben lassen. Und das nur, weil er wusste, dass es seiner Schwester noch mehr Schmerz zufügen würde, als sie bereits ertragen hatte.

"Das war das Ende für mich und Wynne. Und es war das letzte Mal, dass ich einem Freier erlaubt habe, sich mir zu nähern", sagte Jo und atmete einen beruhigenden Atemzug aus. "Dieses Debakel hat mir die Augen geöffnet. Es hat mir gezeigt, was die Familie Pennington wirklich für mich bedeutet. Ich war für sie nie eine Adoptivtochter, wurde nie anders behandelt als alle anderen. Die Liebe und Loyalität meiner Geschwister und Eltern während dieser schrecklichen Zeit und ihre Hingabe danach haben es mir ermöglicht, einen Lebensweg einzuschlagen, der zu mir passt. Ich brauchte keine Ehe, keine andere Liebe als ihre Liebe. Ich werde meinen Eltern eine treue Tochter sein, wenn sie alt werden, und eine liebevolle Tante für die Kinder meiner Geschwister. Damit bin ich zufrieden."

In Frieden zu sein. Nach einer so großen Enttäuschung Gelassenheit und einen Sinn im Leben zu finden. Welches Gefühl Grace auch immer unter Kontrolle hatte, es löste sich aus seinen Fesseln, und Tränen traten ihr in die Augen. Jo sah sie und umarmte Grace.

"Es tut mir leid", sagte Jo, als sie sich endlich voneinander lösten. "Ich hatte nicht die Absicht Sie durch mein persönliches Elend zu ziehen."

"Ich wollte es wissen." Grace wischte sich die Nässe von den Wangen. "Ich glaube nicht, dass Heilung geschieht, solange wir uns nicht mit der Quelle unseres Schmerzes auseinandersetzen."

Jo griff wieder nach ihrer Hand. "Hugh sagte mir, dass Sie nach Antwerpen zurückkehren wollen, wenn Sie gehen. Dass Sie glauben, Sie könnten dort Ihr Gedächtnis wiederfinden."

Dies war die Gelegenheit für Grace zu sprechen.

"Gehen Sie noch nicht", sagte Jo. "Lassen Sie sich noch ein bisschen Zeit. Wenn nicht für Ihre Gesundheit und Zeit, um wieder zu Kräften zu kommen, dann tun Sie es für mich und Hugh."

"Ich dachte, eine Woche wäre..."

"Ich frage das *wegen* meines Bruders", unterbrach Jo. "Wegen der Veränderung, die ich bei ihm sehe. Zum ersten Mal seit acht langen Jahren geschieht etwas mit ihm. Sie haben keine Ahnung, welche Wirkung Ihre Anwesenheit auf ihn hat. Vielleicht heilt er endlich."

Jo's Worte überraschten sie und hielten Grace davon ab, das zu sagen, was sie sagen wollte. Die Fragen brannten ihr auf der Zunge. Warum acht Jahre? Was konnte ihn so verletzt haben, dass seine Schwester sich solche Sorgen machte?

Widersprüchliche Sehnsüchte kämpften in ihr. Sie wollte mehr wissen, und doch war sie sich nicht sicher, ob sie es sich leisten konnte, ihr Herz völlig an diesen Mann zu verlieren. Dies war der Weg zum Herzschmerz, und sie wusste nicht, warum sie sich so gezwungen fühlte, ihm zu folgen.

"Niemand spricht in Baronsford darüber. Niemand erwähnt es irgendwo - nicht einmal diese Apostel der Bosheit - aus Angst vor seinem Temperament. Aber die Hinweise umgeben uns hier. Vielleicht haben Sie sie gesehen. Vielleicht haben Sie sogar geahnt, dass Hugh schon einmal verheiratet war und einen Sohn hatte."

Der Korb mit dem Spielzeug in der Bibliothek.

"Er hat vor acht Jahren sowohl seine Frau als auch sein Kind verloren. Und ich übertreibe nicht, wenn ich sage, dass kein einziger Tag vergangen ist, an dem er nicht um sie getrauert hat."

"Was ist mit ihnen passiert?"

"Es war während des Krieges auf der Halbinsel. Zu dieser Zeit deckte Hughs Kavallerieeinheit den Rückzug der Armee durch Spanien. Amelia

nahm ihren Sohn Cameron und ging nach Vigo. Aber Lagerfieber gras-
sierte. Sie und Cam steckten sich an. Sie starben, während er bei Corunna
gegen die Franzosen kämpfte. Er konnte sie nicht erreichen. Als er sie
erreichte, starben sie einen grausamen Tod. Seitdem ist er nicht mehr
derselbe."

Das Wiedererkennen zerriss ihr Inneres. Das Regiment ihres Vaters
war in Corunna.

"Er gibt sich selbst die Schuld. Er gibt den Franzosen die Schuld. Ich
glaube, er sucht bis heute nach irgendjemandem oder irgendetwas, das
er für das verantwortlich machen kann, was seiner Familie zugestoßen
ist."

Als Sie mir aus London schrieben, dachte ich, Sie würden mich auf einen Irrweg schicken, aber Sie hatten recht. Grace Ware ist hier in Baronsford. Ich habe sie mit meinen eigenen Augen gesehen.

Sie behauptet, dass sie sich aufgrund der beschwerlichen Überfahrt in der Kiste an nichts aus ihrer Vergangenheit erin-nern kann, und ihre Gastgeber glauben ihr. Ob das stimmt oder ob sie sich nur schützen will, kann ich noch nicht sagen. Als Tochter von Colonel Ware befindet sie sich in einer eigentümlichen Lage. Ich werde unverzüglich Maßnahmen ergreifen, um den Wahrheitsgehalt ihrer "Amnesie" festzu-stellen.

Ich weiß nicht, ob sie den Gegenstand hat, den wir suchen. Wenn ja, erkennt sie vielleicht nicht seinen wahren Wert oder weiß nicht, wie sie ihn wie von ihrem Vater geplant übergeben kann.

Lord Greysteil scheint recht beschützend zu sein, obwohl er offensichtlich nicht weiß, wen er beschützt oder was sie in dieses Land gebracht hat. Dennoch sollten wir eine direkte Konfrontation mit ihm vermeiden.

Ihre Männer haben in Antwerpen versagt, und dies ist unsere letzte Chance. Wie auch immer wir vorgehen, die nächsten Tage sollten aufschlussreich sein.

Kommen Sie sofort hierher. Erlaubt keine Verzögerung. Ich werde mit Sicherheit Ihre Hilfe benötigen.

Mit freundlichen Grüßen, +c

Kapitel Sechzehn

AM ERSTEN TAG erschien Grace nicht, und Hugh war dankbar, dass wenigstens einer von ihnen genug Verstand hatte, um etwas Abstand zwischen ihnen zu schaffen. Sie brauchten beide Zeit, um ihre Leidenschaften abkühlen zu lassen, um zu überlegen, wie sie sich miteinander verhalten sollten, und um zu bestimmen, wie sie sich in der Gesellschaft anderer präsentieren würden.

Als er am zweiten Tag bis zum Abend nichts von ihr sah oder hörte, begann er sich Sorgen zu machen. Aber seine Schwester versicherte ihm, dass es Grace gut ging. Sie teilte die Zeit zwischen ihrem Wohnzimmer und den Bibliotheken auf. Die beiden Frauen hatten in Graces Suite zu Mittag gegessen und waren jeden Tag an den Klippen entlang des Flusses spazieren gegangen. Ihr Gast versuche, wieder zu Kräften zu kommen, sagte sie ihm.

Beim Abendessen am dritten Tag empfand er ihre Abwesenheit als sehr belastend. Baronsford war ein großer Ort, aber nicht so groß, dass ein Gast ungesehen und ungehört bleiben konnte, vor allem, wenn er bewusst an den Orten nach ihr suchte, an denen sie sich bekanntermaßen aufhielt. Es sei denn, sie hatte es vorgezogen, nicht von ihm gefunden zu werden. Und seine Schwester war keine Hilfe, denn sie hatte den ganzen Donnerstag mit Violet im Turmhaus verbracht.

Am vierten Tag, nach einer unruhigen Nacht, kam Hugh im Morgengrauen in sein Arbeitszimmer, fest entschlossen, dem Wahnsinn ein Ende zu setzen. Sie versuchte eindeutig, ihn zu kränken. Wenn sie glaubte, sich bis zum Ende der Woche verstecken und dann nach Antwerpen entschlüpfen zu können, hatte sie sich gewaltig getäuscht. Sie hatte nichts von ihm zu befürchten. Er war kein Raubtier, auch wenn er begann, sich wie eines zu fühlen. Wenn sie wünschte, dass sich das, was sie am See erlebt hatten, nie wiederholen sollte, würde er ihre Entscheidung respektieren und sich daran halten. Aber das sollte sie nicht davon abhalten, ein höfliches Gespräch mit ihm zu führen. Er wollte ihr Gesicht sehen, sie sprechen hören, in ihre schönen Augen schauen. Er wollte sich fragen, in welche Richtung ihre Gedanken gingen, während sie ihn beobachtete, wann immer sie dachte, dass er es nicht bemerkte. Er wollte nur etwas Zeit damit verbringen, unschuldig die Gesellschaft von Grace zu genießen.

"Nun gut, das Letzte ist eine Lüge", murmelte er vor sich hin und blickte in den trüben Morgenhimmel. Aber wenn sich nicht etwas geändert hatte, war er immer noch der Herr von Baronsford und er hatte immer noch eine Schwester. Es gab keinen Grund, warum er nicht die Hilfe von ... Jo, Mrs. Henson, *irgendjemandem*, benutzen sollte, um eine Begegnung mit Grace herbeizuführen.

Alle Pläne, die in seinem Kopf entstanden, wurden sofort verworfen. Vor den Fenstern des Arbeitszimmers entdeckte er die goldenen Locken einer Frau, die über die grünen Pfade der ummauerten Gärten schlenderte. In einer Stunde würden die Gärtner mit ihrer Arbeit beginnen. Der Haushalt begann sich gerade zu regen, als er die Treppe hinunterkam.

Die schweren Vorhänge schirmten ihn ab, und er beobachtete jeden Schritt von Grace, als sie sich ihm näherte. Ihr Gesicht hob sich zum Himmel, und wie ein Weinkenner kostete er von ihrer Schönheit. Die großzügigen Lippen, der Winkel ihres Kinns, das blonde Haar, das sich nicht zähmen ließ. Aber es gab auch noch andere Dinge, die ihm auffielen. Ihre Arme waren fest um ihre Körpermitte geschlungen. Selbst als er sie beobachtete, tupfte sie sich unter jedes Auge. Tränen, spekulierte er. Sie war erschüttert. Vielleicht trauerte sie um einen Verlust. Hughs Gedanken kreisten sofort um ihr Erinnerungsvermögen. Vielleicht hatte sie das Vergessene wieder erinnert. Es war möglich, dass dies der Grund für ihre Entfremdung war.

Vielleicht hatte Jo die ganze Zeit recht. Grace war mit jemand anderem liiert.

Der Gedanke, sie zu verlieren, traf ihn wie ein scharfer Schlag.

"Stopp", murmelte er. Das waren alles nur Vermutungen. Er war ein

Richter. Er war kein Karnevalsgedankenleser. Man sollte nicht spekulieren. Sie war die Einzige, die ihn aufklären konnte. Er musste mit ihr reden.

***

Mariah Douglas hatte es gewusst.

Der Brief aus Nithsdale Hall war gestern spät eingetroffen. Anna brachte ihn mit einem fragenden Blick in ihr Zimmer, und Grace starrte die längste Zeit nur auf das Herz und die Krone auf dem Wachssiegel.

Als sie das Siegel brach, überkam sie ein kaltes Gefühl des Verderbens. Seit dem Moment, in dem Mrs. Douglas sie aus der Kutsche heraus angesehen und diesen glorreichen Tag verunstaltet hatte, hatte Grace auf diesen Moment gewartet und wusste, dass er kommen würde. Sie fügte sich in ihr Schicksal und las den Brief.

Ohne Frage wusste Frau Douglas Bescheid, auch wenn ihre Formulierungen sehr geschickt waren. Sie deutet den Sinn an, ohne etwas zu verraten.

Wie reizvoll, eine Schönheit mit einem so eleganten Pariser Profil in der rustikalen Wildnis des schottischen Borders zu finden.

In einer anderen Zeile erwähnte die Modistin den Baronsford-Ball und schrieb, dass Graces schlanke Figur perfekt zu einem Kleid passen würde, das sie vor einigen Jahren einmal bei einem sehr denkwürdigen Anlass an den Dames des Palais der Herzogin von Parma gesehen hatte.

Und dann die Beschreibung des Kleides:

Da ich mich besonders für Haute Couture interessiere, vergesse ich selten ein Kleid, wenn es der Trägerin perfekt steht. Ich sehe es vor mir – den weißen Satinunterrock mit den zarten Stickereien aus goldenem Weizen, umrankt von Weintrauben und Weinblättern. Die dazu passenden Ärmel, die in Wellen fallen und mit weißen Schleifen abgesetzt sind. Das hellgrüne Mieder aus Lyonnaiser Seide mit einer dunkelgrünen Bordüre aus Seidensatin, ebenfalls mit Gold-

kordel und passenden Weizen- und Weinblättern gearbeitet. So schön. So unvergesslich. Aber ich schweife ab, und da Sie es noch nie gesehen haben und in Ihrer jetzigen Situation kaum Gelegenheit haben werden, es zu tragen...

Aber Grace *hatte* das Kleid gesehen. Sie hatte es bei dem Empfang im Hôtel de Ville nach der Taufe von Napoleons Sohn getragen. Auch die absichtliche Falschschreibung von "tragen" war nicht zu übersehen. Mrs. Douglas sagte Grace, dass sie sich bis ins kleinste Detail an ihre Vorstellung erinnerte.

Der Rest des Briefes enthielt keine Andeutung einer Drohung, sondern schien einen Olivenzweig anzubieten. Frau Douglas erzählte von ihren Reisen auf dem Kontinent seit dem Krieg, von den Freunden, die sie gefunden hatte, und davon, dass *alte Feinde jetzt die engsten Verbündeten sind.* Sie schloss den Brief mit der Bemerkung, dass sie es sich zur Gewohnheit gemacht habe, jeden Morgen - ohne Begleitung von Lady Nithsdale - in und um Melrose Village spazieren zu gehen, und dass sie sich sehr über Graces Gesellschaft freuen würde, wenn sie sich ihr anschließen würde.

Grace blickte abwesend zu der sich senkenden Wolkendecke hinauf. Wie unbedeutend war Mrs. Douglas' Entdeckung wirklich, wenn man sie gegen die tragische Wendung des Schicksals abwog, die ihr jetzt das Herz entzwei zu reißen drohte.

Hughs Frau und Kind starben, allein in ihrem Elend, krank und ohne Angehörige, die sich um sie kümmerten ... während er sich abmühte, nach Vigo zu gelangen. Jo's Worte hallten in ihrem Kopf nach. *Er konnte sie nicht erreichen.*

Ihr Vater hatte ihr oft von dem großen Sieg über die Briten erzählt. Wie die Kavallerie unter seinem Kommando den Süden von Corunna umkreist hatte, um jeden Fluchtweg abzuschneiden. Wie er die Flanke der verschanzten englischen Armee bedrängt hatte, während diese versuchte, den Frontalangriffen aus dem Norden zu widerstehen. Der Feind hatte versucht, auszuharren und wartete auf weitere Schiffe aus Vigo, auf Verstärkung und Kanonen, um die Franzosen zu beschießen, während sie auf dem Seeweg entkamen. Doch die britischen Schiffe kamen nicht. Weit verbreitete Krankheit hatte sie aufgehalten. Und während der Kämpfe tobten, hatte ihr Vater alle Boten, alle Reiter, die versuchten, durchzuschlüpfen, abgeschnitten. Er hatte sie alle aufgehalten.

"Und Hugh war einer von ihnen", murmelte sie. Er versuchte, seine kranke Familie zu erreichen.

Ihr eigener Vater hatte ihn daran gehindert, sie zu erreichen.

Der Regen begann zu fallen und vermischte sich mit den Tränen auf ihren Wangen, und sie zog den Schal um sich. Seelenqual schnitt in sie ein wie ein Messer. Sie war nicht die unschuldige Tochter eines Offiziers. Sie war des Mannes Fleisch und Blut, der für den Hughs Verlust verantwortlich war.

Grace hörte die schweren Schritte von Stiefeln auf dem Pfad, der zum Garten führte. Es war Hugh.

<hr>

Ein paar verstreute Tropfen, und dann öffnete sich der Himmel.

Hugh eilte in den Garten, sein Blick suchte die Gegend ab, in der er Grace vom Fenster ausgesehen hatte. Sie war nirgends zu sehen. Er ging schnell zwischen Obstbäumen und Blumenbeeten hindurch, suchte den nächsten Weg und schaute unter den bogenförmigen Spalieren der noch nicht blühenden Rosen und der frühlingsblühenden Clematis nach. Es regnete immer noch in Strömen, als er durch eine duftende Allee aus Flieder, Purpur und Weiß in Richtung der Weinlauben schritt.

Als er dort niemanden vorfand, drehte er sich frustriert um, fuhr sich mit der Hand durch die Haare und versuchte sich vorzustellen, wohin sie wohl gegangen war, um dem Regen zu entkommen.

Er erblickte sie auf dem Weg hinter den Mauern, wo sie ihm über die Schulter einen Blick zuwarf, bevor sie durch eine Seitentür ins Haus schlüpfte.

Kapitel Siebzehn

GRACE WISCHTE sich den Regen aus dem Gesicht, während sie durch das Haus eilte. Sie war ihm wieder einmal entkommen. Sie war kein Feigling, auch wenn sie sich wie einer benahm. Ihr Vater würde sich für sie schämen. So hatte er sie nicht erzogen. Das waren nicht die Werte, die Daniel Ware ihr eingeimpft hatte.

Hugh und ihr Vater waren so verschieden und doch so ähnlich.

In dieser Woche hatte sie in den Stunden, die sie mit Jo verbracht hatte, Fragen über die Vergangenheit des Vicomtes gestellt. Seine Militärzeit. Wo er gedient hatte. Welche Positionen er bekleidet hatte. Er und ihr Vater waren beide Kavallerieoffiziere. Grace konnte ein Dutzend Fälle aufzählen, in denen die beiden Männer auf gegnerischen Seiten in derselben Schlacht gekämpft hatten. In mehr als ein paar dieser Fälle war Grace mit ihm unterwegs gewesen. Sie war in den französischen Lagern gewesen, hatte sich um die Verletzten gekümmert oder die Frauen unterstützt, die ihren Männern auf den Feldzügen gefolgt waren.

Jo schüttelte den Kopf, als sie Grace von Hughs Frau erzählt hatte. Sie konnte nicht verstehen, warum Amelia das kleine Kind mit an den Rand dieses Konflikts genommen hatte. Grace versuchte nicht, es zu erklären, aber sie verstand es. Sie hatte so viele wie sie gesehen und sich um sie gekümmert, französische Frauen, die sogar ihre Männer in den Rauch, den Schlamm und das Gemetzel auf den Schlachtfeldern begleiteten. Es war die Liebe, die die Frauen dazu trieb. Die eigene Sicherheit spielte kaum eine Rolle, wenn der Mann, den man liebte, mit dem Kopf voran in die Gefahr marschierte.

Grace war eine dieser Frauen geworden. Ihre sich vertiefenden Gefühle für Hugh überraschten sie und verhöhnten sie. Gedanken an ihn erfüllten sie jede wache Stunde. Sie sah ihn in ihren Träumen. Aber was sie jetzt quälte, war das Bedürfnis, ihm die Wahrheit zu sagen. Sie wusste, wie schmerzhaft es sein würde, ihn danach zu verlassen.

Sie kämpfte mit den Tränen, als sie die Treppe hinauflief. An ihrer Tür hielt Grace inne und starrte den Flur hinter ihren Zimmern hinunter. Amelias Suite. Jo hatte ihr erzählt, dass Hugh die Zimmer so gelassen hatte, wie sie waren, als seine Frau und sein Sohn noch lebten.

Nach acht Jahren liebte er sie immer noch und bewahrte ihr Andenken. Was Grace mit ihm teilte, war nicht mehr als ein Flirt. Sie presste eine Hand auf ihre Brust und spürte das Pochen der Niederlage.

Geständnisse waren nur Worte, sagte sie sich. Sie konnte dieses Versteckspiel nicht weiterspielen. Wenn sie ihm alles erzählte, würde sie vielleicht nicht länger warten müssen. Hugh würde sich freuen, sie wegzuschicken.

Graces Blick wurde wieder von der geschlossenen Tür von Amelias Zimmer angezogen. Auch sie musste Frieden mit einer verstorbenen Seele schließen, die im Geiste noch lebte. Der Tod war nie der Sieger, wenn jemand wirklich und ewig geliebt wurde.

Sie atmete tief durch und ging den Flur entlang.

Grace hatte ihn gesehen. Hugh war sich dessen sicher. Und dann war sie weggelaufen.

Nun, das würde er nicht zulassen. Welche Traurigkeit sie auch immer umgarnt hatte, Hugh beschloss, dass er das Recht hatte, ihr hindurchzuhelfen, wenn er konnte. Er wollte nicht, dass sie hier unter seinem Dach war und sich so verlassen fühlte, wie sie aussah. Sie war ein Gast in seinem Haus und stand unter seinem Schutz. Er war immer noch für sie verantwortlich. Er war nur an ihrem Wohlergehen interessiert. Ihm fielen unzählige Gründe ein, warum er sich um sie sorgen sollte. Und der reine Anstand verlangte, dass sie nicht bei seinem Anblick davonlief. Darauf hätte er gerne eine Antwort.

Bei Gott, verdammt sei der Anstand. Er würde zu ihrer Suite gehen und an ihrer Tür warten, bis sie ihm eine Antwort gibt.

Als er durch das Haus ging, lenkte Simons ihn mit irgendeinem Unsinn über das Frühstück ab. Hughs Ungeduld muss sich gezeigt haben, denn der Butler beschloss schnell, den Bericht abzubrechen und sich aus dem Weg zu machen. Als er an seinem Arbeitszimmer vorbeikam, wurde er von einem seiner Schreibkräfte, der gerade mit seiner morgendlichen Arbeit begonnen hatte, fast umgerannt. Der junge Mann sah Hughs grimmigen Gesichtsausdruck und wich seinem Arbeitgeber aus.

Er überquerte den karierten Boden und stieg die Treppenstufen hinauf, jeweils zwei auf einmal. Als er vor ihrer Tür stand, wollte er gerade anklopfen, als sein Blick in den Flur fiel. Er hielt inne. Eine Tür zu Amelias Suite war angelehnt.

Mrs. Henson sorgte dafür, dass die Zimmer regelmäßig gereinigt wurden, aber es war noch zu früh für die Hausangestellten, um zu putzen. Er ging zur Tür und trat ein. Das Wohnzimmer war leer. Aber er hörte das Geräusch von Schritten aus dem Kinderzimmer.

Der kleine Junge saß zufrieden auf dem Schoß seiner Mutter, die Hände zwischen ihnen gesteckt. Sein Gesicht, ein Engelsgesicht mit einem Heiligenschein aus dunklen Locken, lag an ihrer Brust. Es war ein Porträt der Geborgenheit und des Friedens, und der Maler hatte es perfekt eingefangen. Wie eine moderne *Madonna mit Kind* vermittelte die Gelassenheit, die es ausstrahlte, die vertrauensvolle Gewissheit, dass die Welt, die er kannte, auch morgen noch da sein würde. Dass er vor allem, was falsch war, geschützt sein würde.

Doch als Grace in die Gesichter blickte, konnte sie in der Miene der Mutter den Hauch von Besorgnis erkennen. Irgendetwas in der Haltung des Mundes, in den Augen. Amelia wusste, dass das Leben nicht der Stoff war, aus dem die Träume des Kindes waren. Sogar im Gesicht des Jungen sah sie die ernsten grauen Augen, die wie die seines Vaters waren. Dem Blick des Malers abgewandt, schienen sie nach etwas anderem zu suchen, nach etwas, das er verloren hatte.

Grace' Herz zerbrach, als sie auf das Porträt der beiden starrte. Zwei Leben, verloren durch eine sinnlose Suche nach ... nach was? Ein Kind, das am Anfang seines Lebens stand, dessen Puls flackerte und schwächer wurde. Und wofür? Eine Mutter, die sich verzweifelt um die Sicherheit ihres Mannes bemüht und weder sich selbst noch ihren Sohn retten kann.

Sie leidet und stirbt allein, weil er nicht zu ihnen gelangen kann. Und wofür?

Krieg. Der wahllose Leben vernichtet. Die menschengemachte Plage des Gemetzels. Für Land, Reichtum oder Macht werden Städte und Dörfer durch das Artilleriefeuer der Kanonen in Schutt und Asche gelegt. Felder und Bauernhöfe wurden in Brand gesteckt, um zu verhindern, dass alles Wertvolle in die Hände des Feindes fiel. Ehrenmänner verwandelten sich in rasende Mörder, und Jungen, die in Klassenzimmern hätten sein sollen, wurden gnadenlos abgeschlachtet.

Grace hatte es gesehen. Sie war über Schlachtfelder gelaufen, auf denen tausend Männer in ihrem eigenen Blut lagen und vor Schmerzen schrien. Oder schlimmer noch, in ewiger Stille, um nie wieder einen Laut von sich zu geben. Männer und Jungen, deren Köpfe noch vor nicht allzu langer Zeit an den Brüsten ihrer Mütter geruht hatten - wie Hughs Sohn. So oft hatte sie eine untröstliche Frau oder ein untröstliches Kind in die Arme genommen, wissend, dass sie nichts tun konnte, um den geliebten Menschen zurückzubringen. Grace hatte es durchgemacht. Sie hatte die Verheerungen des Krieges erlebt. Es war die Hölle auf Erden.

Heiße Tränen liefen ihr über das Gesicht. Wie konnte sie mit diesem Kind Frieden schließen? Grace trat zum Kaminsims und hob eine zitternde Hand zum Porträt und wünschte, sie könnte alles ändern. Sie wünschte, sie könnte sie zurückbringen.

"Was machst du hier?"

Die strenge Stimme ließ Grace sich abrupt umdrehen. Hugh stand in der Tür. Sie konnte sein Gesicht durch ihre Tränen nicht sehen.

Es gab kein Hinhalten mehr.

"Ich bin Grace Ware, die Tochter von Colonel Daniel Ware. Der Mann, der euch bei Corunna bekämpft und aufgehalten hat. Er war der Kommandant einer französischen Kavalleriebrigade. Er war der Grund, warum Du Vigo zu spät erreicht hast. Zu spät, um zu Deiner Familie zu gelangen."

Ihr Atem verknotete sich zu einem Knoten, der sie zu ersticken drohte. Aber sie konnte nicht aufhören.

"Er ist tot, ermordet in Antwerpen. Aber ich bin hier. Seine Tochter. Die Frau, die Du für den Tod Deiner beiden Lieben verantwortlich machen solltest. Das Blut meines Vaters fließt in meinen Adern. Ich bin aus demselben Fleisch. Ihr könnt ein Schwert nehmen und mich niederstrecken, wenn es Euer Bedürfnis nach Rache befriedigt. Ihr könnt mich mit Euren eigenen Händen erwürgen. Ich würde es Dir nicht verübeln."

Grace streckte ihre Hand nach dem Porträt über dem Kaminsims aus.

"Sie hätten nicht sterben dürfen. Sie waren am falschen Ort. Aber gib ihnen nicht die Schuld, dass sie zu Dir gekommen sind. Du kannst *sie* nicht beschuldigen. Sie waren in Vigo, weil sie Dich liebten. Ich habe es so oft gesehen. *Zu oft.* Ich war auf den Schlachtfeldern, als die Frauen auf der Suche nach ihren Männern von einer blutigen Leiche zur nächsten eilten. Ich habe gesehen, was es bedeutet, einen geliebten Menschen gerade rechtzeitig zu erreichen, um ihn zu halten, wenn er seinen letzten Atemzug tut. Ich weiß, dass es für den Hinterbliebenen manchmal den Unterschied zwischen dem Wunsch zu leben und dem Wunsch zu sterben ausmacht."

Sie wischte sich mit dem Ärmel ihres Kleides die Tränen aus den Augen, aber es nützte nichts.

"Ich habe gesehen, wie sterbende Soldaten zu Wahnsinnigen wurden, die sich verzweifelt an das Leben klammerten. Ich habe sie in meinen Armen gehalten, als sie ihren letzten Atemzug taten. Ich träume immer noch von unschuldigen Jungen, die zu jung für den Krieg waren und nach ihren Müttern schrien, als ihnen Beine oder Arme abgetrennt wurden."

Grace schluchzte. "Ich habe zu viel gesehen. Vor langer Zeit erkannte ich, dass mein Feind nicht ein Mann war, der auf der einen oder anderen Seite kämpfte. Mein Feind wurde der Krieg selbst. Ich hasse das sinnlose Abschlachten, das blinde, gnadenlose Töten von Menschen. Ich verabscheue die Welle der Zerstörung und des Todes, die Unschuldige und Schuldige ohne Unterschied hinwegfegt."

Sie kämpfte um einen Atemzug. "Kein Wort, das ich sagen kann, wird Dich von dem Verlust befreien, den Du immer noch betrauerst. Keine Entschuldigung von mir wird den Hass, den Du in Dir trägst, ändern oder Dein Verlangen nach Rache mindern. Aber wisse dies. Wenn ich eine Chance bekäme - sei es auf diesem Schlachtfeld, in Vigo oder heute - würde ich meine eigene wertlose Existenz aufgeben, wenn ich Dir das Leben dieser beiden Unschuldigen zurückgeben könnte. I . . ."

Grace zögerte. Sie konnte nicht weitermachen.

Sie schob sich an ihm vorbei und stürmte aus dem Zimmer.

Kapitel Achtzehn

IHRE WORTE TRAFEN ihn mit der Wucht eines Kanonendonners. Fassungslos und wie betäubt setzte sich Hugh schwer auf den nächstgelegenen Stuhl. Sein Blick blieb auf dem Porträt von Amelia und Cameron haften.

Grace hatte von Schuld gesprochen. Er gab den Franzosen die Schuld. Er gab sich selbst die Schuld. Er gab dem Lagerfieber die Schuld. Er gab dem schrecklichen Wetter und dem Schneesturm die Schuld, die die Ausbreitung der Krankheit ermöglicht hatten. Aber bis jetzt war ihm nicht klar gewesen, wie sehr er Amelia die Schuld dafür gab, dass sie während dieses schrecklichen Krieges nach Vigo gereist war.

Als Hugh beschloss, sie zu heiraten, war sie eine frische, junge Achtzehnjährige, die ihr Debüt in der ersten Saison gab. Sie war lebenslustig, schön, intelligent und gutmütig und stammte aus einer hervorragenden Familie, die politisch eng mit den Penningtons verbündet war. Sie war bereits in Hugh verliebt. Sie war schon seit Jahren in ihn verknallt. Er war davon überzeugt, dass die beiden die perfekte Ehe haben würden. Im Herbst kehrte er zu seinen militärischen Pflichten zurück, aber Amelia war seinen Eltern und Baronsford nicht fremd. Und mit Truscott als Ratgeber war sie bestens qualifiziert, die Geschäfte des Anwesens zu führen.

Ihre Hochzeit war von der Londoner Gesellschaft gefeiert worden, und ihre Flitterwochen - so kurz sie auch waren - waren alles, was sie sich erhofft hatte. Aber als die Blätter zu fallen begannen, war Hugh zu seiner Brigade zurückgekehrt. Das Leben verlief so, wie er es geplant hatte.

Schon bald deuteten ihre Briefe auf Anfälle von Melancholie hin. Aber erst als Hugh zur Geburt ihres Sohnes zurückkehrte, erkannte er das ganze Ausmaß Traurigkeit. Sie wollte nicht die Frau eines abwesenden Vicomtes sein. Sie strebte weder nach Reichtum noch nach einem Titel. *Hugh* war der Grund, warum sie geheiratet hatte. Es war seine Liebe und Aufmerksamkeit, die sie brauchte.

Hugh stützte die Ellbogen auf die Knie und vergrub den Kopf in den Händen. Er war ein Narr gewesen. Jedes Mal, wenn er nach Baronsford kam, versuchte er, sie mit Geschenken und Zuneigung zu besänftigen. Aber sie wussten beide, dass er wieder für lange Zeit fort sein würde. Nichts, was er tun konnte, reichte aus. Sie führten zwei verschiedene Leben. Seines war ein militärisches Leben voller Ernsthaftigkeit und Verantwortung, voller Krieg und Gefahr, voller König und Land. Ihr Leben war ein märchenhaftes Leben voller Liebe, Heim und Familie, ein Leben, das er ihr nicht geben konnte. Nein, er hat ihr nie gegeben, was sie wirklich brauchte.

Er sprach mit ihr nie über den Krieg. Wann immer er nach Hause kam, erwähnte er nicht den Tod, die Entbehrungen und die Angst, die in das Leben jedes Mannes eingewoben waren, der auf ein Schlachtfeld ritt oder es betrat. Er erzählte ihr nie von der Ungewissheit, ob er jemals in einem Stück oder überhaupt zurückkehren würde. Hugh redete sich ein, es sei nur zu ihrem Besten. Aber in Wirklichkeit traute er ihr nicht zu, stark genug zu sein, mit dieser Wahrheit zu leben. Ihre Unschuld war zu kostbar. Er dachte, er würde sie beschützen.

Hugh starrte zu dem Porträt hinauf und fühlte sich schuldig, weil er und niemand sonst die Schuld trug. Er war schuld daran, dass er sie nicht auf das vorbereitet hatte, was sie erwartete, wenn sie zu nahe an die Front kam. Er hatte sie nicht vor dem Elend und den Gefahren gewarnt, die in den Lagern lauerten. Er hatte ihr kein klares Bild von dem Leben der Frauen vermittelt, die ihren Männern in den Krieg folgten.

Die junge, unschuldige Amelia ging nach Vigo, wo sie sich einen sicheren Hafen vorstellte, in dem sie auf ihren Mann warten konnte. Stattdessen wurde sie mit der grausamen Realität von Krankheit, Isolation und Tod konfrontiert.

Die Farben der Gesichter auf dem Gemälde verschwammen, und Hugh spürte, wie seine Wangen feucht wurden.

Die Vorwürfe. Die Fehler. Die Realität der Schuld, die er trug, hatte sich lange vor dem letzten Tag seiner Frau und seines Sohnes herausgebildet. Die Tragödie, die ihn innerlich zerriss, war, dass er Amelia nie so geliebt hatte, wie sie ihn liebte.

Graces tränenüberströmtes Gesicht blitzte vor seinen Augen auf, als ihre mutigen Worte ihm wieder einfielen. *Wenn ich eine Chance bekäme – sei es auf diesem Schlachtfeld, in Vigo oder heute – würde ich meine eigene wertlose Existenz aufgeben, wenn ich dir das Leben dieser beiden Unschuldigen zurückgeben könnte.*

Ein so edler Gedanke. Viele Male hatte er das Gleiche gesagt. Aber jetzt erkannte er, dass seine Worte nur den Todeswunsch verbargen, den seine Familie erkannte und fürchtete. Der Wunsch, für seine Schuld zu büßen. Im Leben hatte Amelia etwas gewollt, was er nicht bereit gewesen war zu geben. Er hatte in ihrer Ehe weit, weit versagt. Graces Worte hatten dieses Versagen nur noch unterstrichen.

Und doch suchte er weiterhin nach Schuldigen. Außer ihm selbst gab es wirklich niemanden, dem er die Schuld geben konnte. *Er* entschied sich, in den Krieg zu ziehen. *Er* beschloss, seine Frau vor den Grausamkeiten dieses Lebens zu schützen. *Er* hatte es versäumt, ihr Sicherheit in ihrer Ehe zu geben. Aber daran konnte er jetzt nichts mehr ändern. Er würde für den Rest seines Lebens damit leben müssen, aber sie lebte nicht mehr.

Acht Jahre lang hatte er um etwas getrauert, das nicht zu ändern war. Es war an der Zeit, Amelia ruhen zu lassen. Sie und ihr Sohn waren tot, und vom Tod gab es kein Zurück mehr.

Es war an der Zeit, loszulassen. So zerbrechlich das Leben auch war, diese Welt gehörte den Lebenden.

Grace rannte blindlings durch die Flure. Hugh kannte nun die Wahrheit über ihre Vergangenheit, aber das war nicht das, was sie zerriss. Trauer und Verlust pulsierten in der Luft von Amelias Suite. Mutter und Sohn, beide zu jung, um zu sterben, hatten auf eine Welt vertraut, die sie nicht beschützen konnte. Kriegsopfer. Eine so leere Phrase. Sie hatte schon so viele gesehen, die am Straßenrand lagen und mit leeren Augen in den Himmel starrten.

Grace sehnte den Tag herbei, an dem die Menschen aus den Fehlern der Vergangenheit lernen würden, anstatt sie zu wiederholen.

Sie war die Tochter eines Militärkommandanten. Da er kein Land hatte, in das er zurückkehren konnte, hatte Daniel Ware als junger Mann

Rache an England gesucht. Napoleon hatte ihm eine Armee zur Verfügung gestellt, mit der er kämpfen konnte. Im Laufe der Zeit wurde der Krieg zu seinem Beruf, und er baute sein Leben auf dem Töten auf.

Männer wie ihr Vater bildeten das Rückgrat einer jeden Armee. Es schmerzte sie, dass diese Männer die ständigen Kriege zwischen den Nationen ermöglichten. Es lag in ihrem Eigeninteresse, den Befehlen von Politikern und Königen zu gehorchen, wenn diese eine Linie in den Sand zeichneten und die eine Seite für gut und die andere Seite für böse erklärten.

Als sie vor dem Porträt in dem Kinderzimmer stand, spürte sie, wie der Kummer ihr Inneres zusammenzog, als jahrelange, von Schuldgefühlen geprägte Erinnerungen wieder auftauchten. Das Wiedererleben dieser Momente hatte sie am Boden zerstört und sie erneut mit dem Schmerz über das Schicksal so vieler Opfer erfüllt. Amelia und Cameron eingeschlossen.

Ja, sie hatte Hugh gesagt, was ihr auf dem Herzen lag, die Trümmer ihres Lebens ausgespuckt, ihm von ihrem Kummer über das, was sie nicht ungeschehen machen konnte, erzählt, aber es hatte sie zerrissen.

Plötzlich war nicht mehr genug Luft in den Mauern von Baronsford, und Grace fühlte sich ohnmächtig werden. Sie taumelte eine Hintertreppe hinunter, trat ins Freie und keuchte verzweifelt, um ihre Lungen zu füllen.

Als sie zu gehen begann, stach der nadelartige Regen nicht in ihre Haut, sondern in ihre Seele. Sie wollte sich von diesen Erinnerungen befreien, die sie so viele Jahre lang belastet hatten. Grace, deren Geist nie etwas vergaß. Aber etwas hatte sich geändert. Jetzt verstand sie. Tapferkeit und Ehre wurden zu leicht von "rechtschaffenen" Männern ausgenutzt, die die Jugend dazu aufriefen, für König und Vaterland zu sterben. Die Opfer verdienten es, betrauert zu werden, unabhängig von ihrer Zugehörigkeit.

"Kann ich helfen, Herrin?"

Die Stimme des Mannes ließ sie aufschrecken, und sie wischte sich die Tränen weg. Ein Arbeiter stand über seiner Hacke und starrte sie besorgt an. Grace schaute sich um und stellte fest, dass sie durch die Gemüsegärten ging. In der Ferne sah sie die lange Strasse, die sich aus Baronsford herauswindet.

"Nein, danke. Mir geht es gut", sagte sie, ohne innezuhalten.

Sie zog ihren Schal über den Kopf und eilte weiter. Der Drang, Abstand zwischen sich und Baronsford zu bringen, wuchs mit jedem Schritt, den sie tat.

Melrose Village. Die Furcht vor Entdeckung trieb ihre Schritte nicht mehr an. Sie musste einfach nur wegkommen. Grace machte sich keine Sorgen, dass Hugh oder Jo wissen könnten, wer sie war. Sie machte sich keine Sorgen über eine Bestrafung wegen ihrer Lügen. Sie wusste, dass ihre Worte an Hughs verwundetem Herzen gerissen hatten, und sie musste weggehen. Ein Wiedersehen mit ihm kam nicht in Frage. Ein Wiederaufleben der Momente in Amelias Zimmer kam nicht in Frage. Sie musste Baronsford sofort verlassen. Schottland verlassen.

Der Weg war vom Regen glitschig. Grace halb rannte, halb ging durch den grauen Morgen und bahnte sich ihren Weg zwischen den mit schlammigem Wasser gefüllten Spurrillen der Wagen. Sie war sich sicher, dass dies der Weg zum Dorf war; es war der Weg, den Jo ihr bei einem ihrer Spaziergänge gezeigt hatte.

Ein ganzes Stück von Baronsford entfernt, betrat sie einen dichten Wald. Als der dunkle Wald sie umgab, überkam sie ein Gefühl der Verzweiflung, das sich mit der Kälte des Regens vermischte. Sie hatte kein Geld, keine Freunde oder Beziehungen, an die sie sich wenden konnte, und keinen Ort, an dem sie Schutz suchen konnte. Das einzige Fünkchen Hoffnung, an das sie sich klammern konnte, war, dass der Brief von Mrs. Douglas ein Hilfsangebot war ... *alte Feinde sind jetzt die engsten Verbündeten.* Grace brauchte finanzielle Hilfe, um nach Antwerpen zu gelangen, und sie betete, dass die Frau, die mit ihrer Vergangenheit vertraut war, dazu bereit sein würde.

Unter dem dunkelgrünen Blätterdach über ihr platschten weiterhin riesige Wassertropfen auf sie herab. Der Regen hatte sich zu einem Nebel abgeschwächt. Der Wald schien kein Ende zu nehmen, und als sie eine Baumreihe umrundete und einen Hügel hinuntereilte, fragte sie sich, wie weit das Dorf wohl noch entfernt war. In den tiefer gelegenen Gebieten hatte sich Nebel gebildet, und die Sicht war schlecht. Als Grace weiterging, kam sie an zwei Häusern vorbei, die sich in die Schluchten entlang des Weges schmiegten. Aber es waren keine Menschen zu sehen, keine grünen Gärten, keine Hühner oder Ziegen in den Ställen und kein Rauch aus den Schornsteinen.

Sie zog den Umhang um ihre Schultern. Ihr Fuß rutschte in eine Spurrille, und ihr Knöchel verdrehte sich schmerzhaft. Grace wurde aus dem Gleichgewicht geworfen und konnte sich gerade noch vor einem Sturz retten. Innerlich fluchend ging sie in die Hocke und tastete ihren Knöchel ab. Der Schmerz war stechend.

"Warum jetzt?", murmelte sie und kämpfte mit den wütenden Tränen.

Das Rascheln der Blätter ließ sie erstarren, und die Härchen in ihrem Nacken sträubten sich. Dort, links von ihr. Etwas bewegte sich. Sie lauschte. Eine Ewigkeit verging. Und wieder. Ein Fußtritt im dichten Gestrüpp. Sie hatte es sich nicht eingebildet.

Grace blickte über ihre Schulter in die Richtung, aus der das Geräusch kam. Alarm prickelte in ihr auf. Sie starrte auf die ihr unbekannte Landschaft aus Bäumen und Felsen. Ein Hügel fiel in eine neblige Schlucht ab, und sie konnte nur den Regen, der von den Bäumen tropfte, und das ferne Plätschern eines Baches hören.

Sie sah nichts. Dennoch wusste sie, dass sie beobachtet wurde.

Sofort kam ihr die Stimme ihres Vaters in den Sinn. *Kämpfe immer. Lass dich niemals zur passiven Beute machen. Kämpfe.*

Ihr Blick suchte die Gegend um sie herum nach einer Waffe ab. Ein abgebrochener Ast zog ihre Aufmerksamkeit auf sich.

Schmerz schoss ihr Bein hoch, als sie versuchte zu gehen. Der Tritt in das Loch hatte einiges angerichtet. Sie humpelte hinüber und hob den Ast auf, riss Zweige und Blätter ab. Grace stützte sich auf den Ast, der ihr als Gehstock diente, und machte sich wieder auf den Weg.

Ein paar Schritte entfernt bewegte sich ein Schatten im Nebel neben einem großen Felsen, ein Dutzend Schritte vom Weg entfernt. Sie blieb stehen und starrte in die Walddunkelheit.

Ein zertrampelter Zweig knackte zu ihrer Rechten. Sie wirbelte herum und schaute in diese Richtung. Sie sah niemanden. Nur den tropfenden Regen und den Nebel. Aber jetzt wusste sie, dass mindestens zwei sie verfolgten. Sie drehte sich um, als sie einen weiteren Schritt zu ihrer Linken hörte. Es waren mehr als zwei. Vielleicht drei. Oder mehr. Und sie kamen immer näher zu ihr.

Das Geräusch ihres schlagenden Herzens pochte in ihren Ohren. Eine Frau, die allein in diesem düsteren Wald unterwegs war. Ein leichtes Ziel für einen Raub. Ihr Kleid und ihr Schal, die vom Regen ruiniert waren, zeugten von Reichtum. Aber was würden sie mit ihr machen, wenn sie merkten, dass sie keine Münzen hatte, die sie ihr geben konnten?

Sie schaute auf die Straße vor sich, ohne zu wissen, wie weit sie noch gehen musste. Mit den Schmerzen in ihrem Knöchel konnte sie auch nicht zurück nach Baronsford laufen. Sie war schon zu weit gekommen.

Der Kummer, mit dem sie früher gekämpft hatte, die Ungewissheit, was aus ihr werden würde, wenn sie das Dorf erreichte, bedeutete jetzt nichts mehr. Sie war verängstigt und allein, aber sie hatte nicht vor, sich ihnen kampflos zu ergeben.

Sie ging ein paar Schritte vorwärts, blieb dann stehen und drehte sich um, schaute in alle Richtungen und versuchte, durch den Nebel zu sehen.

"Zeigt euch."

Keine Antwort. Sie konnte nichts sehen. Der Nebel und die Wälder um sie herum verbargen sie.

"Was wollen Sie?"

Hinter einem Baum trat ein Mann in einem langen schwarzen Mantel hervor. Sie drehte sich um, als ein weiterer links und dann ein weiterer rechts von ihr auftauchte. Grace wich zurück und versuchte, sich ihre Panik nicht anmerken zu lassen.

"Auf ein Wort, Herrin", zischte der erste.

Als sie sah, dass die anderen Männer auf sie zustürmten, hob sie ihren Stock wie einen Knüppel und bereitete sich auf den Kampf vor. Sie wich zurück, als die drei Männer gerade außerhalb ihrer Reichweite langsamer wurden.

Zwei Hände packten sie an den Schultern, und der bittere Geschmack des Todes stieg ihr in die Kehle.

Sie waren zu viert.

Kapitel Neunzehn

GRACE WAR FORT.

Im Haus herrschte hektische Betriebsamkeit, als Jo das Personal anwies, das Haus zu durchsuchen, einschließlich der Zimmer des vermissten Gastes und der Bibliotheken, die Hugh bereits selbst durchsucht hatte. Nirgendwo eine Spur von ihr. Sie war im Kinderzimmer sehr aufgeregt gewesen, aber er konnte nicht akzeptieren, dass sie wegging, ohne jemandem etwas zu sagen.

Hugh war es egal, was sie vor ihnen verheimlicht hatte. Nichts, was sie sagte, änderte die Umstände, unter denen sie hierhergekommen war. Er hatte sie fast tot in dieser Kiste gefunden. Kein Geständnis ihrerseits minderte die Verantwortung, die er für sie empfand. Nichts aus Graces Vergangenheit milderte den scharfen Schmerz zwischen seinen Rippen bei der Vorstellung, dass sie für immer aus seinem Leben verschwunden war.

Nein, er musste sie finden.

"Fragt alle Mägde, Lakaien, Gärtner, Stallknechte, alle", befahl er der Haushälterin und dem Butler. "Sie war heute Morgen hier. Jemand muss sie gesehen haben."

Er hatte keine Gelegenheit, Jo zu erklären, was vorhin passiert war, aber sie war mehr als beunruhigt über das Verschwinden von Grace. Gerade war seine Schwester losgezogen, um Anna zu suchen, in der Hoffnung, das Dienstmädchen könnte ihnen einen Hinweis geben. Truscott war dabei, einen Suchtrupp zusammenzustellen.

"Lassen Sie mein Pferd nach vorne bringen", befahl er einem Lakaien. "Schnell, Mann."

Nebel und Dunst umgaben Baronsford in allen Richtungen, und ein anhaltender Nieselregen lastete auf den Gärten vor seinen Arbeitszimmerfenstern. Das tränenüberströmte Gesicht von Grace ging ihm nicht aus dem Kopf. Ihre verzweifelten Worte hallten nach. Sie war so furchtbar aufgeregt, als sie weinend aus Amelias Suite rannte. Er wollte den Gedanken nicht aufkommen lassen, dass sie etwas Dummes tun könnte. Nein, er weigerte sich, sich vorzustellen, dass sie sich selbst Schaden zufügte.

Die Felder und Wälder rund um Baronsford erstreckten sich über Meilen. Vielleicht hatte sie nur einen Spaziergang gemacht. Im Regen. Dafür ging es ihr nicht gut genug. Sie und Jo waren auf den Pfaden an den Klippen über dem Fluss spazieren gegangen, aber bei diesem Wetter würden sie tückisch rutschig sein. Sie hätte an dutzenden Stellen stürzen können. Grace kannte auch den Weg zum See . . und zum Turmhaus. Vielleicht würde sie diesen Weg gehen.

Hugh würde verrückt werden, wenn er noch einen Moment länger wartete. Er musste ihr nachgehen.

Als er auf die Tür seines Arbeitszimmers zuging, stürzte Jo herein.

"Ich habe gerade mit Anna gesprochen. Wir haben vielleicht einen Hinweis."

Ein Aufflackern von Erleichterung durchströmte ihn. "Was ist los?"

"Gestern kam ein Brief von Nithsdale Hall, der an sie adressiert war. Anna fand ihn seltsam, und sie sagt, dass Grace ziemlich besorgt aussah, nachdem sie ihn gelesen hatte."

Mrs. Douglas. Der forschende Blick der Frau auf Grace, als Lady Nithsdale die Kutsche anhielt. Bei Gott, er würde den Earl, seine Frau *und* ihren verflixten Gast über heiße Kohlen schleifen, wenn sie dafür verantwortlich wären, dass ihr etwas zustieß. Er versuchte, sich an seiner Schwester vorbeizudrängen, aber Jo hielt ihn am Arm fest.

"Du hast heute Morgen mit ihr gesprochen? Was ist passiert?"

Hugh blickte in die besorgten Augen seiner Schwester. Sie und Grace waren Freunde geworden. Jo hatte das Recht, es zu erfahren. "Sie erinnert sich an ihre Vergangenheit. Sie hat mir die Wahrheit erzählt. Und ich vermute, dass in dem Brief stand, dass Mrs. Douglas Graces wahre Identität kannte."

"Du glaubst, sie geht nach Nithsdale Hall?"

"Oder ist deswegen weggelaufen."

"Wer ist sie?"

Er stand in der Tür und zwang sich, innezuhalten, als er über seine Schulter zurückblickte.

"Grace Ware. Die Tochter eines von Napoleons Kommandeuren. Sie denkt, dass sie wegen des Berufs ihres Vaters hier in Baronsford als Feind betrachtet wird. *Ich* würde sie als Feind betrachten. Aber sie könnte sich nicht mehr irren."

Hugh konnte nicht länger warten. Er musste sie finden. Er würde in Nithsdale Hall anfangen. Wer auch immer diese Nachricht an Grace geschickt hatte, er sollte besser Antworten haben.

Die Worte, die er zu Jo gesagt hatte, kamen ihm wieder in den Sinn. Grace hatte *Unrecht*. Sie hatte keinen Grund, vor ihm wegzulaufen. Als er sie, überwältigt von der Wirkung von Graces Worten, in Amelias Wohnung fand, , hatte er nichts Besänftigendes gesagt. Sie konnte nicht wissen, was er fühlte.

Auf dem Weg nach draußen gab er Simons noch Anweisungen. "Sagen Sie Mr. Truscott, wenn er zurückkommt, er soll mit den Klippenpfaden beginnen. Weitere Männer sollen die Bucht absuchen. Und ich will, dass ein Reiter zum Dorf reitet. Und holt die Hunde raus. Ich will, dass jede verfügbare Hand bei der Suche hilft. Überlasst nichts dem Zufall. Findet sie."

Sein Pferd wartete im Innenhof. Als er den kiesigen Hof überquerte, wo ein Pferdepfleger sein Pferd festhielt, schossen Hugh Bilder aus einer anderen Zeit durch den Kopf, Bilder von einem verzweifelten Ritt durch ein vom Krieg verwüstetes Land nach Vigo.

Er versuchte, die Erinnerung abzuschütteln. Er befand sich nicht mehr im Kampf. Keine Truppen lagen auf der Lauer, um ihn aufzuhalten. Aber das Gefühl des Unheils wollte nicht verschwinden. Irgendetwas stimmte ganz und gar nicht.

Er würde nicht zulassen, dass sich die Vergangenheit wiederholte. Er musste zu Grace gelangen.

Hugh schwang sich in den Sattel, doch bevor er sein Pferd anspornen konnte, ertönte die Stimme von Truscott.

"Das Dorf", rief sein Cousin und kam auf ihn zu. "Einer der Gärtner hat sie gesehen, als sie zum Waldweg ging, der zum Dorf führt."

"Stellen Sie sich hinter mich, Herrin."

Ein Anflug von Hoffnung durchflutete Grace, als sie über ihre Schulter blickte und Darby, den neuen Schmied, erkannte. Sie war nicht allein, aber die Größe der drei Rohlinge, die ihnen gegenüberstanden, machte diese momentane Erleichterung schnell zunichte.

Der graue, amorphe Nebel, der von Minute zu Minute dichter wurde, hatte ihnen den Weg abgeschnitten. Darby hatte einen kräftigen Wanderstock in der Hand und sie hatte den Ast, den sie aufgesammelt hatte, aber die Messer in den Händen von zwei der Angreifer leuchteten matt in der trüben Schlucht. Wegen der Narben und der kalten, toten Augen wusste sie, dass es sich um gewalttätige Männer handelte, die diese Waffen mehr als einmal für ihre schmutzige Arbeit benutzt hatten.

Sie blieb dicht bei Darby, als sich die Männer um sie herum zu verteilen begannen. Der Schmied war groß und stark, aber gegen solche Schurken hatten die beiden kaum eine Chance.

"Haut ab, Ihr ", sagte Darby mit tiefer, drohender Stimme und hob seinen Gehstock. "Hier nichts zu suchen."

Der Anführer spuckte abfällig, und als er sich die Spucke von der Lippe wischte, sah Grace die verblasste schwarze Tätowierung eines *M* auf dem Rücken seiner fleischigen Hand eingebrannt. Mörder, dachte sie?

"Es tut mir leid, dass ich dich da hineingezogen habe", flüsterte sie Darby zu.

"Keine Sorge, Herrin. Feiglinge wie diese sind leicht zu vertreiben."

Sie kannte die Realität ihrer Situation. Keine noch so mutige Geste würde die Gefahr, in der sie sich befanden, mindern. Die Männer versuchten, sie zu umzingeln, aber sie und Darby zogen sich weiter in die Gasse zurück.

"Wenn es Euch um Geld geht ..." Sie beendete den Satz nicht.

Der Angriff kam plötzlich. Grace sah, wie zwei der Männer auf Darby losgingen, der hart mit seinem Stock zuschlug. Gleichzeitig stürzte sich der andere auf sie.

Grace schwang den Ast, aber sie konnte sich mit ihrem verletzten Knöchel nicht abstützen. Der Mann duckte sich, sprang nach vorne und griff nach ihr. Sie ließ den Ast wie einen Knüppel um ihren Kopf schwingen und erwischte ihn unter dem Ohr, und zwang ihn seitlich auf ein Knie.

"Verdammtes Miststück!", brüllte er und stand blitzschnell wieder auf.

Aus dem Augenwinkel sah sie, wie Darby - der seinen Stock verloren hatte - dem Anführer wütende Schläge versetzte und ihn zum Taumeln brachte. Der andere Mann stürzte sich auf den Schmied und stach bösartig mit seiner Messerklinge zu.

Grace hatte keine Zeit zu helfen. Ihr Angreifer kam wieder auf sie zu, und sie hielt den Stock bereit. Er schoss heran und zog sich zurück, umkreiste sie vorsichtig, gerade außerhalb ihrer Reichweite, auf der Suche nach seiner Chance.

Hinter ihm sah sie, wie Darby zu Boden ging und sich in der schlammigen Fahrbahn krümmte, als ihm ein Angreifer einen heftigen Tritt gegen den Kopf versetzte.

"Schnappt euch das Zeug", bellte der Anführer, als die beiden sich zu ihr umdrehten. "Wir müssen abhauen."

Als sie ihre Keule hob, raste heiße Wut durch ihre Adern. Eher würde sie sterben, als dass sie sich von ihnen überwältigen ließ.

Bevor sie sich rühren konnten, bebte die Fahrbahn unter dem Donnern von stampfenden Hufen. Als sich ihre Köpfe zu dem Geräusch drehten, das auf sie zukam, war der Schock in ihren Gesichtern unbezahlbar.

Rohe Emotionen durchströmten ihre Glieder und ihr Herz und erfüllten sie mit Zuneigung für den Mann, der - trotz ihrer Worte und unabhängig davon, wer sie war - ihr gefolgt war.

Grace fühlte einen Stolz, den sie nie gekannt hatte.

Hugh Pennington, mit kalter Wut in den Augen, war gekommen.

Kapitel Zwanzig

ANGST UND BESORGNIS verfolgten Hugh wie zähe Hunde, die einem verwundeten Hirsch auf den Fersen waren, als er den bewaldeten Weg entlangflog. Sein Kopf sagte ihm immer wieder, dass Grace nicht in großer Gefahr sein konnte. Sie hatte Baronsford vor nicht allzu langer Zeit verlassen. Wahrscheinlich befand sie sich noch immer auf dem Weg zum Dorf. Diese Straße wurde ständig von Arbeitern und Besuchern befahren. Aber sein Herz und seine Instinkte sagten ihm etwas ganz anderes. Die bellenden Hunde seiner Vergangenheit waren ihm auf den Fersen und zwangen ihn, das Pferd stärker anzutreiben.

Er musste zu ihr gelangen, weil er fürchtete, zu spät zu kommen.

Im vollen Galopp trieb Hugh sein Pferd in eine neblige Schlucht hinunter. Er umrundete die Biegung bei einer alten Holzfällerhütte, die seit Jahren verlassen war, und dann sah er sie.

Seine Jahre bei der Kavallerie wirkten wie der gespannte Abzug einer Muskete, und er sah auf einen Blick, was vor ihm lag. Grace war unter Beschuss.

Zwei Männer kämpften gegen eine Person, die zu Boden fiel. Der eine hatte ein Messer in der Hand. Der Mann am Boden war Darby.

Dahinter kämpfte ein Dritter darum, Grace zu fassen zu bekommen, aber sie schwang einen kräftigen Ast, um ihn abzuhalten.

Hugh war fast bei ihnen bevor sie reagieren konnten.

Hugh ritt geradewegs auf die beiden Männer über Darby zu und trieb sein Pferd durch sie hindurch, sodass sie sich überschlugen. Er wurde nicht langsamer, als er sich dem Angreifer von Grace zuwandte, aber der Mann war bereits in ein Kieferndickicht getaucht. Als Hugh sein Reittier wendete, hatten sich die beiden anderen Männer ebenfalls zerstreut und waren in den Wäldern auf beiden Seiten des Weges verschwunden.

Er sprang auf den Boden und eilte an Graces Seite. Die Sorge um sie und um Darby vermischte sich mit der Wut über die Flucht der Angreifer. Die Geräusche der Körper, die durch das Unterholz in alle Richtungen krachten, wurden schwächer, als sie davonliefen. Bevor Grace ein Wort sagen konnte, zog er sie fest in seine Arme. Für einen Moment der Panik musste er sie einfach festhalten. Er atmete den Duft ihres nassen Haares ein. Er berührte ihre Arme und ihren Rücken, um sich zu vergewissern, dass sie nicht verletzt war.

Er zog sich zurück und strich mit dem Daumen über ihr schlammverschmiertes Gesicht. Ihre Augen zeigten noch immer das Feuer des Kampfes in ihren blauen Tiefen. Er starrte sie einfach nur an, während ihn Erleichterung durchflutete.

Sie nahm seine Hand und drückte ihre Lippen auf seine Handfläche.

"Darby", flüsterte sie gegen seine Berührung an.

Er ließ sie stehen und ging schnell zu seinem Mann, der versuchte, sich auf einen Ellbogen zu stützen. Das Blut tränkte das Hemd unter seinem offenen Mantel. Er hatte das Messer in die Seite bekommen.

"Diese verdammten Feiglinge. Lasst sie nicht entkommen."

"Wir werden sie finden. Lass mich mal sehen." Hugh ermunterte ihn, sich wieder hinzulegen und hob das Hemd an. Die Wunde blutete stark, und er konnte nicht sehen, wie schlimm sie war.

"Es ist nichts, Mylord. Ein Kratzer, das ist alles." Der Mann versuchte, sich wieder aufzurichten.

"Hat er dich noch woanders gestochen?"

"Nein, Mylord."

Hugh hörte das Geräusch von reißendem Stoff hinter sich, und Grace hockte sich auf die andere Seite des Schmieds. Sie drückte Darby sanft zurück nach unten.

"Mir geht es gut, Herrin."

Sie wischte und stocherte in der blutigen Stichwunde herum und drückte einen sauberen Streifen ihres Unterkleides dagegen.

"Hören Sie auf, so tapfer zu sein, Mr. Darby. Ihre Wunde ist kein Kratzer. Der Schurke hat nur Fleisch getroffen, aber es muss genäht werden.

Was ist mit Ihrem Kopf? Ich habe gesehen, wie er nach Ihnen getreten hat."

Darby berührte die Seite seines Kopfes. "Mir muss es gut gehen. Ich sehe nur eine von Euch, Herrin."

Grace' Augen trafen sich mit denen von Hugh über dem verletzten Mann. In ihrem blauen Blick lauerten Misstrauen und Fragen. Es gab so viel, was er ihr sagen wollte, um sie über das, was sie in Baronsford gesagt hatte, zu beruhigen, aber dies war nicht der richtige Zeitpunkt. Er streckte die Hand aus und wischte eine Träne weg, die auf ihre Wange getropft war. Er richtete seine Aufmerksamkeit auf Darby.

"Von hier aus werden Sie am schnellsten zu Dr. Namby in Melrose Village gebracht. Mr. Truscott sollte mit einer Kutsche hinter mir herfahren."

"Sie haben mir das Leben gerettet, Mr. Darby." Grace rückte ihre Position zurecht und übte mehr Druck auf die Wunde aus. "Ich danke Ihnen."

"Ich habe nichts getan, Herrin. Ich bin nur zufällig zur richtigen Zeit gekommen. Und Sie sind ein harter Kämpfer, wenn ich das mal so sagen darf. So wie Sie das Holz geschwungen haben hätten Sie ein oder zwei Schädel zertrümmert, wenn sie versucht hätten, näher zu kommen."

Stolz erfüllte Hughs Herz. Er dachte an das, was er jetzt über Grace wusste. Die Tochter eines Kavalleristen. Daniel Ware. Außerhalb des Schlachtfeldes hatten sie sich nie getroffen, aber er kannte ihn. Ware war ein fähiger Kavalleriekommandeur. Die Worte, die sie über die Schlachtfelder gesagt hatte, kamen ihm wieder in den Sinn. Er blickte auf ihre fähigen Hände, ihre unerschütterliche Aufmerksamkeit für den Verwundeten und ihr ruhiges Verhalten. Grace war eine Frau der Tat, daran gewöhnt, andere zu retten ... und nicht selbst gerettet zu werden.

"Ich bin froh, dass du mitgekommen bist", sagte Hugh.

"In den Ställen sagte man mir, dass die Leute diese Straße immer allein gehen, Männer und Frauen, und dass es nie Probleme gibt."

Das galt für alle Gassen in dieser Gegend, es sei denn, so dachte Hugh, man war nicht schottischer Abstammung und kam zufällig auf Nithsdale-Land. Hugh spürte einen Anflug von Wut. Und er war noch nicht fertig mit dem Earl .. oder mit dem Gast seiner Frau, falls sie es war, die diesen Brief an Grace geschickt hatte.

"Sie sind neu hier", sagte er zu Darby. "Aber haben Sie diese Männer schon einmal gesehen? Vielleicht im Dorf?"

"Ich würde mich an diese Schurken erinnern, Mylord." Der Schmied schüttelte den Kopf. "Zuerst dachte ich, es wären nur diebische Gauner auf der Durchreise, aber ich glaube, sie wollten Euch entführen, Herrin."

"Diese Männer waren keine Diebe", stimmte Grace zu. "Sie hatten es nicht auf Münzen oder Juwelen abgesehen. Nicht ein einziges Mal haben sie von mir eine Geldbörse verlangt."

Sie versuchte, eine tapfere Fassade aufrechtzuerhalten, indem sie sich nur auf Darbys Wunde konzentrierte, aber Hugh sah, wie sie zitterte. Das Absinken, das nach einer Schlacht kommt.

"Ich habe gehört, wie einer von ihnen befahl, Sie zu 'schnappen'", sagte der Schmied und holte tief Luft, während Grace die Wunde erneut abtupfte und drückte. "Als ob sie sich hier draußen versteckt und gewartet hatten. Keine Viertelmeile, bevor ich auf Sie stieß, kam ich an einem der Bauernmädchen aus Baronsford vorbei, das in Richtung zum Dorf unterwegs war. Wir tauschten einen Gruß aus. Sie hatte keine Probleme, diesen Weg zu gehen."

Hugh stellte sich die Frage, warum jemand sie entführen wollte. Nur wenige wussten, dass sie hier war. Nithsdale. Mrs. Douglas. Wer noch?

Sein Angestellter, normalerweise ein Mann der Diskretion, hatte keinen Grund zur Geheimhaltung, als er sich in Antwerpen nach einer vermissten Amerikanerin erkundigte. Er hatte vielleicht durchblicken lassen, dass sie in einer Kiste in Baronsford angekommen war, aber er hatte keinen Namen, den er weitergeben konnte. Jemand *könnte* inzwischen hierher gereist sein. Und dann war da noch der Diamant, der in seiner verschlossenen Eisentruhe lag. Männer waren zu verabscheuungswürdigen Taten fähig, wenn es darum ging, einen solchen Schatz zu besitzen.

Oder all diese Mutmaßungen waren sinnlos. Diese Männer könnten Grace einfach zufällig gesehen haben können, sahen wie sie gekleidet war, und beschlossen haben, dass sie ein zu verlockender Preis war, um ihn sich entgehen zu lassen.

Das Geräusch der herannahenden Kutsche riss ihn aus seinen Gedanken.

Lakaien sprangen von ihren Plätzen, und Truscott war aus der Kutsche gestiegen, noch bevor diese zum Stehen kam.

"Großer Gott", rief er, als er den blutverschmierten Schmied sah.

"Hilf mir, ihn in die Kutsche zu setzen", befahl Hugh. "Vorsichtig."

"Ich kann laufen", protestierte Darby. "Ich will nicht, dass mein Blut Eure Kutsche beschmutzt, Mylord."

"Unsinn", antwortete Hugh kurz.

"Drücken Sie auf die Wunde, Mr. Darby", sagte Grace, während Hugh, Truscott und die Lakaien den Mann vorsichtig in die Kutsche hoben.

"Bleib bei ihm, während der Arzt sich um seine Verletzungen kümmert", sagte Hugh zu seinem Cousin. "Er soll sich um Darby genauso kümmern, wie er es bei mir tun würde. Und sag Namby, dass ich meinen Mann zurück in Baronsford haben will, wo wir uns um seine Genesung kümmern können."

Truscott nickte und kletterte in die Kutsche.

"Wenn es Ihnen nichts ausmacht, würde ich gerne mit Ihnen ins Dorf fahren", sagte Grace zu Truscott. Sie trat vor und legte ihre Hand auf die Tür.

Truscott blickte von Hughs Gesicht zu ihrem. "Ich glaube, es wäre besser für Sie, wenn Sie bei ihm bleiben."

Hughs Finger wanderten ihren Arm hinunter und er nahm ihre Hand. Sie sah zu ihm auf.

"Du kommst mit mir zurück nach Baronsford", sagte er leise und winkte den Fahrer weiter.

Die Worte von Hugh erregten sie und machten sie sprachlos.

Grace sah auf die kräftige Hand hinunter, die ihre zitternden Finger umschloss. Sie spürte die Wärme seiner Berührung durch ihre Arme nach oben strahlen und ihr Herz berühren. Sie blickte in seine Augen und sah keine Feindseligkeit, nur Zärtlichkeit. Sie hatte sie schon vorhergesehen, zuerst als er in die Schlucht gedonnert war und dann als er sie festhielt, als sie zitterte, nachdem die Angreifer davongerannt waren.

"Ich möchte, dass du sicher in Baronsford bist", sagte er erneut. "Bei mir."

Als sie sich daran erinnerte, was sie heute Morgen zu ihm gesagt hatte, und an die Gewalt, die sie gerade erlebt hatte, flammten ihre Gefühle auf.

"Es tut mir leid, dass ich dich angelogen habe", schaffte sie es zu sagen. "Ich hatte nie die Absicht, dich oder andere zu verletzen. Aber so wie ich dich kennengelernt habe . ... als ich in Amelias Zimmer ging ... tat mir das Herz weh ... zu wissen ... wie verantwortlich-"

"Nicht", unterbrach er Grace und drehte sie zu sich. Seine Hände streichelten ihr Gesicht. "Du trägst nicht die Verantwortung für das, was mit meiner Frau und meinem Sohn geschehen ist. Und was du mir im Kinderzimmer gesagt hast, hat mich geweckt. Ich habe lange Zeit geschlafen. Ich bin es leid, anderen die Schuld zu geben - deinem Vater, der Armee, gegen die ich gekämpft habe, sogar Napoleon. Ich habe es satt, der Rache hinterherzujagen, wenn niemand außer mir die Schuld tragen muss."

Sein Mund war nur einen Flüsterhauch von ihrem entfernt. Sie studierte seine durchborenden grauen Augen und wusste, dass seine Worte, so rau und schroff sie auch waren, direkt aus seinem Herzen kamen.

"Und, wenn es möglich ist, bin ich fertig damit, mich selbst zu bestrafen. Ich weiß, was ich falsch gemacht habe. Ich weiß, was für ein törichter junger Mann ich einst war. Ich bete nur, dass ich das, was ich aus meiner Vergangenheit gelernt habe, nutzen kann und ..."

Grace küsste ihn. Selbst als sie ihre Lippen auf seine presste, sagte sie sich, dass sie damit die Vergebung besiegeln würde, die zwischen ihnen beiden bestand. Sie hatte nichts zu verzeihen, aber er hatte ihr verziehen. Sie wusste, dass in seinem Herzen noch immer Kummer herrschte.

Aber in Wahrheit wurde ihr, sobald sich ihre Lippen berührten, klar, dass Vergebung nichts mit dieser Sache zu tun hatte. Sie musste sich selbst beweisen, dass er Wirklichkeit war, dass dieser Moment tatsächlich existierte. Sie lag in seinen Armen. Er sorgte sich um sie. Er war ihr zu Hilfe gekommen.

Wenn dieser Kuss dazu gedacht war, ihre Zuneigung zu ihm zu zeigen, wurde er bald zu etwas anderem, und die Wärme seiner Berührung bekam alles verzehrend.

Hughs Finger griffen in ihr Haar, und er zog ihren Körper an sich. Das bisschen Zurückhaltung, das sie hatte, verflüchtigte sich wie ein Tautropfen in der hellen Sommersonne. Sie schlang ihre Arme um seinen Hals, ihre Finger krallten sich in sein Haar. Sie konnte nicht genug von seinem Geschmack bekommen. Hugh schob seine Zunge an ihren Lippen vorbei, und im Nu verschlang er sie. Sie konnte nicht verhindern, dass ein Stöhnen der Befriedigung in ihrer Kehle aufstieg. Sein Mund war warm, und Grace zitterte vor Erregung, als seine Hand an ihrem Rückgrat zu ihrem Hintern hinunterglitt und sie noch näher an sich heranzog.

Das Gefühl seines Körpers, hart, wo ihrer weich war, erstaunte sie. Ein betäubendes Verlangen durchströmte sie, als sie ihren Mund losriss. Ihre Lippen bewegten sich über die Rauheit seines Kiefers und fanden eine Stelle am Ansatz seines Halses, wo sie die Hitze auf seiner Haut schmecken und den Gesang seines Herzens hören konnte.

Er drängte ihre Lippen wieder auf die seinen. Seine Zunge begann, die

Vertiefungen ihres Mundes zu erforschen, erregte sie mit der Intimität der Empfindung, und dann zog er sich plötzlich zurück.

"Ich würde das gerne weiterführen, aber dies ist weder der richtige Zeitpunkt noch der richtige Ort."

Grace schreckte auf. Für einen Augenblick lang hatte es nichts auf der Welt außer ihnen beiden gegeben. Jetzt, da er einen Schritt zurücktrat, sah sie sich nach dem Nebel um, der weiterhin die Schlucht erfüllte und vielleicht Gefahren verbarg, die sie nicht sehen konnten. Eine kühle Brise der Realität durchfuhr sie. Diese Männer könnten immer noch in diesen Wäldern lauern. Eine Person war bereits bei dem Versuch verletzt worden, sie zu retten,. Sie wollte weit weg von hier sein.

Darby hatte Recht. Er glaubte, dass diese Schurken auf sie gewartet hatten. Was auch immer hinter ihren Handlungen steckte, ihr Ziel war es, sie zu entführen.

Hugh holte sein Pferd, und Grace versuchte, den Schmerz zu verbergen, als sie ihren Knöchel belastete.

"Was haben sie getan? Du bist verletzt. Warum hast du nichts gesagt?"

Es war dumm von ihr zu glauben, dass er etwas übersehen würde. Hugh wollte sich bücken, um ihren Knöchel zu untersuchen, aber sie hielt ihn auf. "Nicht jetzt. Bitte nicht. Es ist nur eine Verstauchung. Mir geht's gut."

Hugh blickte sie erneut besorgt an, hob sie dann aber in den Sattel und schwang sich hinter sie. Sie schmiegte sich an seine warme Brust, und ihre Augen suchten die Umgebung nach den drei Männern ab.

"Du zitterst ja", murmelte er an ihrem Ohr und zog Grace noch fester an sich, während er sein Pferd die Gasse hinauf in Richtung Baronsford trieb. "Niemand wird dir etwas tun."

Noch vor wenigen Stunden war Grace in einer aufgewühlten See der Verzweiflung ertrunken. Jetzt fühlte sie sich auf dem Kamm einer Welle, sicher in Hughs Armen.

"Weiß Jo, dass ich Baronsford verlassen habe?"

"Alle wissen es. Sie haben alle nach dir gesucht, überall, woran wir nur denken konnten." Seine Lippen berührten ihr Ohr. "Wir haben uns *alle* Sorgen um dich gemacht."

"Das war gedankenlos von mir. I-"

"Keine Entschuldigungen mehr", sagte er und drückte ihr einen Kuss ins Haar. Er schwieg einen Moment lang. "Ich möchte, dass du mir von der Nachricht erzählst, die du von Nithsdale Hall erhalten hast."

Grace war nicht überrascht, dass er davon wusste.

"Mrs. Douglas hat mir den Brief geschickt. Sie erkannte mich von einem Empfang in Paris vor sechs Jahren. Es war im Rahmen der Feierlichkeiten zur Taufe des Kaisersohns. Aus dem Tonfall des Briefes entnahm ich, dass sie sich meines Gedächtnisverlustes nicht ganz sicher war. Zumindest nicht sicher genug, um eine direkte Aussage zu machen; ihre Worte waren zweideutig. Aber der Brief enthielt keine Drohung. Sie schien sogar Hilfe anzubieten."

"Hat sie darum gebeten, sich mit Ihnen im Dorf zu treffen?"

Sie verfolgte die Richtung seiner Gedanken. Nach dem Angriff waren diese Gedanken gar nicht so weit von ihren eigenen entfernt. "Du denkst, dass sie irgendwie von dem Diamanten wusste. Du vermutest, sie könnte gewusst haben, dass ich ihn bei mir hatte, als ich in Baronsford ankam."

"Argwohn ist ein Risiko meines Berufs." Sein Arm legte sich enger um sie. "Sie scheint die einzige Person im Grenzgebiet zu sein, die deine Identität kennt. Diese Männer haben versucht, Dich zu entführen. Ich muss annehmen, dass sie hinter Grace Ware her waren und dass sie wussten, dass Du auf dem Weg nach Melrose Village sein würdest."

"Sie schrieb mir in ihrem Brief, dass sie jeden Morgen im Dorf spazieren geht und dass sie sich über meine Gesellschaft freuen würde, wenn ich sie begleiten wollte. Aber ich habe ihr nicht geantwortet. Sie konnte ja nicht wissen, ob ich heute, morgen oder überhaupt jemals ins Dorf gehen würde. Oder ob ich in einer Kutsche käme und deine Schwester mitbrächte."

"Aber wenn Du Deine Identität verheimlicht hast und Hilfe von ihr wolltest, hätte sie annehmen können, dass Du allein gekommen bist."

"Vielleicht", antwortete sie. "Aber das einzig Wertvolle, was ich habe, ist der Diamant. Ich glaube, mein Vater wurde dafür in Antwerpen getötet."

Grace beschloss, ihm alles zu erzählen. Angefangen mit ihrer Zeit in Amerika bei Joseph Bonaparte, erzählte sie ihm, was sie über ihr Ziel in Brüssel wusste. Mit ihren Gefühlen kämpfend schilderte die brutale Ermordung ihres Vaters und der mitreisenden Diener. Schließlich erzählte sie ihm von ihrer Flucht durch die Gassen und Gräben des Antwerpener Hafenviertels und davon, wie sie in der versiegelten Kiste nach Baronsford landete.

"Obwohl ich nur vermuten kann, dass der Diamant Teil des Bonaparte-Schatzes ist. Ich habe ihn nie gesehen, bis zu dem Tag, an dem Jo ihn mir gezeigt hat. Ich hatte keine Ahnung, dass er in meinem Kleid versteckt war", sagte sie. "Ich kann mir nicht verzeihen, was mit Mr. Darby geschehen ist. Die Gewalt ist mir gefolgt."

"Ich weiß, dass er sich diesen Männern wieder stellen würde", sagte er sanft. "Er ist in guten Händen. Wir werden dafür sorgen, dass er die Pflege bekommt, die er verdient."

Sie ritten in dem langsamen Tempo weiter, das er vorgegeben hatte.

"Wegen des Diamanten", sagte er. "Es ist kein Geheimnis, dass viele versucht haben, an den Reichtum der Bonapartes heranzukommen. Einige dieser Männer sind treue Gefolgsleute Napoleons, die diesen Schatz nutzen wollen, um eine Armee aufzustellen und ihren Kaiser wieder einzusetzen. Andere sind sicherlich nur hinter dem Schatz her, um ihre eigenen Taschen zu füllen."

Grace gefiel der Gedanke nicht, dass Daniel Ware in die eine oder andere Gruppe passte. Sie wollte glauben, dass er den Diamanten von Joseph zu seiner Frau Julie nach Brüssel gebracht hatte. Ihr Vater war, trotz seiner Fehler, ein Ehrenmann.

In der Ferne erhob sich Baronsford imposant durch die Nebelschwaden. Hughs Arme legten sich enger um sie. Sie war dankbar, wieder zurück zu sein.

"Ich verstehe nicht, warum mein Vater mir nichts von dem Diamanten erzählt hat. Ich war seine Vertraute. Ich war derjenige, der die Vorbereitungen für unsere Überfahrt getroffen hat. Er traute mir. Ich kann mir nicht vorstellen, warum er eine solche Information zurückhalten sollte. Hätte ich es gewusst, hätte ich dafür sorgen können, dass er besser geschützt ist. Dass *wir* besser geschützt gewesen wären."

Ihr Vater war ein vorsichtiger Mann, wenn es um die Sicherheit von Grace ging. Während der Überfahrt hatte sie zu keinem Zeitpunkt den Eindruck, dass er sich Sorgen um sie machte. Die blutigen Zimmer im Gasthaus in Antwerpen tauchten wieder vor ihrem geistigen Auge auf. Diese Männer, tot durch die Hand von Mördern. Trauer versuchte, sich den Weg zurück in ihren Geist zu bahnen, und sie fröstelte.

"Vielleicht wusste dein Vater auch nichts von dem Diamanten", schlug er vor. "Oder wenn doch, dann hat er vielleicht die Gefahr falsch eingeschätzt, die von ihm ausging."

Nimm das Geld. Die harschen Worte kamen ihr wieder in den Sinn.

"Wenn die beiden Angriffe zusammenhängen und sie hinter dem Juwel her waren", antwortete sie, "warum wollten sie mich entführen? Wer würde einen solchen Diamanten *bei sich haben*? Das ergibt alles keinen Sinn. Ich weiß nicht, wozu ich für sie gut gewesen wäre.

Grace' Worte verstummten, als Jo vor der Haushälterin, dem Butler und einer Schar von Bediensteten auf den Hof stürmte.

"Warum kommen alle raus?"

"Um dich zu begrüßen. Um dich wieder willkommen zu heißen."

Als die Emotionen in ihr hochkochten, versuchte Grace, ihr gerötetes Gesicht mit der Hand zu bedecken, aber es gab keinen Platz zum Verstecken.

Hugh flüsterte ihr ins Ohr, als das Gefolge zu ihnen eilte: "Ungeachtet deiner Vergangenheit, ungeachtet dessen, was Dich hierhergebracht hat, empfinden meine Schwester und all diese Menschen - und ich vor allem – Zuneigung zu Dir, Grace. Bitte, lauf nicht wieder vor uns weg."

Kapitel Einundzwanzig

Ein halbes Dutzend Dienstmädchen, angeführt von Mrs. Henson und Anna, wuselten durch den Raum und sorgten dafür, dass Grace beim Entkleiden und Anziehen nicht mehr als eine Schaufensterpuppe war. Jo stand am Ende des Bettes und dirigierte alle mit der Effizienz eines Feldkommandanten, der seine Truppen manövriert. Und das alles nur, um Grace in trockene Kleidung zu stecken.

Als die Übung abgeschlossen war und der Knöchel untersucht und verbunden war, setzte sich General Jo auf das Bett neben ihr.

"Ich glaube, Sie haben Recht, dass der Knöchel verstaucht ist. Aber wir werden Dr. Namby trotzdem einen Blick darauf werfen lassen, wenn er Darby nach Baronsford zurückbringt." Jo stopfte das Bettzeug um Grace herum. "Ich wollte gerade sagen, dass wir den guten Doktor auf dem Dachboden von Baronsford einsperren müssen, wenn wir Informationen über Ihren Gesundheitszustand für uns behalten wollen, aber ich bin mir ziemlich sicher, dass Mrs. Namby und Lady Nithsdale in diesem Moment beim Tee die Einzelheiten des Angriffs erfinden."

Grace sah auf und war erleichtert über die Spur eines Lächelns auf dem Gesicht ihrer Freundin. Das war viel besser als ihr panischer Gesichtsausdruck, als Hugh darauf bestand, sie ins Schlafgemach zu tragen.

"Ein Tablett mit Essen, Mrs. Henson, wenn ich bitten darf", befahl Jo, während die Dienstmädchen Handtücher und nasse Kleidung wegbrachten. "Ich weiß genau, dass Miss Grace heute noch nichts gegessen hat."

Als sich der Raum leerte, ergriff Grace Jo's Hand.

"Ich danke Ihnen. Und es tut mir wirklich leid, dass ich die Wahrheit zurückgehalten habe. I-"

"Seien Sie still. Ich will diese Worte nie wieder von Ihnen hören", schimpfte Jo sanft. "Ich kann es mir nur vorstellen. Zeuge des Mordes Ihres eigenen Vaters zu sein. Und dann fünf Tage lang in eine Kiste gesperrt zu sein."

Nachdem er sie hochgetragen hatte, hatte Hugh seine Schwester für einige Augenblicke ins Wohnzimmer gezogen. Jetzt wusste sie, dass er Jo weitergegeben hatte, was Grace ihm zuvor gesagt hatte.

"Es muss schrecklich gewesen sein, nicht zu wissen, was aus Ihnen werden würde", fuhr sie fort. "Und als Sie hier die Augen geöffnet haben, wer waren wir? Fremde? Nein, Grace. Sie hatten jedes Recht, uns nicht zu vertrauen. *Ich* würde uns nicht trauen."

Grace lächelte, als sie Jo in ihre Arme zog. *Eine Freundin*. Sie hatte noch nie einen freundlicheren, nachsichtigeren Menschen kennengelernt.

"Beantworten Sie eine Frage", bat Jo und zog sich zurück.

"Alles."

"Haben Sie einen Ehemann?"

Grace schüttelte den Kopf. "Nein."

"Sind Sie verlobt? Versprochen? Verliebt?"

"Das sind die Fragen zwei, drei und vier", erklärte Grace ihrer Freundin und lächelte. "Aber die Antwort ist 'nein' auf alle. Seit dem Ende des Krieges habe ich meine ganze Zeit damit verbracht, mich um meinen Vater zu kümmern. Warum fragen Sie?"

"Wegen meines Bruders." Jo hielt Grace' Hand und sah ihr in die Augen. "Heute, als er erfuhr, dass du verschwunden bist ..."

Die Worte verstummten, aber Grace verstand. Sie erinnerte sich an die Vision von Mann und Pferd, die sich wütend auf die Angreifer stürzten. Selbst jetzt noch wurde ihr warm bei der Erinnerung daran, wie er aus dem Sattel sprang, sie in seine Arme nahm und festhielt. Die Zuneigung zu ihm floss in ihren Adern wie ihr eigenes Lebensblut. Und der Kuss, den sie sich danach gaben, verblüffte sie immer noch. Noch nie hatte sie eine so ungezügelte Leidenschaft in sich verspürt, jeden Gedanken an Anstand ausgelöscht, ihren Körper zum Diener ihrer Lust gemacht.

Als sie Jo's Worte hörte, schlug ihr Herz höher. Zumindest für heute, zumindest für diesen Moment, durfte sie träumen. Morgen oder übermorgen oder in der nächsten Woche würde die Realität ihrer Situation unweigerlich jede Hoffnung auf Glück zunichte machen. Die Zuneigung, die Hugh oder Jo für sie empfanden, mochte sich nicht ändern, aber für die englische Krone war sie immer noch eine französische Sympathisantin. Eine Verräterin. Und Grace wusste, dass derjenige, der die Männer angeheuert hatte, die sie heute angegriffen hatten, immer noch im Nebel auf sie lauerte und auf sie wartete.

"Und ich habe eine Bitte", sagte Jo und durchbrach die Wolke der Düsternis, die sich schnell senkte.

"Alles."

"Ich verstehe, dass Sie sich immer noch große Sorgen machen", fuhr Jo fort, die Grace' Gedanken las. "Ich bitte Sie nur, ihm eine Chance zu geben."

Eine Chance für was? Ein hoffnungsloser Traum, dachte sie. Aber sie hatte keine Gelegenheit, zu antworten. Ein leises Klopfen ertönte an der Tür und Anna trat ein.

"Eine Besucherin für Sie, Mylady", sagte sie zu Jo und wandte sich dann an Grace. "Und sie möchte auch Sie sehen, Miss Grace."

"Obwohl ich es gesagt habe", flüsterte Jo verschwörerisch, "ist es selbst für Lady Nithsdale noch zu früh."

Sie nahm die Visitenkarte von Anna und las sie laut vor.

"Mrs. Douglas."

Grace schüttelte den Kopf. Sie hatte keine Lust, jetzt mit dieser Frau zu sprechen.

"Anna, bring das zu seiner Lordschaft", sagte Jo. "Ich bin sicher, mein Bruder würde sich freuen, sie kennenzulernen."

Die Frau wusste nicht, in welcher Gefahr sie sich befand, als sie jetzt hierher kam, wetterte Hugh, während er auf den Salon zustürmte. Sie hätte besser daran getan, ihren Kopf in ein Hornissennest zu stecken.

Als er eintrat, fand er Mrs. Douglas auf einem Stuhl am Fenster sitzen. Als sie sich zu erheben begann, winkte er sie zurück auf ihren Platz.

"Madam?"

"Lord Greysteil, ich kann Ihnen gar nicht sagen, wie schockiert und traurig ich bin, als ich von dem heimtückischen Angriff auf Ihren Gast hörte. Ich musste sofort kommen, als ich die Nachricht hörte. Ich hoffe, es geht ihr gut? Ich bete, dass sie nicht verletzt wurde."

Hugh sagte nichts, sondern starrte sie in steinerner Stille an. Sie wischte sich ein nicht vorhandenes Staubkorn vom Handrücken ihres

Handschuhs und fuhr fort. "Ich war in Melrose Village, als Mr. Truscott Ihren armen Arbeiter in Dr. Nambys Praxis brachte. Das ganze Dorf ist in Aufruhr, wie Sie sich vorstellen können."

So kühl ihr Auftreten auch war, Mrs. Douglas präsentierte sich als eine weitaus gesprächigere Frau, als er sie kennengelernt hatte, als sie und Lady Nithsdale sie aus der Kutsche heraus ansprachen.

"Ich wiederhole. Ich hoffe, Miss Grace fühlt sich nicht unwohl." Sie hielt inne und wartete vergeblich auf eine Antwort von Hugh. "Ich bin heute hierher gekommen, weil ich fürchte, dass ich eine gewisse Verantwortung für das Geschehene tragen muss."

Sie rückte ihre Handtasche auf ihrem Schoß zurecht.

"Vielleicht ist Ihnen bekannt, dass ich Ihrem Gast eine Nachricht geschickt habe." Sie sah ihn unverwandt an. "Ich wollte damit nur meine Bereitschaft zum Ausdruck bringen, der jungen Frau eine Freundin zu sein. Ihr seht, Mylord, ich erinnere mich, ihr vor Jahren vorgestellt worden zu sein."

Die Uhr in der Ecke schlug, und Mrs. Douglas wartete. Als sie fortfuhr, bemerkte er eine leichte Veränderung an ihr. Etwas in ihrem Blick deutete auf das einstudierte Auftreten einer Schauspielerin hin.

"Als ich sie in Paris kennenlernte, war ich von ihrer Schönheit und ihrer Gelassenheit so angetan. Natürlich war sie damals viel jünger und nicht die reife Schönheit, die sie heute ist. Was für ein Spektakel war das", sagte sie nostalgisch. "Und der Glanz des Ereignisses wurde durch ihre Anwesenheit nur noch verstärkt. Keiner, der sie sah, konnte etwas anderes denken. Sie war die Schönste des königlichen Gefolges und stellte die anderen sechsunddreißig Damen des Palastes, die die Kaiserin begleiteten, bei weitem in den Schatten. Aber ich bin sicher, Sie würden mir zustimmen, wenn Sie sie gesehen hätten."

Sie spielte mit Hughs Schutzgefühlen für Grace, beschloss er, und er hatte Mühe, seinen Zorn im Zaum zu halten. Der kühle, schweigsame Passagier in dieser Kutsche war plötzlich durch diese einschmeichelnde Kreatur ersetzt worden, die vor ihm saß.

"Aber ich schweife vom Thema ab. Ich wollte ihr nur persönlich mein tiefes Bedauern ausdrücken, falls mein Brief an sie in irgendeiner Weise für dieses schreckliche Ereignis verantwortlich war. Als ich ihn ihr schickte, hätte ich mir *niemals* vorstellen können, dass er Schaden anrichten könnte."

Sie saß einen Moment lang still und schweigend da.

"Ich nehme viel zu viel von Ihrer Zeit in Anspruch, Mylord. Wäre es möglich, Ihre Schwester oder Ihren Gast zu besuchen, wenn auch nur für ein paar Minuten, um ihnen zu sagen, wie leid es mir tut, in irgendeiner Weise in diese schreckliche Angelegenheit verwickelt zu sein?"

"Warum haben Sie nicht gesagt, dass Sie sich an sie erinnern, als Sie sie in der Kutsche gesehen haben?", fragte er scharf.

"Warum, ich ..." Er hatte sie mit seiner Frage überrumpelt, aber sie konnte sich schnell wieder fangen. "Ich war mir nicht sicher, ob sie auf diese Weise bloßgestellt werden wollte. Ehrlich gesagt, konnte ich nicht sicher sein, dass ihr Gedächtnisverlust echt war. In jedem Fall bezweifelte ich, dass *Sie* sie in Anwesenheit von Lady Nithsdale hätten, bloßgestellt sehen wollen."

"Wann waren Sie das letzte Mal auf dem Kontinent?"

"Lassen Sie mich nachdenken. Ich war im letzten Herbst dort. Mein verstorbener Mann hinterließ mir ein Grundstück..."

"Waren Sie in Antwerpen?"

"Nein, in Brüssel."

Er konnte sehen, wie sich ein stählerner Zorn über ihr blasses Gesicht legte.

"Herr, ich verstehe nicht, was diese Fragen bedeuten."

"Hatten Sie irgendeine Verbindung zur Familie Bonaparte, in Brüssel oder in Amerika?"

"Ganz und gar nicht. Das einzige Mal, dass ich mit ihnen Kontakt hatte, war in Begleitung meines verstorbenen Mannes, der, wie Sie wissen, Minister in der Regierung war. Und dieses eine Mal war bei der Taufe des kleinen Prinzen." Sie begann sich zu erheben. "Ich bin mir nicht sicher, was Sie mit dieser Frage bezwecken. Mein Mann hat seine Gesundheit in den Dienst der..."

"Setzen Sie sich, Madame", befahl er.

Als sie sich in ihren Stuhl sinken ließ, sah er, dass das maskierte Gebaren, das er bei ihrer ersten Begegnung bemerkt hatte, wieder da war. Sie war es eindeutig nicht gewohnt, Befehle von jemandem entgegenzunehmen.

"Ihr rücksichtsloses Verhalten hat meinen Gast und meinen Mitarbeiter in Gefahr gebracht. Offen gesagt fällt es mir schwer zu glauben, dass Ihre Absichten in Bezug auf Miss Grace so uneigennützig waren, wie Sie es darstellen. Wenn Sie sich mit ihr hätten treffen wollen, hätten Sie sie hier in Baronsford aufsuchen können. Sie hätten sie hier in den Gärten in ein Gespräch verwickeln können, wenn Sie eine solche Privatsphäre benötigten, und ihr in aller Sicherheit Ihre Freundschaft anbieten können.

Stattdessen haben Sie sich auf ein Intrigenspiel eingelassen und sie in eine Situation gelockt, die weitaus schlimmer hätte enden können, als sie es tat."

Wenn seine Worte sie überhaupt verletzten, zeigte ihr Gesicht das nicht. Sie blieb stumm und starrte ihn an, den Rücken kerzengerade und die Hände unbeweglich im Schoß.

"Das ist alles, was ich Ihnen zu sagen habe, Madame. Meine Schwester und mein Gast haben heute Morgen keine Zeit, Sie zu sehen. Mein Lakai wird Sie zu Ihrer Kutsche begleiten."

Hugh verbeugte sich knapp und verließ ohne ein weiteres Wort das Wohnzimmer.

Mit der strengen Anweisung von Jo, sich den Nachmittag über auszuruhen, wurde Grace allein in ihrem Zimmer gelassen.

Erschöpft wie sie war, merkte sie sofort, dass es sinnlos war, die Augen zu schließen. Der Versuch zu schlafen war zwecklos. Es war zu viel passiert. Während sie an die Decke starrte, überschlugen sich ihre Gedanken mit akrobatischen Sprüngen durch die emotionalen und physischen Ereignisse dieses turbulenten Tages.

Sie hatte sich all ihrer Geheimnisse entledigt, was ihr eine große Erleichterung verschaffte, aber das verringerte nicht ihre Sorgen über das, was vor ihr lag. Jo hatte mehr als angedeutet, dass sie sich wünschte, dass Grace eine Beziehung zu Hugh aufbauen würde. Aber trotz der Einladung, hier zu bleiben, würde der Rest ihrer Familie bald nach Baronsford kommen. Als Außenseiterin würde Grace ihr Leben beeinträchtigen. Es gab eine Grenze, wie lange sie hierbleiben konnte, ohne Gefahr zu laufen, ihre Gastfreundschaft zu missbrauchen.

Dann musste sie an die glühende Leidenschaft denken, die jedes Mal in ihrem Körper brodelte, wenn sie und Hugh sich küssten. Ihr Puls schlug wie wild bei dem Gedanken daran. Jedes Mal, wenn er sie berührte, wurde sie ihrer Sinne beraubt. Selbst jetzt noch schmolz etwas in ihrem Bauch bei der Erinnerung an seine Berührung. *Das* war eine Komplikation, an die sie jetzt nicht denken durfte.

Und dann war da noch die Sache mit dem Diamanten. Jemand begehrte den Edelstein so sehr, dass er einen Anschlag auf sie organisierte. Falls es sich tatsächlich um eine Entführung gehandelt hatte, hatte sie keinen Zweifel daran, dass Lösegeld dafür verlangt worden wäre. Indem sie hierblieb, hatte sie die Gefahr vor die Tore von Baronsford gebracht, und infolgedessen war ein tapferer Mann schwer verwundet worden. Es wäre für alle sicherer, wenn sie von hier fortginge und nach Brüssel reiste, wie sie es beabsichtigt hatte. Dort konnte sie, nachdem sie das Juwel an den vorgesehenen Empfänger übergeben hatte, entscheiden, wo ihre Zukunft lag.

Aber selbst als sie über einen solchen Schritt nachdachte, tauchte Hughs Gesicht vor ihrem geistigen Auge auf, und ein Schmerz berührte ihr Herz.

Grace wurde immer unruhiger und fand keinen Ausweg aus dieser seelischen Pein. Es war noch keine Stunde vergangen, seit Jo sie verlassen hatte, aber sie warf die Bettdecke zurück und kletterte aus dem Bett. Der umwickelte Knöchel schmerzte, als sie ihn belastete, und sie war dankbar für den Stock, den Mrs. Henson in weiser Voraussicht neben dem Bett hatte liegen lassen. Als sie ihn aufhob, konnte sie nicht umhin, den geschnitzten Löwenkopf zu bewundern, der den Griff des Stocks bildete.

Sie brauchte eine Ablenkung, um sich von den Zwangslagen abzulenken, in denen sie steckte. Sicherlich kann sie es bis zur Bibliothek schaffen, sagte sich Grace. Als sie langsam durch die Flure in den Westflügel ging, tauschte sie mit einigen der Dienstmädchen, die in den Zimmern und Suiten ein- und ausgingen, Höflichkeiten aus. Sie kannte das genaue Datum der Ankunft der Familie nicht, aber sie vermutete, dass sie bald eintreffen würden.

Die Vorhänge waren zurückgezogen, die Fensterflügel standen offen. Der Regen und der Nebel des Morgens waren verschwunden, und das Sonnenlicht des Nachmittags fiel träge auf den Perserteppich und die bequem gepolsterten Stühle und Bänke. Die obere Bibliothek strahlte wirklich eine Aura des Willkommens aus. Wenn Grace sie jetzt betrachtete, wurde sie daran erinnert, warum dies der Lieblingsraum von Lady Aytoun war.

Bände von Büchern luden zum Lesen ein, aber wieder einmal fühlte sie sich zu den Sammelalben hingezogen. Es war weniger als eine Woche vergangen, seit sie diese Bände durchgeblättert hatte, aber seitdem war so viel passiert. Sie hatte viel mehr über den Mann gelernt und verstanden, um den sich so viele der Artikel drehten.

Aus den Fluren drangen die leisen Stimmen des Hauspersonals zu ihr. Aus den Fenstern drangen die Geräusche derjenigen, die in den Gärten arbeiteten. Grace suchte sich eine sonnenbeschienene Ecke und ließ sich mit einem Buch im Schoß und den Füßen auf einem gepolsterten Schemel nieder.

Das Album, das sie ausgewählt hatte, bestand hauptsächlich aus leeren Seiten. Ganze Zeitungsseiten aus den letzten Wochen und Monaten waren fein säuberlich gefaltet und im Innern des Einbands für Lady Aytoun aufbewahrt worden. Darunter fand sie einen Artikel aus einer Edinburgher Zeitung, *The Scotsman.* Letzte Woche hatte sie beim Durchblättern anderer Zeitungen einen Leitartikel gelesen, in dem diese neue Publikation für ihre "radikalen und gefährlich unabhängigen" Ansichten gegeißelt wurde. Aus Neugier hatte Grace sie darauf angesprochen, und Jo erzählte ihr, dass die Gründer der Zeitung sich selbst als "erklärte Feinde von Privilegien und Korruption, die entschlossen sind, Edinburghs Establishment zu erschüttern", bezeichneten. Jo hatte gelacht und gesagt, dass sie so erfolgreich waren, dass angeblich Exemplare an Leser geschmuggelt wurden, die sich nicht trauten, beim Zeitungskauf gesehen zu werden.

Als Grace zwischen den anderen eine Seite dieser Zeitung sah, stellte sie lächelnd fest, dass die "radikale" Zeitung einen glühenden Artikel über den "Recht Ehrenhaften, den Lord Viscount Greysteil" veröffentlicht hatte. Sie überflog jede Zeile und beschloss, dass sie leicht eine Anhängerin dieses William Ritchie, des Redakteurs, werden könnte.

"Nun, das ist ein schöner Anblick."

Grace blickte auf, erschrocken und glücklich, als sie Hugh in der Tür stehen sah. Es waren nur wenige Stunden vergangen, seit sie ihn das letzte Mal gesehen hatte, aber das änderte nichts an dem wilden Pochen ihres Herzens und der Hitze, die ihr ins Gesicht stieg. Sie schob den Band auf einen Tisch neben sich und begann, ihre Füße abzustellen und aufzustehen.

"Bitte nicht", wies er sie an, als er das Zimmer betrat. "Gönne Deinem Knöchel eine Pause."

Grace wusste nicht, ob sie sich jemals an die Wirkung gewöhnen würde, die seine Anwesenheit auf sie hatte. Jedes Mal, wenn sie ihn sah, war sie überrascht, wie sie auf sein dunkles, gutaussehendes Gesicht, seine Größe und sein Selbstbewusstsein reagierte. Er hatte sich umgezogen. Ihr Blick fiel auf die langen, muskulösen Beine, die in der engen gelbbraunen Hose steckten, auf die bestickte graue Seidenweste und den zweireihigen blauen Mantel. Über seiner breiten Brust und verborgen unter seinem Halstuch lag der kräftige Hals, den sie heute Morgen schon gekostet hatte.

Als sie merkte, dass sie hörbar geseufzt hatte, riskierte sie einen Blick in sein Gesicht. Und er beobachtete sie wieder. Sie biss sich auf die Lippe, als er einen Blick auf die offene Bibliothekstür warf, bevor er sie wieder ansah.

Ein Lächeln zupfte an seiner Lippe. Er durchquerte den Raum zum Fenster und nahm einen tiefen Zug von der warmen Brise.

"Mir wurde gesagt, Du würdest schlafen."

"Woher wusstest Du, dass ich es nicht tue?"

"Spione. Bezahlte Informanten. Treue Diener." Er trat an ihre Seite und schlug das Buch auf, in dem sie gelesen hatte. "Weitere Ermittlungen zu meinen juristischen Versäumnissen."

"Noch mehr glühende Berichte über Deine Leistungen, sogar vom *The Scotsman*".

"Das liegt nur daran, dass William Ritchie Anwalt war, bevor er in die Abgründe des Journalismus hinabstieg. Und er ist immer noch ein Freund von mir."

Sie wusste bereits, dass es so typisch für ihn war, ein Kompliment zurückzuweisen.

"Hast Du etwas über Mr. Darbys Zustand gehört?", fragte sie.

"Truscott kam vor einer Stunde mit guten Nachrichten zurück. Der Arzt hat ihn zusammengenäht und sagt, er wird sich gut erholen. Er will ihn aber heute Nacht in seinem Krankenzimmer behalten. Morgen wird er Darby in seiner Kutsche zurückbringen."

Sie war ungeheuer erleichtert. Ohne Darbys Heldentum hätte sie diesen Angriff niemals verhindern oder überleben können.

"Vielleicht interessiert es Dich auch, dass wir eine Suche nach den drei Männern eingeleitet haben."

"Das dachte ich mir schon."

Jahrelang war Grace diejenige gewesen, die alles im Leben ihres Vaters und von sich selbst organisiert hatte. Vielleicht war es ihre Natur, vielleicht war es ihre Erziehung als Tochter eines Militärs, aber sie hatte immer alles selbst geplant und organisiert. Als sie Hugh zuhörte, konnte sie sehen, dass sie diesen Charakterzug teilten.

"Es tut mir leid, dass Du zusammen mit allem anderen heute Mrs. Douglas empfangen musstest", sagte Grace zu ihm, während er zum Kamin ging. Er nahm einen Spielzeugklotz vom Kaminsims und drehte ihn in seiner Hand, bevor er ihn zurücklegte.

"Der perfekte Gastgeber begrüßte sie nicht, als sie eintraf. Die Position ihres verstorbenen Mannes in der Regierung mochte ihr viel Ansehen verschaffen, aber sie fand, dass es hier nichts bedeutete. Sie sah sich dem Richter in mir gegenüber, und sie wurde angeklagt.

"Hat sie den Grund für ihren plötzlichen Besuch erklärt?"

"Um sicher zu gehen, dass sie von jeglicher Schuld oder Verantwortung freigesprochen wurde", sagte er ihr. "Oder um mehr Informationen zu erhalten, als sie im Dorf erfahren hat. Wie du vermutet hast, war sie zum Zeitpunkt des Angriffs in Melrose unterwegs. Außerdem hat sie in ihrem Brief alles zugegeben, was ich bereits von Dir wusste."

"Wie lautet Ihr Urteil, Herr Richter?", fragte sie. "Schuldig oder unschuldig?"

"Ich halte das Urteil vorerst zurück. Die Leistung von Frau Douglas war stark genug, um eine weitere Anhörung zu ermöglichen."

Wenn er als Richter sprach, nahm Hugh eine strenge und gebieterische Präsenz ein, vor der, wie Grace glaubte, nur wenige Männer oder Frauen nicht zurückschrecken würden. Sie ließ sich davon nicht beirren; sie war in der Gesellschaft von Generälen und Königen aufgewachsen. Aber diese Seite an ihm, dieses Vertrauen in seine Fähigkeit, entschlossen zu handeln, verstärkte nur noch ihre wachsenden Gefühle. Es ließ sie ihn nur noch mehr begehren.

Er ging zurück zu ihrem Platz und hob ihren Stock auf, um seine Stabilität zu testen.

"Das war der Stock meines Vaters", sagte er. "Wenn er zu lang ist, können wir ihn auf die richtige Größe für Dich zuschneiden."

"Es ist ein schöner Stock. Ich könnte dir das niemals erlauben. Die Länge ist gut so, wie sie ist."

"Wie Du wünschst." Er betrachtete den geschnitzten Löwenkopf einen Moment lang, bevor er fortfuhr. "Hast Du heute Nachmittag schon etwas vor, Miss Grace?"

Sein Blick wanderte träge über sie, verharrte auf ihren Lippen und dann auf ihren Brüsten, bevor er an ihren Beinen entlang zu ihrem verbundenen Knöchel hinunterwanderte und einen köstlichen Schauer in ihr hinterließ.

"Ich hatte vor, mehr zu lesen."

"Ausgezeichnet. Halte ihn fest", sagte er und reichte ihr den Stock.

Sie schnappte nach Luft, als er sie mit einem Schwung vom Stuhl hob. Als sie einen Arm um seinen Hals schlang, bemerkte Grace ein Dienstmädchen, das an der offenen Tür vorbeiging.

"Was machst Du da? Wo bringst Du mich hin?"

"Wo soll ich Dich hinbringen?", flüsterte er ihr ins Ohr.

Grace' Blick flog zu ihm. Ihre Gesichter waren nur wenige Zentimeter voneinander entfernt. Sie blickte in graue Augen, die verführerisch schimmerten, als sie sich auf ihre Lippen konzentrierten. Plötzlich fühlte sie sich schelmisch, gelöst. Sie würde überall hingehen. Sie würde alles tun, was er verlangte. Sie wollte ihn.

"Das werte ich als eine äußerst positive Antwort auf eine unausgesprochene Frage", flüsterte er mit der Andeutung eines Lächelns. "Aber das heben wir uns für später auf. Jetzt nehme ich Dich mit in mein Arbeitszimmer und lasse Dich arbeiten."

Kapitel Zweiundzwanzig

"Du musst aufhören, Dich über mich lustig zu machen", flüsterte Grace in Hughs Ohr, als er sie aus der Bibliothek trug.

Wenn sie nur wüsste, dass er sich selbst quälte, indem er sie "neckte".

Die unmittelbare Nähe seiner eigenen Zimmer machte es geradezu verlockend. Eine Rechtskurve hier, ein paar Schritte dort, und in wenigen Augenblicken konnten sie beide entkleidet sein und stundenlang miteinander schlafen.

Er wollte sie, daran bestand kein Zweifel. Sie weckte Verlangen in ihm wie keine andere Frau in seiner Erinnerung. Und er wusste, dass sie ihn wollte. Das hatte sie deutlich genug gemacht wie sie jedes Mal auf seine Berührungen reagierte,. Ja, ihre Anziehung war gegenseitig.

Aber all das spielte keine Rolle. Er würde unter diesen Umständen nicht mit Grace schlafen. Er konnte es nicht. Er wollte nicht riskieren, ihren Ruf zu beschädigen, auch wenn er sicher war, dass es in Baronsford niemanden gab, der nicht wusste, wie sehr er ihr bereits zugetan war. Dennoch musste irgendwo eine Grenze gezogen werden. Er wollte ihr Leben nicht noch mehr verkomplizieren, als es jetzt schon war. Er wollte sie nicht auf den Status einer Mätresse reduzieren, wenn er vielleicht ... wenn er vielleicht was? Welche Pläne schmiedete er in den dunklen Nischen seines Geistes? Er würde nicht mit Grace schlafen, bevor er nicht genau wusste, was er von ihr wollte. Hugh spürte bereits, dass mit ihr zu schlafen nicht genug war.

Als er sie die Treppe hinuntertrug, hörte er das Hauspersonal unter ihnen.

"Ich bestehe darauf, dass Du mir erlaubst, auf meinen eigenen Füßen zu stehen."

"Nur wenn Du darauf bestehst", sagte er und versuchte, nicht auf ihre Lippen zu starren.

"Ich bestehe darauf. Am Fuß der Treppe."

Er bemerkte den sturen Kiefer, den drohenden Blick, der ihm sagen sollte, dass er besser tun sollte, was sie verlangte, oder es würde die Hölle los sein. Er hatte einen flüchtigen Eindruck dieses Blicks schon einmal gesehen. Das Irische in ihr.

Er lächelte. "Solange du mit mir in mein Arbeitszimmer kommst."

"Zum Arbeiten?"

"Ich weiß bereits, dass du dich für das Recht interessierst. Die Artikelsammlung meiner Mutter hat dich begeistert, und du hast mir am ersten Abend gesagt, dass du meine Rechtsbücher lesen willst."

"Ich glaube, ich war damals im Fieberwahn."

"Stimmt, aber ich kann Deine Hilfe bei einem besonders kniffligen Fall gebrauchen, den ich übernommen habe." Er hatte die unterste Stufe erreicht und hielt inne, bevor er sie hinunterstieg. "Ich möchte, dass Du die veröffentlichten Entscheidungen von etwa tausend Fällen duchgehst und einen Präzedenzfall findest, der eine strittige Rechtsfrage klären könnte."

Grace zog misstrauisch eine Augenbraue hoch, aber er merkte, dass er ihre Neugierde geweckt hatte.

"Sie haben mehrere Rechtsgehilfen. Ich habe sie kommen und gehen sehen."

"Stimmt", gab er zu. "Aber keiner von ihnen bietet auch nur annähernd das Vergnügen, das ich in Deiner Gesellschaft genieße. Keiner streitet mit mir darüber, wie lange sein Aufenthalt in Baronsford dauern soll. Keiner von ihnen besitzt die Brillanz oder das Erinnerungsvermögen an das, was sie lesen, wie Du. Nicht einer..."

"Und nicht einer von ihnen schwingt einen so schönen Stock wie diesen." Sie schüttelte ihm drohend den Stock entgegen. "Wenn Ihr also so freundlich wärt, mich abzusetzen, mein Herr, werde ich ihn benutzen, um Euch in Euer Arbeitszimmer zu begleiten."

Hugh machte den letzten Schritt und stellte Grace sanft auf ihre Füße. Er liebte es, sie für sich zu gewinnen.

Bevor sie auch nur einen Schritt machen konnten, tauchte Mrs.

Henson wie aus dem Nichts auf und fragte nach dem verletzten Knöchel. Kaum hatte die Haushälterin eine Antwort, kam der Butler und wollte wissen, ob Miss Grace heute Abend mit der Familie im Esszimmer sitzen würde. Hugh wusste, dass Jo die Einladungen an auswärtige Gäste bereits eingeschränkt hatte, und er beobachtete Graces Gesicht, als Simons ihr mitteilte, dass "abgesehen von der unmittelbaren Familie die einzigen Gäste Mr. und Mrs. Truscott sein würden."

Als sie zögerte, wollte Hugh für sie antworten, überlegte es sich aber anders. Grace war so unabhängig wie keine andere Frau, die er je gekannt hatte. Sie hatte sich um die Angelegenheiten ihres Vaters auf dem Kontinent und in Amerika gekümmert, während der chaotischen Zeiten des Krieges und seit dem Frieden. Ihre Einsicht und ihre Unverblümtheit in jener Nacht in der Bibliothek über seine blinden Vorurteile hatten ihn für immer verändert. Sie war es gewohnt, selbst zu denken und Entscheidungen zu treffen, ganz gleich, wie trivial oder wichtig sie waren.

"Vielen Dank, Herr Simons", antwortete sie nach einer Pause. "Ich würde mich heute Abend gerne der Familie anschließen, wenn es nicht zu viele Umstände macht."

Als Antwort gurrte der Butler praktisch. Hugh hätte dasselbe getan, wenn sie ihre blauen Augen auf ihn gerichtet und gelächelt hätte.

"Bitte, erzähl mir von diesem 'heiklen' Fall, Mylord", sagte sie, als sie sich auf den Weg zu seinem Arbeitszimmer machten.

Während sie gingen erzählte Hugh ihr von Jean Campbells Fall und erklärte, dass die irische Frau, eine Taubstumme, des Mordes an ihrem Kind durch Ertränken angeklagt worden war. Aufgrund ihres Zustandes war sie nicht in der Lage gewesen, eine Aussage zu machen. Die verwirrte und allgemein verstörte Frau war sechs Monate lang im Gefängnis von Glasgow festgehalten worden, während sich die Richter nicht einigen konnten, ob sie verhandlungsfähig sei. Und nun war der Fall an sein Gericht verwiesen worden.

"Sie kann also weder lesen noch schreiben."

"Das ist richtig", antwortete Hugh. "Und ich habe noch mehr Informationen erhalten, die der Verteidigung schaden, so unbedeutend sie auch schon ist. Ihre Nachbarn in Glasgow sprechen in den höchsten Tönen von ihr. Sie behaupten, sie sei fleißig und habe sich ihren Kindern gegenüber immer als liebevolle Mutter gezeigt."

"Wie kann das ihre Verteidigung beeinträchtigen?"

Weil sie auch sagen, dass sie nur wenige Tage, bevor sie ihr dreijähriges

Kind in den Fluss Clyde geworfen haben soll, von ihrem Mann betrogen und verlassen wurde."

„Du glaubst also, dass die Geschworenen Rache als Motiv für ihre Tat sehen würden. Sie wollte sich an ihm rächen, indem sie sein Kind tötete."

"Genau." Hugh konnte nicht anders, als ihren Verstand zu bewundern. Grace besaß einen Scharfsinn, der sich für das Rechtsgeschäft eignete. "Und leider haben die Geschworenen kein Verständnis für Leiden wie das ihre. Das gängige Vorurteil ist, dass ihre Taubheit eine von Gott verhängte Strafe ist. Ein verstecktes moralisches Versagen. Hinzu kommt, weil die meisten Schotten bereits im Kindesalter lesen und schreiben lernen; die fehlende Bildung dieser Frau - zusammen mit der Tatsache, dass sie eine irische Einwanderin ist - wird die Meinung der Geschworenen über sie sicherlich trüben. Wenn sie vor Gericht steht, sind ihre Chancen auf einen Freispruch praktisch gleich Null."

Sie gingen in sein Arbeitszimmer. Er wies auf einen Stuhl neben der Wand mit den Bücherregalen, und sie nahm Platz.

"Aber wenn sie nicht vor Gericht steht, weil sie unzurechnungsfähig ist", sagte er ihr, "wird sie für den Rest ihrer Tage in einer Anstalt eingesperrt."

"Warum tust du das?", fragte sie. "Ist es wegen dem, was ich gesagt habe? Ist es, weil sie Irin ist?"

Hugh dachte einen Moment lang darüber nach. "Ich wusste nichts von ihrer Notlage, bis Du mich an meine Pflicht erinnert hast. Aber ich tue es, weil ich glaube, dass eine Person unschuldig ist, bis ihre Schuld bewiesen ist. Ich kenne nicht alle Fakten, aber ich möchte nicht, dass das Gesetz diese Frau zu Unrecht einsperrt oder hinrichtet, ganz gleich, woher sie kommt."

Hugh schob eine gepolsterte Bank vor sie, und bevor sie protestieren konnte, hob er vorsichtig ihr verletztes Bein an und legte es darauf.

"Diese Frau weiß vielleicht nicht einmal, was ihr vorgeworfen wird", sagte Grace. "Und sie war nicht in der Lage, ihre Sicht der Dinge zu schildern. Wie kann sie sich verteidigen?"

"Das ist der Kern der Sache. Sie kann es nicht. Sie wird keinen fähigen Anwalt haben, der sie vertritt, weil sie arm ist und weil sie nicht für sich selbst sprechen kann."

"Jemand *muss* für sie sprechen", rief Grace aus. "Jemand muss mit ihr kommunizieren."

"Genau mein Gedanke. Ich kenne einen Mann namens Kinniburgh, der die Edinburgh School for the Deaf and Dumb leitet. Mein Rechtsgehilfe Branson arrangiert sein Treffen mit Mrs. Campbell. Ich hoffe, dass Kinniburgh in der Lage sein wird, sich mit ihr zu unterhalten."

Hugh schritt im Zimmer umher.

"Aber das reicht vielleicht nicht aus. Bevor dieser Fall vor Gericht kommt, müssen wir die Verteidigung bereitstellen, die sie nicht übernehmen kann. Wir müssen dafür sorgen, dass das Gesetz genauso viel *für* sie tut wie *gegen* sie." Er blieb stehen und sah Grace an. "So wie es jetzt aussieht, wird eine Frau, die vielleicht unschuldig ist, entweder wegen Mordes hängen oder in einem Irrenhaus verrotten, was ein schlimmeres Schicksal als der Tod wäre. Und in beiden Fällen werden ihre Kinder ins Arbeitshaus kommen und, wenn sie das Überleben, schließlich auf der Straße landen.

Die Wirkung seiner Worte warf einen Schatten auf ihre schönen Züge. "Was soll ich für dich tun?"

"Ich möchte, dass Du *jeden* entschiedenen Fall im schottischen Recht findest, in dem eine taubstumme Person strafrechtlich angeklagt wurde. Ich benötige eine Zusammenfassung des Sachverhalts jedes Falles, die vorgebrachten Argumente, die für die Bedrängnis des Angeklagten relevant sind, und die Urteile des Gerichts."

Grace wandte sich ihrer Aufgabe zu. "Wo soll ich anfangen?"

Hugh nahm drei große Bände herunter. "Du musst damit anfangen, ein besserer Anwalt zu werden als jeder andere, der als ihr Vertreter in Frage kommt. Diese beiden Bücher enthalten David Humes *Kritische Kommentare* zum schottischen Strafrecht. Das dritte enthält seine *Ergänzenden Anmerkungen* und Fälle. Beginne mit diesen."

Er bewegte sich an der Wand entlang.

"Dieser Abschnitt enthält veröffentlichte Aufzeichnungen über schottische Rechtsfälle, geordnet nach Datum. Konzentriere Dich zunächst auf die letzten zwanzig Jahre. Suche nach Fällen, in denen taubstumme Angeklagte involviert waren, aber auch nach Präzedenzfällen, die zitiert werden und sich auf frühere Entscheidungen beziehen." Hugh sah sich um, um zu sehen, ob sie ihm folgen konnte. Natürlich tat sie das, schimpfte er mit sich selbst. "Dieser nächste Abschnitt enthält die Aufzeichnungen früherer Fälle. Jede Akte muss sorgfältig durchforstet werden. Danach befinden sich in diesen drei Regalreihen Kommentare zum englischen Recht sowie veröffentlichte Rechtsdokumente. Seit der Vereinigung der beiden Länder ist es vertretbar, dass diese Präzedenzfälle auch im schottischen Gerichtssaal anwendbar sind."

Während er den Raum zu seinem Schreibtisch durchquerte, schlug Grace den ersten Band auf und legte ihn auf ihren Schoß.

"Und während Du das tust, habe ich unveröffentlichte Akten von Fällen, die in letzter Zeit in Edinburgh verhandelt wurden. Die werde ich durchsehen." Er stellte sich neben seinen Schreibtisch. "Die Freiheit einer Frau hängt hiervon ab. Was wir hier tun, ist wirklich eine Frage von Leben und Tod."

***

Während der Nachmittagsstunden und bis in den Abend hinein blätterte Grace zügig durch die Bände und stellte Fragen an Hugh und seine Rechtsgehilfen. Die beiden Assistenten gingen ständig in seinem Arbeitszimmer ein und aus, reagierten auf die Rufe des Lord Justice und brachten ihm Dokumente zur Unterschrift. Die Gerichtsschreiber starrten sie unverhohlen an, als sie anfing, Informationen aus den von ihr recherchierten Fällen zu rezitieren. Sie brauchte sich keine Notizen zu machen, sondern bot Zusammenfassungen der einzelnen Prozesse an und verwies nach Band, Seite und Zeile auf sie. Wie Hugh es verlangt hatte, konzentrierte sich Grace auf Fälle, in denen gehörlose Angeklagte involviert waren. Sie fand mehr Fälle, als sie erwartet hatte. In fast allen Fällen mussten das Gericht und die Geschworenen von ihrem Zustand überzeugt werden. Obwohl die Verweisungen manchmal versteckt waren, stellte sie auch fest, dass die Angeklagten oft Opfer von Betrug, Fahnenflucht und Gewalt geworden waren.

Und die Gerichte hatten im Allgemeinen kein Verständnis für ihre Notlage.

Schließlich entließ Hugh seine Rechtsgehilfen für den Tag. Grace selbst hätte die ganze Nacht durchgearbeitet, wenn nicht Hughs Schwester gekommen wäre, um sie daran zu erinnern, dass die Truscotts angekommen waren. Sie sollten aufhören, was sie gerade taten, sagte Jo, und sie sollten zum Abendessen kommen.

In dem kleineren Speisesaal wurde eine leichte Mahlzeit serviert, und Grace war dankbar, dass sie sich nicht umziehen musste. Sie beeilte sich, aufzustehen, und dachte daran, wie entsetzt sie sein würde, wenn Hugh versuchte, sie hineinzutragen.

"Wenn Grace jemals andeutet, dass sie unsere Gastfreundschaft ausnutzt", sagte Hugh zu seiner Schwester, als er um seinen Schreibtisch herumkam, "möchte ich, dass du sie daran erinnerst, was sie getan hat, um mir zu helfen."

Sie freute sich über seine fehlende Förmlichkeit und war froh, dass sie sich als nützlich erwies.

"Ein paar Stunden, in denen ich ein paar juristische Fachzeitschriften lese, sind kaum eine Entschädigung für all das, was Sie für mich getan haben."

"Du solltest sehen, wie wertvoll ihre Arbeit bereits war, Jo. Wenn wir morgen hierherkommen", fügte er hinzu und wandte sich an Grace, "zeige ich dir die Buchhaltungsbücher und wie viel es mich kostet, meine Angestellten zu beschäftigen. Ich glaube, du wirst deine Meinung ändern."

Er reichte seiner Schwester einen Arm und ihr den anderen. Grace war begeistert von der Aussicht, morgen an diesem lobenswerten Projekt weiterarbeiten zu können. Er schätzte ihr Talent und ihren Intellekt offen. Daniel Ware war der einzige Mensch, der ihre Fähigkeiten wirklich zu schätzen wusste. Bis heute.

Grace war Mr. Truscott schon einmal vorgestellt worden. Er war der Cousin ersten Grades des Earl of Aytoun, ein ernster und vornehmer Mann. Der Mann strahlte ruhiges Selbstvertrauen aus und wurde von allen hoch geschätzt. Sie erkannte auch, wie scharfsinnig er die Vorlieben seines Cousins wahrnahm, als er ihr nach dem Angriff auf der Gasse die Kutschentür schloss und ihr sagte, es sei das Beste, wenn sie bei Hugh bliebe. So aufgewühlt sie in dem Moment auch war, hatte sie doch den deutlichen Eindruck, dass er ihr damit seine Zustimmung signalisierte.

Wenn Walter Truscott die stämmige Eiche war, war seine Frau Violet der sprudelnde Bach. Mit ihrer überschwänglichen und freundlichen Begrüßung gewann sie schnell die Zuneigung von Grace. Die Falten in ihrem runden, rosigen Gesicht und das helle, von grauen Strähnen durchzogene Haar brachten ihr Alter positiv zur Geltung. Sie hatte das heitere, freundliche Gemüt, das die jungen Mütter und Kinder, die im Turmhaus Zuflucht fanden, in ihrem Leben brauchten, wie Grace sich vorstellte.

Als sie Violets Geschichte erzählte, hatte Jo erklärt, dass sie mittellos und mit einem Kind nach Baronsford gekommen war. Traurigerweise verlor sie ihr Kind und wäre selbst fast gestorben. Doch wie in einer Romanze verliebten sich Violet und Truscott ineinander und heirateten. Seitdem wurden zahllose verzweifelte und obdachlose Kinder mit der Liebe gesegnet, die sie ihrem eigenen Kind gegeben hätte.

"Ich werde es mit Lady Jo arrangieren", sagte Violet, als Grace nach den Familien fragte, die jetzt im Turmhaus wohnen. "Wir werden euch hinunterbringen und euch vorstellen. Die Umstände der einzelnen Mütter sind unterschiedlich. Einige sind noch schwanger. Andere hatten ein Kind auf dem Arm. Wir haben sogar schon junge Ausreißer aufgenommen. In einigen wenigen Fällen haben wir uns um die Kleinen gekümmert, während die Mutter versuchte, sich ein festes Leben aufzubauen, bevor sie zurückkam, um sie zu holen. Es ist ein lebendiger Ort, das steht fest.

"Wie haben sie von Ihnen erfahren?" fragte Grace, als das Abendessen serviert wurde.

"Wie Sie sich vorstellen können, können wir nicht viel Werbung machen", antwortete Jo. "Jede Gemeinde im Land würde uns ihre Mädchen schicken. Die Flut wäre überwältigend."

"Wie finden sie Sie?"

"Viele von denen, denen wir bisher geholfen haben, sind durch ..." Jo hielt inne und ihr Blick wanderte zu ihrem Bruder, der am Ende des Tisches ein leises Gespräch mit Truscott führte. Sie senkte ihre Stimme. "Oft sind diese jungen Frauen auf irgendeine Weise mit dem Gesetz in Konflikt geraten. Und ein gewisser Lord Justice sah hier eine bessere Zukunft für sie als im Bridewell oder dem Armenhaus der Gemeinde."

Grace' Augen wanderten zu Hugh. Sie dachte an die Positionen, die er an seinem Gericht eingenommen hatte, und an den Einsatz, den er jetzt für eine taubstumme Irin leistete. Sein Mitgefühl rührte eine tiefe Liebe in ihr. In jeder Nation wurden mehr Männer wie er gebraucht. Es begann sie zu erschrecken, wie sehr sie ihn liebgewonnen hatte. Sein Verstand, seine Großzügigkeit und sein Mut bewegten sie.

Ihr Blick verweilte auf den langen Fingern, die ein Glas Wein hielten. Und auch sein Körper erregte sie, aber auf eine ganz andere Weise.

Violet erzählte Jo von einem Brief, den sie gerade an diesem Tag von einer Mutter erhalten hatte, die sie im letzten Herbst wegen eines Jobs verlassen hatte. Grace zwang ihre Aufmerksamkeit zurück an dieses Ende des Tisches.

Dies war ein gefährliches Spiel, das sie ihrem Herzen zu spielen gestattete.

Bruchstücke des Gesprächs der Männer erreichten sie. Ein Gasthaus an der Straße nach Jedburgh. Die verlassene Holzfällerhütte an der Straße in der Nähe des Angriffs.

"Keine Frage, sie haben dort auf der Lauer gelegen", sagte Truscott.

Sie wusste, dass sie von den Männern sprachen, die sie und Darby angegriffen hatten.

"Und ich habe keinen Zweifel daran, dass sie aus Jedburgh stammen", fügte er hinzu.

"Jedburgh?" fragte Jo und nahm das letzte Wort des Gesprächs auf. Sie wandte sich an Grace. "Wussten Sie, dass Faustkämpfe ein beliebter Sport der Bergleute sind? In Jedburgh gibt es eine Kalksteinmine und einen Steinbruch, der besonders dafür bekannt ist, dass er die bösartigsten Kämpfer Schottlands hervorbringt."

"Das war mir nicht bewusst", antwortete Grace.

"Der Boxsport ist auch das Lieblingshobby eines gewissen ehrenwerten Richters", fuhr Jo fort, "der namenlos bleiben wird, aber an diesem Tisch sitzt. Es ist sogar bekannt, dass dieser Richter an Kämpfen mit denselben Bergleuten teilgenommen hat."

"Mit beachtlichem Erfolg, möchte ich hinzufügen", warf Truscott stolz ein.

Grace sah Hugh an. Jetzt kannte sie die Ursache für die Narben in seinem Gesicht. Es war so typisch für ihn, den Sport unter den arbeitenden Männern Schottlands auszuüben und nicht in privaten Clubs.

"Kein Lieblingshobby mehr", korrigierte er und sah nur Grace an. "Dieser Zeitvertreib ist auf der Liste ziemlich weit nach unten gerutscht."

Sein Blick wich nicht von ihrem Gesicht, sondern glitt nur zu ihren Lippen. Für ein paar Herzschläge kam das Gespräch abrupt zum Stillstand. Sie saßen zu fünft am Tisch, aber es hätten genauso gut nur Hugh und Grace in diesem Raum sein können. Grace spürte, wie ihr die Röte bis zu den Haarwurzeln stieg, und versuchte, die Aufmerksamkeit von sich abzulenken.

Sie wandte sich an Mr. Truscott. "Habe ich Sie richtig verstanden? Sie haben die Angreifer identifiziert."

"Nicht ganz. Aber wir wissen, woher sie gekommen sein könnten", sagte er ihr. "Morgen nehme ich ein paar Männer aus Baronsford und den Landvogt von Melrose Village mit. Wir werden nach Jedburgh fahren. Wenn wir dort sind, wissen wir mehr."

Grace war noch nie in einer Mine gewesen, aber sie hatte darüber gelesen. Raue Männer, die unter harten und gefährlichen Bedingungen und für sehr wenig Geld arbeiteten. Es war leicht vorstellbar, dass solche Männer zu einem Verbrechen überredet werden konnten, wenn sie dafür dieses elende Leben hinter sich lassen konnten.

Die Gesichter dieser Männer blieben ihr im Gedächtnis. Trotz des Schocks des Angriffs und des Nebels war Grace sicher, dass sie sie wiedererkennen würde.

"Ich möchte morgen mit Ihnen nach Jedburgh reiten", sagte sie ihm. "Sie haben keine Möglichkeit, diese Männer zu identifizieren. Aber ich kann es, und ich würde Ihnen gerne helfen."

Jo verschluckte sich fast an ihrem Wein. Hughs finsterer Blick wurde so finster, dass Grace genau wusste, wie sich Mrs. Douglas heute Morgen gefühlt haben musste.

"Ich fürchte, dass jeder dieser drei einen Schlaganfall erleiden wird, meine junge Freundin." Violet lächelte, nahm Grace' Hand und drückte sie sanft. "Die Minen und Steinbrüche in der Umgebung von Jedburgh sind nicht gerade die besten Orte für junge Damen.

Grace wusste nicht, ob sie sich über deren Beschützerinstinkt freuen oder beleidigt sein sollte, weil sie sie für zu weich hielten. Die Schlachtfelder, auf denen sie gewesen war, würden im Vergleich diese Minen verblassen lassen. Sie hatte mehr Tod und Zerstörung gesehen als die meisten Männer.

Was sie anbot, war nicht unvernünftig. Sie ritt nicht allein und ungeschützt in den Bauch der Bestie. Grace fragte sich, ob ihre gesamte Zeit in Baronsford von den Erinnerungen an das, was Amelia getan hatte, überschattet sein würde. Aber sie war nicht Hughs ehemalige Frau. Sie waren verschiedene Frauen.

Wut brodelte unter der Oberfläche ihrer Haut und drohte jeden Moment hervorzubrechen.

"Truscott und der Landvogt wollen alle Männer zurückholen, die in den letzten Tagen in den Minen gefehlt haben", sagte Hugh und richtete seine Aufmerksamkeit nur auf Grace. Sein Blick war ernst, aber in seiner ruhigen Stimme lag kein Hauch von Schelte.

Grace stellte fest, dass es ihr nicht besonders gut gelungen war, ihre Verärgerung zu verbergen. "Sie haben doch nicht die Absicht, arbeitende Männer aufgrund eines vagen Verdachts aus ihrer Beschäftigung zu reißen, oder?"

Truscott sah Hugh an.

"Und wie viele Männer genau willst Du zurückbringen?", fragte sie. "Und wann kann ich sie sehen? Da Mr. Darby verletzt ist, bin ich die einzige Person, die sie eindeutig identifizieren kann."

Die Worte brannten ihr auf der Zunge. Sie wollte mehr sagen. Ihr aufbrausendes Temperament. Sie wollte gerade fortfahren, als Hugh sie unterbrach.

"Wir werden die genaueste Beschreibung bekommen, die Du und Darby abgeben könnt. Es werden nicht mehr als fünf Männer zurückgebracht", sagte Hugh ihr. "Und ich werde Dich persönlich nach Melrose bringen, wenn sie dort eintreffen. Du kannst sie sie in Anwesenheit des Gerichtsdieners identifizieren."

"Und was, wenn keiner von ihnen der Angreifer ist?"

"Zuerst gebe ich jedem von ihnen zwei Tageslöhne und einen Brief an ihre Arbeitgeber." Er sah ihr in die Augen. "Dann werde ich Dich und Truscott und die Männer am nächsten Tag nach Jedburgh begleiten. Ist Dir das recht?"

Das tat es, und sie lächelte, weil sie sein Verständnis zu schätzen wusste.

Kapitel Dreiundzwanzig

Nach dem Abendessen, als die Frauen die Männer verließen und in den Salon gingen, entschuldigte sich Grace und machte sich auf den Weg zu ihren Zimmern. Es war ein anstrengender und emotionaler Tag gewesen. Und ihr Geist ergab sich schließlich der Müdigkeit ihres Körpers.

Dem verstauchten Knöchel ging es viel besser, als sie erwartet hatte, als sie die Treppe hinaufstieg. Das stundenlange Hochlagern in Hughs Arbeitszimmer hatte geholfen. Sie hoffte, dass sie morgen den Stock beiseitelegen und die Sorgen aller beenden konnte.

Anna half ihr, sich auszuziehen und sich zur Ruhe zu begeben. Bevor sie sich jedoch ins Bett legte, ging Grace ins Wohnzimmer und suchte sich einen Roman aus. Sie ließ die Kerzen neben dem Bett brennen und machte es sich bequem.

Als das Dienstmädchen ging, versuchte Grace, alles, was heute geschehen war, in Gedanken durchzugehen, aber sie konnte sich nicht konzentrieren. Stimmen drangen durch die offenen Fenster herein. Baronsford summte mit den Geräuschen des frühen Abends und wiegte sie in einen tiefen und traumlosen Schlaf.

Ob sie Minuten oder Stunden schlief, wusste sie nicht. Aber sie erwachte plötzlich durch ein leises Klopfen an ihrer Zimmertür.

Sie setzte sich auf und war verwirrt. Die Kerze brannte noch auf dem Nachttisch. Dann erinnerte sie sich. Jo hatte ihr gesagt, sie könnte hochkommen und gute Nacht sagen, bevor sie sich selbst zurückzog.

Da war wieder das leise Klopfen.

Grace rollte sich aus dem Bett, ging zur Tür und öffnete sie.

Hugh stand in der Halle, bekleidet nur mit der engen Stoffhose, die er vorhin getragen hatte, und einem weißen Hemd, das am Hals offen war. Sie muss geträumt haben.

"Hast du geschlafen?"

Er war echt. Keiner hatte das Recht, so gut auszusehen. Eine köstliche Süße sickerte in ihren Körper.

"Ja, das habe ich." Sie zwang sich, gleichmäßig zu atmen. "Warum bist du hier?"

Seine Hand stieß die Tür sanft auf und sie wich zurück, um ihn einzulassen. Er betrat den Raum und schloss die Tür hinter sich.

"Deine Schwester kommt vielleicht bald hoch."

"Jo hat sich vor Stunden zurückgezogen."

Die Nachtluft vermischte sich mit dem Geruch von Whiskey und Rauch. Seine Augen glitten über sie wie Mondlicht, nahmen ihr Gesicht, ihre Lippen und ihr Haar, das lose um ihre Schultern lag, in sich auf. Sie sah, wie er tief einatmete, als er an ihrem Hals hinunter zu den Bändern des dünnen Leinenhemdes blickte und weiter nach unten, wo er auf ihren Brüsten verweilte. Ihre Haut erwärmte sich unter dem Lecken seines Blicks. Sie wurde gebadet und nackt ausgezogen, verwüstet von seiner Hitze.

Verlangen durchströmte sie. Sie wollte den Geschmack seiner Lippen, den Druck seiner Lippen auf ihren eigenen. Sie trat auf ihn zu, aber er griff nach ihr, fasste sie an den Schultern und hielt sie ganz sanft auf Armeslänge.

"Du kannst mich nicht anfassen." Seine starken Finger glitten ihre Arme hinunter und er nahm ihre Hände. "Tritt zurück, Grace."

Sie ging ein oder zwei Schritte, bis sie sich mit dem Rücken an eine Wand gepresst fühlte.

Hugh ließ ihre Hände los. Sein Blick fiel wieder auf den tiefen Ausschnitt des Nachthemdes.

Grace spürte ein Sehnen in ihren Brüsten, als sich die Spitzen ihrer Brustwarzen gegen den dünnen Stoff verhärteten. Seine Augen wanderten weiter nach unten und verbrannten sie mit der Berührung seines Blicks.

"Ich will dich." Seine Stimme, tief und angestrengt, ließ sie erschauern. Das weiche Licht der Kerze betonte die Linien in seinem Gesicht. "Seit Stunden gehe ich in meinem Schlafzimmer auf und ab und stelle mir vor, wie es wäre, hierher zu kommen. Ich habe mir eingeredet, dass ich es nicht tun sollte, und doch gehofft, dass ich dich so vorfinden würde.

Die Funken loderten. Unbewusst wanderte ihr Blick zu dem ungemachten Bett. Sie wollte, dass er sie dorthin brachte, ihr beibrachte, was sie noch nie zuvor erlebt hatte. Sie wollte, dass er mit ihrer Liebe machte.

Er folgte ihrem Blick. "Noch nicht. Nicht heute Abend."

Grace zwang sich, durch den Nebel des Verlangens zu denken. "Was willst du dann von mir?"

Er verringerte den Abstand zwischen ihnen. "Ich musste dich sehen. Dich berühren."

Ihre Körper waren nur durch einen Hauch voneinander getrennt. Sie wollte ihre Arme um seinen Hals legen, aber er ergriff ihre Handgelenke und drückte sie über ihrem Kopf gegen die Wand.

"Und ich balanciere gerade noch am Rande eines sehr gefährlichen Ortes. Du darfst mich also nicht in Versuchung führen. Du darfst nicht versuchen, mich zu verführen."

"Du bist der Verführer", sagte sie. In ihrem ganzen Leben hatte sie sich nie vorstellen können, dass sie die Kräfte der Verführung beherrschte.

Er beugte seinen Kopf und küsste sie sanft. Sie lehnte sich an ihn und ein leises Stöhnen entwich ihr.

"Lass sie dort." Er ließ ihre Handgelenke los.

Sie kannte das Spiel nicht, das er spielte, aber sie war bereit, das Risiko einzugehen. Ihre Hände ballten sich neben ihrem Kopf, als er mit den Fingerspitzen über ihr Gesicht fuhr, ihre Brauen, ihre Wangenknochen und die Konturen ihrer Lippen mit sanften, zärtlichen Berührungen nachzeichnete.

Hughs Hände wanderten zu den Bändern ihres Nachthemds, und Grace spürte, wie ihr der Atem in der Kehle stockte. Mit der Wand hinter ihr und dem Mann vor ihr gab es kein Entkommen aus dieser sanften Tortur.

Eines nach dem anderen lösten sich die Bänder. Sie sah auf seine Hände hinunter, die sich dunkel vom Leinen und noch dunkler von ihrer Haut abhoben, als er das Kleidungsstück über ihre Brüste schob. Grace fröstelte, als die kühle Luft sie berührte.

"Du bist umwerfend."

Er beugte seinen Kopf und küsste sie. Ein langer, sinnlicher, forschender Kuss. Als er ihn abbrach, blieb Grace schwer atmend zurück. Sein Mund löste sich von ihren Lippen und wanderte an ihrem Hals entlang, über ihr Schlüsselbein und dann zu ihren Brüsten. Grace schloss die Augen und drückte ihren Kopf zurück an die Wand, als seine Zunge jede Brustwarze kostete, seine Lippen und seine Zähne ließen sie leise aufschreien vor lauter süßer Lust, die ihren Körper durchströmte.

"Nimm mich, Hugh", sagte sie. "Mach Liebe mit mir."

Geschmeidig streifte er ihr Nachthemd herunter, bis es zu ihren Füßen lag. Er nahm sie in seine Arme und trug sie zum Bett. Ein Wonneschauer durchfuhr sie, als sie in die Laken sanken.

Hughs Lippen küssten ihren Mund und wanderten wieder ihren Hals hinunter zu ihren Brüsten. Grace hielt den Atem an, als seine Finger langsam und zärtlich an der Innenseite ihres Beins entlangfuhren. Seine Hand erreichte den Übergang zwischen ihren Schenkeln und sie keuchte, als seine Finger in ihr Geschlecht glitten.

Er hob den Kopf, seine Augen suchten die ihren. Grace wollte nicht darüber sprechen, dass dies ihr erstes Mal war.

"Ich will dich", flüsterte sie, hielt sein Gesicht, richtete sich auf und strich mit ihren Lippen über seine. "Hör nicht auf."

Sein Mund war gierig, als er sich ihrer bemächtigte, aber seine Hand war sanft, als er hineinglitt und das erotische Spiel wieder aufnahm.

Ihr Geschlecht war nass, und seine Finger fanden jeden Punkt der Lust, spielten mit ihrem Körper wie mit einem Musikinstrument, während sie ihr Fleisch streichelten. Grace spürte, wie ihr der Atem knapp wurde. Ihr Körper begann zu summen vor lauter neuen Empfindungen.

Grace hatte noch nie solche süßen Qualen erlebt. Sie war besessen von ihm. Sie gab sich dem reinen Vergnügen seiner Hände und seines Mundes hin. Ihr Körper wirbelte in einem zeitlosen, rasenden Zustand von Leidenschaft und Verlangen. Ihre Hüften bewegten sich, hoben sich vom Bett ab, baten ihn um mehr Druck, wollten, dass er tiefer eindrang.

Plötzlich spürte sie, wie ihr Körper wie auf einer Wolke nach oben getragen wurde, als ein Sommergewitter in ihr explodierte. Irgendwo in einer bewussteren Welt hörte sie die freudige Stimme einer Frau schreien. Sie konnte nicht atmen, und doch kämpfte sie heftig darum, ihn dicht an sich zu drücken. Und dann segelte sie einfach durch einen kristallklaren Himmel.

Hugh hielt sie fest, während sie herunterkam, und küsste sie sanft. Die Empfindungen in ihrem Körper verflüchtigten sich weiterhin in glückseligen Wellen. Sie lag nackt in den Laken, das Haar um sie herum ausgebreitet, und schaute in graue Augen, die ihr Gesicht nicht verließen. Er war immer noch so gekleidet, wie er gekommen war, aber sie spürte, wie die Härte seiner Männlichkeit gegen sie drückte. Sie sah das Lächeln, das sich auf seinen Lippen abzeichnete.

"Du siehst aus, als hättest du einen Wettbewerb gewonnen", flüsterte sie.

"Das habe ich. Ich habe Dich gewonnen."

Das Flattern ihres Herzens war laut genug, dass er es hören musste. Sie berührte seine Brust. Sie hob sich und presste ihre Lippen auf seine Kehle. "Ich möchte mit dir machen, was du gerade mit mir gemacht hast."

Ein großer Seufzer der Zufriedenheit stieg aus seiner Brust.

"Noch nicht. Nicht heute Abend", sagte er und küsste sie tief, bevor er sich von ihr wegrollte. "Wir können das nicht fortsetzen, bevor wir nicht ein ernsthaftes Gespräch über unsere Zukunft geführt haben."

Sie wollte nicht an morgen denken.

Er setzte sich auf die Kante des Bettes. Sein Blick glitt über sie hinweg. Sie versuchte nicht, sich zu bedecken, als er mit der Fingerspitze von der Vertiefung ihres Halses bis hinunter zwischen ihre Brüste fuhr.

"Und auch danach kannst du mich nur berühren, wenn ich dich hier schmecken kann. . ." Sein Finger schlängelte sich langsam über ihren Bauch. "Und hier . . ." Sie atmete nicht mehr, als sein Finger weiter nach unten fuhr und erneut in ihr Geschlecht glitt. "Und hier. Wir werden Liebe machen, nachdem ich Dich hier genossen habe."

Sie brannte, als die Vision ihren Geist überflutete. Ihre Knochen hatten sich in Flüssigkeit aufgelöst. Ihr Fleisch kribbelte. Hugh löste sich von ihr und zog das Laken bis zu ihrem Kinn hoch, bevor er ihre Lippen küsste.

"Wir haben viel zu besprechen, aber nicht hier in der Dunkelheit, wenn meine Schwester jeden Moment erwachen könnte. Wir werden reden, aber jetzt schlaf weiter."

Grace, die sich bis ins Mark erschüttert fühlte, sah ihm nach, als er den Raum durchquerte und hinausging.

Am frühen Nachmittag brachte der Arzt Darby zurück nach Baronsford. Zu Jos Leidwesen bestand der Schmied darauf, zur Erholung in seine eigene Hütte gebracht zu werden und nicht in das Haupthaus. Aber wenn der Mann dachte, er könne sich dort einfach ausruhen und sich nicht aufdrängen, dann irrte er sich. Niemand hatte die Absicht, das zuzulassen, am allerwenigsten Jo. Sie erstellte einen Zeitplan, und schon bald trugen ihm die Diener Mahlzeiten zu und kümmerten sich um alle seine Bedürfnisse. Jo und Grace vereinbarten, dass sie mindestens zweimal am Tag nach ihm sehen würden. Dr. Namby, der nicht außen vor bleiben wollte, bot an, am Montagmorgen wiederzukommen, um den Verband der Messerwunde zu wechseln.

Hugh erfuhr davon, als er vom See zurückkam, wo die Bauarbeiten an der Staumauer begonnen hatten.

"Du bist ein Held, Darby", sagte Hugh zu ihm, als er die Hütte des Verletzten aufsuchte. Grace und Jo waren bereits dort. "Es gibt kein Entrinnen vor diesen Aufmerksamkeiten."

Seine Schwester wuselte in einem anderen Zimmer am anderen Ende der Hütte.

Als er auf einem Schemel neben dem Bett des Schmieds saß, beobachtete er, wie Grace den Inhalt eines Korbes auf ein Regal stellte. Die Haushälterin erzählte ihm, dass der Arzt den Knöchel für "nur verstaucht" erklärt hatte, und Grace ging jetzt sogar ohne Stock durch die Hütte.

Sie warf ihm einen Blick zu, wandte sich aber schnell wieder ab. Ihre Begrüßung bei Hughs Ankunft war schüchtern gewesen, und sie hatte den Blickkontakt mit ihm vermieden.

Hugh hatte im Laufe des Vormittags mindestens tausendmal an Grace gedacht. Als er zurückkam, erzählten ihm seine Rechtsgehilfen, dass sie sich durch die Fallbücher gearbeitet hatte und damit beschäftigt war, die Informationen, die sie fand, aufzuzeichnen. Die Glückspilze, dachte er.

"Ich bin fast fit wie ein Turnschuh, Mylord", sagte Darby zu ihm. "Und ich weiß, dass Sie den Ballon unbedingt in die Luft bringen wollen, bevor Ihre Familie eintrifft. Erwarten Sie mich am Montag in der Kutschenscheune. Ich denke, wir können die Leinen so fertig machen, wie Sie sie haben wollten."

"Zwei Tage Erholung sind vielleicht etwas zu ehrgeizig", entgegnete Hugh und schüttelte nicht einverstanden den Kopf. "Ich will nicht, dass du jetzt an Arbeit denkst, sei es Schmieden oder Ballonfahren. Du musst dich erholen."

"Verzeihung, Mylord", sagte Darby mit einer Stimme, die nur für Hugh bestimmt war. "Ihr müsst mir dieses ganze Verhätscheln ersparen. Seine Klinge hat kaum Schaden angerichtet, wie Ihnen der Arzt selbst sagen wird. Sie sind ein kämpferischer Mann. Wissen Sie, Ich fühle mich nicht wohl dabei, hier zu liegen, während sich die Damen um mich kümmern."

Hugh warf einen Blick auf Grace und seine Schwester. "Halte es bis morgen aus", flüsterte er. "Dann werden wir sehen, wie es dir geht. Und ich werde mit meiner Schwester darüber sprechen. Lady Jo ist sehr erfahren, wenn es darum geht, sich um Kranke und Verletzte zu kümmern. Sie wird wissen, wann es Zeit ist, dass du wieder auf die Beine kommst.

"Aye, Mylord", stimmte Darby widerwillig zu. "Aber würden Sie wenigstens mit Mistress Grace sprechen? Ich fühle mich wie ein Narr, wie wenig ich getan habe und wie oft sie sich bei mir bedankt hat. Wenn Ihr sie nur gesehen hättet, wie tapfer sie diesen Schurken gegenüberstand. Sie brauchte keine Rettung. Da sage ich ihr, sie soll sich hinter mir verstecken. Stattdessen geht sie nach vorne und nimmt den Kampf direkt mit ihnen auf. Sie ist mutig, das kann ich euch sagen. Sie war eine Augenweide."

Tapfere Herrin Grace. Schöne Herrin Grace. Brillante Herrin Grace. Von Darby über Jo bis hin zu seinen verflixten Anwaltsgehilfen sangen sie alle ein Loblied auf sie. Hughs Blick wanderte zu dem Objekt ihrer Unterhaltung, als sie einen Stapel gefalteter Tücher auf ein Regal legte. Wenn sie nur wüssten, wie weit ihre bewundernden Worte von der Wahrheit entfernt waren.

In seinen sechsunddreißig Jahren hatte er noch nie eine Frau kennengelernt, die ihn - Geist, Körper und Herz - so vereinnahmte wie sie. Gedanken an die letzte Nacht drängten sich in seinen Kopf. In den Stunden, nachdem die Truscotts gegangen waren, hatte er versucht, sich auszureden, in ihr Zimmer zu gehen, aber es war unmöglich. Was auch immer andere Leute von Grace' Tugenden hielten, Hugh wusste mehr. Ihre feurige Leidenschaft, ihr makelloser und empfänglicher Körper. Er musste aus ihrem Zimmer entkommen, sonst hätte er mit ihr geschlafen.

Darby redete weiter, aber Hughs Aufmerksamkeit galt hauptsächlich Grace. Sie konnte nicht hoch genug greifen, um einen Krug aus einem Regal zu holen. Er entschuldigte sich und ging zu ihr. Ihr Kleid berührte sein Jackett. Sie waren sich so nahe, dass er fast den wilden Pulsschlag in ihrer Kehle hören und die Hitze in ihrem Gesicht spüren konnte. Er wollte ihr ins Ohr flüstern. Ihr die Geheimnisse seines Herzens erzählen, wie er vergangene Nacht die Wahrheit erfahren hatte.

Er war in sie verliebt.

Hugh holte den Krug und reichte ihn ihr. Ihr Blick hob sich, und er war verloren, versank in den blauen Tiefen ihrer Augen, bis der Drang, ihre Lippen zu küssen, überwältigend war.

Ein Klopfen an der Hüttentür rettete ihn. Anna kam mit einem weiteren Korb herein, und Hugh ging zurück zu dem verletzten Mann.

Hinter ihr blieb einer der Stallknechte, die heute Morgen mit Truscott losgezogen waren, in der Tür stehen. Hugh trat hinaus, um mit ihm zu sprechen.

"Wir haben drei von ihnen zurückgebracht, Mylord. Mr. Truscott sagt, er ist sicher, dass wir die Täter erwischt haben. Er fragt, ob Ihr so freundlich wärt, ins Dorf zu gehen. Der Landvogt wartet dort mit ihm und den anderen."

"Ich würde Sie gerne begleiten, Mylord." Grace stand in der offenen Tür. Sie hatte alles gehört, was gesagt worden war.

Hugh wandte sich an seinen Mann. "Wir werden den Zweispänner nehmen. Lassen Sie ihn nach vorne bringen. Und mein Diener soll meine Pistolen bringen."

Der Stallbursche rannte los, um zu tun, was ihm gesagt wurde. Jo kam auch an die Tür und Grace erzählte ihr, was sie vorhatten. "Ich lasse dich nur ungern allein, aber ich sollte ins Dorf gehen."

"Ich bin nicht allein. Anna ist hier, und wenn ich mich nicht irre, ist Darby vielleicht froh, uns für den Nachmittag los zu sein."

"Er könnte wahrscheinlich etwas Zeit allein gebrauchen", stimmte Hugh zu. "Um sich auszuruhen."

Sie umarmte Grace. "Ich verstehe, dass es für Sie wichtig ist, zu wissen, dass die richtigen Leute gefasst wurden." Sie wandte sich an Hugh. "Und du *wirst* dich gut um sie kümmern."

Jo warnte ihn vor seinen Absichten in Bezug auf Grace.

Sie waren weniger als ein Jahr auseinander. Von allen Geschwistern stand sie ihm am nächsten und verstand seine Stimmungen am besten. Aber für Grace war sie bereits eine Freundin. Hugh wünschte, er könnte seiner Schwester sagen, dass es keinen Grund zur Sorge gab, dass er alles in seiner Macht stehende tun würde, um sie zu einem Teil seines Lebens zu machen, zu einem Teil des Lebens von allen in Baronsford. Und was auch immer an Geschäften in Brüssel bezüglich des Diamanten und der Bonapartes zu erledigen war, er würde sich auch darum kümmern.

Grace ging hinein, um ihre Kappe zu holen, und er folgte ihr. Nachdem er Darby erzählt hatte, was geschehen war, führte Hugh sie aus der Hütte.

Die beiden gingen schweigend zur Kutsche. Sein Kammerdiener wartete mit Hut und Handschuhen auf ihn. Seine Pistolen waren unter dem Sitz verstaut, und er half ihr auf, bevor er einstieg und die Zügel übernahm.

Ihre Schultern stießen aneinander, als die Pferde auf die Straße einbogen, und sie verstellte diskret ihren Sitz und versuchte, einen angemessenen Abstand zwischen ihnen zu halten. Hugh sah die Röte in ihren Wangen, die Art und Weise, wie ihre Hände die Kante des Sitzes umklammerten, um sich in einer sicheren Position zu halten. Er betrachtete ihr schönes Profil, und sie wandte ihr Gesicht in Richtung der blühenden Wiese ab.

"Sag, was du auf dem Herzen hast, Grace."

"Letzte Nacht..."

"Letzte Nacht war unvermeidlich. Es war im Kommen, seit wir uns zum ersten Mal geküsst haben." Als Hugh sich beeilte zu sprechen, purzelten seine Worte nur so aus ihm heraus. Es gab so viel, was er ihr sagen wollte. "Alles an dir erregt mich. Wenn ich mit dir zusammen bin, fliegen alle meine ehrbaren Absichten einfach aus meiner Reichweite hinaus."

"Bitte hör auf." Ihre Hände pressten sich gegen ihre Wangen. "Es ist mir so peinlich, was passiert ist. Ich weiß nicht, was über mich gekommen ist. Ich habe geschlafen. Und dann standest du vor meiner Tür, und alles schien wie ... wie ..."

"Wie was?", fragte er und legte seine Hand auf ihr Knie.

"Quäle mich nicht. Zwinge mich nicht, mich zu erinnern. Ich habe nichts davon vergessen", sagte sie leise und schob seine Hand weg. "Aber du musst verstehen, dass ein solcher Mutwille nicht zu dem gehört, was ich bin. So bin ich nicht erzogen worden. Es ist nicht die Art, wie ich mich verhalte. Aber gestern Abend ... die Art, wie ich mich verhalten habe. Die Dinge, die ich gesagt habe. Das war kein gestohlener Kuss. Ich habe dich schamlos zu mehr ermutigt. Viel, viel mehr."

Und er hatte vor, noch viel, viel mehr zu tun. Für eine lange Zeit. Aber ihre Unschuld verblüffte ihn immer noch. "Du bist eine erwachsene Frau, Grace."

Ihr Blick flog zu seinem Gesicht. Tränen glitzerten in ihren schönen Augen. Sie war aufrichtig verärgert.

"Ich *bin* eine erwachsene Frau. Eine alte Jungfer von achtundzwanzig Jahren, die sich nie in romantische Rendezvous verwickeln ließ. Ich habe nie mein Herz oder meinen Körper an einen Mann verschenkt. Ich habe überall, wo ich gelebt habe, die Versuchung einer Liaison vermieden." Sie kämpfte mit einer Träne, die ihre Wange hinunterlief. "Ich weiß nicht, warum ich mir erlaubt habe, jetzt damit anzufangen. Es ist unentschuldbar, dass ich dich dazu verleitet habe, wenn ... wenn ich dich in zwei Tagen bitten werde, dein Versprechen zu halten."

Ihre Worte trafen ihn. Sie konnte nicht davon reden zu gehen, sagte er sich. Nicht jetzt. Irgendwann, inmitten der Ereignisse der letzten Woche, hatte er dieses Gespräch verdrängt. Alles war jetzt anders zwischen ihnen.

"Welches Versprechen?"

"Mich nach Antwerpen zu schicken."

Hughs Temperament flammte auf, und es fiel ihm schwer, es im Zaum zu halten. "Nein. Das wird nicht geschehen. Dieses Versprechen wurde gegeben, bevor ich wusste, wer du bist. Alles hat sich geändert. Ich habe Gefühle für dich, und ich weiß, dass du Gefühle für mich hast. Du kannst es nicht leugnen."

"Aber du hast mir dein Wort gegeben."

"Ich habe darauf bestanden, dass Du vierzehn Tage wartest, bevor wir erneut darüber sprechen. Du hast beschlossen, Du fühlst Dich gut genug, in einer Woche abreisen zu können. Es ist mir egal, was gesagt wurde, aber ich werde jedes Versprechen, das es dir erlaubt, nach Antwerpen zu gehen, bereitwillig und mit Freude brechen."

Hugh klang sogar für sich selbst bockig, aber das war ihm egal. Er wollte, dass sie blieb.

"Du bist nicht vernünftig." Sie entsprach seinem scharfen Ton. "Du weißt, wer ich bin, und Jo auch. Aber das Wissen auch die anderen, jetzt, wo Mrs. Douglas es weiß. Siehst du nicht, dass das für mich ein noch größerer Grund ist, zu gehen? Meine Familie gilt immer noch als Verräter an der Krone. Ich bin nicht nur die Tochter von Daniel Ware; ich bin auch eine Macpherson, eine Jakobitin mütterlicherseits. Feinde der englischen Regierung, wohin man auch schaut. Ich kann nicht hierbleiben und diese Dinge einfach wegwünschen. Das werde ich dir, Jo und deiner Familie nicht antun."

Das alles spielte keine Rolle. Es war ihm egal, wer ihre Familie war oder woher sie kam. All das war für Hugh irrelevant. Er hatte sich in Grace verliebt. Sie war das Einzige, was zählte.

Er wiederholte die Worte in seinem Kopf. *Er war in sie verliebt.* Aber sie war zu aufgeregt. Sie hörte ihn nicht. Sie war zu sehr mit dem Drama ihrer Situation beschäftigt, um ihm zuzuhören, wie er ihr seine Zuneigung erklärte. Oder zuzugeben, was er in ihrem Herzen wusste.

"Ich muss dir etwas sagen, was ich heute Morgen getan habe", sagte Hugh und zwang sich zu einem ruhigen Ton in seiner Stimme.

"Es gibt nichts, was du getan hast oder tun wirst, was mich umstimmen könnte."

Er hoffte, dass sie sich irrte. "Hör mich an."

"Bitte ... tu das nicht. Siehst du nicht, dass es das Beste ist, wenn du mich einfach gehen lässt?"

Das würde er nicht tun. Er konnte Grace nicht aus seinem Leben verschwinden lassen. Und sich darüber zu streiten, würde nichts bewirken. Er zügelte die Pferde und hielt sie an. Baronsford saß majestätisch auf der Anhöhe hinter ihnen. Der Wald und die Straße nach Melrose lagen direkt vor ihnen.

"Nachdem ich gestern Abend dein Zimmer verlassen hatte, schrieb ich einen Brief an den Prinzregenten. Ich bat ihn, dich zu begnadigen."

Heute Morgen, nachdem er den Brief per Eilboten abgeschickt hatte, hatte er gedacht, dass er ihr nichts davon erzählen würde, bis er eine Antwort hatte. Aber jetzt war ihm klar, dass sie ein Recht darauf hatte, es zu erfahren.

Glitzernde Tränen liefen ihr über das Gesicht, während sie ihn anstarrte.

"Ich setze die ganze Kraft des Namens Pennington hinter den Appell. Mein Name und der meines Vaters. Den ganzen Dienst und Einfluss, den wir repräsentieren. Ich habe Ihnen Deine vergangenen Umstände erklärt, Deine gegenwärtige Situation ... und meine Absichten", sagte Hugh zu ihr und nahm ihre Hand. Ihre Finger waren eiskalt, als er sie an seine Lippen führte. "Ich liebe dich, Grace. Und in diesem Brief habe ich bekannt gegeben, dass ich vorhabe, dich zu heiraten, wenn du mich haben willst. Wenn du mich findest ..."

Sie wartete nicht darauf, dass er noch etwas sagte. Ihre Arme lagen um seinen Hals. Sie weinte leise, als sich ihre Lippen auf seine pressten.

Hugh hob sie auf seinen Schoß, küsste ihre Wangen und ihre Lippen und schmeckte ihre salzigen Tränen. Er drückte sie an sich und wusste, dass er sie niemals loslassen würde, egal, was der Prinzregent beschloss. Hugh hatte Einfluss am Hof. Er würde für sie und für ihr Glück kämpfen. Er war sogar bereit, weg zu gehen, in die Kolonien oder nach Amerika zu gehen, wie es sein Onkel Pierce und seine Frau getan hatten. Er würde alles tun, was nötig war, damit sie zusammen sein konnten.

"Ich liebe dich", flüsterte sie gegen seine Lippen. "Ich dachte, ich würde in der Dunkelheit dieser Kiste sterben, und doch weiß ich jetzt, dass der Wind und die Meeresströmungen mich zu dir trugen. Als das Schiff auf dem Meer hin und her geschleudert wurde, wusste ich nicht, dass ich in einen noch gewaltigeren Sturm aus Zuneigung, Leidenschaft und unvergleichlicher Ehre geraten würde. Du bist dieser Sturm, und du hast mich mitgerissen. Du hast mich zum Träumen gebracht, aber-"

"Es gibt kein 'aber', meine Liebe."

Sie legte ihre Finger auf seine Lippen. Ihr Gesicht war so nah, dass er sein Spiegelbild in den glänzenden Tränenpfützen ihrer Augen sehen konnte.

"Aber ich möchte, dass du deinen Heiratsantrag zurücknimmst."

Er nahm ihre Hand von seinen Lippen weg. "Ich werde nichts dergleichen tun. Ich habe vor, den Rest meines Lebens mit dir zu verbringen."

Sie streichelte sein Gesicht und gab ihm einen zärtlichen Kuss auf die Lippen. "Dann musst du dieses Angebot in deinem Herzen bewahren, so wie ich es in meinem bewahren werde, für jetzt."

"Was meinst Du? Glaubst du, ich schweige, wenn du mich mit Drohungen quälst, nach Antwerpen zurückzugehen? Wenn ich weiß, dass du mich liebst?"

"Du kannst mich noch einmal fragen, wenn du es immer noch willst, aber nur, wenn dein Prinzregent diese Begnadigung gewährt."

"Verdammt sei der Prinzregent", explodierte Hugh. "Grace, das ist mir scheißegal..."

"Keine Ultimaten. Keine Drohungen. Ich werde nicht zulassen, dass du deine Errungenschaften oder deine Karriere wegwirfst. Ich werde dich nicht von deiner Familie entfremden", sagte sie ihm. Die federleichte Berührung ihrer Finger zeichnete die harten Linien in seinem Gesicht nach. Tränen liefen über ihre makellosen Wangen. "Lass mich nicht mit der Angst leiden, dass ich dich so ruinieren könnte, wie meine eigene Familie ruiniert wurde. Seit mein Vater tot ist, habe ich niemanden mehr. Keine Brüder und Schwestern, keine Cousins und Cousinen, keine Tanten und Onkel. Ich habe kein Zuhause, keine Wurzeln, an die ich mich klammern und aus denen ich Kraft schöpfen könnte. Glaubst du, ich würde zulassen, dass das dem Mann passiert, den ich liebe? Ich kann nicht... Das werde ich dir nicht antun. Ich werde ein solches Erbe nicht an unsere Kinder weitergeben."

Sie schloss die Augen, als ein weiteres Schluchzen sie zwang, Luft zu holen.

Er wollte ihr versichern, dass ihr Leben anders sein würde. Er wollte ihr sagen, dass sie in einer Zeit des Krieges aufgewachsen war. Die Welt war jetzt anders.

Er wollte ihr das sagen, aber er wusste, dass es eine Lüge wäre.

Wahr *war*, dass er alles für sie opfern würde. Er würde alles aufgeben, was er hatte.

Sie lehnte ihre Stirn gegen seine. Ihre Lippen waren nur einen Hauch voneinander entfernt.

"Ich liebe dich", flüsterte sie. "Aber für den Moment musst du dein Angebot sicher verwahren."

Kapitel Vierundzwanzig

ALS JO von Darbys Haus heraufkam, blieb sie stehen und starrte über die Felder hinweg auf die Pferde, die in halsbrecherischem Tempo die Straße entlang in Richtung Baronsfords Haustür getrieben wurden. Nur ein Notfall würde ein solch rücksichtsloses Tempo erfordern. Dann erkannte sie die Kutsche, und sofort stieg die Spannung zwischen ihren Schulterblättern an.

Lord oder Lady Nithsdale.

Was auch immer der Grund für diesen Besuch war, der erste Gedanke, der ihr durch den Kopf ging, war die Enttäuschung darüber, dass Hugh nicht hier war, um diese Leute in ihre Schranken zu weisen. Schließlich war es ihr Gast, Mrs. Douglas, die Grace mit ihren unbedachten Andeutungen und Einladungen in Gefahr gebracht hatte. Wenn Jo nur stark und mutig genug wäre, würde sie den lästigen Earl und die Gräfin selbst zur Rede stellen.

Als sie den Weg entlangeilte, wusste Jo jedoch, dass sie es nicht tun würde. Der Anstand brachte sie immer zum Schweigen. Das und die nagende Scham, dass die Nithsdales alles über ihre Vergangenheit wussten - über ihre düstere Herkunft und den öffentlichen Skandal, der sie für immer verfolgen würde, ungeachtet des Schutzes, den der Name und der Reichtum der Penningtons ihr gaben.

Gerade als Jo den gepflasterten Hof erreichte, raste die Kutsche durch das Tor, und die rasenden Pferde wurden gezügelt.

"Mylord", rief sie, als der stämmige Graf zu Boden sprang. "Ist etwas passiert?"

"Wo ist Greysteil?" fragte Nithsdale und ging an ihr vorbei zur Tür, ohne sich zu verbeugen.

Ein weiterer Beweis dafür, wie unbedeutend sie in den Augen dieser Leute war, dachte sie verbittert. Ohne ihre Familie in der Nähe, unterließ der Mann selbst die rudimentärsten Höflichkeiten.

"Er ist nicht zu Hause", sagte sie.

Nithsdale drehte sich um. "Aber ich muss sofort mit ihm sprechen."

Wie gerne hätte sie ihm gesagt, wie wenig sie sich für seine Wünsche interessierte! Scharfe Worte kämpften darum, sich an die Oberfläche zu drängen. Jo suchte in ihrem Inneren nach einem Hauch von Hughs Kraft, um den Earl für seine unhöfliche Art, sie zu begrüßen, zur Rede zu stellen. Aber nichts kam über ihre Lippen. Sie stand stumm, frustriert und gehemmt da.

"Sprich", befahl er. "Wo kann ich seine Lordschaft finden?"

"Melrose Village", antwortete sie schließlich, unfähig, mehr zu sagen.

Ohne ein weiteres Wort an sie zu richten, rief Nithsdale seinem Kutscher zu und kletterte in die Kutsche zurück. Während Jo zusah, wie das Gefährt die Gasse hinunterraste, versuchte sie sich einzureden, dass sie mit Lady Nithsdale und nicht mit ihrem Mann im Streit lag.

Das war eine Lüge, gab Jo einen Moment später leise zu. Die Wahrheit war, dass sie ein Feigling war.

Damals war sie noch ein Mädchen gewesen, aber nachdem die Nachricht von Wynne Melforts Heiratsantrag die Runde gemacht hatte, hatte sie zugelassen, dass der Klatsch und die kleinliche Arroganz und der Neid von Leuten wie den Nithsdales ihr Glück zerstörten. Sie hatte sich in der beschämenden Ungewissheit ihrer Geburt gewälzt und nicht gewagt, sich gegen die Anschuldigungen und Unterstellungen zu wehren. Sie hatte sich in ein feiges Schweigen zurückgezogen.

Fünfzehn Jahre später versteckte sie sich immer noch.

Grace schaute durch das kleine, vergitterte Fenster in der Zellentür.

Es waren eindeutig die drei Männer, die sie und Darby auf der Straße angegriffen hatten. Der Anführer mit dem tätowierten *M* auf der Hand stand unter dem hohen Fenster und blickte die anderen finster an. Derjenige, der auf sie losgegangen war, saß auf einer Pritsche. Der

Mann, der Darby getreten hatte, hockte in einer Ecke und starrte ins Leere.

Sie wollte keine Sekunde länger als nötig hierbleiben. Sie war zufrieden, dass sie die Richtigen erwischt hatten.

Nach dem Ritt ins Dorf und all dem, was der Mann neben ihr gesagt hatte, wollte Grace diese Angelegenheit zu Ende bringen, aber das war nicht möglich, solange sie das Motiv für den Angriff nicht mit Sicherheit kannten. Hugh berührte ihren Ellbogen, und sie nickte. Er hatte den Blick eines angeleinten Hundes. Er wollte Antworten.

Er führte sie aus dem Gefängnis, wo Truscott wartete. Die anderen Baronsford-Männer tummelten sich in der Nähe des Marktkreuzes und lungerten an der Ecke beim George Inn herum.

"Wie haben Sie sie gefunden?" fragte Hugh.

Truscott warf Grace einen Blick zu. "Wir waren in der Kalksteinmine und haben mit dem Betreiber gesprochen. Wie es das Pech will, war die Mine in der letzten Woche geschlossen. Ein teilweiser Einsturz eines Tunnels. Wir konnten die Ursache nicht näher eingrenzen, da außer einer kleinen Mannschaft, die das Bauwerk abstützte, niemand arbeitete. Erst heute Morgen haben sie den Betrieb wieder aufgenommen."

"Und niemand wusste etwas?" drängte Hugh.

"Während wir mit dem Betreiber sprachen, kam einer der Vorarbeiter herein. Er sagte, dass es gestern Abend ein Handgemenge zwischen zwei Männern gegeben hat." Truscott sah Hugh an. "Und das war keine von euren Prügeleien mit bloßen Fäusten. Die Burschen hatten Anfang der Woche ziemlich heftig Karten gespielt, wie sie es zu tun pflegen, wenn die Mine geschlossen ist. Einer von ihnen verlor eine beträchtliche Summe an einen anderen, und als der Gewinner das Geld kassieren wollte, sagte der andere, er würde ihn bezahlen, wenn er von einem ‚großen Auftrag' oben bei Melrose zurückkäme. Es stellte sich heraus, dass der Auftrag nicht so lief, wie er gehofft hatte, und als er gestern Abend zurückkam, hatte er kein Geld, um seine Schulden zu bezahlen."

"Wir wissen, was ‚der große Auftrag' war", fügte Hugh hinzu.

"Sie riefen den Mann aus der Mine", fuhr Truscott fort. "Sobald er uns sah, rannte er davon und wehrte sich wie der Teufel, als wir ihn einholten. Er hat uns lautstark vorgehalten, dass wir Hand an einen unschuldigen Arbeiter legen, aber bald darauf sang er wie eine Elster."

"Hat er die anderen beiden verraten?" fragte Hugh.

"Das hat er. Seine Verbündeten waren noch in der Mine, und der Betreiber holte sie ebenfalls heraus. Als wir alle drei hatten, zeigten zwei von ihnen mit dem Finger auf den mit dem *M* Tatoo, der auf den Namen Quint hört, als den Anführer."

Hugh warf einen Blick zurück auf die Gefängnistür und sah aus, als ob er bereit wäre, wieder hineinzugehen. "Haben sie dir etwas gesagt?"

"Die beiden hatten sich viel zu sagen, aber Quint ist ein harter Brocken."

"Welchen Grund haben sie für den Angriff angegeben?" drängte Hugh. "Warum kamen sie hierher und warteten auf einer Landstraße? Sie wären dumm, wenn sie das einen großen Auftrag nennen würden."

Grace konnte sehen, dass er von Minute zu Minute wütender wurde.

"Das ist der interessanteste Teil", fuhr Truscott fort. "Sie sagten, Quints Bruder, ein Hausdiener, sei zu ihm gekommen und habe ihm gutes Geld angeboten, um eine bestimmte Frau zu entführen und sie an einen Ort an der Jedburgh Road südlich von Melrose zu bringen. Sie bekamen ein paar Schillinge im Voraus und sollten bei der Übergabe zu gleichen Teilen fünfzehn Pfund erhalten."

"Ein Diener für wen?" fragte Hugh.

"Sie wussten es nicht, und Quint hat noch nicht geredet. Die beiden haben ihn aber beschrieben. Sie sagten, er sei groß und schielte auf dem rechten Auge."

Grace wusste, dass kein Bediensteter so viel Geld für ihre Entführung zahlen würde. Er musste im Auftrag seines Herrn handeln.

"Ich werde den Landvogt alle Anwesen von Berwick bis Edinburgh durchsuchen lassen", sagte Hugh zu ihr. "Wir werden herausfinden, wer dahintersteckt. Bis dahin ..."

Eine von vier Pferden gezogene Kutsche ratterte mit hoher Geschwindigkeit in das Dorf. Als der Wagen an ihnen vorbeifuhr, sah Grace, wie ein rundes Gesicht aus dem Fenster schaute und dem Fahrer plötzlich zurief, er solle anhalten.

Kaum hatte der Kutscher sein Gespann gezügelt, sprang ein rundlicher Herr aus der Kutsche und eilte dorthin zurück, wo sie standen. Hughs Gesicht verfinsterte sich, als der Mann näherkam.

"Herr Greysteil", rief der Mann. "Ich war gerade in Baronsford. Eure Schwester sagte mir, ich würde Euch hier finden."

"Lord Nithsdale", antwortete Hugh in eisigem Tonfall.

Der Ehemann von Lady Nithsdale, dachte Grace. Die andere Hälfte, in guten wie in schlechten Zeiten.

"Ich brauche einen Moment, um mit Ihnen zu sprechen, wenn Sie Zeit haben..."

"Wir sind beschäftigt", knurrte Hugh drohend. "Das ist nicht der richtige Zeitpunkt."

Nithsdale machte unwillkürlich einen Schritt zurück und schien dann zum ersten Mal zu bemerken, dass der Vicomte nicht allein war. Er nickte Truscott zu und warf einen Blick auf Grace. "Oh, ist das ...? Würde Ihre Lordschaft so freundlich sein, Ihren Gast vorzustellen?"

Das Zögern des Lord Richters war einschüchternd. Trotz der Rangunterschiede bestand für Grace kein Zweifel daran, dass der Vicomte hier das Sagen hatte.

Hugh stellte sie als "Miss Grace Ware" vor, aber seine Worte waren abgehackt, und sein Ärger war deutlich zu spüren.

"Wenn Sie uns jetzt entschuldigen würden", sagte er in gereiztem Ton und wandte sich von dem Grafen ab.

"Wenn Sie einen Moment Zeit haben, meine Angelegenheit ist sehr wichtig. Sie sehen, mein..."

Hugh unterbrach ihn. "Ich habe Ihnen gerade gesagt, dass dies nicht der richtige Zeitpunkt ist, Nithsdale. Sie denken, dass Ihe Angelegenheiten immer an erster Stelle stehen, aber ich bin im Moment mit offiziellen Angelegenheiten beschäftigt."

Grace wunderte sich über Nithsdales verändertes Verhalten. Er sah plötzlich aus wie ein verirrter, kriechender Schuljunge, der den Lehrer um Erlaubnis bittet, seine Narrenkappe abzulegen und wieder in die Klasse zu gehen.

"Wenn Sie *einen* Moment Zeit hätten?", beharrte er kleinlaut. "Es geht um Mrs. Douglas."

Hugh ballte und löste seine Fäuste und starrte Nithsdale an. „Heraus damit"

Der Graf sah noch unsicherer aus, aber sie konnte sehen, dass er schon zu tief drinsteckte.

"Wenn Truscott und Miss Grace uns vielleicht einen Moment entschuldigen würden?"

Hugh lenkte Nithsdale ein paar Schritte weg, aber sie waren immer noch nahe genug, dass sie ihr Gespräch hören konnte.

Der Graf rang einen Moment lang nach Worten. "Bitte, nehmt es mir nicht übel, aber ich muss Euch fragen, was Ihr zu der Frau gesagt habt."

„Verdammter Mist", knurrte Hugh.

"Ich entschuldige mich, dass ich Sie zu einem ungünstigen Zeitpunkt erwischt habe." Nithsdale warf einen Blick auf die Gefängnistür. "Aber ... nun ja, meine Frau ist ganz aufgeregt. Ihre Freundin kam gestern etwas verärgert aus Baronsford zurück, wo sie mit Ihnen gesprochen haben soll, und hat dann ihre Sachen gepackt und ist abgereist!"

"Wohin abgereist?" fragte Hugh schroff.

"Ich weiß es nicht. London, glaube ich. Die Frau erzählte, sie sei zu einer Modekrise gerufen worden. Ein Brief sei angekommen, sagte sie. Aber es kam kein Brief für sie, also ist die ganze Sache für mich ein Rätsel. Wie auch immer, die Frau ist weg, Lady Nithsdale ist ganz aus dem Häuschen. Hier bin ich also und jage Schatten hinterher, während der beste Lachszug, den der Tweed seit Jahren gesehen hat, ohne mich stattfindet. Ich bitte nochmals um Entschuldigung, dass ich Sie aufhalte, Mylord, aber bitte verstehen Sie meine Lage. Meine Frau ..."

Warum die überstürzte Abreise, dachte Grace, es sei denn, Mrs. Douglas steckte hinter dem Angriff.

"Ist sie mit Dienern gereist?" fragte Hugh.

"Ja, natürlich. Mehreren."

"Ein Hausdiener?"

Nithsdale starrte einen Moment lang, dann dachte er über die Frage nach. "Lass mich überlegen. Ja, einem Kutscher und einem Hausdiener, zusammen mit ihrer Zofe."

"Wie sah der Hausdiener aus?"

"Sehen Sie, ich weiß nicht, ob ich den Mann jemals zweimal angeschaut habe."

"Denken Sie nach, Nithsdale."

"Wir sollten mit meinem Fahrer sprechen. Er sollte ..." Der Graf hielt nervös inne. "Moment, wenn ich so darüber nachdenke, dann fällt mir da noch etwas ein. Der Mann hatte schielte auf einem Auge. Ich konnte nicht sagen, ob er Sie ansah oder etwas hinter Ihnen. Verdammt nervig, würde ich sagen."

Kapitel Fünfundzwanzig

RÄNKE. Entführung. Möglicherweise sogar Mord. Alles für einen Diamanten.

Es war Nacht geworden, als sie das Dorf verließen, um nach Baronsford zurückzukehren. Nachdem Lord Nithsdale zu seinem Wagen geeilt und weggefahren war, hatte sich Hugh entschuldigt und war ins Haus des Landvogts gegangen. Während sie warteten, hatte Grace Truscott ins Gasthaus begleitet, wo sie etwas knabberte, während der Gutsverwalter speiste und sie sich unterhalten konnten.

Jetzt, da Truscott und die übrigen Baronsford-Männer in den Wagen und auf den Pferden folgten, saß Grace neben Hugh, während die Kutsche den bewaldeten Weg entlangrollte, umgeben von Dunkelheit. Weit voraus konnte sie eine Lampe in der Hand eines der Pferdeknechte sehen, die Truscott zu den Minen begleitet hatten.

Grace hatte so viele Fragen. Sie hatte auf eine Gelegenheit wie diese gewartet, wo die anderen sie nicht hören würden, aber Hugh war tief in Gedanken versunken.

Das Engagement von Frau Douglas war schwer zu verstehen. Nach allem, was man hört, mangelte es der Frau an nichts. Als frischgebackene Witwe eines hochrangigen Ministers verkehrte sie in den elitären Kreisen der Regierungschefs und der feinen Gesellschaft. Sie verfügte über ein komfortables Vermögen, das es ihr erlaubte, so zu leben, wie es ihr gefiel.

Wenn es um Gier ging, so dachte Grace, hatte sie vielleicht tatsächlich ein behütetes Leben geführt.

Vielleicht ging es bei diesem Angriff aber auch gar nicht um Reichtum.

Auch Ängste und Spekulationen über ihren Vater nagten an ihr. Sie war immer eine pflichtbewusste Tochter gewesen und hatte geglaubt, dass Daniel Ware ein ehrenhafter und aufopferungsvoller Mann war, der kein Unrecht begehen konnte. Aber es gab so vieles an diesem Juwel, das sie beunruhigte.

"Ich weiß nicht mehr, was ich denken soll." Die Worte wurden laut ausgesprochen und rissen Hugh aus seinen Grübeleien.

"Über meinen Vater", fuhr Grace fort. "Ich kann mir nicht erklären, ob dieser Diamant ein Geschenk ihres Mannes an Königin Julie war oder ob er dazu bestimmt war, die Gefolgschaft des Kaisers zu finanzieren. Und wusste mein Vater von der Gefahr, die ihn umgab?"

"Wenn ich ihn nicht als militärischen Befehlshaber, sondern als liebenden Vater betrachte, kann ich mir nicht vorstellen, dass er dich wissentlich Gefahren ausgesetzt hat, vor denen er dich nicht schützen konnte. Ich ziehe es vor zu glauben, dass er ebenso wenig wie du von dem Diamanten wusste, den wir in deinem Kleid gefunden haben."

"Das möchte ich glauben", stimmte sie zu. "Allerdings war Daniel Ware kein Experte für Frauenmode. Ich weiß mit Sicherheit, dass er in all den Jahren, in denen er alleinerziehend war, nicht ein einziges Mal mit einer Schneiderin gesprochen hat. Nein. Wenn er ein Juwel verstecken wollte, das er abliefern sollte, gab es ein Dutzend anderer Möglichkeiten, die er in Betracht gezogen hätte. Er trug einen Geldgürtel; warum sollte er ihn nicht dort aufbewahren? Oder die kleine Truhe, mit der wir reisten? Sie hatte einen doppelten Boden für Dokumente und hätte den Diamanten problemlos aufnehmen können. Vielleicht hätte er sogar in den ausgehöhlten Kopf seines Stocks gepasst. Ich glaube, Sie haben die Antwort gefunden. Er konnte es einfach nicht wissen."

Er nahm ihre kalte Hand in seine und führte sie an seine Lippen. Sie war so dankbar, dass er verstand, dass sie ungeachtet ihrer eigenen Zweifel immer noch die Tochter ihres Vaters war. Und ihm zu misstrauen, verletzte sie. Jetzt, wo er nicht mehr da war, konnte sie nicht glauben, dass seine Liebe nur eine Lüge war. Ihr Vater würde sie nicht wissentlich in Gefahr bringen. Aber die Frage, wer den Diamanten in ihrem Kleid versteckt hatte, blieb unbeantwortet.

Grace dachte wieder an Mrs. Douglas und ihre überstürzte Abreise von den Borders.

"Aber woher wusste Mrs. Douglas, dass wir den Diamanten bei uns hatten? Ich bin sicher, dass sie nicht mit demselben Schiff aus Amerika angereist ist, und sie war meines Wissens auch nicht in Philadelphia, als wir dort waren." Aber die Frau wusste von dem Edelstein, und es machte Grace wütend, wenn sie daran dachte, wie nahe sie daran war, sich in ihrem Netz zu verfangen.

"Es fällt mir schwer zu glauben, dass sie allein gearbeitet hat. Sie mag Mitwisser in Amerika gehabt haben. Aber was ihr Motiv für all das angeht ..." Er schüttelte den Kopf. "Je mehr ich darüber nachdenke, desto unvorstellbarer wird es, dass sie sich auf diese Weise dem Ruin aussetzen würde, nur um einen Diamanten zu stehlen."

Das Licht des aufgehenden Mondes drang durch die Bäume und strich über sein Gesicht. Er war wieder in seine Gedanken vertieft.

Als Hugh im Gasthaus zu ihnen stieß, hatte er ihr und Truscott erzählt, dass er per Eilboten die Constables und die Militärkommandanten in Newcastle, Carlisle und York angewiesen hatte, Mrs. Douglas in Gewahrsam zu nehmen, wenn sie auf der Durchreise nach Süden war. Truscott hatte vorausgesagt, dass er als Lord Justice dafür sorgen würde, dass sie bis nach London verfolgt würde. Er hatte auch angedeutet, dass Hugh den Angriff auf Grace als persönlichen Angriff auf sich selbst betrachtete, und "Gott helfe der Frau, wenn er sie findet."

Graces Gedanken kehrten zu seinem Heiratsantrag zurück. Selbst jetzt fragte sie sich, ob sie in einem vergessenen Moment ihrer Geschichte etwas außergewöhnlich Gutes für jemanden getan hatte. Oder ob sie, ohne es zu wissen, von einem freundlichen Menschen gesegnet worden war, der ihr alles Gute im Leben gewünscht hatte. Letzteres musste der Fall sein, dachte sie, denn dieses Glück hatte sie ganz sicher nicht verdient. Sich in diesen großartigen Mann zu verlieben und zu erleben, dass er ihre Zuneigung erwiderte und sogar um ihre Hand anhielt ...? Das war zu viel. Ihr Herz sehnte sich nach ihm, und gleichzeitig schmerzte es.

Sie könnte ihn verlieren. Hughs Ersuchen könnte abgelehnt werden, und Grace würde sein Leben nicht um ihres eigenen Glücks willen ruinieren. Aber für heute und morgen und für jeden Tag, bis eine Antwort von seinem Prinzregenten eintraf, würde sie sich erlauben, sich in glücklichen Gedanken an eine Zukunft zu sonnen.

Grace warf einen weiteren Blick auf Hugh. Die Anspannung in seinem Gesicht und in seinen Schultern hatte nicht nachgelassen. Ein Schuldgefühl durchzuckte sie. Hier war sie und träumte von einem Leben, das sie vielleicht nie haben würde, während er sich über ihre gegenwärtigen Umstände Sorgen machte.

"Mrs. Douglas hat einen Tag Vorsprung. Glaubst du, sie werden sie finden?"

"Nicht zwischen hier und London", sagte er und wandte seine Aufmerksamkeit ihr zu. "Sie hat Nithsdale über ihr Ziel angelogen, um eventuelle Verfolger abzuschütteln. Aber ich konnte das Risiko nicht eingehen. Wenn Mrs. Douglas' Verwicklung sie an Antwerpen oder Amerika bindet, wird sie nicht in England bleiben. Ungeachtet ihrer Verbindungen war sie verängstigt genug, um zu fliehen. Ich würde wetten, dass sie gestern entweder in Richtung Edinburgh oder Glasgow geflohen ist."

"Wo sie ein Schiff besteigen kann", schloss Grace. Das machte natürlich Sinn. Mindestens zwei Männer waren in Fesseln, die gerne gegen den Hausdiener der Frau aussagen würden. Wenn ihr Bediensteter wiederum Mrs. Douglas verriet, konnte sie sich trotz ihres Reichtums und ihrer Stellung nirgendwo in England oder Schottland verstecken.

"Vor unserer Abreise habe ich auch den Polizeipräsidenten in Glasgow und den Polizeipräsidenten in Edinburgh angewiesen, ihre Männer nach ihr Ausschau halten zu lassen und die Passagierlisten aller auslaufenden Schiffe zu überprüfen", erklärte er. "Aber sie ist sicher zu schlau, um unter ihrem eigenen Namen zu reisen.

Und wenn sie erst einmal in See gestochen war, würde es leicht sein, zu verschwinden. Graces Familie hatte diese Kunst schon vor Jahrzehnten gemeistert. Es gab viele, die jedem, der mit England im Streit lag, gerne Unterschlupf gewährten.

"Was passiert, wenn sie doch entkommt?", fragte sie.

Das Mondlicht beschien sein Gesicht, als er sie ansah, und sie konnte die Sorge darin lesen.

"Ob sie nun gefangen genommen wird oder nicht, ich glaube nicht, dass Du außer Gefahr bist. Andere müssen involviert sein. Wir sind noch nicht fertig mit der Sache."

"Aber ich *möchte* es hinter mir lassen", sagte sie und sprach aus ihrem Herzen. "Ich weiß nichts über diesen Diamanten oder seinen Wert. Ich möchte ihn loswerden."

Sein Arm legte sich um sie, und er zog sie näher an sich heran. "Es tut mir leid. Ich wünschte, ich könnte es ungeschehen machen."

Ein alter Gedanke drängte sich an den Rand ihrer Gedanken. "Ich würde gerne einen Brief an Königin Julie schicken."

"Fangen wir nicht wieder damit an", sagte er flehend. "Ich lasse dich nicht nach Brüssel gehen."

Sie lehnte ihren Kopf an seine Schulter und wusste, dass sie nach den Worten, die sie heute gesprochen hatten, nach seinem Heiratsantrag, nicht gehen konnte. Das heißt, sie würde nicht gehen, es sei denn, sie würde dazu gezwungen.

"Ich brauche nur einen Brief zu schreiben und ihr zu erklären, was in Antwerpen geschehen ist, und ihr zu sagen, dass ich hier bin. Ich werde den Diamanten mit keinem Wort erwähnen", sagte sie ihm. "Wenn der Edelstein für die Königin bestimmt war - wenn mein Vater Joseph tatsächlich einen Gefallen getan hat -, wird sie es mir sagen.

Seine Lippen berührten ihre Augenbraue. "Nun gut, tu es. Schreib den Brief. Aber ich sage dir jetzt schon, wenn sie zurückschreibt und nach dem Verbleib des Diamanten fragt, wird sie ihren eigenen Kurier schicken müssen, um ihn zu holen. Du wirst nicht dein Leben riskieren, um ihn zu überbringen."

"Das klingt fair", stimmte sie zu. Grace stahl einen Kuss von seinen Lippen, als er sie anlächelte.

Die Nacht und die Dunkelheit des Waldes verbargen sie vor den anderen, aber es bestand immer noch die Möglichkeit, dass diejenigen, die hinter ihr ritten, gesehen hatten, was sie gerade getan hatte. Es war ihr gleichgültig. Ein undurchdringlicher Schleier verdunkelte die Zukunft, aber für heute und morgen und wie viele Tage auch immer ihnen gehörten, lag keine Last auf ihrem Herzen. Sie liebte Hugh und er liebte sie. Das waren die einzigen wesentlichen Wahrheiten, die sie im Moment brauchte.

Der Wald lichtete sich vor ihnen und Baronsford kam in Sicht. Fackeln flackerten und beleuchteten den Vorhof selbst aus dieser Entfernung. In einem Dutzend Fenstern flackerten Kerzen. Jo sorgte dafür, dass das warme Licht des Willkommens in die Dunkelheit leuchtete. Grace dachte an sie und an die angenehme Möglichkeit, Jo als Schwester zu haben. Sie stellte sich den Moment vor, in dem sie die Nachricht hören würde.

Grace löste sich von Hughs Seite und richtete ihren Rock. Aber das konnte nicht passieren. Noch nicht. Sein Blick suchte ihr Gesicht ab.

„Bitte, wir müssen jedes Wort über unsere Verbindung für uns behalten."

"Du meinst, ich soll es Jo nicht sagen?"

"Ich glaube, es wäre einfacher. Wenn die Entscheidung des Prinzregenten nicht so ausfällt, wie du es dir wünschst, ist es umso besser für alle, je weniger wir erklären müssen." Grace wusste, dass ihre Freundin hoffte, dass sie und Hugh diese Verbindung eingehen würden. Jo wäre sehr enttäuscht, wenn sie glaubte, dass es nicht klappen könnte.

"Denke was Du willst, aber mein Kopf wird auf einem Tablett serviert, wenn Jo nicht über unsere Neuigkeiten informiert wird, bevor meine Eltern eintreffen."

Grace' Herz sank. "Wann kommen deine Eltern an?"

"Lassen Sie mich überlegen. Sie verließen London, als Jo es tat. Sie haben das Seenland bereist und dort Freunde besucht. Der Brief, den ich geschickt habe, sollte sie spätestens morgen erreichen." Er schenkte ihr ein Lächeln. "Sie sollten bis Dienstag hier sein."

"Du hast es ihnen gesagt?"

"Natürlich. Sie sind meine Eltern. Ich konnte dem Prinzregenten nicht einfach unsere Heiratsabsicht mitteilen, ohne es ihnen zu sagen."

Grace holte tief Luft. An seiner Stelle hätte sie das Gleiche getan. Sie hätte solche Neuigkeiten niemals vor ihrem Vater geheim gehalten.

"Und wenn ich mich geweigert hätte?"

Er lehnte sich zu ihr. Seine Lippen waren nur ein Flüstern entfernt. "Nach letzter Nacht gab es dafür keine Chance mehr."

Sie liebte diesen Mann. Er kannte sie schon zu gut.

"Aber nichts ist definitiv. Keine Planung. Kein Hoffen", erinnerte sie ihn. "Vielleicht kannst du deinen Eltern noch einmal schreiben und ihnen die Logik meiner Überlegungen erklären."

"Ich fürchte, die Wahrscheinlichkeit dafür ist sehr gering."

"Aber ..." Als sie zu argumentieren begann, küsste er sie auf die Lippen und brachte sie zum Schweigen.

"Und Jo muss es erfahren", fuhr er fort. "Ich bin mir ziemlich sicher, dass meine Mutter innerhalb weniger Augenblicke, nachdem sie diesen Brief gelesen hat, dem Rest der Familie geschrieben haben wird".

Grace bedeckte ihr Gesicht mit den Händen. Aber es gab immer noch zu viele Dinge, die schiefgehen konnten. Die Entscheidung des Prinzregenten war entscheidend, aber sie machte sich Sorgen über die Reaktion von Hughs Familie. Lord und Lady Aytoun wollten vielleicht keine mittellose, schottisch-irische Rebellin als Schwiegertochter haben. Das wäre ein Skandal.

Hugh zügelte die Pferde und nahm ihre Hände aus ihrem Gesicht. Sie waren in Baronsford angekommen.

"Mach dir keine Sorgen, Liebling. Ich werde den richtigen Moment finden, um Jo zu erweichen, bevor ich ihr die Nachricht überbringe. Aber du solltest wissen, dass sie am schwierigsten zu überzeugen sein wird."

Hugh und Jo fuhren am Morgen zum Sonntagsgottesdienst, aber Grace beschloss, in Baronsford zu bleiben. Sie war hier fremd, und sie konnte die Gerüchte, die über sie kursierten, nur erahnen. Und sie wollte, wenn es sich vermeiden ließ, keine zusätzliche Aufmerksamkeit auf sich oder die Penningtons lenken. Sie hatte keine Lust, den örtlichen Adel in der Kirche zu treffen, denn das würde mit Sicherheit weitere Besuche nach sich ziehen, und sie zog es vor, im Schatten zu bleiben.

Sie flüchtete in Hughs Arbeitszimmer und vergrub ihren Kopf in den Rechtsbüchern. Sie hatte noch mehr zu tun bei ihren Recherchen für den Fall Campbell. Als sie einige Stunden später aufblickte, schien die Sonne durch die Fenster.

Grace hatte keinen Zweifel daran, dass man sie genau unter die Lupe nehmen würde, sobald Hughs Eltern eintrafen. Sie war erst seit weniger als einem Monat in Baronsford. Sie würde es Lord und Lady Aytoun nicht übelnehmen, wenn sie sich Sorgen machten, ob ihr Sohn zu schnell eine Beziehung eingegangen war. Alle guten Eltern würden sich über ihre Beweggründe Gedanken machen. Hugh war für jede Frau ein Gewinn, aber sie würden sie für ihren Erben vielleicht nicht gut genug finden.

Grace liebte ihn. Und sie wusste, dass seine passenden Worte die absolute Wahrheit waren. Aber das war nicht genug. Ihre Herkunft, ihre Abstammung, die Verbindung ihrer Familie mit dem französischen Kaiser, seinem Bruder und Königin Julie. Die Liste ließe sich endlos fortsetzen, und ihre Einwände könnten das auch. Grace wäre furchtbar naiv, wenn sie glaubte, sie würden sich freuen, wenn ihr Sohn jemanden wie sie heiratete.

Und all diese Sorgen gingen über die Frage der Entscheidung des Prinzregenten hinaus.

Vieles, was ihre Zukunft betraf, war noch nicht geklärt. Aus diesem Grund war Diskretion im Moment unerlässlich.

"Wo ist sie?" Jo's Stimme hallte durch Baronsford's Hallen. "Wo versteckt sie sich, Mrs. Henson? Wo ist meine zukünftige Schwägerin?"

So viel zum Thema Diskretion. Grace wünschte sich, sie könnte unter den Teppich kriechen und sich verstecken. Hugh muss seiner Schwester auf dem Rückweg von der Kirche die Neuigkeiten erzählt haben.

„Hier bist Du."

Jo stürmte ins Arbeitszimmer, und Grace legte das Buch, das sie in der Hand hielt, beiseite. Das breite Lächeln auf dem Gesicht ihrer Freundin brachte ihre eigenen Gefühle schnell an die Oberfläche.

"Bitte, Jo. Nichts ist sicher. Du solltest es nicht ankündigen."

Sie hatte keine Gelegenheit, mehr zu sagen, als Hughs Schwester ihre Arme um sie warf. Die Freude der Frau war geradezu ansteckend. Die beiden hielten sich fest, und Grace konnte die Tränen nicht zurückhalten. Ihre Liebe zu Hugh und ihre Freundschaft zu Jo waren das Einzige, worauf sie sich in diesem unsicheren Leben verlassen konnte.

"Ich habe darauf gehofft. Acht Jahre lang habe ich dafür gebetet, dass er sein Glück wiederfindet." Jos Augen waren verschleiert, als sie sich zurücklehnte und Graces Hände hielt. "Und dann ist es passiert. Der Tag, an dem du in dieser Kiste ankamst. Die Tatsache, dass du diese entsetzliche Überfahrt überlebt hast. Das war ein sicheres Zeichen. Ihr beide seid füreinander bestimmt."

Grace lächelte unter Tränen. Wenn nur andere ihre Beziehung mit solch positiver Hoffnung und Überzeugung betrachten könnten. Sie nahm ihre Freundin noch einmal in die Arme.

"Bitte, ich habe es Hugh gesagt und ich sage es Dir, wir können diese Nachricht nicht veröffentlichen. Wenn wir einfach warten könnten ... wenn schon nicht auf die Entscheidung des Prinzregenten, dann doch wenigstens, bis wir wissen, was Deine Eltern denken."

"Wir werden nicht warten", sagte Jo und führte sie zu einem Sofa, auf dem sie beide Platz nahmen. "Erstens: Hugh entscheidet selbst, wie er sein Leben lebt. Und zweitens wirst du bald erfahren, dass unsere Eltern sehr an zweite Chancen glauben. Jeder von ihnen hatte entsetzliche Jahre in ihrem jungen Leben. Sie waren beide schon einmal verheiratet und verwitwet. Meiner Mutter wurde gesagt, sie könne nie ein Kind bekommen, und mein Vater war durch einen Unfall zum Krüppel geworden. Aber sie haben sich gefunden, und jetzt sind wir fünf, oder zumindest vier ... die sie zur Welt gebracht hat."

Jo lachte glücklich und hielt Grace' Hand.

"In all den Jahren, in denen Hugh in seinem Kummer ertrank, sagte meine Mutter immer wieder, dass auch für ihn die Zeit kommen würde. Dass er sein Glück finden würde. Dass es da draußen eine Frau gäbe, die ihn wieder zum Leben erwecken würde. Das Leben zurück nach Baronsford bringen würde. Sie musste nur noch kommen. Und dann bist du gekommen... in einer Kiste, die an ihn adressiert war."

Die Saiten ihres Herzens sangen und Grace schloss ihre Augen, aber die bittersüßen Tränen wollten nicht aufhören. Das Leben konnte nicht so einfach sein. Das Schicksal war nicht vertrauenswürdig.

"Unsere Eltern werden dich lieben. Sie haben auf dich gewartet", flüsterte Jo. "Wir haben alle gewartet."

Kapitel Sechsundzwanzig

DIE FAMILIE ZOG ES VOR, sonntags früh zu speisen, damit das Küchenpersonal Zeit für sich hatte, und Jo hätte die Diskussion über Hochzeiten, Kleider und Blumen gerne für den Rest des Nachmittags in den Salon verlegt. Als der Butler ankündigte, dass Kane Branson aus Edinburgh eingetroffen war und im Arbeitszimmer wartete, bat Grace darum, sich zu Hugh zu gesellen, um ihm Informationen über einen bestimmten Fall zu geben, den sie gefunden hatte.

"M'lord", sagte der Anwaltsgehilfe und erhob sich von einem Tisch am Fenster, als sie den Raum betraten. "Ich habe die Zeugenaussage."

Grace beobachtete, wie der junge Mann ein Päckchen mit Dokumenten vorlegte.

"Erzählen Sie uns, was Sie gelernt haben."

"Als ich in Edinburgh ankam, ging ich direkt zu Mr. Kinniburghs Schule in Chessels Court, so wie Sie es angeordnet hatten. Er hätte nicht freundlicher sein können, Sir, als er Ihren Namen hörte."

"Er ist ein guter Mann", sagte Hugh. "Fahren Sie fort."

"Sofort sagte er alle seine Termine ab und begleitete mich zum Bridewell auf dem Calton Hill. Dort hatten wir einige Schwierigkeiten. Sie mussten den Mann im Haus des Gefängnisdirektors abholen lassen. Schließlich fanden wir uns alle in seinem Büro ein, wo Mr. Kinniburgh Ihre Fragen und Mrs. Campbells Antworten übersetzte - was ein bisschen wie eine düstere Harlekin-Pantomime wirkte. Der Gefängnisdirektor diente als Zeuge."

"Ausgezeichnet", ermutigte Hugh. "Was hat sie Ihnen mitgeteilt?"

"Was wir zuvor über ihren Ehemann erfahren haben, war richtig, auch wenn es fraglich ist, ob sie legal verheiratet waren. Er verließ sie und ihre drei Kinder in Glasgow keine Woche vor dem Vorfall auf der Brücke. Sie bestätigte nur widerwillig die Schilderung der Nachbarn, dass der Schuft sie nach einem Anfall von Trunkenheit verprügelt und sich aus dem Staub gemacht habe. Seitdem wurde er nicht mehr gesehen, obwohl ein Nachbar glaubt, dass er sich mit einem Handelsschiff auf den Weg nach Indien gemacht hat."

Der Schurke, dachte Grace. Wie eine Schlange, die sich vor ihrer Verantwortung gegenüber ihrer Familie davonschleicht.

"Am Tag des Todes des Kindes", fuhr er fort, "überquerte Frau Campbell die Saltmarket Bridge auf dem Weg nach Hause zu ihren Kindern. Eines der Kinder war bei ihr. Es war drei Jahre alt. Der Junge war von dem langen Fußmarsch müde geworden, und einige Zeit zuvor hatte sie ihn auf ihren Rücken geschnallt."

"Ein Dreijähriger kann ganz schön anstrengend sein", sagte Grace. Sie hatte Frauen gesehen, die mit kleinen Kindern auf dem Rücken aus Kriegsgebieten flohen.

"Herr Kinniburgh bot ihr ein Taschentuch an, um das Kind darzustellen. Sie zeigte uns, wie sie es getragen hatte, indem sie ihr Tuch als Schlinge benutzte und die Enden fest an ihre Brust drückte. Frau Campbell erzählte uns, dass sie sich, als sie die Brücke erreichten, einen Moment lang ausruhte und sich an die Brüstung lehnte. Ein Kastanienhändler war nicht weit entfernt, und der Junge fing an, sich zu winden und zu zeigen, dass er hungrig war.

Grace spürte, wie es ihr kalt den Rücken hinunterlief, denn sie wusste, wie das Ganze enden würde.

"Frau Campbell griff in ihr Kleid, um zu sehen, ob sie den Ha'penny für die Kastanien hatte, und ein Ende des Schals rutschte ihr aus dem Griff. Ehe sie sich versah, hatte sich der Junge losgerissen und war in den Fluss gestürzt."

Grace konnte sich nur vorstellen, welche Panik und Hilflosigkeit die Mutter empfunden haben musste.

"Herr, als sie uns das zeigte, weinte sie Mitleid erregend. Ein paar Leute, die vorbeikamen, sahen nur, wie der Junge über die Brüstung fiel, und sie hielten sie fest. Der Junge wurde von der Strömung des Flusses mitgerissen."

"Wie furchtbar für sie", murmelte Grace und spürte, wie ihr die Luft wegblieb.

"Da haben Sie recht, Herrin. Als Herr Kinniburgh ihr mitteilte, dass die Leute auf der Brücke den Behörden berichteten, sie habe das Kind absichtlich hinuntergeworfen, wäre die Frau auf der Stelle fast verrückt geworden. Der Schmerzenslaut, der das Büro des Gefängnisdirektors erfüllte, hätte selbst das härteste Herz zum Schmelzen gebracht. Sie dachte, sie werde festgehalten, weil das Kind aus Versehen gestorben war. Sie wusste es nicht besser und konnte nicht verstehen, warum man sie nicht nach Hause zu ihren anderen Kindern gehen ließ.

Der Horror, sein Kind zu verlieren, wäre schon verheerend genug, dachte Grace. Aber dann nicht zu wissen, was mit den anderen Kindern geschah. Nicht zu wissen, wer sie fütterte und sich um sie kümmerte.

Sie blickte zu Hugh, dessen grimmiges Stirnrunzeln zeigte, dass auch er von der Geschichte sichtlich bewegt war.

"Ich habe ihr über Mr. Kinniburgh mitgeteilt, dass Ihre Lordschaft ein persönliches Interesse an ihrem Fall hat. Es lag jenseits unserer Möglichkeiten, ihr das Dilemma zwischen Irrenhaus und Galgen zu erklären, und ich glaubte nicht, dass sie zu diesem Zeitpunkt wissen musste, was auf sie zukam."

"Ganz recht, Branson", sagte Hugh leise.

"Wir haben dort angehalten. Ich habe meine Notizen zu den Zeugenaussagen abgeschrieben und die Kommentare des Gefängnisdirektors hinzugefügt. Die von Mr. Kinniburgh ebenfalls. Die Herren haben einen Eid geleistet und als Zeugen unterschrieben. Aber wird das reichen, Mylord?"

Hugh lehnte sich in seinem Stuhl zurück, die Stirn in Falten gelegt, als er über das Gehörte nachdachte. Grace erinnerte sich an das, was er ihr über die Voreingenommenheit der Geschworenen und die begrenzte Auswahl der Richter, die diese Fälle verhandeln, erzählt hatte. Der Stillstand der Richter in diesem Fall bezog sich genau auf diesen Punkt. Wenn Frau Campbell in der Lage war, die moralischen Implikationen des Falles zu verstehen, dann würde sie sich einer möglicherweise voreingenommenen Jury gegenübersehen. Wenn nicht, würde sie den Rest ihres Lebens in einer Anstalt verbringen. Die Zukunft ihrer Kinder sah so oder so düster aus.

Grace beschloss, dass dies der richtige Zeitpunkt war, um mitzuteilen, was sie gefunden hatte. "Ich habe ein paar Dinge gefunden, die hilfreich sein könnten."

Hughs zustimmendes Nicken ermutigte sie. "Erzähl uns."

"Zunächst einmal haben Ihre Sekretäre einige relevante Fälle notiert, die ich in Lord Dreghorns *Arguments and Decisions in Remarkable Cases* gefunden habe. Und in den Bänden eins, vier und fünf von Dilly and Elliot's *Decisions of the Court of Session* finden sich Fälle, die Ihren Standpunkt zur Unzuverlässigkeit von Geschworenen gegenüber taubstummen Angeklagten stützen würden."

"Aber Sie haben etwas Bestimmtes gefunden?", fragte er, als er ihre Gedanken las.

"Ja, das habe ich. Gerade heute Morgen."

Grace stand auf und ging zu dem Stuhl, auf dem sie zuvor gearbeitet hatte. Sie nahm einen dicken Band in die Hand, brachte ihn zurück und legte ihn vor Hugh auf den Tisch.

"Thomas Leach's *Cases in Crown Law*". Sie setzte sich wieder. "Es gibt mehrere Fälle zu diesem Thema, aber Fall 58 auf Seite 97 bezieht sich auf einen Angeklagten namens Thomas Jones, der 1773 wegen Diebstahls von fünf Guineas vor Gericht stand. Das Gericht sah sich mit demselben Dilemma konfrontiert, das den Richtern in Glasgow im Fall von Mrs. Campbell solche Schwierigkeiten bereitet hatte. Dieser Jones war taub und stumm, und das Gericht konnte nicht entscheiden, ob er "aus Hartnäckigkeit oder durch die Heimsuchung Gottes stumm blieb". Er musste entweder lebenslang in die Anstalt oder vor Gericht. Schließlich fand man eine Mrs. Lazarus, die mit Jones kommunizieren konnte. Da das Gericht erkannte, dass der Angeklagte in der Lage war, von ihr durch Zeichen Informationen zu erhalten, setzte es sie als eine Art Übersetzerin ein, und er wurde angeklagt und vor Gericht gestellt."

"Und wie ist es für ihn ausgegangen?" fragte Hugh.

"Ob es an den Beweisen gegen ihn lag oder an der Antipathie der Geschworenen, darüber sagt das Protokoll nichts aus, nur dass er des einfachen Diebstahls für schuldig befunden und abtransportiert wurde."

"Es gibt also einen Präzedenzfall für den Einsatz von Herrn Kinniburgh, um ihre Aussage zu übermitteln", meinte Branson.

Leach's *Cases*" bezieht sich jedoch auf das englische Recht", bemerkte Hugh.

"Sie haben selbst darauf hingewiesen, dass das Argument vorgebracht werden könnte, dass seit der Union von Schottland und England die Präzedenzfälle gelten können. Nun, Mr. Hume führt in seinen *Kritischen*

Kommentaren zum schottischen Strafrecht drei Fälle an, in denen dies der Fall ist."

Hugh dachte einen Moment lang darüber nach. "Mit diesem Präzedenzfall kann ich also anordnen, dass Mrs. Campbell vor Gericht gestellt wird."

"Das kannst Du tun", stimmte sie zu. "Aber Herr Hume spricht auch über den Umfang der Befugnisse, die die Richter bei den Vorverhandlungen ausüben.

Branson sprang fast von seinem Stuhl auf. "Sie können die Aussage von Kinniburgh verwenden, die vorher nicht verfügbar war, und sie als verhandlungsfähig einstufen..."

"Und die Klage aus Mangel an Beweisen abweisen", schloss Grace.

"Keiner der Zeugen hat ausgesagt, dass er *gesehen hat, wie* Mrs. Campbell das Kind von der Brücke geworfen hat."

Hugh legte seine Hand flach auf das Buch vor ihm. "Branson, ich weiß, es ist Sonntag, aber ich möchte, dass Sie sich alle Präzedenzfälle notieren, die Miss Grace herausgesucht hat, zusammen mit ihrer Argumentation".

Der Angestellte nickte, und sein zufriedenes Lächeln verriet ihr, dass der Mann mit der bevorstehenden Aufgabe nicht unzufrieden war.

Hugh sah Grace an. "Ich weiß jetzt, wie ich vorgehen muss, dank Deiner. Gute Arbeit, wirklich."

"Was wirst Du tun?", fragte sie.

"Wir haben diese Woche viel zu tun", fuhr er fort. "Es wird das Beste sein, wenn ich direkt nach Edinburgh reite und morgen mein Gericht einberufe."

"Und was wird mit ihr geschehen?"

"Auf der Grundlage all dessen, was Du und Branson mir gegeben habt, werde ich den Fall nicht an die unteren Instanzen zurückschicken. Ich werde von der Richterbank aus entscheiden, dass eine unparteiische Jury nach Anhörung der zusätzlichen Beweise eine Anklage wegen Mordes 'nicht bewiesen' finden würde, wenn überhaupt. Um also nicht noch mehr Zeit und Kosten zu verschwenden ..." Hugh nahm ihre Hand in seine. "Ich werde den Fall abweisen, weil - wie Du sagtest - keine ausreichenden Beweise vorliegen, um vor Gericht zu gehen. Jean Campbell wird freigelassen."

Kapitel Siebenundzwanzig

IN BARONSFORD HERRSCHTE SCHON den ganzen Tag über eine Art Pandämonium. Mrs. Henson und Mr. Simons führten jeweils ihre Armeen von Hausmädchen und Zimmermädchen und Küchenmädchen und Köchen und Dienern und Lakaien durch einen Flügel nach dem anderen und ein Stockwerk nach dem anderen des Hauses, um sich auf die Ankunft von Lord und Lady Aytoun vorzubereiten.

Grace beschloss, dass es das Beste sei, ihnen aus dem Weg zu gehen. Nachdem sie am Morgen nach Darby geschaut hatte, während der Arzt zu Besuch war, teilte sie den Rest ihrer Zeit zwischen der unteren Bibliothek, den Gärten und den Zwingern auf, wo kürzlich ein neuer Wurf Welpen geboren worden war.

Als die Sonne am Montag tiefer am westlichen Himmel stand, wuchs Grace' Unruhe. Hugh war noch nicht aus Edinburgh zurückgekehrt, und er hatte ihr gesagt, dass seine Eltern wahrscheinlich spätestens am Dienstag eintreffen würden. Und das beunruhigte sie furchtbar.

In den Jahren, in denen sie ihren Vater und sein Regiment auf den Schlachtfeldern begleitete, hatte sie die Gelegenheit gehabt, einigen der mächtigsten Menschen in Europa vorgestellt zu werden. Aber niemals, bevor sie Hugh traf, hatte sie eine solche Unsicherheit darüber verspürt, wer sie war oder wie sie aufgenommen werden würde.

Als sie am Fenster der Bibliothek stand und das goldene Licht betrachtete, das die fernen Wiesen durchflutete, wurde ihr bewusst, dass sie so viel zu verlieren hatte. Wenn Hugh hier wäre, so wusste sie, würde seine Anwesenheit ihre Stimmung heben, und Grace wünschte sich inständig, der Graf und die Gräfin würden lieber später als früher kommen.

Eine Stunde später war Hugh immer noch nicht eingetroffen, und Jo und Grace nahmen ein bescheidenes Abendessen in dem kleinen Esszimmer ein.

"Das machen sie jedes Mal", sagte Jo und meinte damit Mrs. Henson und Mr. Simons. "Hugh wohnt praktisch das ganze Jahr über hier. Obwohl der größte Teil des Hauses ungenutzt bleibt, ist Baronsford zu keiner Jahreszeit geschlossen, auch nicht, wenn mein Bruder zu Besuch in London, Hertfordshire oder Edinburgh ist. Er reduziert nie die Zahl der Bediensteten. Der Prinzregent selbst könnte jeden Moment mit seinem gesamten Hofstaat eintreffen, und Baronsford wäre bereit, ihn zu empfangen. Trotzdem geben sich die beiden alle Mühe, sich gegenseitig zu übertrumpfen, und kämpfen, als ob sie in einem Wettbewerb stünden."

Jo erzählte ihr von der endlosen Reihe von Entscheidungen, die die Haushälterin und der Butler ihr im Laufe des Tages vorlegten. Jedes Mal, wenn sie versucht hatte, auch nur für einen Moment ins Turmhaus zu gelangen, war jemand an ihrem Ellbogen, der ihre Anwesenheit oder ihre Meinung einforderte.

"Du, mein Freund, wirst diesen Ort hervorragend leiten, wenn du die Herrin von Baronsford bist."

Grace schüttelte den Kopf und hoffte, Jo würde mehr Verständnis für ihr Zögern haben, offen darüber zu sprechen, während die Dienerschaft umherlief. Aber es sollte nicht sein. Sie war nicht zu bremsen.

"Ich bin nur für kurze Zeit hier, meistens im Frühling und Sommer." Jo lächelte sie an und nickte, um ihre Teller abräumen zu lassen. "Aber dieses Haus braucht eine richtige Herrin. Eine selbstbewusste und fähige Frau mit einem liebenden Herzen und einem erstklassigen Verstand. Du wirst perfekt dafür sein ... und für ihn."

Grace presste ihre Hand gegen ihren nervösen Magen und wünschte, sie könnte den Optimismus ihrer Freundin teilen. Seit sie gestern die Neuigkeiten erfahren hatte, hatte Jo die Hochzeit öfter erwähnt, als Grace zählen konnte. Je öfter sie davon sprach, desto sicherer war sie, dass das Ereignis stattfinden würde. Obwohl Grace nie ein Wort gesagt hätte, fand sie es überraschend für eine Frau, die erlebt hatte, wie ihre eigene Zukunft im letzten Moment wegen einer Frage der "Eignung" dramatisch verändert wurde.

"Bitte sagen Sie Mrs. Henson und Mr. Simons, dass sie dem Personal erlauben sollten, sich für den Abend zurückzuziehen", sagte Jo zu einem zweiten Butler, als die letzten Teller abgeräumt wurden. "Für heute haben alle genug Arbeit geleistet."

"Du erwartest also nicht, dass deine Eltern heute Abend kommen?" sagte Grace und versuchte, den Hauch von Hoffnung aus ihrer Stimme zu verbannen.

"Das glaube ich nicht. Mein Vater reist nicht gerne im Dunkeln. Ich glaube, man kann davon ausgehen, dass sie unterwegs bereits in einem Gasthaus angehalten haben."

Grace sprach es nicht aus, aber sie war erleichtert. Sie wollte, dass Hugh hier war, wenn sie ankamen. Sie wusste, dass sie bei diesem ersten Treffen sehr viel besser abschneiden würde, wenn er sie vorstellte.

Später, als Jo sich ins Bett zurückzog, schlüpfte Grace in Hughs Arbeitszimmer und betrachtete die gestapelten Bände mit Prozessen, Urteilen und Fällen, die sie nun schon seit drei Tagen gelesen hatte. Als sie begann, die Bücher wieder in die Regale zu stellen, erinnerte sie sich daran, dass ihre Sorgen nichts waren im Vergleich zu der Realität derer, die weniger Glück hatten. Frauen und Männer ohne Ausbildung. Diese armen Seelen, die keine Fähigkeiten und keine Arbeit hatten. Diejenigen, die stehlen mussten, um ihre Familie zu ernähren. Diejenigen, die Monate und Jahre in den Gefängnissen litten, weil sie sich keinen angemessenen Rechtsbeistand leisten konnten.

Sie dachte an Jean Campbell und alles, was die Irin in den letzten sechs Monaten durchgemacht hatte. Heute war Hugh in Edinburgh, um sie zu befreien. Aber Grace war nicht dumm. Sie wusste, dass Mrs. Campbells Probleme noch lange nicht gelöst waren.

Grace dachte an die zerlumpten Straßenkinder, die sie überall sah, wohin sie reiste. Die Kleinen dieser Frau könnten sich ihnen anschließen. Die Rechtsfälle, die diese Wände füllten, waren eine heilige Geschichte - Kapitel und Verse - über die ewige Armut, die Generation für Generation zu Überlebensverbrechen führte.

Als sie sich mit einem Band über neuere Fälle der schottischen Gerichte in einen Sessel setzte, verlor Grace bald das Zeitgefühl. Das Recht und seine unterschiedlichen Auslegungen faszinierten sie. Noch nie zuvor in dieser Woche hatte sie erlebt, wie wertvoll ihr Gedächtnis in den Diensten anderer sein konnte.

Sie war in ihre Lektüre vertieft, als Stimmen vor dem Arbeitszimmer sie auf Hughs Rückkehr aufmerksam machten. Als sie auf die Beine kam, öffnete sich die Tür zum Arbeitszimmer. Sie saugte seinen Anblick in sich auf. Seine beeindruckende Größe und seine breiten Schultern füllten den Türrahmen aus. Ihr Blick huldigte seinem attraktiven Gesicht und verweilte auf seinem sinnlichen Mund. Sie sehnte sich nach dem Geschmack von ihm.

"M'lord", sagte sie, und eine zarte Wärme breitete sich von ihrem Herzen bis in jedes Glied ihres Körpers aus.

Es dauerte eine Weile, bis sein dunkler Blick sie losließ und Grace sich der Anwesenheit seines Anwaltgehilfen bewusstwurde, der hinter ihm hereingekommen war. Als Hugh auf sie zukam, wurde ihr bewusst, dass bis zu diesem Moment ihrem ganzen Tag etwas Entscheidendes gefehlt hatte.

Sie umklammerte das Buch, das sie gelesen hatte, fest in einer Hand. Ihr Gesicht brannte von der Art, wie er sich auf sie konzentrierte und auf nichts anderes. Er schien bereit zu sein, den Anstand zu vergessen und sie in seine Arme zu nehmen. Sie warf einen bedeutungsvollen Blick auf das fröhliche Gesicht des Angestellten und zurück zu Hugh.

Er las ihre Gedanken und blieb stehen, als er sie erreichte. "Beginnst du mit dem nächsten Fall?"

Er streckte seine Hand aus, und sie versuchte, ihm den Band zu zeigen. Doch als er sie nahm, hielten seine Finger die ihren fest und ein Schauer lief ihr über den Arm. Als er das Buch schließlich an sich nahm, wurde eine Fackel in ihr entzündet.

"Was meinen Sie, Branson? Sollen wir Miss Grace dauerhaft in unsere Anwaltskanzlei aufnehmen?"

"Das wäre der schönste Tag in meinem Leben, Mylord."

Hugh lächelte und blickte zu seinem Mann zurück. "Dann sollten wir es offiziell machen."

Sie hatte keinen Zweifel daran, dass Branson bereits von ihrem Geheimnis erfahren hatte. Grace saß, als die Tabletts mit dem Abendessen für die Reisenden hereingetragen wurden.

"Erzählen Sie mir, wie das Verfahren heute vor Gericht gelaufen ist."

"Es hätte nicht besser laufen können", antwortete Branson, als die beiden Männer sich zum Essen setzten.

"Mr. Kinniburgh wurde vereidigt, um mit Mrs. Campbell zu sprechen", sagte Hugh. "Ihre Aussage, die Branson aufgezeichnet hat, wurde in die Akten aufgenommen, und der Direktor von Brideswell hat eine Erklärung abgegeben, die die Richtigkeit der Aussage bestätigt und seine eigenen positiven Eindrücke hinzugefügt."

"Seine Lordschaft entschied, wie wir es besprochen hatten, dass die Angeklagte nicht für 'nicht schuldig', sondern für 'nicht bewiesen' befunden würde, wenn der Fall vor Gericht käme", fügte der Beamte hinzu, "und wies die Klage dann ab."

Grace war so erleichtert. "Was passiert jetzt mit Mrs. Campbell?"

"Kinniburgh sagte mir, er könne ihr beibringen, mit einer Reihe von Zeichen zu kommunizieren, die er mit seinen Schülern verwendet", antwortete Hugh. "Aber es war klar, dass sie nur zu ihren Kindern zurückwill."

"Ihre beiden anderen Kinder haben in Argyll bei einem Cousin gelebt", erklärte Branson. "Sie wollte sofort dorthin fahren."

Grace spürte, wie sich ein Knoten in ihrer Brust bildete, als sie sich das Wiedersehen von Mutter und Kindern nach dieser langen Tortur vorstellte.

"Der Hof hat sich die Dienste von Mr. Kinniburgh gesichert, um Mrs. Campbell nach Argyll zu begleiten", fuhr Hugh fort. "Sie werden ihre Familie holen, und er wird sie zurück ins Grenzgebiet bringen."

"Ins Grenzgebiet?" fragte Grace und glaubte nicht, dass sie richtig gehört hatte.

"Ich weiß, dass es eine Herausforderung für Mrs. Truscott und ihre Helfer im Turmhaus sein wird, aber Mr. Kinniburgh hat mir versichert, dass die Frau in der Lage ist, alles zu lernen, was sie zur Kommunikation braucht. Und ich bezweifle, dass Jo oder Violet zögern werden, sie bei sich aufzunehmen."

Sie sah Hugh an, und ihr Herz schwoll an. Als sie geglaubt hatte, sie könne ihn nicht mehr lieben, zeigte er ihr eine weitere Ebene seines Mitgefühls. Er wusste, dass das Leben für Opfer wie Mrs. Campbell noch mehr Schwierigkeiten bereithielt, sobald sie aus dem Gefängnis entlassen wurden.

"Danke", flüsterte sie und nahm seine Hand in ihre. "Und ich... Ich werde versuchen, Jo und Violet zu helfen. Ich bin ziemlich sprachbegabt. Ich kann die Zeichen von Mr. Kinniburgh lernen und mit ihr und den anderen arbeiten."

Seine Augen glühten vor Zuneigung, als er sich auf ihr Gesicht konzentrierte, und Grace wurde klar, was sie getan hatte. Zum ersten Mal hatte sie von ihrer Zukunft in Baronsford gesprochen.

Der Anwaltsgehilfe würde morgen in wichtigen Angelegenheiten nach Glasgow reisen, und Hugh hatte heute Abend viel mit ihm zu besprechen.

Er teilte Branson mit, dass er in Kürze zurückkehren würde, und begleitete Grace zur Treppe. Im Haus war es jetzt ruhig, und das Licht des abnehmenden Mondes schien von den hohen Fenstern herab.

"Du bist der beste Mann der Welt." Sie schmiegte sich in seine Arme und legte ihren Kopf unter sein Kinn. "Ich liebe dich."

Ihre Worte, ihre vertrauensvolle Umarmung, schnürten ihm die Kehle zu. Er hielt sie fest. Sie hatte gesagt, sie würde bleiben. "Was immer ich jetzt bin, Grace, ich verspreche, in Zukunft ein noch besserer Mensch zu sein, weil du hier bei mir sein wirst. Ich liebe dich. Du hast mich gerade zu einem glücklichen Mann gemacht, indem du meinen Antrag angenommen hast."

Sie verbarg ihr Gesicht einen Moment lang in seiner Halsbeuge.

"Und ich muss es noch einmal hören. Sag die Worte."

Sie biss sich auf die Lippe, die schönste Röte wärmte ihre Wangen, bevor sie flüsterte: "Gott steh mir bei, aber es gibt nichts auf der Welt, was mich glücklicher machen könnte als die Ehre, mit dir verheiratet zu sein."

"Dann sag ja."

"Ja." Sie lächelte, stellte sich auf die Zehenspitzen und presste ihre Lippen sanft auf seine.

Er wusste es nicht, bevor sie nach Baronsford kam, aber Hugh war schon so lange leidend. Und Grace war das Heilmittel. Sein Blut pulsierte. Er wollte, dass die Hochzeit morgen stattfand. Er wollte, dass sie von jetzt an ein Teil von ihm wurde,.

Ihre Hände legten sich um seinen Hals, ihre Finger fuhren in sein Haar. Ihr Mund neigte sich unter seinem, ihre Lippen drückten fester. Auf ihre unschuldige Art verleitete sie ihn, mehr zu nehmen. Bedacht, nur einen einzelnen Faden seiner Kontrolle zu verlieren, ließ er seine Zuneigung und seine Leidenschaft in den Kuss einfließen. Im Geben und Nehmen ihrer Münder und Zungen, in der zarten Nachahmung des sexuellen Aktes, fühlte er sich selbst hochfliegen.

Ihr lustvolles Stöhnen war das süßeste Geräusch, das er je gehört hatte. Ihr Körper schmiegte sich an seinen, wurde weich und formte sich an ihm auf eine Art und Weise, an die er nicht aufhören konnte zu denken, seit er in ihr Schlafzimmer gegangen war.

Er löste einen weiteren Faden seiner Zurückhaltung und ließ seine Hand über ihren Rücken wandern, drückte sie näher an sich, glitt über ihren Po und genoss die perfekte Passform ihrer Körper, als er sie an sich zog.

Hugh löste seine Lippen von ihrem Mund und verteilte Küsse auf ihrem Gesicht, entlang ihrer Kehle. Er hob sie in seinen Armen hoch und drückte seine Lippen auf das feste, runde Fleisch ihrer Brüste.

"Wann wirst Du mit Mr. Branson fertig sein?", flüsterte sie.

Das Verlangen, stark und fordernd, wogte in seinen Lenden. Er wollte sie. Heute Abend, morgen, für die Ewigkeit.

"In einer Stunde, vielleicht weniger."

"Dann komm in mein Zimmer. Ich warte auf dich."

Als Grace unruhig in ihrem Zimmer umherschweifte, kam ihr jede Minute wie eine Stunde vor.

Ihr ganzes Erwachsenenleben lang hielt sie sich für eine tapfere Frau. Sie war stolz darauf, ihrem Vater auf seinen Feldzügen zu folgen, auf den Schlachtfeldern zu leben, die Hornrufe und den Donner der Kavallerieangriffe zu hören und stoisch den Erschütterungen der Bombardierungen standzuhalten, die sie tief in ihrem Bauch spüren konnte. Wenn die Regeln der Gesellschaft ihre Überzeugungen beeinträchtigten oder sie von dem trennten, was von ihrer Familie übriggeblieben war, kümmerte sie sich nicht um sie. Grace glaubte, dass sie mutig und unabhängig genug war, um ihr Leben nach ihren eigenen Vorstellungen zu leben und ihre Chancen zu nutzen.

Sie suchte jetzt nach dieser Frau. Aber seit dem Verlust ihres Vaters in Antwerpen hatte sich etwas in ihr verändert. Vielleicht war es die Hilflosigkeit, die sie empfunden hatte, als sie fühlte wie seine leblosen Augen sie ansahen. Vielleicht waren es diese Tage und Nächte der unerbittlichen Dunkelheit. Sie konnte sich immer noch gegen Angreifer auf einer Landstraße wehren, aber was hatte sie getan, seit Hugh ihr einen Heiratsantrag gemacht hatte? Die "unerschrockene" Grace Ware hatte sich vor Angst zusammengekauert.

Tief in ihrem Inneren wusste Grace, dass alles, was sie wollte, darin bestand, zu lernen, sich selbst und Hugh zu vertrauen. Sie musste die Frau zurückholen, die keine Angst davor hatte, ein Risiko einzugehen, an sich selbst zu glauben und an das, was sie wollte. Hugh hatte sich in diese Grace Ware verliebt. Es war an der Zeit, sich selbst zurückzuerobern.

Das leise Klopfen an der Tür ließ Grace' Herz höherschlagen. Sie ging schnell zur Tür und holte tief Luft, bevor sie sie öffnete. Er hatte sich seines Jacketts und seiner Krawatte entledigt. Fast unwillkürlich studierte sie jeden Zentimeter von ihm und versuchte, diesen Moment, diesen Mann, in ihr Gedächtnis zu prägen. Er gehörte ihr und sie gehörte ihm. Und sie wollte ihn mehr als ihren nächsten Atemzug. Sie brauchte ihn mehr als das Leben.

"Darf ich reinkommen?"

Die Kraft seines Blickes versengte sie. Sie streckte ihre Hand einladend aus, ihre Finger verschränkten sich und er trat ein. Sobald sich die Tür hinter ihnen schloss, zog er sie in seine Umarmung, hielt sie fest, drückte jede Kurve ihres Körpers gegen seinen, bis sie fast sein Herz in ihrer eigenen Brust schlagen fühlte, spürte, wie sich sein Bedürfnis in jedem Zentimeter ihres Körpers ausbreitete, fühlte, wie sein Verlangen ihr eigenes wurde.

"Ich kann mich nicht erinnern, dass ich jemals im Leben etwas so sehr wollte wie dich."

"Ich gehöre dir", flüsterte sie heftig, und ihre Leidenschaft stieg an die Oberfläche. Sie ließ sie aufsteigen. "Herz, Seele und Körper."

"Wenn du willst, können wir mit dieser Nacht warten, bis wir heiraten."

"Und ich sage, wir warten auf nichts", antwortete sie. "Wir haben unsere Versprechen gegeben. Und heute Abend brauche ich dich."

Grace wollte alle Zweifel zerstören. Aber dazu musste sie Hughs Stärke und Liebe spüren. Das war der Weg, den sie gehen musste. Das war der Weg, den sie gehen wollte. Von hier an gab es kein Zurück mehr. Und sie umarmte den Gedanken mit der ganzen Leidenschaft, die sie in sich trug.

Als er sie auf den Mund küsste, wanderten ihre Finger zunächst zaghaft, dann langsam von seiner Brust hinunter zum vorderen Teil seiner Hose. Sie spürte, wie sich seine Härte durch die Kleidungsschichten hindurch abzeichnete. Ein leises Stöhnen der Lust drang aus seinem Inneren, und das war die einzige Ermutigung, die sie brauchte.

"Ich werde dir nicht erlauben, diesen Raum zu verlassen, bevor du nicht genauso außer Dir bist vor Lust, wie ich es war, als du das letzte Mal hier warst", drohte sie im Scherz. "Aber du musst mir sagen, wenn ich etwas falsch mache."

"Es gibt nichts, was du mit mir machen könntest, was falsch wäre." Er lächelte und küsste sie, während er sie durch den Raum trug. Erst als sie das Bett erreichten, hielt er inne. "Aber du musst mich anfangen lassen. Ich habe mir das schon seit Tagen ausgemalt."

Sie hatte keine Chance zu protestieren, als er sie umdrehte und langsam begann, ihr Kleid aufzuknöpfen. Sein Atem streichelte ihren Rücken, seine Lippen küssten jeden Zentimeter Haut, den er freilegte. Sie atmete hörbar ein, als er die Geduld verlor und das Kleid samt Unterhemd von ihren Schultern bis zu ihrer Taille schob und ihre Arme in den Ärmeln einklemmte. Sie brannte, als seine Hände um sie herumglitten und er das Gewicht jeder Brust in seine Handflächen nahm. Seine Daumen streiften die sich verhärtenden Brustwarzen.

Hugh drehte sie um und küsste sie, ein langer, sinnlicher Kuss. Sein Mund wanderte von ihren Lippen zu ihrem Hals, über ihr Schlüsselbein und hinunter zu ihren Brüsten. Grace schloss ihre Augen, als er mit jeder Brustwarze spielte, seine Zunge und seine Zähne ließen jeden Nerv in ihrem Körper vor Verlangen schmerzen.

Aber sie war entschlossen, nicht zuzulassen, dass er sie wieder allein in einen Zustand der Glückseligkeit versetzte. Sie verstand nun, dass die gegenseitige Befriedigung ein Teil dieses Liebesspiels war.

"Diesmal nicht", flüsterte sie und schüttelte ihre Arme von dem Kleid frei. Sie lockte seinen Mund zurück zu ihren Lippen und verführte ihn mit ihren Lippen und ihrer Zunge, während sie begann, die Knöpfe seines Hemdes zu öffnen. "Ich möchte dich berühren. Dich spüren."

Ihre Hände kämpften mit den Knöpfen, und er hob das Hemd über seinen Kopf und warf es auf den Boden. Grace starrte auf seine prächtige Brust. Muskeln kräuselten sich unter der straffen Haut und verlangten danach, berührt zu werden. Sie zeichnete die Linien der weißen Narben nach, die sich mit dem weichen Schopf aus dunklem Haar vermischten, und presste ihre Lippen darauf.

Er holte scharf Luft, als sie seine Brustwarze zwischen ihre Zähne nahm, wie er es bei ihr getan hatte.

"Sie beginnen ein gefährliches Spiel, Miss Grace."

Er schob ihr Kleid und ihre Unterwäsche über ihre Hüften, wo sie sich um ihre Füße herum sammelten. Nun stand sie nur noch mit Strümpfen bekleidet vor ihm.

Ihre Brüste fühlten sich schwer an und bettelten seinen Mund zu fühlen. Ungeduld ließ das Blut in ihren Adern pulsieren. Kühnheit machte sich breit und sie griff nach seiner Hose, fummelte an den Knöpfen herum und schob ihre Hand hinein. Im nächsten Moment hörte sie sein schnelles Einatmen, als ihre Finger ihn umschlossen.

Das Verlangen erfüllte sie mit neuem Mut.

"Grace", stöhnte er wie vor Schmerz, als ihre Hand über seine Länge strich. Der Unterschied zwischen der weichen Beschaffenheit der Haut und der Härte und Länge seiner Männlichkeit war faszinierend. Seine pulsierende Hitze wärmte ihre Hände. Er stand in Flammen.

Er pochte gegen ihre Berührung an. Sie schob ihre andere Hand in seine offene Hose und fuhr damit über seine Pobacken. "Ich möchte dich sehen, dich schmecken, deinen Körper kennenlernen, so wie du meinen kennst."

"Das muss warten." Sein Bedürfnis klang in der rauen Stimme mit.

Grace zitterte vor Erwartung, als er sie an der Taille hochhob und sie auf die Bettkante setzte. Sie zog ihre Strümpfe aus und kroch zurück auf das Bett, so dass er Platz hatte, um sich zu ihr zu gesellen, während er sich fertig auskleidete.

Im sanften Kerzenlicht glich sein Körper der Statue eines Gottes. Nackt war er prachtvoll. Hunger breitete sich wie ein Lauffeuer in ihr aus, als seine Augen ihrem Gesicht huldigten, hinunter zu den Locken, die über eine Brust fielen, vorbei an den Kurven ihres Bauches bis zu dem Haardreieck an der Gabelung ihrer Beine. Sie lehnte sich zurück und bewegte sich unruhig gegen das weiche Laken, wünschte sich sein Gewicht auf ihr.

Hugh griff nach ihren Knöcheln und zog sie langsam zu sich heran, bis ihre Beine über die Bettkante baumelten.

Was auch immer er mit ihr vorhatte, sie war bereit.

"Lehn dich zurück und schau zu."

Ihr Atem stockte in der Brust, als er die Innenseite ihres Beins streichelte und immer höher wanderte. Er öffnete ihre Beine weit und ihr Herz pochte heftig, als seine Finger mit jeder Bewegung näherkamen, manchmal streiften sie vorbei, manchmal verweilten sie lange genug, dass sie vor Staunen stöhnte. Grace dachte, sie würde den Verstand verlieren, als er näherkam und seine Männlichkeit ihr Geschlecht berührte und sich an ihr rieb. Aber als sie ihre Hüften für ihn hob, zog er sich zurück.

"Nimm mich", befahl sie sanft. "Bei Gott, du nimmst mich jetzt, oder du wirst dasselbe Schicksal erleiden, wenn wir das nächste Mal Liebe machen."

Sie begann, sich aufzurichten, aber er kam ihr lächelnd auf halbem Weg entgegen, ergriff ihre Handgelenke, drückte sie zurück und hielt sie mit einer Hand über ihrem Kopf fest. Sein Mund war rau, als er von ihrem Besitz ergriff, und Grace entsprach seiner Leidenschaft.

Er brach den Kuss ab, und sie schlang ihre Beine um seine Oberschenkel, um ihn daran zu hindern, sich zu entfernen. Er küsste ihre Kehle, und

Grace' Körper wölbte sich gegen ihn, als sein Mund an einer verhärteten Brustwarze saugte.

Als seine Lippen über die weichen Kurven ihres Bauches wanderten, hielt Grace den Atem an. Er schob ihre Beine über seine Schultern und sein Mund fand ihr Geschlecht. Die Liebkosung seiner Zunge auf ihrem Fleisch ließ ihren Rücken sich wölben. Sie wollte mehr. Ihr lustvolles Stöhnen veranlasste ihn, das Tempo seiner süßen Attacke noch zu erhöhen.

Grace konnte nicht genug Luft in ihre Lungen bekommen, aber das war ihr egal, als das Blut wild in ihrem Kopf rauschte. Sie sah durch einen Schleier, der ihre Sicht trübte, und ritt auf den Wellen der Erlösung, die sie durchströmten.

Irgendwann danach spürte sie das Gewicht von Hugh auf sich.

"Wirst du mich jetzt nehmen?"

Er drang mit einem langsamen Stoß in sie ein. Grace keuchte, grub ihre Fingernägel in seine Schultern und erschauderte angesichts des plötzlichen leichten Schmerzes. Hugh vergrub sich tief in ihr, aber er wartete, sein ganzer Körper strebte nach Kontrolle. Sie klammerte sich an ihn und begann wieder zu atmen.

"Hugh", flüsterte sie, küsste seinen Hals und seine Schulter, ihr Körper konzentrierte sich wieder auf das Vergnügen, miteinander verbunden zu sein.

Ihre Hüften bewegten sich ganz leicht, pulsierten zu einem Takt, den sie instinktiv zu kennen schien. Der Tanz des Lebens. Sie wölbte ihren Rücken und zog ihn weiter in sich hinein.

Wie zwei Lehmformen schmiegten sie sich aneinander, seine Arme fest um sie gelegt, und ein neues Gefühl durchflutete sie. Es war das Gefühl, als Frau geschätzt, wertgeschätzt und geliebt zu werden. Als Hugh anfing, sich zu bewegen, ging sie mit ihm, die pulsierenden Rhythmen, die sie beide spürten, stiegen unleugbar in ihnen auf.

Sie spürte, wie ihr Höhepunkt erneut kam und sie mit seiner Kraft blendete, und sie spürte ihn ausbrechen. Und als zwei Körper in einem akrobatischen Tanz wirbelten und schwebten zwei Seelen in einem ewigen Liebeswirbel himmelwärts. Sich kräuselnd, sich biegend, in eine kristalline Sphäre ausbrechend. Weit oben. Entfernt. Von der Liebe erleuchtet.

Kapitel Achtundzwanzig

Als Hugh die Kutschenscheune verließ, krempelte er die Ärmel herunter und zog seine Jacke an. Darby war gestern Nachmittag trotz der Einwände von Grace und seiner Schwester damit beschäftigt gewesen, den Ballon aufzurüsten. Sie waren fast bereit zum Fliegen. Der Mann hatte seinen Wert bereits hundertfach unter Beweis gestellt. Hugh wollte nicht daran denken, wie anders jetzt alles gewesen wäre, wenn der Schmied nicht auf dieser Straße gewesen wäre.

Bevor er sich auf den Rückweg zum Haus machte, hielt er inne, um die Hügel zu betrachten. Die sanft geschwungenen Felder von Baronsford breiteten sich wie ein großer Wandteppich vor seinen Augen aus.

Hugh war hier aufgewachsen. Er und seine Geschwister waren im Wildpark gerannt, hatten im See geangelt und in den ummauerten Gärten Fuchsjagd gespielt. Sie hatten gelernt, im See zu schwimmen, auf den Feldern zu reiten und in den Sümpfen zu jagen und zu schießen. Die kilometerlangen Wanderwege, die sich entlang der Steilküste und der niedrigen Hügel über dem Fluss Tweed schlängelten, waren für jedes Kind ein Paradies zum Entdecken. Dies war ein glücklicher Ort zum Aufwachsen.

Als er jetzt darauf blickte, dachte er an seinen eigenen Sohn, Cameron.

Während seines Dienstes als Kavallerieoffizier war Hugh von Gedanken an die Pflicht und von Ehrgeiz nach Ruhm erfüllt gewesen. Er hatte sich nie auch nur einen Moment Zeit genommen, um über die Bedeutung von Vaterschaft nachzudenken, bis sein Sohn tot war. Im

Gegensatz zu seinem eigenen Vater, der alles für seine Kinder gewesen war - Lehrer, Berater, Richter und Beschützer - hatte Hugh die Verantwortung, die es bedeutete, ein Elternteil zu sein, irgendwie übersehen, bis es zu spät war. Und dann hatte er getrauert und sich gewünscht, er könnte im Buch der Zeit zurückblättern. Aber am Ende blieb die bittere Vergangenheit in der Vergangenheit, und eine leere Zukunft war alles, was ihm blieb.

Bis jetzt.

Hugh schaute den Hügel hinauf nach Baronsford. Ein Vorhang tanzte sanft durch das Fenster von Graces Schlafzimmer. Er erinnerte sich daran, wie er sie heute Morgen im Morgengrauen verlassen hatte, wie ihre blauen Augen ihn liebevoll ansahen, wie sie ihre Hand nach ihm ausstreckte, bis er zu ihr ging und ihre Lippen küsste. Während der Nacht hatten sie sich jedes Mal, wenn sie zusammenkamen, rücksichtslos geliebt, beide gaben alles, bis sie in den Laken lagen und den Himmel beobachteten, der sich mit dem kommenden Tag aufhellte. Irgendwann in der Nacht, so erinnerte er sich, hatte er sich gewünscht, dass sie am Ende vielleicht ihr Kind austragen würde.

Hugh war jetzt älter, weiser als der junge Mann von vor zehn Jahren. Er erkannte, dass Grace das Einzige war, was ihn heil machte. Und ob es nun ein Kind war, das sie gemeinsam gezeugt hatten, oder eines, dass sie adoptiert hatten - wie Jo, die seine Schwester geworden war -, er hoffte jetzt auf eine zweite Chance auf Vaterschaft.

Heute Morgen hatte sein Vater einen Reiter aus dem Gasthaus vorausgeschickt, um sie über ihre Ankunft zu informieren, und die Rufe, die über die Felder zu hören waren, rissen ihn nun aus seinen Träumereien.

Als er den vorderen Hof erreichte, strömten die Bediensteten bereits aus dem Haus und bildeten ihre Reihen. Auch Truscott und Violet waren gerade eingetroffen. Hugh beobachtete amüsiert, wie Jo herauskam und Grace am Arm festhielt, als wolle sie sichergehen, dass sie nicht weglaufen würde.

Grace hatte sich für ein blaues Kleid entschieden, das zu der Farbe ihrer magischen Augen passte. Sie sah ihn und errötete, und er wurde von dem dringenden Wunsch erfasst, zu ihr zu gehen und sie auf die Lippen zu küssen, ungeachtet ihres Publikums.

"Nun, jedes Wohnzimmer, jeder Salon und jedes Schlafzimmer in Baronsford wurde vom Personal auf den Kopf gestellt und zweimal durchgeschüttelt", sagte Jo und wies auf Mrs. Henson und Mr. Simons, die immer noch zankten, als sie sich auf den Weg in den Hof machten. "Jedes Fenster wurde geöffnet. Jeder Boden wurde geschrubbt. Frische Blumen wurden geschnitten, arrangiert und in jedes Zimmer gestellt. Und sie sind immer noch nicht zufrieden."

"Ein Knurren meines Vaters, und das wird das Ende ihrer Streitereien sein."

"Erschrick unsere Freundin hier nicht mit Geschichten über ihn", schimpfte Jo.

Hugh sah, wie Grace mit einer Hand über die Vorderseite ihres Kleides strich. Ihre Schultern waren steif, ihr Rücken kerzengerade. Sie war nervös.

Er ging zu ihr und stellte sich neben sie. "Unsere Mutter ist sanftmütig und freundlich. Sie ist die Verkörperung der Zuneigung. Sie wird dich auf den ersten Blick lieben."

"Seine Lordschaft hat einen ruppigen Ton und eine kräftige Stimme", begann Jo. "Er ist sehr direkt mit seinen Fragen, bis hin zu schroff. Das ist einfach seine Art."

"Aber wenn es um seine Töchter geht, können sie nichts falsch machen." Er lehnte sich dicht an sie heran und flüsterte ihr ins Ohr: "Und vergiss nicht, dass du schon eine von ihnen bist."

Die Röte wurde noch dunkler, und sie blickte auf ihre Schuhspitzen hinunter, als zwei Kutschen über die Hügelkuppe fuhren.

Grace dachte, der Schwarm Schmetterlinge, der sich in ihrem Bauch gebildet hatte, würde sie hochheben und wegtragen. Sie wünschte sich fast, sie würden es tun.

Lady Aytoun war die erste, die aus der Kutsche stieg. Kaum hatte ihr Fuß den Kies berührt, hob Hugh sie vom Boden auf und schwang sie wie eine Puppe herum. Die Gräfin quietschte und protestierte dann fröhlich, bis er sie wieder absetzte.

"Wo ist dein Sinn für Anstand?", beschwerte sie sich und konnte sich ein Lächeln nicht verkneifen.

"Du weißt, dass er keinen Anstand hat, wenn es um dich geht." Der Earl of Aytoun stieg aus der Kutsche. Trotz seines ergrauten Haars und eines leichten Hinkens war seine Lordschaft genauso groß und breitschultrig wie sein Sohn. Er streckte Hugh eine Hand entgegen, als die Gräfin Jo umarmte. "Ich warne dich. Wenn du auch nur im Entferntesten daran denkst, mich wie deine Mutter herumzuwirbeln, werden wir es gleich hier austragen."

Hugh ging zu ihm und hob seinen Vater, ohne auf die ausgestreckte Hand zu achten, in einer bärigen Umarmung vom Boden auf, wenn auch nur ein paar Zentimeter. Der Earl lachte herzhaft, als sein Sohn ihn absetzte.

Die Zuneigung, die beide Elternteile ihrem Sohn und ihrer Tochter entgegenbrachten, erwärmte Grace das Herz. Ihre Begrüßung von Truscott und Violet war nicht weniger familiär. Als die beiden mit dem Butler an der langen Reihe des versammelten Personals vorbeigingen, hielten sie inne, um mit so vielen zu sprechen. Zusammen kannten der Graf und die Gräfin fast jeden mit Namen, und der Butler stellte neue Mitarbeiter vor. Sie fragten nach den Familien und wollten Einzelheiten wissen.

Als Grace sie beobachtete, stellte sie fest, dass Hughs graue Augen von seiner Mutter geerbt waren, während seine Größe und sein Körperbau von seinem Vater stammten. Und wie Hugh wies auch das Gesicht des Earls Narben auf, die seine bedrohliche Erscheinung nur noch verstärkten.

Trotzdem sah Grace, wie Lord Aytoun in der Nähe der Gräfin blieb, als sie sich in der Reihe zum Haupteingang bewegten. Das Streicheln des Rückens seiner Frau, wenn sie innehielten, um mit jemandem zu sprechen, wurde durch liebevolle Blicke ergänzt, die sie ihm zuwarf, wenn er einen Lakaien oder ein Dienstmädchen ansprach. Ihre Liebe füreinander war unübersehbar, und Grace erinnerte sich, dass Jo gesagt hatte, ihre Geschichte sei eine "zweite Chance" für die Liebe ... für beide.

Während seine Frau mit der Haushälterin sprach, wandte sich der Graf von der Empfangsreihe ab und wandte sich an seinen Sohn. "Wo versteckst du sie denn?", fragte er barsch.

Grace bemerkte es erst jetzt, aber sie hatte sich hinter einen der Lakaien an der Tür geschoben. Sie trat gerade vor, als Hugh sie erreichte.

"Keine Sorge, meine Liebe", flüsterte er und legte ihr eine Hand auf den Rücken. "Ich bin stärker, und ich werde ihn niederschlagen, wenn es sein muss."

Plötzlich fiel der Panzer des schützenden Selbstvertrauenens ab. Als sie sah, wie die beiden sich näherten, klopfte ihr Herz und ihre Brust zog sich zusammen. Grace knickste, als Hugh sie vorstellte.

Die Gräfin reichte ihrem Mann die Handschuhe und nahm beide Hände von Grace in die ihren. Die freundlichen grauen Augen der Frau fielen auf ihre Finger, die, wie Grace feststellte, zu Eisblöcken geworden waren.

"Darf ich Sie Grace nennen?" fragte Hughs Mutter. "Wir haben in unserer Familie eine Tradition der Vornamen, die Generationen zurückreicht."

"Natürlich, Mylady", knickste sie erneut und blickte in das warme Gesicht, das ihr Alter ansehnlich widerspiegelte. "Ich fühle mich geehrt."

Im nächsten Augenblick fand sich Grace in der Umarmung der Gräfin wieder. Und das war kein höflicher Kuss auf die Wange oder eine flüchtige Demonstration von Gastfreundschaft. Es war eine Umarmung der Zuneigung, der Beruhigung, des Willkommens, der Zugehörigkeit.

"Und du nennst mich Millicent, in Ordnung?", flüsterte sie ihr ins Ohr.

Der Anschein von Kontrolle, den sie bis zu diesem Moment hatte wahren können, brach zusammen. Der Knoten in ihrer Kehle zog sich zusammen, und Grace lehnte sich in die Berührung der Mutter und ließ sich halten, als ihre Tränen sich Bahn brachen.

Millicent drückte ihr einen Kuss auf die Stirn.

Grace traute ihrer Stimme nicht, um sich für ihren Gefühlsausbruch vor allen zu entschuldigen. Eine Seifenblase war geplatzt, und sie konnte nicht aufblicken oder mehr sagen, aus Angst, dass sich die Schleusen öffnen würden. Die Gräfin ließ ihre Hände nicht los.

"Lyon", sagte Millicent über ihre Schulter. "Bitte, geht in den Salon. Wir treffen Euch gleich dort."

Die Gräfin zog Grace durch die Tür und reichte ihr ein Seidentaschentuch, um ihre Tränen zu trocknen.

"Du gehst auch, Hugh", sagte Millicent, als Grace die Wärme seiner Berührung auf ihrem Arm spürte. "Ich verspreche, sie gleich sicher zu dir zu bringen."

Im Schutz der Gräfin lächelte sie verlegen, als Jo sich zu ihnen gesellte und eine weitere Mauer der Privatsphäre errichtete.

"Ich muss mich entschuldigen", sagte sie zu den beiden. "Ich habe sicherlich keinen guten ersten Eindruck gemacht. Aber ich war so nervös ... und Ihr Empfang ... Ihre Freundlichkeit."

"Damit ist jetzt Schluss, Kind. Und mach dir keine Sorgen mehr darüber, wie du von uns, von Hughs Geschwistern oder vom Rest der Familie aufgenommen wirst." Sie hob Grace' Kinn an, bis sich ihre Augen trafen. "Wir haben seinen Brief gelesen, in dem er uns von deinen Abenteuern und deinem Mut berichtet, und vor allem von seiner Liebe und seiner Absicht, dich zu heiraten. Wir sind überglücklich, Grace. Siehst du, unsere Träume für ihn sind endlich wahr geworden. Wir haben für diesen Tag gebetet."

"Glaubst du mir jetzt?" stichelte Jo und drückte ihren Arm. Sie wandte sich an ihre Mutter. "Wir sollten besser reingehen, sonst schickt Hugh einen Suchtrupp nach ihr."

Millicent lächelte. "Wie *lange* ich darauf gewartet habe."

"Es ist egal, dass Hugh an ihr hängt", sagte Jo und legte einen Arm um Grace. "Ich habe sie als *meine* Freundin ... und Schwester betrachtet."

"In diesem Fall werden wir sie auf jeden Fall behalten."

Grace hatte ihre Gefühle wieder unter Kontrolle, als die drei sich auf den Weg in den Salon machten. Sie musste seiner Lordschaft noch vorgestellt werden, aber sie schätzte, dass es nach dem Empfang durch die Gräfin nichts gab, womit sie nicht umgehen konnte.

Die Männer standen auf, als sie den Raum betraten. Grace wurde warm ums Herz, als Hughs Blick sofort den ihren suchte, und eine stumme Botschaft ging zwischen ihnen hin und her.

Flankiert von den beiden Frauen, knickste Grace, als Hugh sie erneut vorstellte.

Lord Aytoun schaute sie einen Moment lang aufmerksam an. "Mein Sohn sagt mir, dass Sie mütterlicherseits eine Macpherson sind ... und eine Jakobitin."

Verflixt. Nicht schon wieder, dachte Grace. Sie wollte weder ihre Familie noch ihre Überzeugungen verleugnen. Nie wieder.

"Das ist richtig, Mylord", sagte sie mit hoch erhobenem Haupt.

"Ausgezeichnet", knurrte der Graf und klang zufrieden. "Es wird Zeit, dass wir noch einen in der Familie haben."

Jo beugte sich vor und flüsterte: "Unsere Tante Portia, Pierce' Frau, ist eine Tochter von Bonnie Prince Charlie. Aber sag es niemandem."

Kapitel Neunundzwanzig

Nachdem er Grace zwei Tage lang für Gespräche und Spaziergänge, Besichtigungen und Ausritte an seine Familie verloren hatte, war Hugh mehr als bereit, seine Eltern zurück nach Hertfordshire zu schicken. Sein Vater war bezaubert von Graces Geschichten über all die Orte, die sie bereist und die Schlachten, die sie miterlebt hatte. Er konnte nicht genug von ihren Erzählungen bekommen und war fasziniert von ihrem unglaublichen Gedächtnis. Hughs Mutter hatte eine neue Tochter gefunden. Sie sorgte dafür, dass Grace und Jo so oft wie möglich am Tag bei ihr blieben.

Hugh freute sich sehr über die wohlverdiente Aufmerksamkeit, die sie erhielt. Gleichzeitig genoss er es, die Rolle des gereizten, ignorierten Liebhabers zu spielen. Er schätzte vor allem das Interesse, das Grace ihm entgegenbrachte, wenn er jeden Abend in ihr Bett schlüpfte, nachdem alle eingeschlafen waren.

Aber all das änderte sich jetzt. Aston MacKay, der Rechtsreferent, den Hugh nach Antwerpen geschickt hatte, war mit den Beamten der britischen Botschaft aus Brüssel im Grenzgebiet eingetroffen.

Hugh hatte Grace nicht gesagt, dass er kommen würde. MacKay war auf den Kontinent gereist, um Informationen über eine vermisste Amerikanerin zu suchen, aber nach dem Treffen mit den beiden Engländern hatte er Hugh erneut geschrieben. Man hatte um ein dringendes Treffen mit Grace gebeten, bei dem es um ein geheimes Abkommen zwischen

Daniel Ware und der britischen Regierung ging. Jetzt baten sie um ihre Hilfe.

Wie angewiesen, hatte MacKay die Männer im Gasthaus George untergebracht. An diesem Morgen erwähnte Hugh die Namen gegenüber seinem Vater. Als langjähriges Mitglied des Parlaments kannte der Graf weit mehr Familien, die mit der Regierung verbunden waren, als Hugh.

Hugh entriss Grace den Klauen von Jo und seiner Mutter und führte sie in sein Arbeitszimmer, wo die Reisenden warteten. Auf dem Weg dorthin erklärte er ihr, welche Informationen er über die beiden Männer gesammelt hatte.

"Sir Rupert Elliot, ein Berufsdiplomat, dient als Gesandter in den Niederlanden. Er ist in Brüssel stationiert", erklärte Hugh ihr. "Der andere Mann, Captain Thomas Rivenhall, hat seit dem Ende des Krieges mit Napoleon in vielen Funktionen gedient. Er war früher ein Offizier in Wellingtons Stab und hat jetzt eine vage Position im Außenministerium. Seine Erklärung gegenüber MacKay war ungenau, was seine genaue Verantwortung im Moment angeht, aber mein Vater glaubt, dass er angestellt wurde, um Leichen aus dem Keller zu holen."

"Wunderbar", sagte sie unbehaglich. "Aber was könnte mein Vater mit ihnen zu tun haben?"

Hugh verstand ihr Unbehagen. "Der einzige Weg, es herauszufinden, ist, mit ihnen zu sprechen." Er drückte ihr einen Kuss auf die Stirn. "Aber es scheint, dass sie *dich* brauchen. Und unabhängig davon, ob du ihnen helfen kannst oder nicht, habe ich vor, ihren Einfluss zu nutzen, um die Begnadigung zu beschleunigen, um die ich den Prinzregenten gebeten habe. Diese beiden Männer sind in der Lage, dieses Gesuch voranzutreiben."

Er nahm Graces kalte Finger in seine Hand und führte sie an seine Lippen.

"Es ist auch möglich, dass sie etwas über die Motivation für den Angriff auf Dich herausfinden können."

Sie holte tief Luft. "Führe mich zu ihnen."

Grace war froh, dass Hugh sie bei diesem Treffen begleitete. Er war immer noch um ihre Sicherheit besorgt. Seine Anwesenheit stärkte ihr Selbstvertrauen. Immerhin hatte sie ein Leben lang gelernt, wie man mit mächtigen Männern umgeht, insbesondere mit Politikern. Als sie nun dasaß und den beiden zuhörte, stellte Grace fest, dass sie vollkommen ruhig war.

MacKay, Hughs Sekretär, wurde gebeten, draußen zu warten, da es sich um ein vertrauliches Gespräch handelte, und Captain Rivenhall deutete an, dass auch Hughs Anwesenheit fragwürdig sein könnte. Nachdem der Vicomte ihm einen tödlichen Blick zugeworfen hatte, tauschten die beiden Männer einen Blick aus und setzten die Unterhaltung fort, da sie offensichtlich beschlossen hatten, dass es zwecklos war, Hugh von dem Gespräch fernzuhalten.

"Unser tiefstes Beileid, Miss Ware, zum Tod Ihres Vaters", sagte Sir Rupert feierlich. "Schreckliche Sache in Antwerpen."

Grace hatte so viele Fragen an diese Männer, was mit den sterblichen Überresten ihres Vaters und ihrer Diener geschehen war. Sie wollte wissen, wo sie begraben waren und wie diese Männer von dem Angriff erfahren hatten. Aber sie folgte Hughs Beispiel. Sie vergrub ihre Gefühle tief in sich, setzte eine Maske der Gleichgültigkeit auf und wartete ab. Zuallererst musste sie wissen, worauf sie aus waren.

Kapitän Rivenhall sprach das Thema zuerst an. "Wie Sie vielleicht bereits wissen, hat Colonel Ware im vergangenen Winter zwei Briefe an unsere jeweiligen Büros in Brüssel und Westminster gerichtet."

"Die beiden Briefe waren identisch", fügte Sir Rupert hinzu. "Der Oberst wollte nicht, dass bürokratische Dummheiten verhinderten, dass seine Botschaft die richtigen Stellen erreicht. Er wollte nicht, dass sein Angebot übersehen wird."

"Die Briefe Ihres Vaters wurden nicht übersehen, Miss Ware", sagte Captain Rivenhall. "Sie haben sofort unsere Aufmerksamkeit erregt."

"Sie wussten also von Colonel Ware?" fragte Hugh.

"Natürlich", antwortete Rivenhall. "Es liegt im größten Interesse der Krone, die Personen im Auge zu behalten, die der Familie Napoleons am nächsten stehen. Der militärische Werdegang des Oberst war uns wohlbekannt, ebenso wie seine fortwährenden Dienste für Joseph Bonaparte, den König von ... dem *ehemaligen* König von Spanien und Neapel. Sein Brief erregte die Aufmerksamkeit der höchsten Ebenen unserer Regierung."

"Warum hat der Oberst Sie kontaktiert?" fragte Hugh.

Captain Rivenhall zögerte mit einer Antwort, aber Sir Rupert tat es nicht. "Colonel Ware bat um eine Begnadigung für sich und seine Tochter."

"Eine Begnadigung?" fragte Hugh.

Rivenhall meldete sich zu Wort. "Ja, er wollte eine bedingungslose

Begnadigung, zusammen mit der Rückgabe von Eigentum, das ihm in Irland und der Familie seiner verstorbenen Frau in Schottland gehört."

Grace starrte die Männer an. Wie war es möglich, dass ihr Vater dies aktiv verfolgt und nicht mit ihr darüber gesprochen hatte? Sie sagten, er habe die Briefe im Winter geschickt. Sie dachte an die Wunde an seinem Bein. Sie verschlimmerte sich bereits.

Sie erkannte, dass er die Begnadigung nicht für sich selbst beantragte. Er wusste, dass er im Sterben lag. Er tat es für sie.

"Was hat Colonel Ware Ihnen dafür gegeben?" fragte Hugh. "Er war nicht so naiv zu glauben, dass die Krone ihn begnadigen würde, ohne ihr im Gegenzug etwas von Wert anzubieten."

"Sie haben recht", antwortete Rivenhall. "Er hatte etwas in seinem Besitz, das für uns von Interesse ist."

Grace dachte an den Diamanten.

"Wonach *genau* suchen Sie?" verlangte Hugh.

"Nach einem Brief", antwortete Rivenhall nach einer langen Pause.

Ein Brief. Nicht der Diamant. Die ganze Zeit hatte sie gedacht, der Edelstein sei die Ursache für den Mord an ihrem Vater.

"Ein Brief, der was enthält?", fragte er.

Kapitän Rivenhalls Lippen hatten sich zu einem schmalen Strich verzogen. Seine Augen suchten den Raum nach der Antwort ab, die er offensichtlich nicht geben wollte.

Graces Gedanken rasten. Von der ganzen Korrespondenz, die sie für ihren Vater geschrieben hatte, hatten mehrere Schreiben sensible Informationen über die Geschäfte der Bonapartes enthalten. Aber nichts war so wichtig wie das, was ihr Vater erbeten hatte ... und was die britische Regierung bereit war zu gewähren.

"Mein Vater hatte viele Briefe und Dokumente bei sich", sagte Grace. "Sie müssen schon etwas genauer sein, Captain. Auf welchen Brief beziehen Sie sich?"

"Es ist eine Liste", sagte Rivenhall zähneknirschend. "Eine Liste mit Namen."

"Namen von wem?" fragte Hugh.

Sir Rupert meldete sich zu Wort. "Colonel Ware sollte uns die Codenamen von Personen liefern, die in der britischen Regierung tätig sind und den Franzosen während des Halbinsel-Feldzugs sensible Informationen geliefert haben."

"Engländer? Sie arbeiten als Spione für Napoleon?", fragte der Vicomte.

"Ja, Mylord", antwortete er. "Wir haben jetzt den Schlüssel, um sie zu einzelnen Agenten zu verfolgen."

Spione, dachte Grace. Die Kämpfe zwischen den Völkern hatten aufgehört, aber viele, die ihre Treue verrieten und für den Feind arbeiteten, waren noch auf freiem Fuß. Vor ihrem geistigen Auge erschien das bemalte Gesicht von Mrs. Douglas. Die Frau, die jeden kannte. Die in den höchsten Kreisen von Ministern und Generälen verkehrte. Die mit deren Frauen verkehrte. Grace sah sie und ihren Mann, der selbst Minister in der britischen Regierung war, in Paris bei der Taufe von Napoleons Sohn. Ihr Brief kam zurück in Graces Erinnerung: *Alte Feinde sind jetzt die engsten Verbündeten.* Sie fragte sich, ob der Name von Mrs. Douglas auf dieser Liste stand.

"Es bleibt die Frage", sagte Captain Rivenhall und richtete seine Worte an Grace, "ob Sie das Dokument haben."

"Wir sind hierhergekommen, weil die geringste Chance besteht, dass Sie es haben", erklärte Sir Rupert. "Als die Leichen des Colonels und der anderen gefunden wurden - und ich bitte um Verzeihung, dass ich so unsensibel bin, Miss Ware -, waren ihre persönlichen Gegenstände gestohlen worden. Wir wissen nicht, ob das Dokument von diesen Schurken gestohlen wurde. Wir hoffen nur, dass Sie es haben."

"Diese Reise mag umsonst gewesen sein", fügte Kapitän Rivenhall hinzu. "Aber Sir Rupert war der Meinung, dass wir im Interesse der Sicherheit des Reiches jede Möglichkeit ausschöpfen müssen."

Sie hatte keine solche Liste. Sie war ohne Brief angekommen. Grace tauschte einen Blick mit Hugh aus.

"Und wenn sie dieses Dokument vorlegt", fragte er, "was bekommt sie dann dafür?"

"Die Begnadigung, natürlich. Wie vereinbart."

Dies war der Schlüssel zu ihrer Zukunft. Sie presste ihre verschwitzten Handflächen gegen ihre Röcke.

"Wo ist diese Begnadigung? Wir würden sie gerne sehen."

"Nun", antwortete Rivenhall. "Wir haben sie nicht bei uns. Das Dokument musste nach dem unglücklichen Tod von Colonel Ware neu verfasst werden. Wir erwarten, dass jeden Augenblick ein Reiter aus Westminster mit dem Dokument eintreffen wird. Aber Sie werden uns sicher glauben, dass wir..."

"Vielleicht wird Miss Ware Ihr Wort akzeptieren, Captain, aber ich sicherlich nicht."

"Mylord, Sie sind ein Peer des Königreichs und ein Lord Justice of the

King's Bench. Ein ausgezeichneter Kavallerieoffizier der französischen Kriege. Wir würden erwarten, dass Ihr, von allen, vertraut..."

"Wegen all dieser Titel, auf die Sie sich beziehen, ist es meine *Pflicht,* Ihnen nicht zu vertrauen."

Hugh richtete sich zu seiner vollen Größe auf, und Grace sah den Lordrichter zu Tage treten.

"Sie sagten, dass Colonel Ware eine Kopie seiner Anfrage nach Westminster und Brüssel geschickt hat", sagte er. "Und dass dieser Brief auf höchster Regierungsebene gesehen wurde."

"In der Tat", antwortete Rivenhall.

"Und welche Maßnahmen wurden ergriffen, um die Sicherheit von Colonel Ware bei seiner Ankunft in Antwerpen zu gewährleisten? Welche Schritte wurden unternommen, um zu verhindern, dass dieses wertvolle Dokument in die falschen Hände gerät?"

Die beiden Männer starrten Hugh an, als wären sie sprachlos.

"Männer starben, weil Colonel Ware sein Vertrauen in Sie setzte. Sie haben versagt, sie zu schützen", bellte Hugh. "Wir haben keinen Grund, darauf zu vertrauen, dass Sie diese Begnadigung, die Sie versprechen, überhaupt vorlegen werden. Wenn Ihr Reiter also eintrifft - falls er tatsächlich eintrifft -, legen Sie die Begnadigung vor, und Miss Ware wird Ihnen die Liste geben."

Kapitel Dreißig

"Seit dem Tag, an dem Jo ihn mir gezeigt hat", sagte Grace und schritt durch das Arbeitszimmer, "dachte ich, der Diamant sei der Grund für den Angriff auf uns in Antwerpen. Aber es ging nur um eine Liste."

Die Strahlen der späten Nachmittagssonne erhellten den Raum. MacKay hatte die Männer zum Gasthaus zurückbegleitet und war noch nicht zurückgekehrt. Sie blieb stehen und betrachtete die verschlungenen Muster des Perserteppichs, während sie über das Netz von Schwierigkeiten nachdachte, das nun vor ihnen lag.

Die Gesandten waren verblüfft gewesen, als Hugh ihnen mitteilte, dass sie das Dokument besaß, aber sowohl Captain Rivenhall als auch Sir Rupert Elliot waren sichtlich beleidigt über die Weigerung des Vicomtes, ihnen zu vertrauen. Dennoch hatten sie sich nach eigenen Angaben auf eine Art Schnitzeljagd begeben. Sie waren nach Baronsford gekommen und hatten sich an eine dünne Hoffnung geklammert, und nun mussten sie sicher sein, dass sie sie hatte. Wenn sie doch nur die Liste hätte.

Sie sah Hugh an, der an seinem Schreibtisch saß. "Wie soll ich so etwas vorlegen, wenn sie morgen wiederkommen? Ich bin mit nichts als den Kleidern, die ich anhatte, und dem Diamanten angekommen."

"Hast du nicht gesagt, dass die Mörder die Zimmer im Gasthaus durchsucht haben, als du wieder nach oben gegangen bist?", fragte er.

Die Erinnerung kehrte zurück, so frisch und schmerzhaft wie der Tag, an dem es geschah. Sie drehte sich zum Fenster. Ihr Vater, krank und leidend, hatte Pläne für sie geschmiedet. Während Grace damit beschäftigt war, sich um ihn zu kümmern, schmiedete Daniel Ware Pläne, um die Zukunft seiner einzigen Tochter zu sichern.

"Ja, sie haben das Zimmer auseinandergenommen. Aber sie haben sie wohl nicht gefunden." Sie blickte wieder zu Hugh. "Mrs. Douglas wollte nicht den Diamanten. Sie hat den Plan ausgeheckt, mich zu entführen, weil sie dachte, ich hätte die Liste."

"Ihr Name - oder der Name einer ihr nahestehenden Person - muss auf dem Dokument stehen", stimmte er zu. "Vielleicht sogar der Name ihres Mannes."

Grace begann wieder auf und abzugehen. "Mein Vater hatte Korrespondenz in seiner Truhe. Aber er trug nichts bei sich, worüber er übermäßig besorgt zu sein schien. Nichts, was er erwähnte oder worauf er besonderen Wert zu legen schien. Tatsächlich hatte ich ihm jeden Brief vorgelesen, den er bei sich hatte. Und er diktierte mir jede Antwort."

Hugh lehnte sich in seinem Stuhl zurück, die Hände vor sich verschränkt. Er beobachtete jeden ihrer Schritte, aber sie wusste, dass sein ruhiges Auftreten nur Fassade war. Sein Verstand arbeitete genauso heftig wie der ihre.

"Dein Vater war ein erfahrener Soldat", begann er. "Kein erfolgreicher Kommandant geht in eine Schlacht, ohne ein klares Ziel vor Augen zu haben. Er sondiert das Feld, berücksichtigt die Aufklärungsberichte, wendet an, was er über die Strategien des Feindes weiß, und entwickelt seine Taktik. Er hat immer eine primäre und eine sekundäre Taktik, die er einsetzt. Das war der Grund, warum Daniel Ware zwei identische Botschaften an die britische Regierung geschickt hat."

Grace kam vor Hughs Schreibtisch zum Stehen. "Er befürchtete, dass einer abgefangen werden könnte. Er wollte sichergehen, dass sein Brief die richtigen Leute erreichte."

"Auch hier würde er als erfahrener Kommandant" - Hugh hielt inne, sein Blick blieb auf ihrem Gesicht haften - "die Übergabe der letzten Depesche nur seinem fähigsten Offizier anvertrauen."

"Seine letzten Worte an mich waren . . ." Ein Knoten bildete sich in ihrer Brust. "'Du wärst ein guter Offizier geworden.' Das waren seine Worte zu mir an diesem Tag.

Hugh richtete sich auf, die Hände auf den Schreibtisch gestützt. "Bei Deinem unübertroffenen Gedächtnis war es nicht nötig, einen physischen Brief mitzunehmen. Was er wusste, was niedergeschrieben und übermittelt werden sollte, wollte er durch Dich an die Briten weitergeben."

Ihr Talent, so nannte es Graces Vater. Wenn es stimmte, was Hugh sagte, warum konnte sie sich dann nicht daran erinnern? Sie schloss die Augen und drückte ihre Finger an die Schläfen. Aber es war so viel da drin. Informationen, Namen, Gesichter. Die ganze Korrespondenz, die sie in den letzten Monaten seines Lebens für ihn geschrieben hatte.

"Zu viel. Ich weiß nicht, wo ich anfangen soll, wonach ich suchen soll", sagte sie. "Er hat nie eine Liste diktiert. Es gibt nichts, was er gesagt hat, was mich zu einem solchen Dokument führen würde."

Hugh kam um seinen Schreibtisch herum und nahm sie bei der Hand. "Denke an alles, was mit dem Krieg zu tun haben könnte. Die Abgesandten sagten, dass diese Spione während der Halbinselkampagne tätig waren. Er hat auf das Wissen aus diesen Jahren zurückgegriffen."

Rivenhall und Elliot hatten sich auf die Namen der britischen Untertanen bezogen. Codenamen.

Ein Schauer lief ihr über den Rücken. Sie erinnerte sich.

Die "Befehle" ihres Vaters.

"Ich weiß, was es ist!", rief sie aus. "Wonach sie suchen! Ich dachte, es sei die Wirkung des Laudanums auf ihn. Als wir von Amerika aus segelten, schweiften seine Gedanken immer wieder zu seinen Kampftagen in Spanien zurück."

"Was hat er gesagt?"

"Er wollte, dass ich mir seine 'Anweisungen' merke. Es war, als ob ich zu seinem Personal gehörte. Er bestand darauf, dass ich seine Befehle auswendig lernte. Sie waren *verschlüsselt*."

Hugh lachte, als er sie in seine Arme schloss. "Wenn Napoleon nur den Schatz deines Geistes gekannt hätte, hätten wir ihn nie besiegt."

Er zog einen Stuhl an den Schreibtisch heran, setzte sich zu ihr und legte Stift und Papier vor sie hin.

„Schreib auf ‚woran Du Dich erinnerst.“

Grace schloss für einen Moment die Augen und versuchte, die unwichtigen Informationen zu verdrängen. Die Seite wurde scharf abgebildet. Buchstaben und Zahlen strömten aus ihrem Kopf auf das Papier. Sie ergaben keinen offensichtlichen Sinn, aber sie schrieb die Sequenzen genauso auf, wie sie in ihrem Gedächtnis gespeichert waren.

Als sie fertig war, ging Hugh zu seinen Bücherregalen und kam mit einem dünnen, gebundenen Manuskript zurück, das er auf den Schreibtisch legte.

"Eine Abhandlung über Kryptographie von einem Freund von mir, der im Außenministerium gearbeitet hat. Es ist eine faszinierende Studie." Er betrachtete die Reihe von Buchstaben und Zahlen auf dem Papier. "Ich hoffe, dass es nicht die Große Pariser Chiffre ist. Wenn doch, könnte es Wochen dauern, bis wir sie lösen. Es gibt über 1.400 Zahlen, die Wörter oder Teile von Wörtern in einer Million Kombinationen ersetzen könnten."

Grace kannte die Mängel bei der Verwendung verschlüsselter Nachrichten durch die französische Armee. Ihr Vater hatte sich im Laufe der Jahre immer wieder darüber beklagt. Die Große Pariser Chiffre war als Ersatz für den gescheiterten Portugal-Code entwickelt worden.

"Das ist der Portugal- Code", sagte sie ihm. "Ich erinnere mich, dass mein Vater mir das mehrmals gesagt hat. Er sagte es sogar an jenem letzten Tag, als ich auf die Straße ging, um nach unserer Kutsche und den Koffern zu sehen."

Grace hatte einen Sinn für Rätsel, und wenn es darum ging, Zusammenhänge und Muster zu erkennen, war Hugh ihr Schritt für Schritt ebenbürtig. Sie arbeiteten sich Zeile für Zeile durch die Seite, und eine Stunde später hatten sie ihre Liste.

Cäsars Aufstieg
Schwarze Tulpe
Spartanischer Felsen
Sternschnuppe
Roter Phönix

Die Liste ging weiter. Insgesamt siebenundzwanzig Namen.

"Codenamen", sagte Grace. "Diese Namen bedeuten uns nichts."

"Ihre Leute in Westminster haben angeblich einen zweiten Schlüssel. Einen Weg, die Codenamen mit den wirklichen Personen, die sich dahinter verbergen, zu verbinden." Er schob das Kryptographiebuch beiseite. "Ich traue ihnen nicht. Rivenhall und Elliot. Wir können nicht wissen, ob einer von ihnen oder beide auf dieser Liste stehen."

Grace sah ihm zu, wie er die Namen wieder hinunterging. "Sag mir, was du denkst."

"Es geht um mehr als die Tatsache, dass sie es versäumt haben, für die Sicherheit deines Vaters zu sorgen", erklärte Hugh. "Einige Tage bevor dein Vater sich mit ihnen treffen sollte, wurde er ermordet. Es könnte ein Zufall sein, aber ich glaube nicht an Zufälle."

"Wir waren unter falschen Namen unterwegs. Sie mussten nach uns Ausschau halten."

"Sie taten sie. Sie müssen gewusst haben, dass ihr in Antwerpen von Bord gehen. Was weisst Du noch über die Angreifer?"

Grace dachte zurück. Die kühle Rücksichtslosigkeit der Killer. Ihre unerbittliche Verfolgung durch die Hintergassen des Hafenviertels. Die Schreie, als sie näherkamen.

"Wenigstens einer von ihnen sprach Englisch."

Hugh lehnte sich zurück. "Diese beiden sagten, dass bei der Bergung der Leichen alle Ihre persönlichen Gegenstände gestohlen worden waren. Und was, sagtest Du, ist mit Euren Koffern aus dem Schiff passiert?"

"Sie waren bereits abhandengekommen", antwortete sie. "Alle sechs von ihnen. Wahrscheinlich von denselben Männern."

"Ganz genau. Die Schurken, die deinen Vater umgebracht haben, haben sich alles angeeignet, wo diese Liste hätte versteckt sein können."

Trotzdem war Mrs. Douglas hier aufgetaucht, dachte Grace. Sie wussten ganz genau, dass ihr Vater die Liste nicht hatte.

"Sie haben sie nicht gefunden, also gab es nur einen Ort, an dem die Liste sein konnte."

"Bei mir."

"Als mein Diener MacKay in Antwerpen ankam, erfuhren sie, dass Du in dieser Kiste entkommen warst. Dass du dich hier erholst. Sie mussten davon ausgehen, dass Du die Liste hattest, und sie mussten sie bekommen, bevor sie aufflogen."

"Du warst Dir sicher, dass Mrs. Douglas nicht allein arbeitet", sagte Grace.

"Sie wurde von ihren Partnern in Antwerpen benachrichtigt und kam direkt hierher. Der Zeitpunkt ihrer Ankunft in den Grenzgebieten passt perfekt. Aber der Verantwortliche konnte ihr nicht zutrauen, dass sie schafft, was ihnen fehlgeschlagen ist."

"Kapitän Rivenhall sagte uns, sie hätten nur 'geringste Hoffnung', dass ich das Dokument habe. Aber Sir Rupert hatte darauf bestanden, dass sie kommen."

"Und er bestand darauf, weil er wusste, dass die Liste nicht in Antwerpen war." Hughs finsterer Blick war finster. "Er *musste* hierherkommen. Elliot ist unser Mann. Sein Name steht auf dieser Liste."

Die Wut, die sich in ihr aufgestaut hatte, drohte sich Bahn zu brechen. Sie hatte in dem Zimmer gesessen und mit dem Mann gesprochen, der für die Ermordung ihres Vaters und ihrer Bediensteten verantwortlich war.

"Ich sage Ihnen noch etwas", fügte er grimmig hinzu. "Wenn wir ihnen diese Liste aushändigen, wird sie London nie erreichen. Es wird ein Unfall oder ein Raubüberfall auf der Straße passieren. Rivenhall wird getötet werden, und Elliot wird sagen, dass die Liste gestohlen wurde."

Grace zwang sich, ruhig zu denken, als sie die Namen noch einmal durchlas.

"Mrs. Douglas. Wenn sie nur nicht entkommen wäre", sagte sie inbrünstig. "Sie war so eingeschüchtert, dass sie um ihr Leben rannte. Vielleicht hätte man sie überreden können, zu kooperieren, um Milde walten zu lassen."

"Sie ist nicht entkommen", sagte Hugh.

Grace sah ihn an, als sie seine Worte verstand.

"Wir nahmen sie gefangen, als sie in Greenock an Bord eines Schiffes ging. Branson fuhr nach Glasgow, um sie zu holen."

Kapitel Einunddreißig

Aus der Leichtigkeit, mit der sich die Abgesandten mit Lord Aytoun unterhielten, der anstelle seines Sohnes anwesend war, schloss Grace, dass Elliot und Rivenhall den älteren Adligen weitaus sympathischer fanden als seinen heißblütigen Sohn. Sie schaute sich in der Bibliothek um. Hughs Angestellter Mr. MacKay saß an einem Tisch an der Seite und hörte mit der Feder in der Hand aufmerksam jedem Wort zu. Offensichtlich hatte sich ihr gestriges Unbehagen, die Einzelheiten ihrer Mission preiszugeben, gelegt.

"Wie Sie wissen, Eure Lordschaft, fühlt sich der Prinz von Wales mit den Stuart-Monarchen der Vergangenheit verwandt", sagte Sir Rupert. "Die Begnadigung von Miss Ware war nie ein Thema. Viele der schottischen Jakobitenfamilien haben ihre Ländereien und Titel zurückerhalten."

Der Gesandte sprach weiter, aber Grace sah, dass er ständig auf das gefaltete Dokument auf ihrem Schoß blickte. Sie merkte, dass sie den Brief in der Hand von Captain Rivenhall mit der gleichen Intensität betrachtete. Ein Tauschspiel war im Gange.

Schließlich unterbrach ihn der Graf. "Meine Herren, ich nehme an, was Sie in Ihren Händen halten, ist eine freie, vollständige und allgemeine Begnadigung für Miss Ware, für Landesverrat, Rebellion und alle Vergehen, was auch immer." Er streckte seine Hand nach dem Brief aus.

"Ganz recht, Mylord", antwortete Kapitän Rivenhall und reichte sie ihm.

"Und es beinhaltet die Möglichkeit, dass Miss Ware in Zukunft eine Rente beantragen kann", fügte Sir Rupert hinzu. "Wenn sie es wünscht."

Während sie darauf warteten, dass der Earl das Dokument vorlas, richteten die beiden Männer ihre ganze Aufmerksamkeit auf Grace. Wenn sie und Hugh Recht hatten - und Sir Rupert Elliot war der Mann, der die früheren Angriffe inszeniert hatte -, gelang es ihm ausgezeichnet, seinen Gesichtsausdruck natürlich zu halten. Ein unnachgiebiges Auftreten unter Druck musste eine Voraussetzung für einen Spion sein, dachte sie.

"Ich wurde von Lord Greysteil gebeten", sagte sie, "seine Entschuldigung für die unvermeidliche Verspätung zu übermitteln. Ich bin sicher, dass der Vicomte in Kürze eintreffen wird."

Captain Rivenhalls Blick blieb auf Grace' Teil der Abmachung haften, der immer noch in ihrem Schoß lag. "Miss Ware, Mr. MacKay hat uns nur die oberflächlichen Details mitgeteilt, aber wir können Ihnen gar nicht sagen, wie glücklich wir uns schätzen, dass diese Korrespondenz Ihres Vaters die entsetzliche Überfahrt überlebt hat, die Sie durchgemacht haben."

"Ja, es war für uns alle ein Glücksfall, dass ich es zufällig in meinem Handtasche hatte. Wie Sie wissen, hatte Colonel Ware volles Vertrauen in mich. In den Jahren bis zu seinem Tod vertraute er mir alles Wertvolle an, wenn wir auf Reisen waren."

Beide Männer sahen den Grafen an, als er sich in seinem Stuhl bewegte und sich dann wieder zurücklehnte. Er nahm sich offensichtlich Zeit, die Begnadigung zu lesen.

"Ich sollte Ihnen sagen, dass ich das Siegel gebrochen habe, als ich in Baronsford ankam", erklärte sie ihnen. "Aber die Liste der Namen - die Codenamen - hat mir nichts bedeutet, bis Sie gekommen sind und danach gesucht haben. Ich bin sehr froh, dass ich sie nicht weggeworfen habe."

Die beiden Männer warfen einen Blick auf Lord Aytoun, und Grace bemerkte, dass Sir Ruperts Fuß auf den Boden zu tippen begann. Captain Rivenhalls Knöchel waren weiß vom Griff um seinen Stuhl; er schien nicht weniger ungeduldig zu sein, weil der Earl so lange brauchte, um seine Lektüre zu beenden.

Hugh wies seinen Sekretär an, das Gespräch weiter aufzuzeichnen, als Frau Douglas anfing, über ihre angebliche Misshandlung zu schimpfen.

"Ich wurde unter Missachtung aller Konventionen von Würde und

Höflichkeit gewaltsam vom Schiff entfernt. Ich wurde vor den anderen Passagieren gedemütigt, die fassungslos zusahen, wie dieser Trottel da drüben falsche Anschuldigungen gegen mich vorlas.

"Sie haben sich für diese Reise unter falschem Namen angemeldet", kommentierte Branson.

"Ist das ein Verbrechen?", schnauzte die Frau. "Wegen der hochrangigen Position meines lieben, verstorbenen Mannes und des *unschätzbaren* Dienstes, den er unserer Nation in einer Zeit erwiesen hat, als sie ihn am dringendsten brauchte - ein Dienst, der ihm übrigens einen unwiderruflichen gesundheitlichen Schaden zugefügt hat - bin ich immer unter einem falschen Namen gereist. Sie wissen nicht, wie schwer es ist, ständig für die Arbeit gefeiert zu werden, an der ich beteiligt war. Ja, ein Teil davon! Ich habe ihn hochgehalten und ihn in jeder Hinsicht unterstützt. Und das ist es, was ich jetzt erlebe? Brutal misshandelt. In der Öffentlichkeit gedemütigt. In Handschellen durch die Straßen geschleift. So gedemütigt, dass ich nicht weiß, ob ich mich jemals wieder erholen werde."

"Keine Handschellen, Mylord", bemerkte Branson. "Wir haben keine Handschellen benutzt."

"Wissen Sie nicht, wer ich bin? Wer meine Freunde sind? Lassen Sie mich Ihnen sagen, dass der Prinzregent selbst davon hören wird. Und wenn er das tut, wird sich der Zorn *Gottes* auf eure erbärmlichen Köpfe senken. Ihr werdet in den Tiefen der dreckigsten Gefängnisse des Landes kriechen. Ihr werdet um meine Fürsprache bei den Höfen betteln, und ich werde euch zurückweisen wie die Hunde, die ihr seid."

"*Darf* ich jetzt sprechen?" Hugh hatte endlich genug davon.

Sein Ton war scharf genug, um die Frau für einen Moment zum Schweigen zu bringen.

"Sie wurden auf meinen Befehl hin in Gewahrsam genommen", begann Hugh. "Sie wurden hierhergebracht, wo man Sie wegen Verbrechen im Zusammenhang mit der versuchten Entführung von Miss Grace Ware und den schweren Verletzungen meines Schmieds Mr. Darby anklagen wird. Ihr Diener wurde identifiziert als..."

"Das ist Wahnsinn. Wenn er überhaupt etwas damit zu tun hatte, hat der Mann allein gehandelt. Ich habe keine Verbindung zu ihm. Als ich Nithsdale Hall verließ, verließ er meinen Dienst. Seitdem habe ich ihn nicht mehr gesehen und möchte es auch nicht. Er war bei mir als Diener angestellt. Das ist alles. Nein, Ihr habt keinen Grund, mich festzuhalten. Ich verlange, dass Ihr mich sofort freilasst."

Hugh lehnte sich in seinem Stuhl zurück und betrachtete den säuerlichen Gesichtsausdruck der Frau.

"Die Anklagepunkte, die ich erwähnt habe, sind nichts im Vergleich zu dem, was Sie erwarten wird, wenn ich Sie nach London transportiere. Die Misshandlungen, die Sie angeblich erdulden mussten, werden der Behandlung, die Sie am Galgen erfahren werden, nicht das Wasser reichen."

Was auch immer an Blut in ihrem blassen Gesicht verblieben war, versiegte vollständig.

"Lassen Sie mich Ihnen erklären, was wir bereits wissen." Hugh deutete auf die Tür. "Gleich diesen Gang hinunter hat Miss Ware einen Brief in ihrem Besitz, der mehr als zwei Dutzend Namen von englischen Untertanen enthält, die Napoleon bei seinen Eroberungsträumen mit Informationen und Hilfe versorgt haben. Die britische Regierung plant, jeden einzelnen Spion aufzuspüren, dessen verräterische Bemühungen unsere Soldaten das Leben gekostet haben. Ihr Name steht auf dieser Liste, Mrs. Douglas, ebenso wie der Name eines Herrn, der aus Brüssel hierhergereist ist, eines Freundes von Ihnen."

Als Hugh sie ansah, kam ihm der Gedanke, dass, wenn ihr Gesicht nicht so sorgfältig bemalt worden wäre, ihre Gesichtszüge in Stücke gefallen und in ihrem Schoß gelandet wären.

"In meiner Bibliothek", fuhr er fort, "macht dieser Freund von Ihnen gerade eine Aussage, die ihn vor der Schlinge des Henkers retten soll. Der Herr beschuldigt Sie, der Drahtzieher des Anschlags in Antwerpen zu sein, bei dem Colonel Ware und seine Diener ermordet wurden. Wenn Sie hier abreisen, werden Sie nicht nur wegen Hochverrats, Spionage, Entführung und Körperverletzung angeklagt, sondern auch wegen Mordes. Ich glaube, den Gerichten in London wird es nur leidtun, dass sie Sie nur einmal hängen können, und der Prinzregent wird Ihr Todesurteil selbst unterschreiben."

"Das ist alles eine Lüge", keuchte sie. "Sie können das nicht tun. Es ist eine Lüge."

Hugh gab Branson ein Zeichen, zu gehen, und stand dann auf.

"Wer?", fragte sie und versuchte, den Hauch von Panik aus ihrer Stimme zu verbannen. "Wer erfindet solche bösartigen Lügen?"

"Sie wissen, wer es ist", antwortete er kühl. "Aber vielleicht möchten Sie lieber selbst die Aussage von Sir Rupert Elliot lesen, die von meinem Sekretär, Mr. MacKay, aufgezeichnet und von seiner Lordschaft, dem ehrenwerten Earl of Aytoun, bezeugt wurde."

Grace spürte, wie ihr Herz einen Zapfenstreich trommelte, als sie sah, wie Mr. Branson in die Bibliothek kam und sich zu Hughs anderem Angestellten gesellte. Sie betete, dass ihre Schlussfolgerungen richtig waren, aber es bestand immer noch die Möglichkeit, dass die Namen beider Männer auf der Liste standen.

Als der Beamte eintrat, stand Sir Rupert auf und schritt zum Fenster, wobei er seine Ungeduld nicht länger zu verbergen suchte.

"Da Sie hier im Dorf wohnen, haben Sie vielleicht von dem Anschlag auf der Straße nach Baronsford letzte Woche gehört", sagte sie.

"Nein, Miss Ware, wir sind noch nicht lange genug hier, um die lokalen Neuigkeiten zu hören", antwortete Rivenhall und wandte sich an den Grafen, bevor sie fortfahren konnte. "Mylord, wir wissen Ihre Gründlichkeit in dieser Angelegenheit zu schätzen, aber die Begnadigung ist ganz klar und einfach."

"So klar und eindeutig, wie ein Regierungsdokument nur sein kann, Captain", antwortete Lord Aytoun.

"Sind Sie damit zufrieden, Mylord?"

"Ja, das wird reichen", sagte er und legte es neben sich auf den Tisch. Er richtete seine Aufmerksamkeit auf Grace. "Sie sprachen gerade über den erschütternden Versuch, Sie zu entführen, Miss Ware."

Rivenhall richtete seine Aufmerksamkeit wieder auf sie. Sie spürte auch Sir Ruperts Augen auf sich gerichtet.

"Sie wurden *hier* angegriffen, Miss Ware?" wiederholte Rivenhall.

Wenn die Überraschung des Mannes nur vorgetäuscht war, dann war Grace überzeugt, dass er der beste Schauspieler in Europa war.

"Das ist richtig, Captain. Und natürlich wissen wir jetzt, dass der Grund für den Entführungsversuch genau hier liegt." Sie hielt das gefaltete Dokument hoch.

Lord Aytoun beugte sich vor. "Und Mrs. Mariah Douglas, die Frau des verstorbenen Kabinettsministers, steckt dahinter", sagte er kopfschüttelnd. "Kaum zu glauben."

"Sie sagen, dass Mrs. Douglas für die Franzosen gearbeitet hat?" fragte Rivenhall. "Haben die Behörden sie festgenommen?"

"Ja, das haben sie."

Grace wusste, dass die Worte des Grafen als Tatsache aufgefasst wurden.

"Mein Sohn wurde über den Wunsch von Mrs. Douglas informiert, vollständig zu kooperieren. Sie ist gerade mit dem Gerichtsdiener im Arbeitszimmer des Vicomtes. Ich glaube, Sie waren dabei, als sie ihre Aussage niederschrieben, Mr. Branson."

Der Beamte nickte und hielt ein Bündel von Papieren hoch.

"Sie hat ihre Beteiligung zugegeben?" rief Rivenhall aus.

"Der Zeitpunkt Ihres Besuchs hier ist sehr günstig, Captain", sagte Grace und drehte sich beiläufig nach Sir Rupert um. Er schaute immer noch vom Fenster aus zu.

"Sie werden Gelegenheit haben, die eidesstattliche Erklärung zu hören, die Mrs. Douglas im Gegenzug für ihre Begnadigung abgegeben hat", fügte der Graf hinzu. "Sie bietet handfeste Beweise sowie die Identifizierung ihrer Komplizen."

"Diese Nachricht ist erstaunlich..."

Bevor Rivenhall seinen Satz beenden konnte, öffnete sich die Tür der Bibliothek. Grace und die anderen standen auf, als Hugh und Mrs. Douglas eintraten, flankiert von zwei Lakaien.

Das blasse Gesicht der Frau musterte alle Anwesenden, bevor sie den Mann hinter Grace mit einem Blick voller kalter Wut bedachte.

Noch bevor sie sich umdrehen konnte, brach Chaos aus.

Als sich die Hand wie ein stählernes Band um ihren Arm schloss, verfluchte Grace sich selbst dafür, dass sie Sir Rupert erlaubt hatte, hinter sie zu kommen. Wie oft hatte ihr Vater ihr gesagt, wie wichtig es ist, den Feind zu flankieren, wenn ein Ablenkungsmanöver seine Aufmerksamkeit auf etwas anderes lenkt? Grace spürte die Messerklinge an ihrer Kehle, als sie mit einem Ruck nach hinten geschleudert wurde.

„Lassen Sie sie los", rief Hugh.

Der ganze Raum wurde zu einem lebenden Gemälde. Hugh und Lord Aytoun stürmten quer durch die Bibliothek auf sie zu, während Rivenhall mit fassungslosem Gesichtsausdruck stillstand. Mrs. Douglas' wütender Gesichtsausdruck wurde durch große Augen der Überraschung ersetzt. MacKay hatte sich halb von seinem Stuhl erhoben und das Tintenfass umgeworfen, und die Papiere in Bransons Hand verteilten sich um ihn herum auf dem Boden.

Sir Rupert zerrte sie von den beiden Männern weg.

"Du bist eine Närrin, Mariah", spuckte er. "Bleiben Sie, wo Sie sind, Greysteil, oder die hier ist eine tote Frau."

Hughs Gesicht verfinsterte sich vor Wut.

Grace spürte die scharfe Schneide der Klinge auf ihrer Haut. Dies konnte nicht passieren. Sie hatte Antwerpen überlebt, die beschwerliche

Reise in der Dunkelheit, das Fieber, den Angriff auf der Gasse. Und jetzt soll alles zu Ende sein? Sie hatte ein ganzes Leben gebraucht, um Hugh zu finden, und jetzt sollte sie aus seinen Armen gerissen werden. Wenn dieser Schurke sie von hier aus mitnahm, wusste Grace, dass er sie ohne zu zögern töten würde, wie sie ihren Vater und die anderen getötet hatten.

Nach allem, was sie verloren und nun gewonnen hatte - nachdem sie die Liebe gefunden hatte - würde der Tod sie nun einholen?

"Was machen Sie da?" rief Rivenhall. "Legen Sie das Messer weg. Lassen Sie sie los."

Elliot ignorierte die Anweisungen und ging zur Tür.

"Sie können nicht entkommen", knurrte Lord Aytoun.

"Ich kann und ich werde", schnauzte Elliot. "Greysteil, Sie beide werden uns zu der Kutsche begleiten, die uns hergebracht hat. Miss Ware und ich werden unbehelligt gehen, und niemand wird uns folgen. Wenn ich auch nur einen Heuwagen sehe, der uns verfolgt, wird sie sterben."

"Das ist Wahnsinn, Elliot", sagte Rivenhall. "Das muss sofort aufhören."

Hugh rückte näher. "Sie werden hier *nicht* weggehen. Sie glauben doch nicht im Ernst, dass ich Ihnen erlaube, sie von hier wegzubringen."

Kämpfen. Die Worte ihres Vaters klangen ihr in den Ohren. *Kämpfe immer. Lass dich niemals zur Beute machen. Kämpfe.* Sie war kein schwaches und passives Opfer. Lieber würde sie hier in Hughs Armen sterben, als in der Dunkelheit einer verschlossenen Kutsche, nur um ihren Körper auf die Straße geworfen zu bekommen.

Sie trampelte mit der Ferse so fest sie konnte auf den gestiefelten Fuß ihres Angreifers, ließ sich zur Seite fallen und spürte die Klinge ihren Kiefer ritzen als sie zu Boden fiel.

Das war alles, was nötig war.

Grace spürte, wie sich ihr Arm löste, und sie stolperte aus dem Weg, als Hugh auf Elliot zustürzte. Die massive Faust krachte in das Gesicht des Abgesandten und trieb ihn zurück an die Wand. Bevor er sich aufrichten konnte, prasselten weitere Schläge auf ihn nieder.

Das Messer lag zu Graces Füßen, und sie hob es auf, als sie zurücktrat.

Hugh schlug mit beiden Händen auf Elliot ein und riss seinen Kopf mit jedem peitschenden Schlag zurück. Die Knie des Mannes brachen unter ihm zusammen, und er sackte bewusstlos zu Boden. Hugh stand über ihm, als die beiden Lakaien zu Hilfe eilten. Auf der anderen Seite des Raumes sank Mrs. Douglas in einen Stuhl. Lord Aytoun beobachtete Kapitän Rivenhall wachsam, aber der Mann stand unter Schock.

Hugh eilte herbei und nahm Grace in seine Arme.

"Du bist verletzt."

"Nein, es geht mir gut."

Seine besorgten Augen suchten ihr Gesicht und ihren Hals nach Verletzungen ab. Er glaubte ihr nicht. "Er hat dich geschnitten. Die Schneide des Messers ..."

"Es ist nichts. Wahrhaftig." Sie musste seine Wangen in ihre Hände nehmen und ihn zwingen, ihr in die Augen zu sehen, um seine Aufmerksamkeit zu bekommen. "Es ist vorbei, Hugh. Du hast mich gerettet."

Er streichelte ihr Gesicht, sein Daumen fuhr über die Stelle, an der sie das Messer auf ihrer Haut gespürt hatte. "Meine tapfere Kämpferin. Meine Kriegerin. Das ist jetzt das zweite Mal, dass deine Furchtlosigkeit durchscheint. Ich kann dir gar nicht sagen, wie stolz du mich machst."

"Du traust mir zu viel zu." Sie lächelte zu ihm auf. "Jedes Mal warst Du es der mir das Leben gerettet hat."

"Ohne dich hätte ich es nicht geschafft." Seine Arme legten sich um sie. Seine Lippen berührten ihr Haar. Sie hörte ihn tief einatmen. "Dein Mut ... so beeindruckend. Als ich Elliot gegenüberstand, wusste ich, dass du nicht tatenlos zusehen würdest. Ich fürchtete um deine Sicherheit, aber ich war mir sicher, dass du dich in den Kampf stürzen würdest."

Grace verstand seine Ängste. Und sie war erleichtert, dass er sie so sah, wie sie war, und nicht so verletzlich, wie Amelia es gewesen war. Was sie hatten, war ein anderer Weg, der mit neuen Herausforderungen und Prüfungen verbunden war.

"Und ich war mir sicher, dass du zu Ende bringen würdest, was immer ich anfangen würde."

"Wir passen zusammen, du und ich", flüsterte er gegen ihre Lippen. "Du machst mich vollkommen."

Grace presste ihre Lippen auf die seinen, überwältigt von dem Ansturm der Gefühle. Er war ihre Liebe, ihr Partner und bald auch ihr Ehemann. Welche Herausforderungen auch immer vor ihnen lagen, sie würden sie gemeinsam meistern.

Er gehörte ihr, wie sie ihm gehörte. Für immer.

Am nächsten Tag traf sich Kapitän Rivenhall mit Grace und Hugh, bevor er nach London abreiste.

"Ich kann Ihnen gar nicht sagen, wie leid es mir tut, dass es uns nicht gelungen ist, die Sicherheit Ihrer Gruppe zu gewährleisten, als Sie in Antwerpen gelandet sind", sagte er zu Grace. "Das Auswärtige Amt ist davon ausgegangen, dass die Liste aus Militäroffizieren bestehen würde. Wir haben uns auf Männer konzentriert, die Colonel Ware während seines Einsatzes auf der Halbinsel identifiziert haben könnte. Wir haben nicht erwartet, dass die Gefahr von innen kommt."

"Beängstigend, dass der Verrat von Sir Rupert Elliot und Mrs. Douglas unentdeckt bleiben konnte", sagte Hugh.

"Wenn Westminster von dieser Nachricht erfährt, wird eine Flutwelle durch das Außenministerium schwappen. Diese Liste wird zweifelsohne eine Reihe von Schocks auslösen." Rivenhall wandte sich an Grace. "Im Namen der Krone kann ich Ihnen nicht genug für alles danken, was Sie getan haben. Das Opfer Ihres Vaters wird unvergessen bleiben."

"Über die Quelle der Namen", sagte Grace, nachdem sie letzte Nacht darüber nachgedacht hatte. "Ich glaube, mein Vater könnte vor kurzem auf diese Liste gestoßen sein. Wie Sie wissen, war er im Dienste von Napoleons Bruder in Amerika tätig gewesen. Ich weiß nicht, woher er sie hatte, aber er kannte offensichtlich nicht die wahre Identität dieser Leute, sonst hätte er nicht einen der Briefe an den Gesandten in Brüssel gerichtet."

"Wollen Sie damit sagen, dass es möglich ist, dass diese Liste mit dem Wissen von Joseph Bonaparte geliefert wurde?"

"Das kann ich nicht sagen. Ich kann Ihnen sagen, dass König Joseph - oder Graf Survilliers, wie er jetzt heißt - nichts mit denen zu tun haben will, die seinem Bruder noch treu sind. Er hat die politischen Bande nach allen Seiten hin gekappt. Vielleicht haben Sie Gerüchte gehört, dass ihm der Thron von Mexiko angeboten wurde, er ihn aber abgelehnt hat."

"Ja, das haben wir gehört", antwortete Rivenhall.

"Es ist wahr", bekräftigte Grace. "Er zieht sich aus der Politik zurück. Er will nur, dass seine Familie frei von weiteren Unruhen leben kann. Die amerikanische Regierung hat ihm genau diesen Zufluchtsort angeboten."

Grace hatte in den Monaten in König Josephs Gesellschaft so viel gelernt. Er teilte die Ambitionen seines Bruders nicht.

"Die Überreste meines Vaters. Was ist mit ihm passiert?"

"Oh ja. Als ich vom Ableben des Oberst erfuhr, hatten die Leute von Königin Julie bereits von dem Mord erfahren und die Leichen in Besitz genommen. Ihr Vater ist in Brüssel begraben, Miss Ware."

"Ich bin froh", sagte sie leise und hoffte, dass Königin Julie, da sie nicht wie erwartet eingetroffen waren, nach ihnen gesucht hatte.

"Das war ein weiterer Grund, warum ich überzeugt war, dass die Liste verschwunden war", fügte Rivenhall hinzu. "Wir dachten, dass derjenige, der für den Anschlag in Antwerpen verantwortlich war, die Liste hatte. Darüber hinaus nahmen wir an, dass Königin Julie sie wiedererlangt hatte, und sie war für uns ohnehin verloren."

"Nur Elliot kannte die Wahrheit", sagte Hugh. "Deshalb hat er an Mrs. Douglas geschrieben und sie gebeten, zu den Borders zu kommen."

"Und er hat darauf bestanden, dass wir auch hierherkommen", fügte Rivenhall hinzu.

"Was wird aus den beiden werden?" fragte Grace. "Und den anderen auf der Liste?"

Hugh und der Kapitän tauschten einen Blick aus.

"Ich denke, man kann mit Sicherheit sagen, dass keiner von beiden Sie jemals wieder belästigen wird, Miss Ware", sagte Rivenhall zu ihr. "Sir Rupert und Mrs. Douglas werden für ihre Verbrechen verurteilt und bestraft werden. Sie haben eine Menge zu verantworten."

Kapitel Zweiunddreißig

DER HIMMEL vor den offenen Fenstern war eine Nuance heller, und Grace wusste, dass die Morgendämmerung bald anbrechen würde. Vorsichtig hob sie Hughs Arm von ihrer Taille und löste sich aus seiner Umarmung. Er bewegte sich leicht, und sie verspürte die Versuchung, sich wieder in seine Wärme zu schmiegen.

Es gab so viel, was ihr durch den Kopf ging. Die übrigen Pennington-Geschwister - Gregory, Phoebe und Millie - trafen heute ein, aber Grace hatte keine Hemmungen mehr, sie zu treffen. Sie freute sich darauf, sie näher kennenzulernen, bevor der Rest der Familie und ihre Gäste eintrudelte.

In diesem Jahr sollte dem jährlichen Sommerball eine Hochzeit vorausgehen. Grace blickte über ihre Schulter in das ruhige Gesicht des Bräutigams. So war er auch, wenn er wach war, während um ihn herum die stürmischen Anforderungen der Planung, Auswahl und Vorbereitung abliefen. Ruhig, glücklich, zufrieden und geschickt darin, Grace zu entführen, während seine Mutter und Jo wegschauten.

Wie der Duft der ersten Rosen, der aus den Gärten aufstieg, wehte ein Gefühl des Glücks durch die sanfte Brise ihres Lebens.

Unsere Hochzeit, dachte sie. Nur noch eine Woche.

Das Gesicht ihres Vaters kam ihr in den Sinn, und mit ihm kam der

Schmerz, ihn zu vermissen. Wie sehr hätte er sich gewünscht, den Tag zu erleben! Wie sehr wünschte sie sich, ihm sagen zu können, wie gut ihm alles gelungen war, was er sich für sie vorgenommen hatte.

Grace zog sich eine Bettdecke um sich und ging zum Fenster, wo sie auf die vom Tau glänzenden Felder blickte. Der blasse Splitter des Mondes stand tief am Himmel, und ihre Gedanken kreisten um den Brief, den sie gestern erhalten hatte.

Königin Julie schrieb, dass sie großen Schmerz über den Verlust von Graces Vater empfindet. Er war ein guter Mann und ein loyaler Soldat. Es war ihr eine Ehre gewesen, dafür zu sorgen, dass er ein angemessenes Begräbnis erhielt. Sie hätte sich nur gewünscht, dass Grace dabei gewesen wäre. Die Königin teilte ihr mit, dass sie ihrem Mann in Amerika bereits geschrieben habe, um ihm die tragische Nachricht mitzuteilen, und dass auch er über den Verlust trauern würde.

Schließlich sprach Königin Julie die Frage des Diamanten an. *Der Stein gehört dir, ma chérie. Zweifellos hat dein Vater ihn für deinen Start ins Leben vorgesehen ... oder, wie du mir sagst, dass du bald heiraten wirst, für deine Mitgift. Genieße ihn, meine Süße. Ich weiß, du wirst ihn zu den besten Zwecken einsetzen.*

Grace wusste genau, was sie damit tun würde. Dieser Diamant würde eine schöne Erweiterung des Turmhauses finanzieren.

"Du bist früh aufgestanden."

Hughs Stimme war ein warmes Flüstern in ihrem Ohr. Grace' Atem stockte in ihrer Brust, als sie seine Wärme um sich herum spürte. "Ich konnte nicht schlafen. Ich habe so viel in meinen Gedanken. Aber du hast mir einen Ausritt im Morgengrauen versprochen. Wenn wir uns davonschleichen wollen, bevor deine Mutter und deine Schwester aufwachen, müssen wir bald los."

Gestern Abend hatte er vorgeschlagen, dass die beiden für ein paar Stunden fliehen sollten, bevor der Aufruhr von Neuem begann.

Seine Hände zogen ihr sanft die Bettdecke von den Schultern, und Grace spürte, wie sich sein nackter Körper von hinten an ihren presste.

"Vielleicht ein Ausritt hier, bevor wir 'abhauen'?"

Grace spürte, wie seine Zähne über die empfindliche Haut unter ihrem Ohr schabten, und sie zitterte vor Erregung.

Eine Hand umfasste ihre Brust, während die andere über ihren Bauch nach unten wanderte und in ihr Geschlecht glitt. Sie lehnte ihren Kopf an ihn zurück, während seine Zähne an ihrem Ohrläppchen knabberten.

"Du weißt schon, dass ich dir nichts abschlagen kann." Sie lächelte. Das Spiel seiner Finger, die in ihr Fleisch eindrangen und wieder herauskamen, ließ ihren Körper zu dem verlockendsten Lied summen. Sie lehnte sich zur Seite, grub ihre Finger in sein Haar und küsste ihn tief.

Er drehte sie zu dem an der Wand stehenden Spiegel, so dass Grace ihr Spiegelbild betrachten konnte, während er in sie eindrang. Durch einen dichten Schleier der Leidenschaft beobachtete sie, wie eine erfahrene Hand ihre Brust liebkoste, während die andere weiterhin die Freuden in ihr hervorrief. Er bewegte sich mit exquisit abgestimmten Stößen, glitt wieder und wieder in sie hinein, und Grace starrte ungläubig auf das Bild zweier Menschen, die auf den wogenden Wellen der Leidenschaft aufstiegen, bevor sie schließlich in einer Explosion der Ekstase auseinandergingen.

Augenblicke später, immer noch atemlos, immer noch in seinen Armen, blickte sie aus dem Fenster auf das Sonnenlicht, das über die Felder drang und die letzten Schatten der Nacht vertrieb.

"Und jetzt", flüsterte er ihr ins Ohr. "Machen wir den Ausritt, den ich eigentlich versprochen habe."

Die Sonne war ein leuchtend orangefarbener Ball, als sie die Ruine einer Kirche erreichten. Grace war überrascht, das halbe Dutzend Männer warten zu sehen, aber sie war schockiert, als sie den aufgeblasenen Ballon sah, der sich über der sicher angebundenen Gondel erhob.

Truscott, Darby und mehrere Pferdeknechte standen daneben und drehten sich gemeinsam um, um sie zu begrüßen.

"Gute Arbeit", rief Hugh, sprang von seinem Pferd und half Grace beim Absteigen. "Hat es die ganze Nacht gedauert, die Ballonhülle zu füllen?"

"Das meiste davon, Mylord", sagte Darby. "Wie Sie vorausgesagt haben, war es nicht ganz einfach, die Öffnung für das Gas zu positionieren."

Truscott deutete auf das lange Seil, das vom verfallenen Kirchturm zu einem Dreibein aus Holz führte, das in einiger Entfernung in die Grasnarbe eingelassen war. "Darbys Idee, dieses Seil zu spannen und den Sack daran hochzuziehen, war genial. Sobald die Männer das verdammte Ding hochgezogen und in Position gebracht hatten, füllte es sich so schnell wie eine Schafsblase."

Graces Blick fiel auf den Ballon. Das lackierte Material der Hülle glitzerte in der Morgensonne, und der blaue, wolkenlose Himmel winkte. Die

Vorstellung, sich über die Erde zu erheben, losgelöst von der Welt und der Menschheit, um dorthin zu gehen, wo nur wenige Menschen jemals gewesen waren, begeisterte sie über allen Maßen.

Es war eine gefühlte Ewigkeit her, dass sie ihm versprochen hatte, mit ihm in die Luft zu gehen, aber sie hätte nie erwartet, dass sie sich so sehr auf das Fliegen freuen würde ... bis jetzt.

"Es ist großartig", flüsterte sie.

Hugh nahm ihre Hand in seine. "Also, bist du bereit?"

Truscott kam heran und gesellte sich zu ihnen. "Sie müssen das nicht tun, Miss Grace."

"Ich glaube schon, Mr. Truscott."

"Der letzte Flug Ihres Verlobten fand bei einer steiferen Brise statt als wir heute Morgen haben, und jeder Dorfbewohner und Bauer im Umkreis von zwanzig Meilen war sehr amüsiert. Wir anderen aber, die wir zehn Meilen weit auf der anderen Seite von Baronsford geritten waren, kamen gerade noch rechtzeitig an, um mitzuerleben, wie er eine weitere halbe Meile lang wie ein Stein über Mauern und Hecken geschleift wurde. Wir dachten, er sei ein toter Mann."

"Diesmal nicht", sagte sie. "Letzten Herbst, so erzählt er mir, hatte er nicht die Hilfe unseres hervorragenden Mr. Darby, der ein Ventil entwickelt hat, mit dem er unsere Höhe und unseren Abstieg kontrollieren kann."

Truscott begleitete sie, als sie sich dem Ballon näherten. "Vergiss nicht, Hugh, es ist nur noch eine Woche bis zu eurer Hochzeit, und wenn dir etwas zustößt - und was noch wichtiger ist, wenn ihr etwas zustößt -, wird der Graf uns alle auf den Festungsmauern köpfen lassen. Und das, nachdem deine Mutter uns lebendig gehäutet hat."

"Ich werde mich gut um ihn kümmern", sagte sie und lächelte.

Sie hatten eine leere Truhe zur Gondel geschleppt, und Hugh half ihr, hineinzuklettern. Als die Leute am Boden sich bereit machten, die Seile zu lösen, stützte sich Grace an der Seite ab und sah sich um. An den Seiten der Gondel ragten dicke Leinen und Seilnetze empor, die die Gondel mit dem Ballon über ihnen verbanden. Ein fliegendes Schiff.

Sie dachte an das letzte Mal, als sie in diesem Korb gelegen hatte. Erschöpft von ihrem Lauf durch die düsteren Gassen von Antwerpen. Fassungslos und innerlich zerrissen beim Anblick der ermordeten Leiche ihres Vaters. Verängstigt um ihr eigenes Leben. Herausgerissen aus allem, was sie je gekannt hatte, und in eine unbekannte Zukunft geschleudert.

Grace schloss die Augen und fuhr mit den Händen über die Weidenwände und die Rohlederschnüre. Sie ließ ihre Finger die gewebten Muster nachzeichnen und erinnerte sich an die Dunkelheit und die allmählich schwindende Hoffnung, jemals frische Luft zu atmen, Tageslicht zu sehen oder aus dem auszubrechen, was sie als ihren Sarg akzeptiert hatte.

Hughs Arm schlang sich um sie. "Sollen wir?"

Sie lächelte zu ihm auf und nickte.

Als die Seile losgelassen wurden, salutierte Darby, und die anderen stießen einen Schrei aus. Der Korb erhob sich sanft, und im nächsten Moment wurden die Kirchenruine, der Hügel und die Felder kleiner und entfernten sich. Sie segelten der Sonne entgegen, während der Ballon über Häusern, Teichen und Wiesen in die Höhe stieg. Die Tiere in ihren Gehegen sahen aus wie Spielzeugfiguren. Rundherum war die Welt ein sanfter Flickenteppich aus Grün- und Erdtönen. Ein Fluss schlängelte sich durch Wiesen und Wälder.

Sie legte ihre Arme fest um Hugh, und er beugte sich zu ihr herunter und küsste sie.

Einst war dieser Korb ein Sarg, ein Träger von Dunkelheit, Elend und Tod. Jetzt nicht mehr. Jetzt war er ein schwebender Vogel, der Grace und den Mann, den sie liebte, in eine kristallklare Zukunft voller Licht, Leben und Freude trug.

„Sieh"., sagte Hugh und deutete mit dem Finger.

In der Ferne, jenseits eines weiten grünen Waldes, der von einem See mit glitzerndem Wasser umgeben war, erhob sich ein märchenhaftes Schloss, das sie begrüßte.

Baronsford, ihr Zuhause.

Vielen Dank, dass Sie *Romanze mit dem Schotten* gelesen haben. Wenn es Ihnen gefallen hat, hinterlassen Sie bitte eine Online-Rezension.

Besuchen Sie auch unsere Website mit unserem Online-Buchladen. Dort finden Sie günstige Ebooks, signierte Druckausgaben und Hörbuchversionen unserer Bücher. Vielen Dank!

Und lesen Sie unbedingt auch das nächste Buch dieser Reihe, *Weihnachten in den Highlands*, ein RITA© Award Finalist:

Freya Sutherland ist eine verzweifelte Tante, die versucht, das Sorgerecht für ihre frühreife Nichte Ella zu behalten, selbst wenn das bedeutet, dass sie aus Sicherheitsgründen statt aus Liebe heiratet.

Kapitän Gregory Pennington möchte nichts lieber, als rechtzeitig zu Weihnachten zu Hause zu sein, aber er wird gebeten, einige Reisende aus den Highlands in die Borders zu eskortieren.

Seine Zukunftspläne sehen keine Frau und kein Kind vor, und Freya hat Verantwortung als Ellas Vormund. Da Ella sich verschworen hat, die beiden zusammenzubringen, erleben Penn und Freya vielleicht gerade ein wenig Weihnachtszauber.

Anmerkung des Autors

Wie bei allen unseren Romanen haben wir auch bei *Romanze mit dem Schotten* versucht, einen Ort und eine Zeit so darzustellen, dass sich das Reale und das Imaginäre auf unterhaltsame Weise vermischen.

Der Fall Jean Campbell war ein berühmter schottischer Gerichtsprozess aus dem Jahr 1817. Die schreckliche Notlage der Iren in ihrem Heimatland und die Ignoranz und Diskriminierung, denen sie als Einwanderer in Schottland, England und Amerika ausgesetzt waren, sind gut dokumentiert. Der katastrophale britische Feldzug im Halbinselkrieg mit seinen horrenden Verlusten an Menschenleben war sehr real. Und der Einsatz von Spionen zum Sammeln von Informationen, den es damals gab, hat sich bis heute gehalten.

Positiv ist, dass die Pioniere der frühen Luftfahrt Menschen wie unser fiktiver Hugh Pennington waren. Zur Zeit unserer Geschichte war das "goldene Zeitalter" der Ballonfahrt gerade erst angebrochen. Für seine unschätzbare Hilfe bei unserer Ballonfahrt-Recherche möchten wir Dr. Tom Crouch, dem leitenden Kurator der Luftfahrtabteilung des Smithsonian National Air and Space Museum, danken. Wenn wir uns in irgendeiner Weise geirrt haben, geben Sie bitte nicht Tom die Schuld.

Viele unserer langjährigen Leser erinnern sich vielleicht noch an Hugh Penningtons Eltern, Millicent und Lyon, aus *Borrowed Dreams*.

Romanze mit dem Schotten ist einer von zehn Romanen und Novellen, die die generationsübergreifende Pennington-Familienserie bilden:

Anmerkung des Autors

Geheime Gelübde (*USA Today* Bestseller) - Auf einer verzweifelten Reise nach Amerika rennt Rebecca Neville um ihr Leben und verspricht der sterbenden Frau des Earl of Stanmore, ihren neugeborenen Sohn James aufzuziehen und für ihn zu sorgen. Zehn Jahre später erfährt der Earl of Stanmore von dem Jungen. Er schickt in die Kolonien, um seinen jungen Erben zu holen, damit er ihn als Adligen des Königreichs aufziehen kann. Ohne die Absicht, ihr Gelübde zu brechen, kehrt Rebecca mit James nach England zurück, um sich einer Zukunft ohne ihren geliebten Schützling zu stellen, aber sie muss sich auch ihrer turbulenten Vergangenheit stellen.

Die Rebellin - Jane Purefoy, Tochter eines englischen Richters, nimmt die Gestalt des berüchtigten irischen Rebellen Egan an und führt eine geheime Gruppe von Revolutionären gegen die Brutalität der Kolonialtruppen an. Sir Nicholas Spencer ist auf dem Weg nach Irland, um Janes jüngerer Schwester den Hof zu machen. Als er sich mit Egan anlegt, entlarvt Sir Nicholas den legendären Rebellen und entdeckt dabei Jane. Von ihr verzaubert, beschließt er, ihr Geheimnis für sich zu behalten, und lässt sich auf einen riskanten Verführungsplan ein, der ihre Familie ins Chaos, ein Land in die Rebellion und sein Herz in den Strudel einer Liebe stürzen wird, die niemals sein kann.

Geborgte Träume (*RT Award for Best British-Set Historical*) - Getrieben von dem Wunsch, das von ihrem toten Ehemann angerichtete Übel ungeschehen zu machen, und vom finanziellen Ruin bedroht, muss Millicent Wentworth eine Zweckehe mit dem berüchtigten "Lord of Scandal" Lyon Pennington, dem Earl of Aytoun, eingehen. Lyon ist ein Mann, der durch einen tragischen Unfall, bei dem seine erste Frau ums Leben kam und er schwer verwundet wurde, am Boden zerstört ist. Voller Verzweiflung lässt er sich widerwillig in die unerwünschte Ehe locken. Eine neue Variante von Die Schöne und das Biest.

Gefangene Träume - Portia Edwards ist bereit, alles zu tun, um die Familie zu finden, die sie nie gekannt hat. Und als sie den Händler Pierce Pennington trifft - den entfremdeten jüngeren Bruder von Lyon Pennington - hat Portia die perfekte Gelegenheit, ihn um Hilfe zu bitten. Doch ihr sturer Stolz lässt sie schweigen. Das heißt, bis sie erkennt, dass sie sich zu dem mutigen Mann hingezogen fühlt, der nachts als der berüchtigte Captain MacHeath bekannt ist, der im Namen der Freiheit Waffen über das Meer schmuggelt...

Träume des Schicksals - Der durch einen Skandal und den ungeklärten Mord an seiner Schwägerin verletzte David Pennington ist nach außen hin frech und arrogant. Doch nichts kann ihn davon abhalten, seine Jugendfreundin Gwyneth Douglas nach Schottland zu begleiten, um die schottische Erbin vor Glücksjägern zu retten. Doch mit ihrer Ankunft in Schottland kommt eine schreckliche Gefahr. Wenn sie jemals hoffen wollen, lang verborgene Wünsche zu erfüllen, müssen sie das Böse vereiteln, das ihr beider Leben zu zerstören droht...

Romanze mit dem Schotten - Hugh Pennington, ein Held der napoleonischen Kriege, ist jetzt ein trauernder Witwer mit einem Todeswunsch. Als er eine erwartete Kiste vom Kontinent erhält, ist er schockiert, als er darin eine fast tote Frau findet. Ihre Identität ist unbekannt, und die Handvoll amerikanischer Münzen und der wertvolle Diamant, der in ihr Kleid eingenäht ist, vertiefen das Rätsel nur noch. Grace Ware ist eine Feindin der englischen Krone. Auf der Flucht vor den Mördern ihres Vaters hat sie nicht damit gerechnet, dass das Unglück sie in das Haus eines Aristokraten in den schottischen Borders verschlägt. Während sie sich bemüht, ihre Identität geheim zu halten, wird aus einem Duell des Verstandes schnell Leidenschaft und Romantik ... bis die Gefahr vor den Toren von Baronsford steht und droht, die beiden Liebenden auseinander zu reißen oder sie beide zu zerstören.

Weihnachten in den Highlands (*RITA© Award Finalist*) - Freya Sutherland ist eine verzweifelte Tante, die versucht, das Sorgerecht für ihre frühreife junge Nichte Ella zu behalten, selbst wenn das bedeutet, dass sie aus Sicherheitsgründen statt aus Liebe heiratet. Der kürzlich in den Ruhestand getretene Captain Gregory Pennington wünscht sich nichts sehnlicher, als rechtzeitig zu Weihnachten zu Hause zu sein, aber er wird gebeten, einige Reisende von den Highlands zu den Borders zu begleiten. Seine Pläne sehen keine Frau und kein Kind vor, und Freya hat die Verantwortung als Ellas Vormund. Da Ella sich verschworen hat, die beiden zusammenzubringen, könnten Penn und Freya ein wenig Weihnachtszauber erleben.

Es Geschah in den Highlands - Lady Josephine Penningtons Leben wurde beinahe zerstört, als sich Gerüchte über ihre fragwürdige Abstammung verbreiteten. Als sie Jahre später ein Paket aus den Highlands erhält, das Skizzen einer Frau enthält, die ihr unheimlich ähnlich sieht, glaubt Jo, einen Hinweis auf die Identität ihrer leiblichen Mutter gefunden zu haben. Als Captain Wynne Melfort vor sechzehn Jahren gezwungen war, seine Verlobung mit Jo Pennington zu lösen, hätte er nie gedacht, dass er sie wiedersehen würde. Mehr noch, er hätte nie erwartet, dass längst tot geglaubte Gefühle wieder auftauchen würden. Während sie sich bemühen, das Geheimnis ihrer Geburt zu lüften, muss Jo lernen, Wynne zu vertrauen. Und als die Geheimnisse der Vergangenheit an die Oberfläche kommen, werden böse Mächte vor nichts Halt machen, um Jo daran zu hindern, die Wahrheit aufzudecken und ihr Erbe zurückzuerobern.

Schlaflos in Schottland - Lady Phoebe Pennington riskiert ihr Leben, um Edinburghs korrupte politische Führer zu entlarven, und steigt sogar in die brodelnde Unterwelt der Stadt hinab. Dann entgeht sie eines Nachts nur knapp dem Tod und landet in den Armen des Bruders ihrer ermordeten besten Freundin. Captain Ian Bell ist ein gequälter Mann, der mit der Trauer und den Schuldgefühlen über den Verlust seiner Schwester kämpft, und er jagt immer noch ihren Mörder. Das Schicksal hat sie zusammengeführt, aber Vertrauen ist schwer zu fassen, und in den dunklen Gassen der Stadt lauert die Gefahr. Denn Phoebe ist die Einzige, die das Gesicht des Mörders ihrer Freundin gesehen hat, und die düsteren Schatten des Bösen sind näher, als sie und Ian ahnen.

Liebste Millie - Lady Millie Penningtons Zukunft sieht rosig aus, bis das Schicksal ihr eine tragische Nachricht in Form einer Krebserkrankung zukommen lässt. Dermot McKendry ist ein ehemaliger Chirurg der Royal Navy, der zurückgekehrt ist, um ein Krankenhaus in den Highlands zu eröffnen. Die Vorsehung führt sie zusammen, aber die Katastrophen des Lebens werden die Heilkraft des menschlichen Herzens auf eine harte Probe stellen.

Wie Man Einen Herzog Ablehnt - Lady Taylor Fleming ist eine Erbin, der ein Verehrer auf den Fersen ist. Ihr Schritt-für-Schritt-Plan, ihn loszuwerden, ist einfach. Doch der Herzog von Bamberg ist alles andere als einfach. Taylor versucht, in die Zuflucht der Highlands zu fliehen, aber ihre Pläne werden kompliziert, als der Herzog vor ihrer Tür steht und ihre treuen Verbündeten sie im Stich lassen. Und selbst bei den besten Plänen können die Dinge schief gehen...

Ein Prinz in der Speisekamme - Prinz Timour Mirza, ein persischer Thronfolger, ist in diplomatischer Mission in England, um sich eine Frau zu suchen. Anstatt einen großen Ball zu besuchen, sehnt sich Timour nach einer letzten Nacht in Freiheit. Pearl Smith ist inmitten der Londoner Tonne aufgewachsen. Doch ein Schicksalsschlag hat ihren Vater ins Schuldnergefängnis gebracht, und sie ist gezwungen, unter der Treppe zu arbeiten, als unfreiwilliges Opfer des bösartigen Neides eines ehemaligen Freundes. Aber es gibt Magie im Licht des Vollmonds, und die Liebe kann kommen, wenn man sie am wenigsten erwartet...

Und wenn Sie an einer Romanze der zweiten Chance interessiert sind, sollten Sie sich **Jane Austen Kann Nicht Heiraten**!

Als Autoren lieben wir Feedback. Wir schreiben unsere Geschichten für unsere Leser, und wir würden gerne von Ihnen hören. Wir lernen ständig dazu, also helfen Sie uns bitte, Geschichten zu schreiben, die Sie schätzen und Ihren Freunden empfehlen werden. Bitte melden Sie sich für Neuigkeiten und Updates an und folgen Sie uns auf BookBub.

Wie immer, wenn Ihnen *Romanze mit dem Schotten* gefallen hat, hinterlassen Sie bitte eine Rezension online, und verpassen Sie nicht das nächste Buch dieser Reihe, *Weihnachten in den Highlands* (ein RITA© Award Finalist), sowie Jo's Geschichte in *Es Geschah in den Highlands*.

Und schließlich sollten Sie nicht vergessen, die Website unseres Online-Buchladens zu besuchen. Dort finden Sie günstige E-Books, signierte Druckausgaben und Hörbuchversionen unserer Bücher.

Über den Autor

Die USA Today-Bestsellerautoren Nikoo und Jim McGoldrick haben unter den Pseudonymen May McGoldrick, Jan Coffey und Nik James über fünfzig rasante, konfliktreiche Romane sowie zwei Sachbücher verfasst.

Diese beliebten und produktiven Autoren schreiben historische Liebesromane, Spannungsromane, Krimis, historische Western und Romane für junge Erwachsene. Sie sind viermalige Finalisten des Rita Award und haben zahlreiche Auszeichnungen für ihre Werke erhalten, darunter den Daphne Du Maurier Award for Excellence, eine Will Rogers Medallion, den *Romantic Times Magazine* Reviewers' Choice Award, drei NJRW Golden Leaf Awards, zwei Holt Medallions und den Connecticut Press Club Award for Best Fiction. Ihr Werk ist in der Sammlung der Popular Culture Library des National Museum of Scotland enthalten.

Also by May McGoldrick, Jan Coffey & Nik James

NOVELS BY MAY McGOLDRICK

16th Century Highlander Novels

A Midsummer Wedding *(novella)*

The Thistle and the Rose

Macpherson Brothers Trilogy

Angel of Skye (Book 1)

Heart of Gold (Book 2)

Beauty of the Mist (Book 3)

Macpherson Trilogy (Box Set)

The Intended

Flame

Tess and the Highlander

Highland Treasure Trilogy

The Dreamer (Book 1)

The Enchantress (Book 2)

The Firebrand (Book 3)

Highland Treasure Trilogy Box Set

Scottish Relic Trilogy

Much Ado About Highlanders (Book 1)

Taming the Highlander (Book 2)

Tempest in the Highlands (Book 3)

Scottish Relic Trilogy Box Set

Love and Mayhem

18th Century Novels

Secret Vows

The Promise (Pennington Family)

The Rebel

Secret Vows Box Set

Scottish Dream Trilogy (Pennington Family)

Borrowed Dreams (Book 1)

Captured Dreams (Book 2)

Dreams of Destiny (Book 3)

Scottish Dream Trilogy Box Set

Regency and 19th Century Novels

Pennington Regency-Era Series

Romancing the Scot

It Happened in the Highlands

Sweet Home Highland Christmas *(novella)*

Sleepless in Scotland

Dearest Millie *(novella)*

How to Ditch a Duke *(novella)*

A Prince in the Pantry *(novella)*

Regency Novella Collection

Royal Highlander Series

Highland Crown

Highland Jewel

Highland Sword

Ghost of the Thames

Contemporary Romance & Fantasy

Jane Austen CANNOT Marry

Erase Me

Tropical Kiss

Aquarian

Thanksgiving in Connecticut

Made in Heaven

NONFICTION

Marriage of Minds: Collaborative Writing

Step Write Up: Writing Exercises for 21st Century

NOVELS BY JAN COFFEY

Romantic Suspense & Mystery

Trust Me Once

Twice Burned

Triple Threat

Fourth Victim

Five in a Row

Silent Waters

Cross Wired

The Janus Effect

The Puppet Master

Blind Eye

Road Kill

Mercy (novella)

When the Mirror Cracks

Omid's Shadow

Erase Me

NOVELS BY NIK JAMES

Caleb Marlowe Westerns

High Country Justice

Bullets and Silver

The Winter Road

Silver Trail Christmas